国家出版基金项目
NATIONAL PUBLICATION FOUNDATION

国家出版基金项目
“十二五”国家重点图书出版规划项目

中國京劇流派劇目集成

启功题签

《中国京剧流派剧目集成》编委会 编

第伍集

學苑出版社

图书在版编目（CIP）数据

中国京剧流派剧目集成．第5集 /《中国京剧流派剧目集成》编委会编．—北京 ：学苑出版社，2013.1

ISBN 978-7-5077-4206-0

Ⅰ．①中… Ⅱ．①中… Ⅲ．①京剧－剧本－作品集－中国 Ⅳ．①I232

中国版本图书馆 CIP 数据核字(2013)第 002501 号

出 版 人：孟 白
责任编辑：潘占伟
装帧设计：徐道会
出版发行：学苑出版社
社　　址：北京市丰台区南方庄2号院1号楼
邮政编码：100079
网　　址：www.book001.com
电子信箱：xueyuan@public.bta.net.cn
销售电话：010-67675512　67678944　67601101（邮购）
经　　销：新华书店
印 刷 厂：北京信彩瑞禾印刷有限公司
开本尺寸：889×1194　1/16
印　　张：15
字　　数：342千字
版　　次：2013年1月第1版
印　　次：2013年1月第1次印刷
定　　价：200.00元（精装）

《中国京剧流派剧目集成》学术顾问

郭汉城　刘曾复　朱家溍
吴小如　王金璐　迟金声
钮　骠　刘连群　陈绍武

《中国京剧流派剧目集成》编委会

主　编

黄　克

副主编

常立胜　吴春礼　赵晓东
蔡景风　杨凌云

序言

◎黄克

京剧向称国粹艺术，内容博大精深，剧目十分丰富，人们常以“汉唐三千宋明八百”形容其浩瀚。其中流派剧目又以演员表演的鲜明个性使剧目显得更为多彩多姿，充满魅力，既被专业人员钻研承继，也为广大戏迷喜闻乐见，遂成为京剧舞台上一大亮点。

流派

举凡表演艺术，原本就无不带有表演者的个人色彩。京剧表演艺术因其唱念做打诸多方面功夫的综合性和繁难性，表演的个性化尤为突出；加以行当的粗分、剧目的雷同，于大致相同的条件下尽显各自的千姿百态、千变万化；一招一式、一腔一韵之中可以体现不同的特色，同样一出戏，甚至同样一个戏中人物也完全可以演出不同的风采，这种充满个性化的表演，遂成为京剧竞技场上最是为人乐道而又情趣无穷的审美内涵。倘若这种富于个性化的表演为受众所认可，且代有传人，形为规范，即可自成一家，成为迥异于他人的艺术流派。以“四大名旦”（梅兰芳、程砚秋、荀慧生、尚小云）为例，虽皆工旦行，却又各有千秋。京剧大师王瑶卿就曾这样分析这四位后起之秀的独到之处：“梅兰芳的样儿，程砚秋的唱儿，尚小云的棒儿，荀慧生的浪儿。”所谓“样儿”，指梅的艺术造诣全面，要什么有什么；所谓“唱儿”，指程以行腔之新颖动听为能；所谓“棒儿”，指尚的刀马功底深厚；所谓“浪儿”，指荀的柔媚多姿、风情万种。寸长尺短，一语道破各有专擅的各家流派特点。如此成就固然来自自己的勤学苦练、苦心孤诣，更少不了观众的知音捧场、鼓励有加。因此，一个艺术流派的形成，对于创始人来说，无疑是开拓了审美追求的新境界；对于受众戏迷来讲，则更是得到了多样化审美需求的新满足。梨园行有云：唱戏的是疯子——指其追求的执着，听戏的是傻子——指其享受的痴迷。二者相得益彰、相映成趣，或许正道出京剧流派形成之三昧。

流派剧目

在京剧传承的一二百年间，随着历史的变迁、社会的发展，以及新人辈出、师承转换，荡涤旧物、崇尚新声，传统剧目中的绝大部分早已绝迹于舞台，然而，其精华部分（包括剧目中表现出来的唱念做打等程式体系）还是被完好地保存了下来，并得到长足的发展。其间，流派创始人于剧目的推陈出新做出了不可磨灭的贡献。基于对剧目乃至剧中人物的理解和认识，以及更便于发挥自己技艺特长的需要，流派创始人对浩如烟海的传统剧目进行了严格的筛选，经过了整理加工再创作，使之又焕发出崭新的韵味和光彩；随着这样剧目的增多，最终形成了自己流派所特有的剧目系列。而另外的流派又在另外的剧目系列中发挥着自己的优势，即或剧目相同，不同流派依然可以于演出中表现出自己的独特风格。总之，在其演出的剧目中，无不打上自己表演风格的鲜明烙印。京剧舞台上一度出现的这种百花齐放、争芳斗艳的盛况，实由自丰富多彩的流派剧目，这在京剧发展史上已是不争的事实。

但也应看到，如今京剧流派剧目相对于京剧的鼎盛时期，已是光景不再。个中原因很复杂，就客观因素而言，新兴的艺术形式的多种多样，人们的欣赏习惯和娱乐方式已经有了更广泛的选择余地，因而完全可以去旁骛；此外，就京剧本身而言，演出剧目之贫乏不能不说是观众锐减的重要原因之一。本来演出场所和演出场次就不多，翻来覆去又只是那几出骨子老戏，怎么能吸引观众，特别是年轻观众呢？——连那些老戏迷们也都听腻歪了。

回过头来看，今日演出剧目的贫乏和流派创始人晚年艺术景况也不无关系。他们在艺术的巅峰期——集中在上个世纪二三十年代，创作或改编了一出出新戏，直令观众赏心悦目，目不暇接。当其时，除了富连成科班或游动的散班演出些大路戏外，北京的京剧舞台几乎就是流派剧目的天下。据1932年商务印书馆出版的《五十年来北平戏剧史材》的记载，自民国十二年（1923）至十八年（1929）这六七年间，以梅派剧目为例，只“初演”的剧目——也就是自家独创的新戏或整理改编的传统戏，就有前后本《西施》、《洛神》、《廉锦风》、头二三四本《太真外传》、《俊袭人》、全本《宇宙锋》、《凤还巢》、《春灯谜》等12出戏（其中前后四本《太真外传》这四出戏是在一年多时间里陆续完成的）；同一时间段，马派“初演”的剧目也有《化外奇缘》、全本《玉镯记》、《秋灯泪》、《战宛城》、全本《火牛阵》、《鸿门宴》、全部《临江馆（“馆”应作“关”）》、全部《浣纱溪》、《范仲禹》、全本《清风亭》、头二三四本《大红袍》、全本《天启传》、《许田射鹿》、全本《十道本》等15出戏（其中《大红袍》分头二和三四本两次演出），当然，其中还不包括“初演”以外的经常性的大量的传统戏演出。试问，这些曾经轰动一时的流派创始人编创的新剧目于今又有多少出传承下来了呢？个中主要原因就在于流派创始人到了晚年一些唱做吃重的剧目已难胜任，只有将其已臻于炉火纯青的技艺凝炼到少数剧目之中，或演出或教习也只拘囿于这少数几个剧目了。而其传人也就将这几出戏奉为圭臬，全不知其鼎盛时期的所谓“文武双全”、所谓“昆乱不挡”为何事，致使一些当年的热门戏几近失传，这不能不说是梨园一件憾事。记得梅兰芳先生曾撰文论述学艺过程中的“少、多、少”，大意是初学时会的戏（包括技艺）自然是少的。随着所学剧目的增多，技艺的增长，激发起拓宽其艺术驰骋领域的热情，兼收并蓄，从而极大地丰富了自己。进而又随着审美取向的定型，艺术见识的提高，势必要对自己所学所用下一番去芜存精的工夫，扬长避短，使自己的独特技艺集中在少数几个代表剧目之中。表面看来演出的剧目是少了，但炉火纯青，在艺术创新上却达到了新境界。从少到多，从多而少，贯穿着的是继承与发展的艺术成熟的过程，也闯出了一条攀升艺术高峰的必由之路。后学者以为，学会了几出流派代表剧目便可以薪尽火传，得到了真经，孰不料缺少广博的根基，既影响个人的发展，也造成了剧目越传越少的现实。这难道不是应该汲取的教训吗？

有道是“礼失求诸野”。由于流派剧目的独特韵味及其所富有的艺术魅力，由于京剧作为自娱自乐的审美取向已深入人心，更由于迷恋传统演唱艺术者的大有人在，京剧传统剧目——包括一些已经消失于舞台的流派剧目，至今仍在京剧爱好者中间传唱不息。我们不妨到公园里看一看那一圈圈围着的戏迷，他们来自四面八方，或许彼此并不相识，只凭一把胡琴就将大家凝聚在一起，有滋有味地互相欣赏着一段段流派唱腔。更不用说那遍布全国各地乃至国外华人聚居区的票房，他们还时不时地粉墨登场，过一把戏瘾呢！这种自拉自唱、自娱自乐的红火场面，充分显示了京剧流派剧目的深厚群众基础和顽强的生命力，对于相对落寞的京剧舞台不啻一种发人深省的挑战。然而，这又何尝不是对京剧振兴的潜在的呼唤和有力的支持呢！

流派剧目集成

正鉴于其强大的生命力和深厚的群众基础，“振兴京剧”作为文化建设的国策的提出可谓正得其时。而振兴之务，首要的是挖掘和继承优秀传统剧目，以之作为发展和创新的基础和借鉴。我们编纂《中国京剧流派剧目集成》的初衷正在于此：将流派剧目演出的精彩瞬间记录于永恒，将构成流派剧目的诸多元素一一记录在案。诸如每剧的剧情本事、创始人表演特点的提要，剧中人物行当归属、服装扮相，剧本曲文、唱腔谱、伴奏谱、锣鼓经，以及身段谱等得以再现流派表演风格的内容，都力图完整地记录整理出来，为流派艺术的教学和研究提供文字的基础资料。持此，内行自可作为表演的参考，京剧爱好者也可以作为演习的蓝本。

这一工作，对于京剧剧目的基本建设虽然可谓之善举，但具体做起来却困难多多。首当其冲的就是剧目的选定。京剧剧目虽称汗牛充栋，但保存下来的资料却十分有限。京剧形成初期，以“老生三杰”又称“前三鼎甲”的程长庚、余三胜、张二奎为代表的一代固然没有留下什么音像文字资料；即或以“老生新三杰”又称“后三鼎甲”的谭鑫培、孙菊仙、汪桂芬为代表的一代除了少量的唱片外也没有完整的剧目传下来，所以我们的剧目整理工作只能从民国初年以降的“四大须生”、“四大名旦”开始。他们受熏陶于前辈艺术家，可谓传统的集大成而又能创新的一代，整理剧目以他们为重点自然最合适不过。遗憾的是这些艺术大师大都已经作古，得到他们指点和首肯已不可能，为此，我们只能通过其亲传或再传弟子来进行流派剧目的整理工作。从中我们更深地体会到抢救要及时，当初未能抢救下来现在也不要嫌晚而不为，抢救一点是一点，否则能够保存下来的精华越来越少，越加难向历史向后人交代了。

更难的则是遴选整理者。剧目的全面整理需要全面的人才。我们在组织稿件的过程中却发现这样的人手颇不易得。如果流派创始人或其传人曾在戏校任教，且有较为完整的教案保存下来，今日稍加整理即可选用，自然不是难事。不过这样的情况并不多，大量的剧目尚需要对当年的演出本进行追忆记录，加工整理。曾经受业于流派创始人或其传人的京剧工作者虽然是整理演出本的合适人选，但是他们大都是单位的骨干，忙于演出，忙于剧务，或居于领导职位，很难分出身来。即或肯于应承下一两出戏，也常有如下的情况：能演不能说，能说不能写，能写又不能打谱。因此，完成一个剧目经常需由记录者、整理者和打谱人联袂而行，倘再加上剧目的传授者和提要的撰写人，则非四五人鼎力不可。《中国京剧流派剧目集成》收入二百多出戏，每出戏即使平均两三人参加，也要组织四五百人次。其繁难可以想见，其壮观亦可以想见。当然，这还仅就整理者的数量而言，更为难能可贵的还在于参与者的无私奉献。试想，跟演一出戏或教一出戏相比，以文字整理出一出戏，不仅费时而且费力，无疑是一桩一般人不肯为也不屑为的苦差事，而我们的整理者却能甘之如饴，乐此不疲，没有为京剧事业的传承而不计个人得失的宝贵情操，是难有这种积极性的。不仅如此，随着岁月流逝，整理流派剧日益困难，更需要求助一些老专家，他们或是资深艺员、教师，或是资深票友、戏迷，而今已是硕果仅存的京剧艺术的专家、流派历史的见证人。在他们身上洋溢着一种传承京剧流派的使命感，和对振兴京剧的期待。他们热情地参加到这项工作中来，或亲自动手，为我们整理剧目；或答惑解疑，给我们工作以指导。使我们在受教于他们的同时，油然而生一种深深的敬意。

克服了上述困难，《中国京剧流派剧目集成》终于呈现在读者面前。书中，除了囊括主要流派的主要代表剧目，试图反映京剧鼎盛时期的大致面貌而外，尚有可说道者。

首先是挖掘整理出一批流派剧目，其中不乏已近失传的流派艺术精品。其中共收流派五十余家、剧目二百多出，不仅是从装扮到曲谱俱全，而且半数以上不曾整理出版过，可算是京剧剧目建设的一个不小的工程。下列剧目可为佐证。如王（瑶卿）派名剧《南天门》（今能见到的只剩下王和老谭合拍的剧照）、余（叔岩）派名剧《太平桥》（据说是老谭给余说的开蒙戏）、马派名剧《白蟒台》（写王莽被俘后向旧臣一一乞命事，老生扮演反面人物堪称奇特）、麒派名剧《斩经堂》（其中吴汉的悲剧性格曾引起过热烈争论）、荀派名剧《鱼藻宫》（写吕后残害戚姬事，乃荀派悲剧剧目之一），以及汪（笑侬）派名剧《哭祖庙》、龚（云甫）派名剧《徐母骂曹》、徐（碧云）派名剧《绿珠坠楼》、裘（盛戎）派名剧《打銮驾》等，都是难得一见的流派剧目之珍品。而以“关外唐”名世的唐（韵笙）派名剧经其家人和传人的努力竟整理出其代表作《驱车战将》、《闹朝击犬》、《好鹤失政》、《绝龙岭》、《未央宫斩韩信》、《刀劈三关》等七出之多，堪称流派剧目建设的新收获。除此之外，《中国京剧流派剧目集成》还特别着力于武戏的挖掘整理。较之文戏，武戏更难整理，需要将演员在台上的动作招式一一准确地反映出来，没有深入的钻研领会、亲身体验，很难下笔。众所周知，杨小楼作为一代武生宗师，其“武戏文唱”乃武生的不二法门，也是令人神往的一种表演境界，在武戏剧目整理中理应得到体现。资深票友朱家溍先生得其真传，整理了杨派名剧《麒麟阁》，并详细记述了前后六次观剧的心得，惜乎不及将其用工尺谱记下的昆曲吹腔翻为简谱便溘然而逝了。另一出杨派名剧《镇潭州》则是根据京剧耆儒刘曾复先生的讲授整理出来的，其中杨再兴上场的“蝴蝶霸”、和岳飞对打的“枪架子”，皆独得杨派之秘，给人以再闻《广陵散》般的惊喜。此外，高盛麟的《长坂坡》、《走麦城》，王金璐的《落马湖》、《蚆蜡庙》也都走的杨派的路子，有的就是直接跟杨宗师学的。南派大武生盖叫天武功盖世，他的剧目身后却乏人整理，多亏移居上海的原中国戏校武功教师赵雅枫先生以耄耋之年勉力整出《一箭仇》，也算保存了盖派一脉。还值得一提的是收获了一批武丑戏。叶盛章当年是以武丑戏挂头牌演大轴的第一人，勇于创新，能戏甚伙，现将其创作的名剧《酒丐》、《祥梅寺》、《打瓜园》、《徐良出世》、《三盗九龙杯》、《铜网阵》等七出代表作一并推出，既再现了叶氏当年神勇，也为乏人承继的武丑行当提供一些演习之本。尤为可喜的是我们也挖掘整理出富连成科班总教习、文丑“萧派”创始人萧长华老先生的《选元戎》、《荡湖船》、《变羊记》等已近绝迹舞台的拿手剧目。凡此，整理者挖掘流派剧目的辛勤劳作成果，均为我们编纂“集成”增添了光彩。

为了方便读者翻检使用，本书采取四五出戏合编一册的形式，这样全书约有五十册之多，并拟分三批推出。第一批为老生行的余派，以及号称“南麒、北马、关外唐”的三派，和武丑行的叶（盛章）派，计五家八册。第二批则以旦行“梅、尚、程、荀”为代表，包括老旦、刀马旦等流派。第三批是老生、小生、武生、净、丑等其他流派。

预期一两年内出齐。倘若其中有重要疏漏，又得人整理，亦可考虑编辑出版“集外集”，以满足读者的需求，也使这部“集成”更为名副其实。

当然，《中国京剧流派剧目集成》的编纂，其目的只在提供流派剧目作为研究家和后学者的参考借鉴。而流派、流派，意重在“流”。所谓流，指流行和流变。流派艺术正是在流行、流变中最终形成的，即或在最终形成之后，也还是靠流行、流变而发展的，倘若泥古不化，抱残守缺，就会失掉其鲜活的生命力，艺苑奇葩也会枯萎，这已为京剧发展史所证明。不过，流派艺术发展也需要有个前提，那就是首先要掌握渗透在表演程式唱念做打、手眼身发步中的艺术个性，而流派剧目就是其艺术个性展现的载体。继承流派艺术，不能只满足于模拟外在的“体”，更要在剧目演练中去体味其艺术个性的“魂”，这样才能促使京剧流派艺术从剧目建设到表演个性都得到发扬光大。此乃传承流派剧目的题内之义，自毋庸赘言。

目录

余叔岩

刘曾复 讲述　李　舒 整理　李之祥 记谱

摘缨会

余叔岩演出本

《摘缨会》故事见于《东周列国志》第五十一回《诛斗椒绝缨大会》。清宫《外学目录》记载谭鑫培擅演剧目，内有《绝缨会》。20世纪前期以来余叔岩等各家演出此剧均名《摘缨会》。京剧《平陆浑》、《清河桥》、《摘缨会》、《荥阳关》四出戏故事联属，可以连演，亦可单出演。《摘缨会》的剧情是：楚庄王平定斗越椒之乱，在渐台设庆功宴，犒赏文臣武将，命爱妃许姬席前敬酒，巡至末座，狂风骤起，吹灭灯烛。一裨将趁机拉扯许姬调戏。许姬急中生智，摘其盔缨，暗告庄王。庄王却命群臣皆摘下盔缨，即称摘缨大会以为酒令，实为掩息戏姬事，隐而不查。后晋楚交兵，庄王败阵落马，裨将唐狡突出救驾，力擒晋将先蔑。庄王斩先蔑加封唐狡。庄王问："孤王有何恩典与你?"唐狡答："大王可记得摘缨大会之故否?"庄王大悦。据传谭鑫培、谭小培父子曾在文明茶园演出，小培前演《摘缨会》，老谭后演《黄金台》；又一次老谭前演《摘缨会》，小培后演《黄金台》，致使专等看老谭而迟来的观众，未睹老谭之《摘缨会》而抱憾不已。《摘缨会》一剧或由此树立了标格，亦引发宗谭的余叔岩以及各家承传此剧的意愿。

20世纪前期，杨小楼、梅兰芳、余叔岩，被推崇为北京京剧界鼎足而立的三个代表人物。他们技艺精湛，风格相谐，具有中和、含蓄、精练、流畅的共同艺术特征。三位行当不同，各成一派，拥有自己的拿手戏，同时又有珠玉相称、平分秋色的合作戏。如梅、杨合作的《霸王别姬》、《长坂坡》；余、梅合作的《梅龙镇》、《打渔杀家》、《三娘教子》、《三击掌》；余、杨合作的《镇潭州》、《战宛城》、《八大锤》、《连营寨》、《阳平关》、《五截山》。而梅、杨、余三位合作的只有《回荆州》，梅饰孙尚香，杨饰赵云，余饰鲁肃。后来他们想到了这出《摘缨会》，余饰楚庄王，梅饰许姬，杨饰唐狡。在义务戏中首次露演此剧，即轰动剧坛，"合作戏"的艺术效应很可观，堪称京剧盛时之大举（时在1923年）。此剧遂成三大贤合作的代表剧目，每逢义务戏、堂会戏常被重点推出。

《摘缨会》的人物以庄王为主，许姬、唐狡次之，梅、杨乐于演配角，既见合作之诚，更显余叔岩之声威。余叔岩的庄王唱、念、身段、扮相都很精致，唱腔尤为绝妙。梅兰芳的许姬戏虽不多，而他那足令"六宫粉黛无颜色"的风采，诚信"此曲只应天上有"的声腔，已使观众惬意非常，叹为观止。杨小楼的唐狡，唱念虽少，依然声如洪钟，武打简捷，蕴含着所向披靡的气势，犹能撼人心魄。看来"合作戏"一则要选好剧目，二则要看演员是谁。更值得记取的一个重要原则是，梅、杨是按传统的、经典的《摘缨会》来演，该有的一定有，不该有的不添造，不因梅兰芳而加八句唱腔，不因杨小楼而增六套把子，规规矩矩，没有过分显示个人的倾向，唱正戏按正戏的要求，演配角有配角的尺度，惟方家乃通达中和之旨趣。杨为梅演配角的戏还有《金山寺》的伽蓝、《五花洞》的大法官、《春秋配》的张雁行，均能恰如其分，适可而止。这出《摘缨会》里还有钱金福的先蔑、王长林的襄老，亦属上乘品格，烘托辉映，极具观赏性，是为梅、杨、余的最佳搭档。

余叔岩在自己的班社里又与荀慧生、杨小楼合演此剧。其后言菊朋、马连良、谭富英、杨宝森、奚啸伯均演出此剧。另外谭小培、许荫棠、苏少卿、夏山楼主韩慎先均有《摘缨会》的唱片，唱词略有不同，以谭小培所唱最为经典，余叔岩曾作为参考。

余叔岩于1932年（43岁）所录的唱片中，有《摘缨会》〔西皮慢板〕“劝梓童……”一段，因唱片时间所限，唱词删减为十二句，原词三十二句。两者唱腔变易处如：“天降下养由基英雄良将”即用原词“摘去了司马印芳贾执掌”的腔，“竟有那无耻之徒酒后癫狂”，既用原词“清河桥比箭法老贼身亡……”的腔可以想见当年余叔岩的这一大段唱腔跌宕婉转，悠然歌之，必使闻者大获解颐之快。但亦有时省略若干句，以唱到圆满处为佳境。余叔岩这段“劝梓童……”与他在1940年（51岁）所录的最后一批唱片中的《沙桥饯别》〔二黄慢板〕“提龙笔……”一段，当可视为余叔岩唱片中最具经典性的两段。比较而言，前期（31岁、35岁）的《捉放曹》、《一捧雪》、《桑园寄子》等，以清刚峭拔为主旨；《空城计》、《洪羊洞》、《搜孤救孤》等，更臻深醇而富于神韵。《摘缨会》、《沙桥饯别》两段，对四声音调及三级韵法则的研究愈显精透，字韵与行腔劲头、擞音的结合愈见老到。朴拙中寓纤巧，细腻而不嫌雕琢；肃穆中含清远，矜持而不沾火气。展现出苍劲、醇厚、古朴、凝重的艺术特色。聆听余叔岩的这两段唱腔，宛如品读晋人法帖、唐人律诗，直觉法度严谨，气韵生动，说是千古绝唱亦非过誉。

钱金福的身段、把子、脸谱自成体系，京剧界奉为典范。他对《摘缨会》之先蔑、《定军山》之夏侯渊的脸谱有所创造，净角演员沿用至今。先蔑的扮相原来是勾红三块瓦脸，穿红靠，戴黑满。钱金福把《荥阳关》先縠（先蔑之弟）的脸谱黑花三块瓦用于先蔑；夏侯渊过去勾黑色破脸或碎脸，钱金福认为有损大将威风，又把先縠的脸谱用于夏侯渊，在眼窝处加以变化，以示区别。先蔑改穿黑靠，仍戴黑满，夏侯渊仍穿黑靠，戴黑扎。金少山演先蔑勾过黑脸。马连良演《摘缨会》，刘连荣饰先蔑，还照原样勾红脸，穿红靠。刘曾复著《京剧脸谱图说》其中绘制了钱金福所勾画的先蔑、夏侯渊的黑花三块瓦脸的谱式，展示了钱氏净角脸谱笔法之精美、传神，可资欣赏、应用。

李 舒

人物行当

楚庄王	老生	四太监	杂
许　姬	旦	大太监	生
唐　狡	武生	四红龙套	杂
申无畏	净	四宫女	旦
苏　从	老生	晋成公	净
虞　邱	老生	先　蔑	净
熊负羁	老生	公子宋	老生
潘　尪	净	公子凯	武生
乐　伯	武生	公子有	净
公子婴齐	武生	四太监	杂
公子侧	净	大太监	丑
养由基	武生	四绿龙套	杂
襄　老	丑	四军卒	杂
四牙将	武生		

服装扮相

楚庄王　俊扮。第一场九龙冠、黑三、黄开氅；第七场黄马褂、红龙箭衣，红彩裤，厚底靴。

许　姬　凤冠，宫装、云肩，粉彩裤，彩鞋。

唐　狡　俊扮。第一场扎巾盔，红软靠，红彩裤，厚底靴；第八场甩发、梢子帽，黑箭衣、红号坎，薄底靴；第十六场武生巾。

申无畏　红三块瓦脸。台顶、黪满，紫蟒，红彩裤，厚底靴。

苏　从　俊扮。夫子盔、黪三，香色蟒，黑彩裤，厚底靴。

虞　邱　俊扮。荷叶盔、黑三，红蟒，红彩裤，厚底靴。

熊负羁　俊扮。帅盔、黑三，蓝蟒，红彩裤，厚底靴。

潘　尪　紫三块瓦脸。踏镫、黑蟒，黑彩裤，厚底靴。

乐　伯　俊扮。倒缨盔，粉蟒，红彩裤，厚底靴。

公子婴齐　俊扮。虎头盔，红蟒，红彩裤，厚底靴。

公子侧　元宝脸。黑一字、虎头盔，绿蟒，红彩裤，厚底靴。

养由基　俊扮。硬扎巾、大额子，白蟒，红彩裤，厚底靴。

襄　老　老丑脸。狮子盔、白五绺，白蟒，黑彩裤，朝方靴；第九场白开氅、白龙箭衣。

四牙将	（唐狡在内）扎巾盔，软靠，红彩裤，厚底靴。
四太监	太监衣帽，红彩裤，薄底靴。
大太监	太监衣帽，红彩裤，薄底靴。
四红龙套	龙套衣帽，红彩裤，薄底靴。
四宫女	梳大头、过桥，褶子、云肩、素裙，粉彩裤，彩鞋。
晋成公	蓝三块瓦脸。草王盔，黑满，绿蟒，红彩裤，厚底靴。
先　蔑	黑花三块瓦脸。紫金盔、翎子、狐狸尾、黑满，黑靠、黑蟒。（或红三块瓦脸、红靠、红蟒）黑彩裤，厚底靴。
公子宋	俊扮。武生巾、黑三，白箭衣、黑马褂，黑彩裤，厚底靴。
公子凯	俊扮。扎巾盔，白靠，红彩裤，厚底靴。
公子有	揉红脸。扎由盔，红靠，红彩裤，厚底靴。
四太监	太监衣帽，红彩裤，薄底靴。
大太监	豆腐块粉脸。太监衣帽，红彩裤，朝方靴。
四绿龙套	龙套衣帽，红彩裤，薄底靴。
四军卒	军卒衣帽，红彩裤，薄底靴。

道具

桌子	七张	**酒具**	五份
香炉	一个	**宝剑**	一口
小帐子	一份	**牙笏**	一个
马鞭	三个	**单刀**	一口
手铐	一个	**云帚**	二个
单枪	十杆	**椅子**	七把（加条凳）
标帜	红绿各四个		
红桌围椅披	六份		

第　一　场

〔【一锤锣】众官上申无畏"大边"居中。苏从"小边"居中依次左右至台口站"一字"翻袖挡脸唱曲牌<点绛唇>接【归位】报名。

申无畏　大司马申无畏。

苏　从　上大夫苏从。

虞　邱　下大夫虞邱。

熊负羁　上将军熊负羁。

潘　尪　车左将军潘尪。

乐　伯　车右将军乐伯。

婴　齐　左殿将公子婴齐。

公子侧　右殿将公子侧。

养由基　左队先锋养由基。

襄　老　右队先锋襄老。【住头】

申无畏　列公请了。

众　请了。

申无畏　大王设朝，两厢伺候。

众　请。

〔【大锣打下】众分左右下。

第　二　场

〔堂桌、"小座"。

〔【一锤锣】四太监、大太监、庄王[①]上。【大锣归位】

庄　王　（引）征战戎夷，【小锣二击】立功勋，（多多）

1· 2　3 ⁵2　2 0　3 ²3　2 -　‖
息　　卷　　　　　旌　　旗[②]

〔【原场】入正面"小座"【归位】

（诗）为征陆浑动兵机，
越椒无礼把孤欺；【小锣二击】
幸有众卿逞雄力，
才得凯歌马停蹄。[③]【归位】

---

① 本场庄王戴九龙冠、穿黄开氅。

② 另本作"盛世兴隆，图霸业，一统江洪"。

③ 另本词作"楚国逞强有数秋，龙争虎斗统貔貅。图霸中原孤为首，山河一统乐无忧"。

孤，熊旅。【住头】坐镇荆州，承先帝基业，复立楚国。三年以来号令未申，大夫申无畏、苏从直谏重整先王原例。是孤欲图中原，适逢川贼陆戎兄妹造反，孤御驾亲征。在朝摘去斗越椒兵权印信，不想奸贼妒贤嫉能，司马芳贾满门尽丧，斗贼突兵劫驾，多亏养由基灭贼除患，保孤回朝。寡人今日设宴渐台，犒赏群臣三军，以表孤爱戴贤臣之意。内侍与孤传旨：不论裨副牙将、大小官员，满朝文武齐上渐台，领宴共赏。

大太监 遵旨。大王有旨，不论裨副牙将、大小官员，满朝文武齐上渐台，领宴共赏。

〔众臣内白："领旨。"【冲头】众臣上，四牙将左右跟上，唐狡（红软靠、扎巾盔）随上站"大边"外角。

众 臣等见驾，大王千岁！

庄王 众卿平身。

众 千千岁！（分站左右）

申无畏 宣臣等上殿有何旨意。

庄王 孤今得能还朝，在渐台设宴，与众卿同饮。

申无畏 臣等遵旨。

庄王 内侍。

大太监 有。

庄王 酒宴可曾备齐？

大太监 俱已齐备。

庄王 带路渐台。

大太监 带路渐台呀！

〔奏唢呐曲牌<工尺上>四太监领起众下。"转场"正场高台。小帐子、"大座"，两边八字桌、"大座"，酒具。

〔众上"挖门"庄王入高台"大座"，大太监站大边椅上；众官入两边"大座"，唐狡入"大边"外首椅。太监斟酒。曲牌止。

庄王 看宴。

众 大王请！

〔唢呐曲版<玉芙蓉·前段>众饮酒。

庄王 内侍。

大太监 有。

庄王 宣许娘娘上渐台。

大太监 （下椅子）大王有旨。宣许娘娘上渐台呀。

〔许姬内白："领旨。"<西皮小开门>四宫女引许姬上。

许姬 （念）深感隆恩君锡宠，轻移莲步上渐台。

〔四宫女"挖门"站高台后侧两边，许姬参拜。曲牌止。

许姬 妾妃见驾大王千岁！

庄王 梓童平身。

许姬 千千岁！【小锣二击】（上高台"小边"椅站立）宣妾妃上渐台，不知有何旨意？

庄王 孤王今日设宴犒赏功臣，梓童在众臣席前行酒一巡，以表孤王爱戴贤臣之意。

许姬 妾闻男女不渎，何况君臣。

申无畏
苏　从　臣等叩沐恩宠，何敢再劳娘娘赐酒？

庄　王　孤王今日设宴，原为君臣共饮，众卿不必谦逊，孤王言重如山，岂能反悔，梓童巡酒。

许　姬　领旨。

〔【长锤】许姬下椅；太监随下，端酒壶，同至台口。

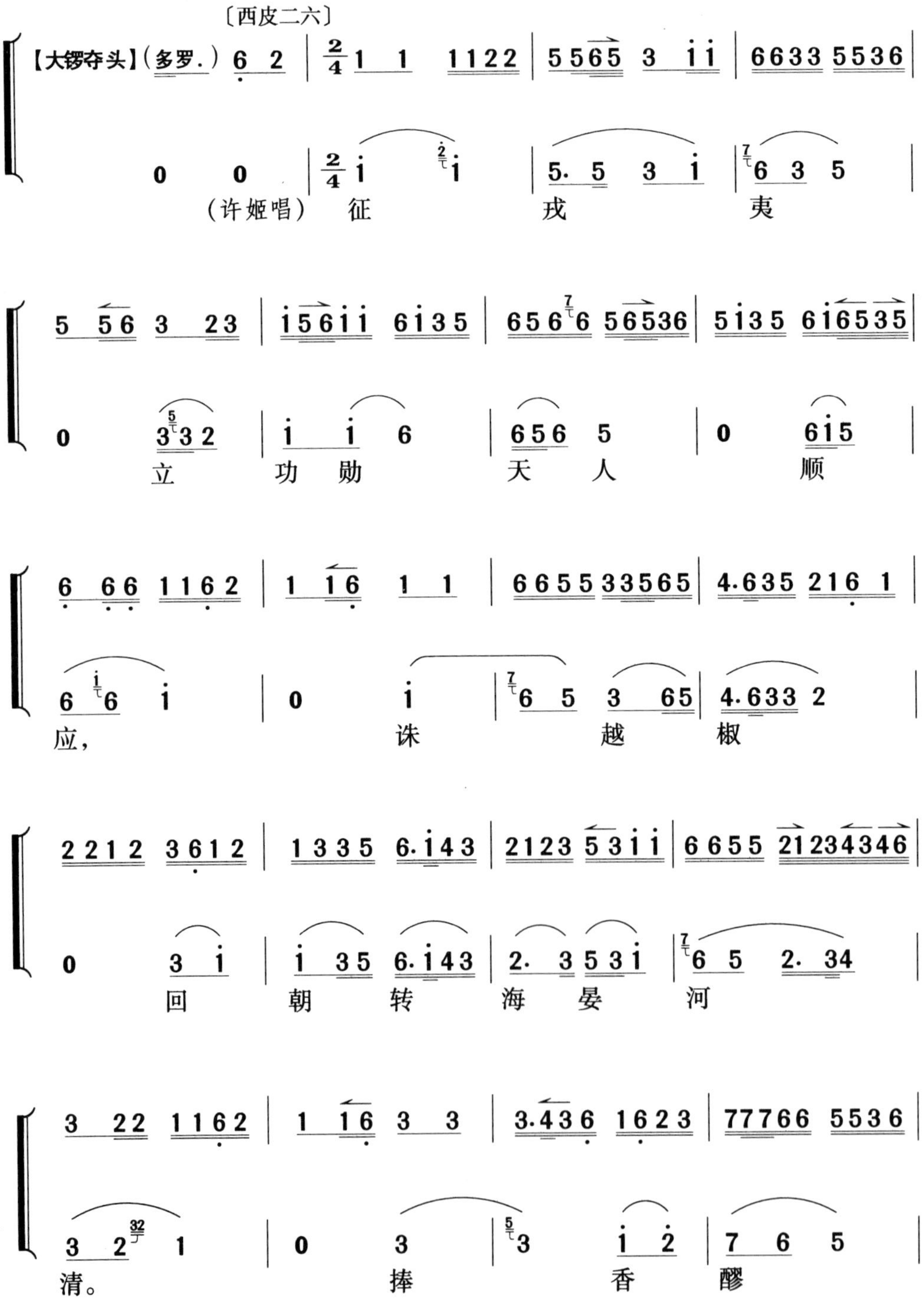

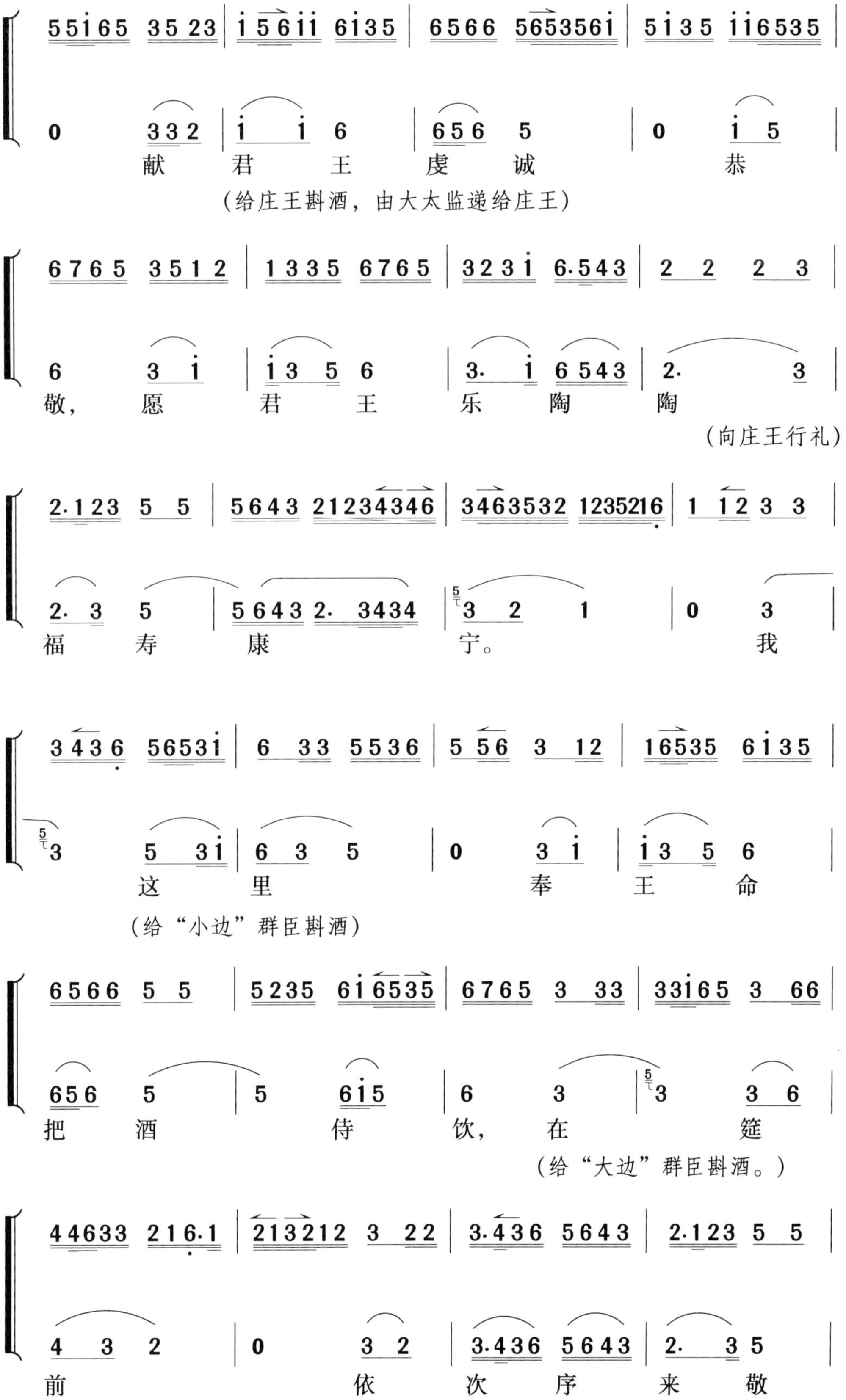
献君王虔诚恭
（给庄王斟酒，由大太监递给庄王）
敬，愿君王乐陶陶
（向庄王行礼）
福寿康宁。我
这里奉王命
（给“小边”群臣斟酒）
把酒侍饮，在筵
（给“大边”群臣斟酒。）
前依次序来敬

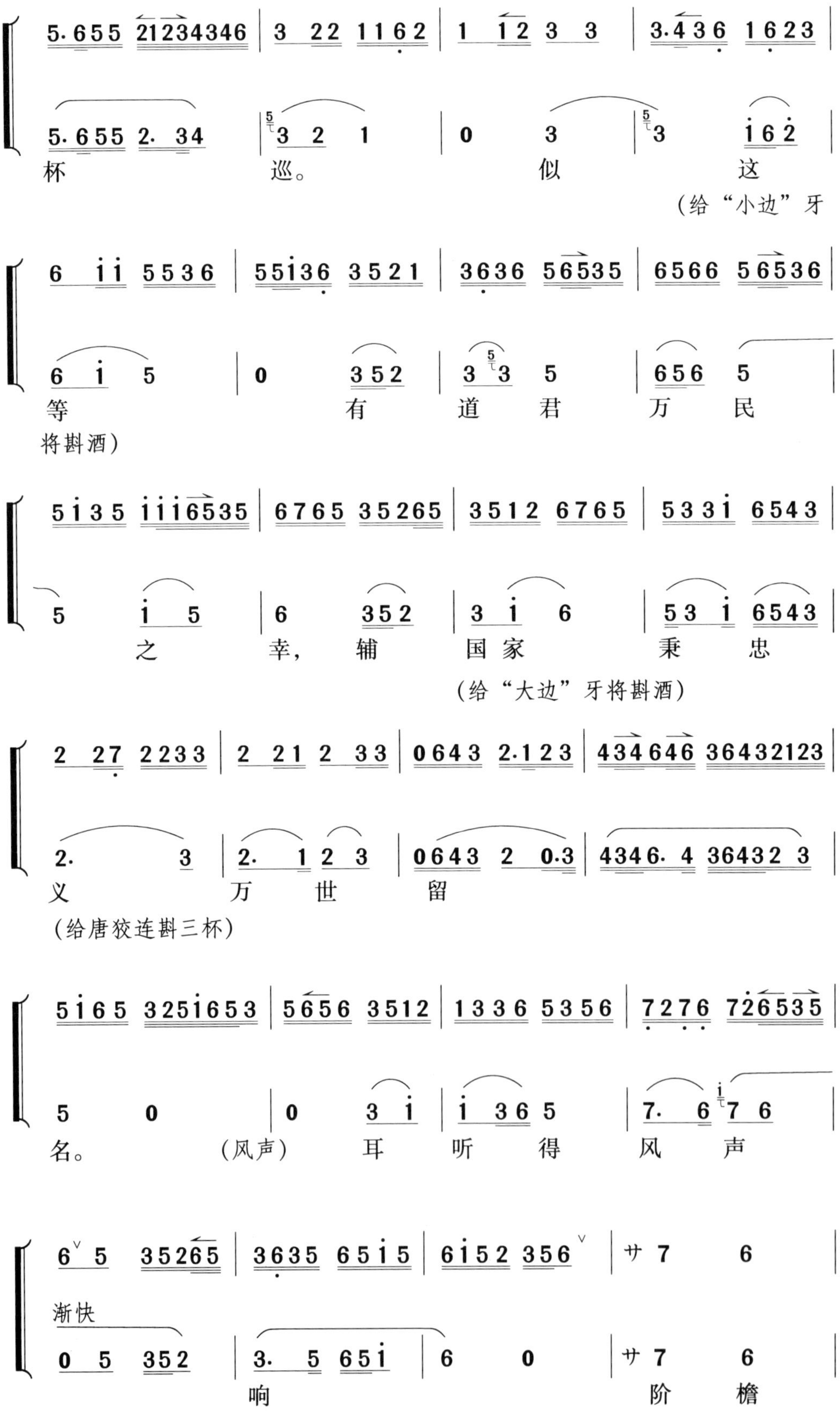
杯 巡。 似 这
（给“小边”牙
等 有 道 君 万 民
将斟酒）
之 幸， 辅 国 家 秉 忠
（给“大边”牙将斟酒）
义 万 世 留
（给唐狡连斟三杯）
名。 （风声） 耳 听 得 风 声
渐快
响 阶 檐

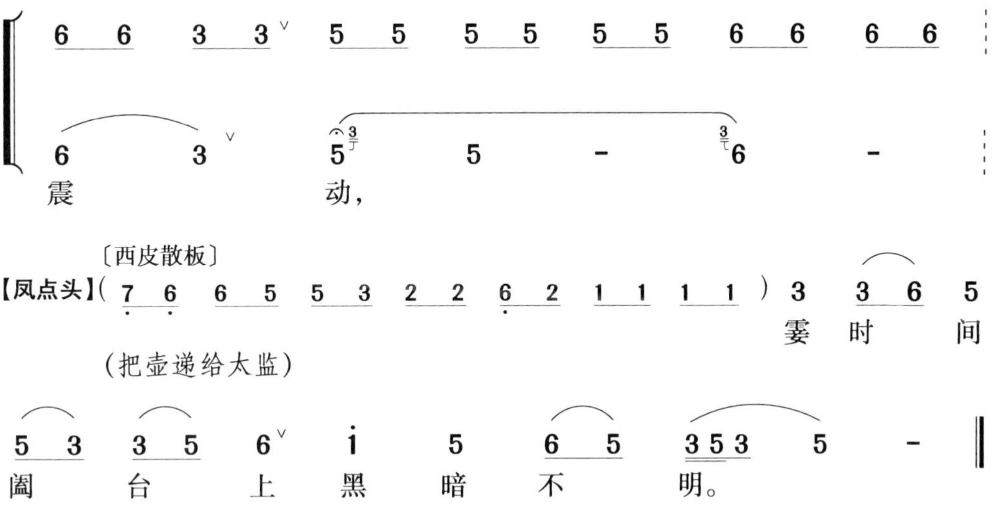

〔【乱锤】唐狡出座与许姬“推磨”，许摘唐盔缨，上“小边”椅与庄王耳语，递盔缨。唐狡坐原位。

申无畏
苏　从 快快点灯！

庄　王 慢慢慢掌灯！【大锣五击】众卿。

众 大王！

庄　王 今日此宴原为君臣共欢，诸事无忌。孤王出一酒令，众卿可将盔缨摘下，丢过席前，作一绝缨大会，但有不遵者，孤王不以法度治之，只罚酒三巨觥。

众 臣等遵旨。

〔【冲头】太监拿盘两边收缨。唐狡摸头无缨，出座摸地找缨，未获，仍坐下。太监收完将盘放桌上。

庄　王 可曾摘齐？

众 俱已摘齐。

庄　王 吩咐掌灯。

太　监 遵旨。（作点灯状）

庄　王 （左右两望，【撕边一锣】）哈……许姬回宫。

〔<小开门>许姬下椅，拜辞，宫女领下。

许　姬 暗中牵袂醉中情，玉手如风已绝缨。（下，曲牌止）

庄　王 众卿再饮一回。

众 臣等酒足，请驾回宫。

庄　王 退班。

〔<玉芙蓉·合头>庄王及众臣等“窝下”。留唐狡，唐比势，作斩首状；摸颈，作惊恐状。【回头·大锣原场】下。

第 三 场

〔【大锣水底鱼】公子宋上，至台口。

公子宋 晋国去求兵，要把楚邦平。【住头】俺（仓）郑国大夫公子宋是也。（仓匝）只因楚国屡与郑国不和，横行天下，奉主钧旨去往晋国借兵，共敌楚邦，马不宜迟，火速趱行。

〔【水底鱼】接【冲头】下。

第 四 场

〔场上设堂桌、“小座”。

〔【撤锣】接【小锣上场】四宫女站门。许姬上。

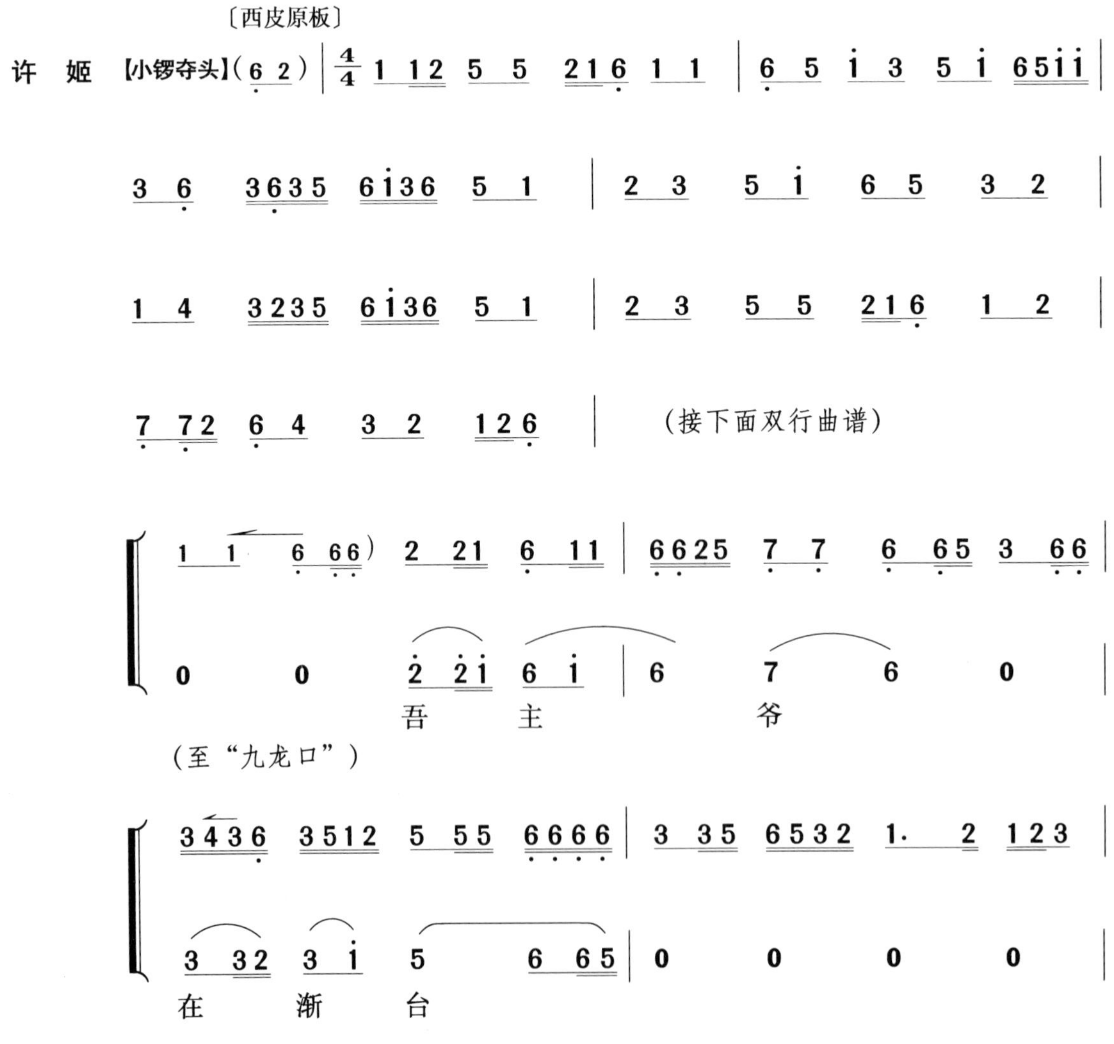

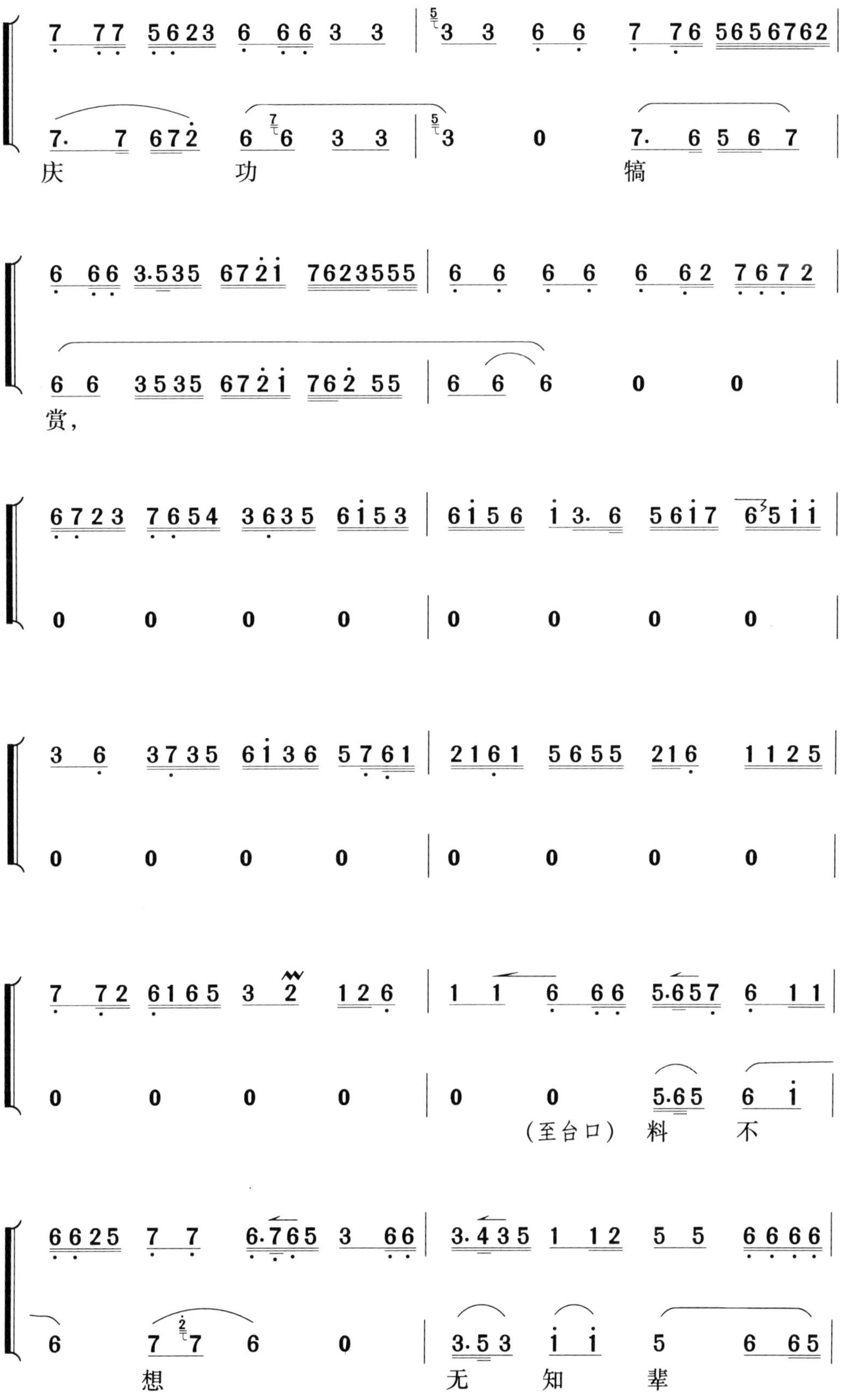
庆 功 犒
赏，
（至台口） 料 不
想 无 知 辈

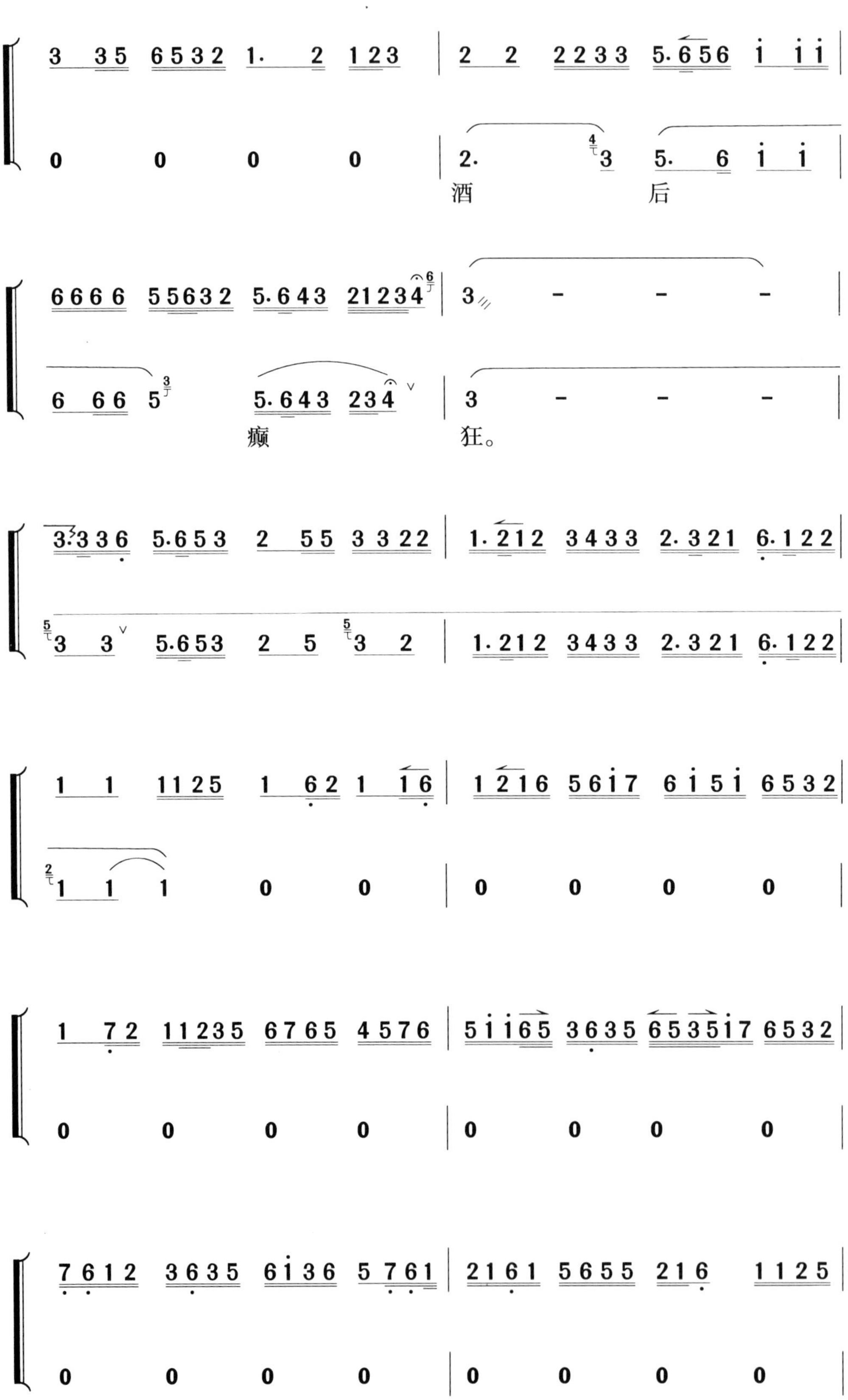
酒
后
癫
狂。

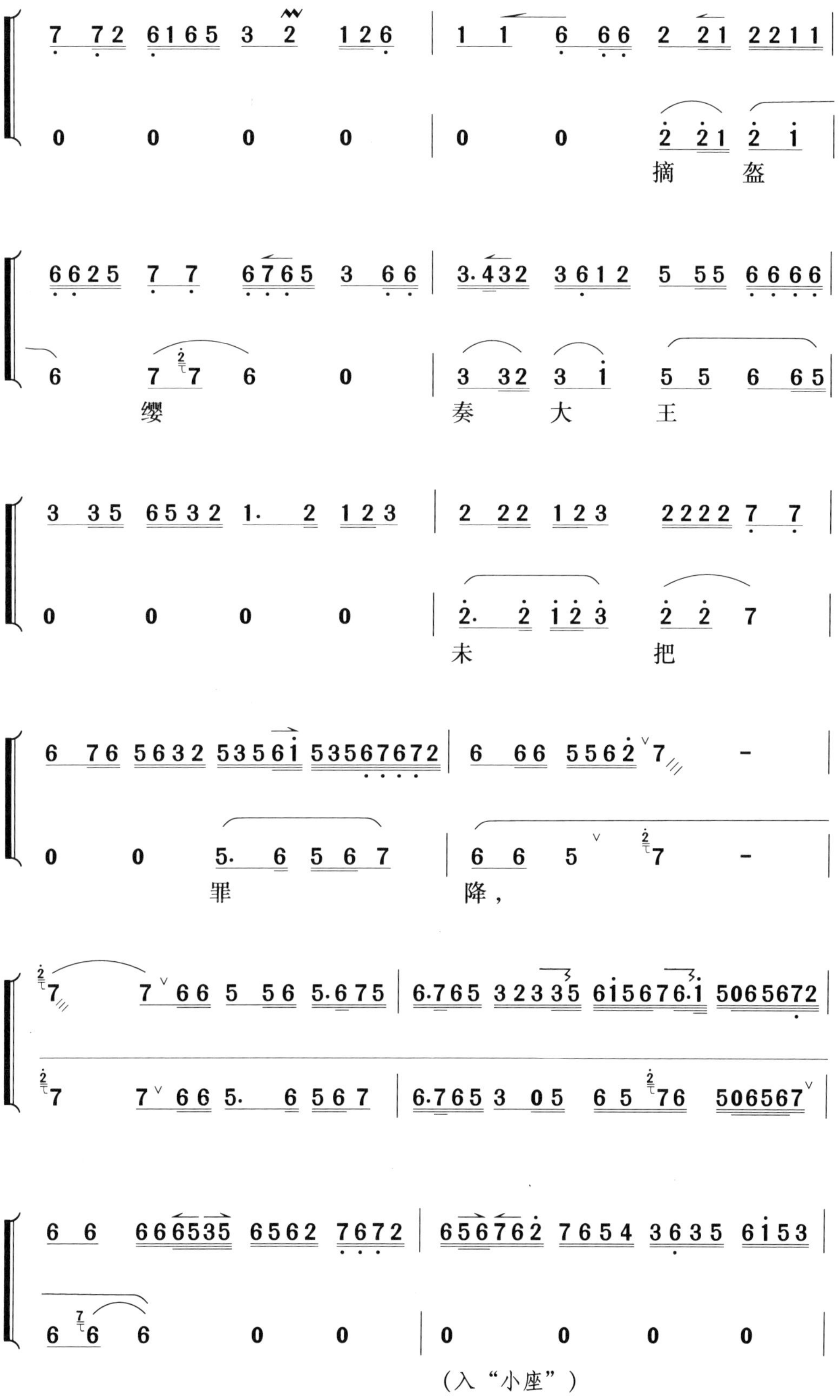
摘 盔
缨
奏 大 王
未 把
罪 降，
（入“小座”）

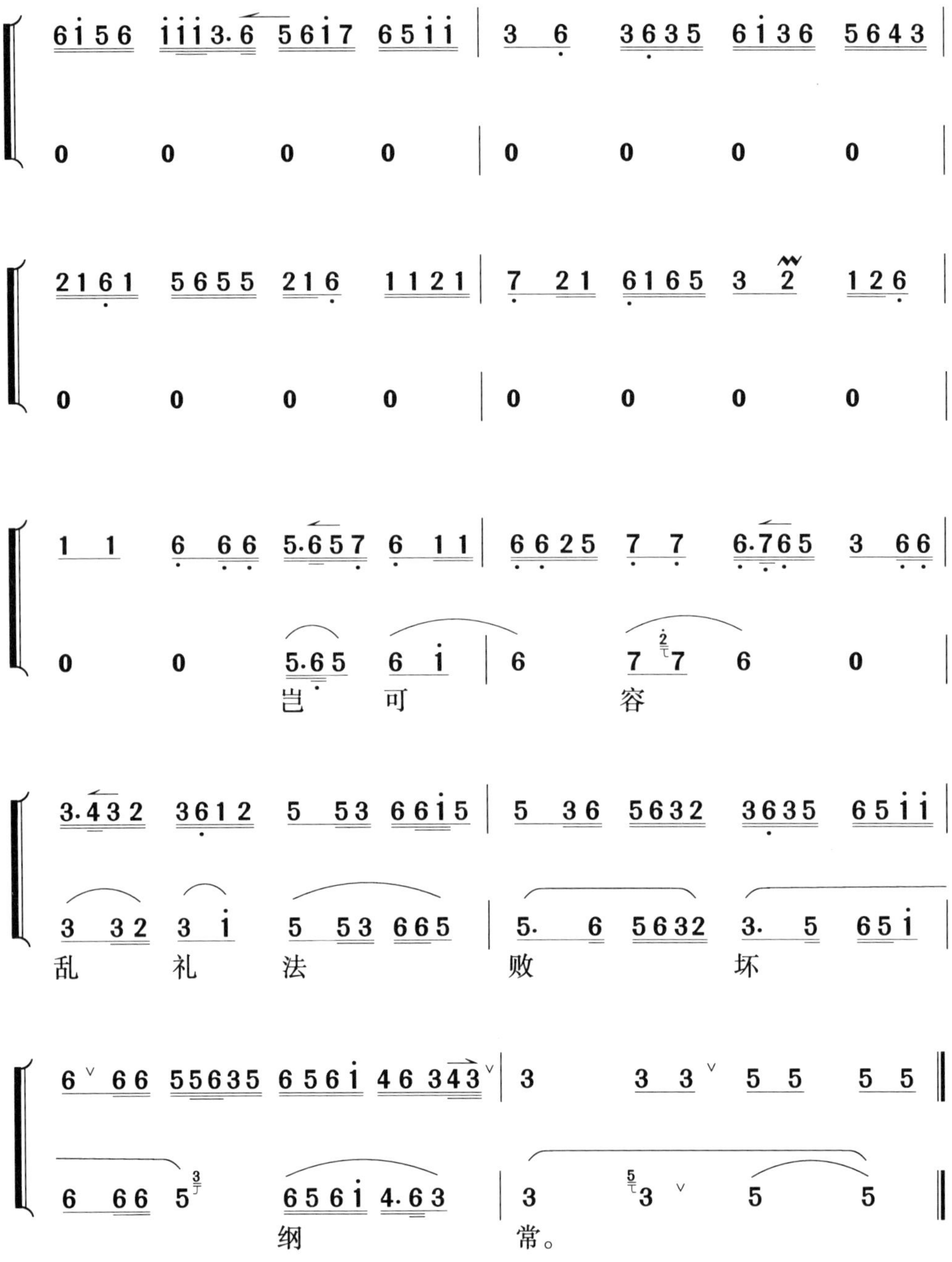

〔（内）"大王回宫啊"！【小锣抽头】四小太监上，站"一条边"，大太监引庄王上。

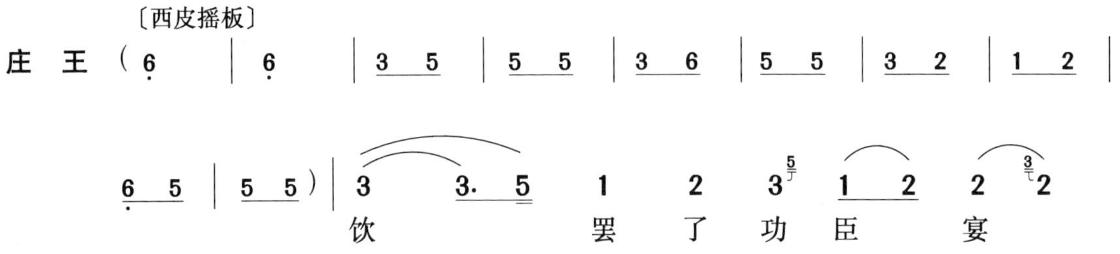

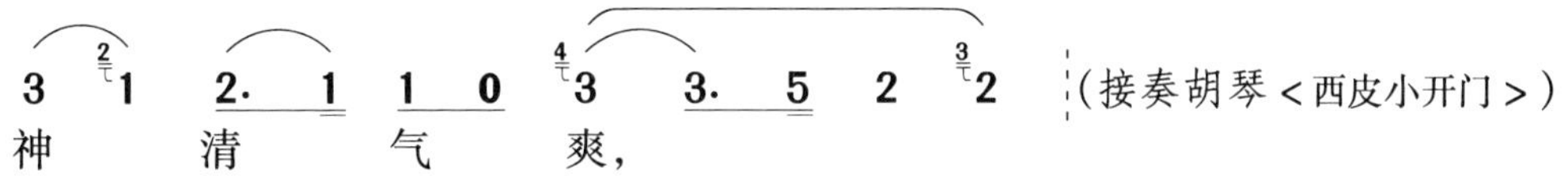

〔在曲牌进行中许姬出门接驾。庄王进门入“小座”。太监下。

许　姬　大王千岁！

庄　王　平身。

许　姬　千千岁！

庄　王　赐座。

许　姬　谢座。（<小开门>止，坐“大边”）喂呀……

庄　王　啊！【小锣凤点头】（

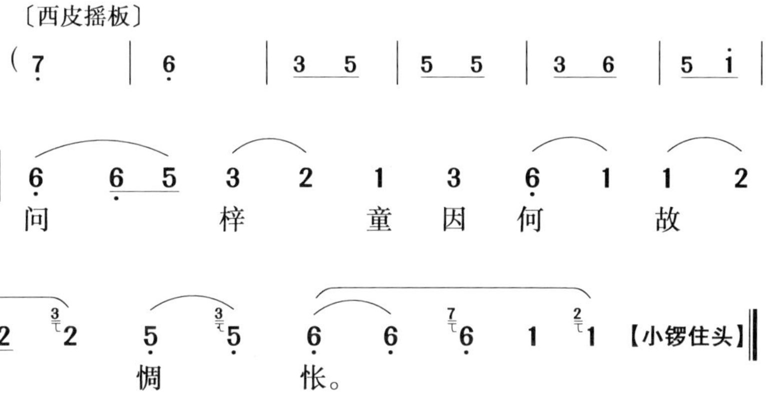

梓童为何面带愁容？

许　姬　启奏大王，大王使妾妃献觞于众臣以示敬意，竟有狂徒牵妾之袂，王不加察，何以肃上下之礼，正男女之别也？

庄　王　哈哈哈……梓童非所知也，孤王犒赏功臣原为君臣共欢，不该白昼连夜。酒后癫狂，乃人情之常，孤若察而罪之，一来众臣必然心神沮丧，二者道孤君妃有陷害贤臣之意，三则外邦闻知不雅，故以酒令掩盖，岂不三全其美？毛皮小事，梓童何必挂怀。哈哈哈……

许　姬　大王啊！

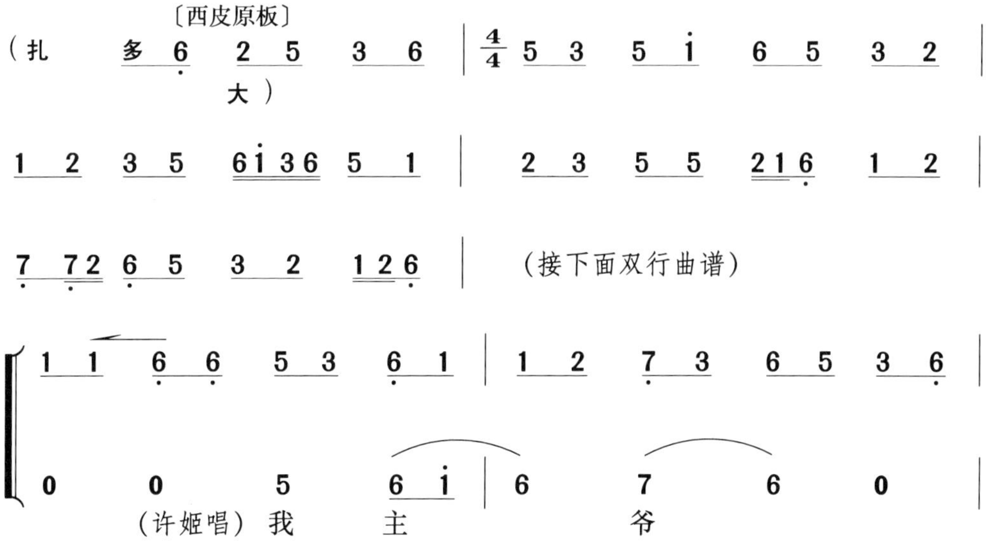

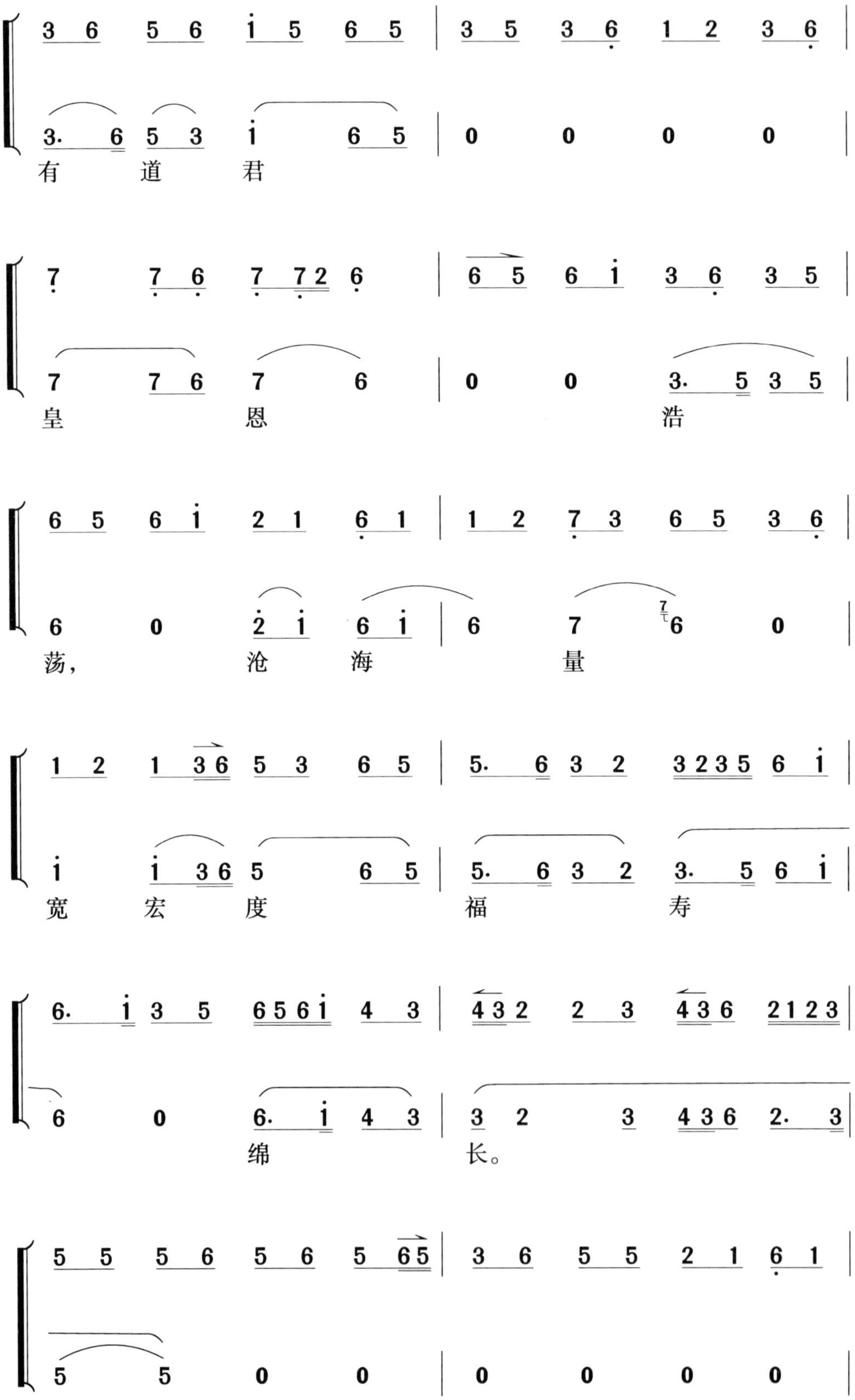
有 道 君
皇 恩 浩
荡， 沧 海 量
宽 宏 度 福 寿
绵 长。

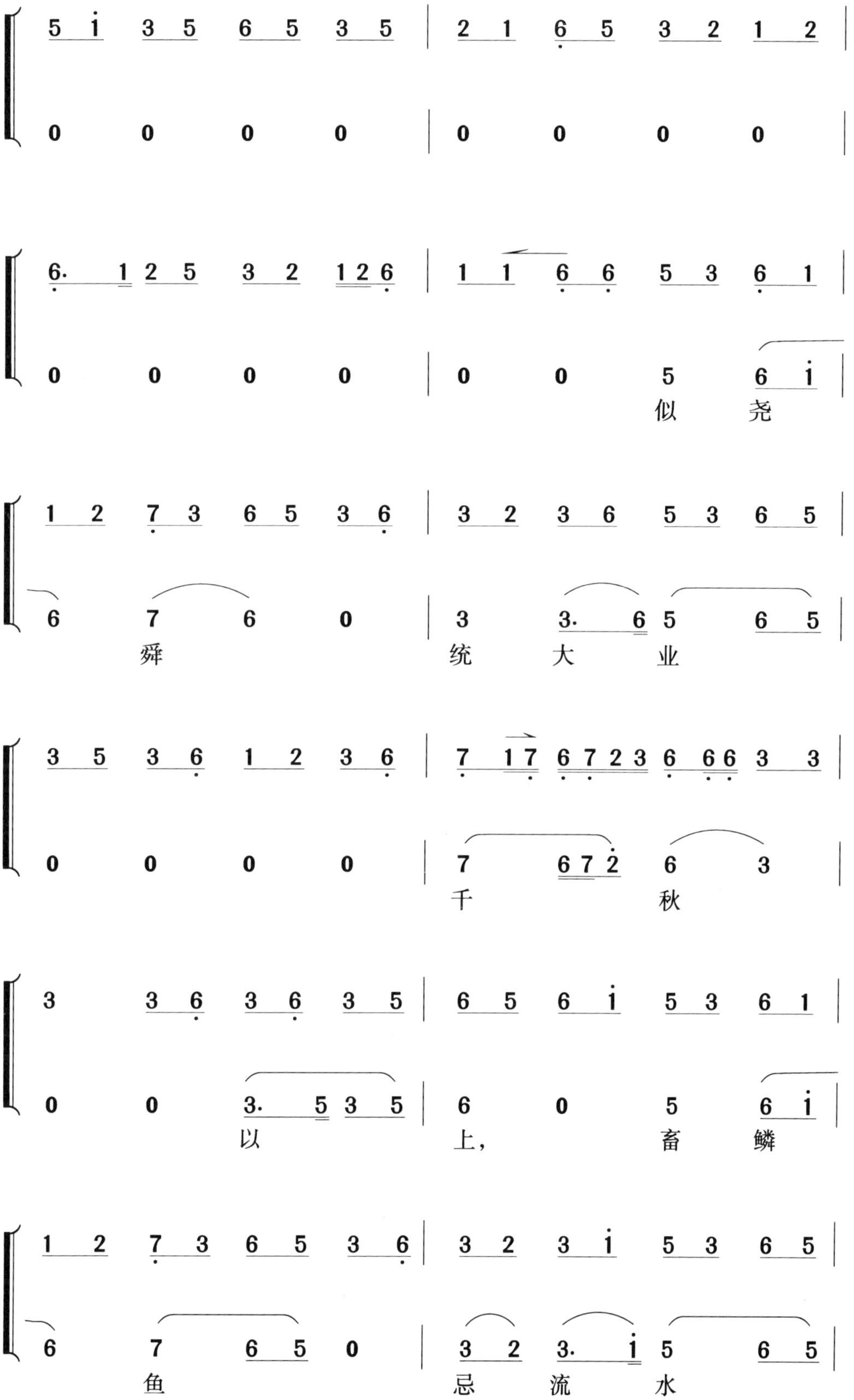
似 尧
舜
统 大 业
千 秋
以
上， 畜 鳞
鱼
忌 流 水

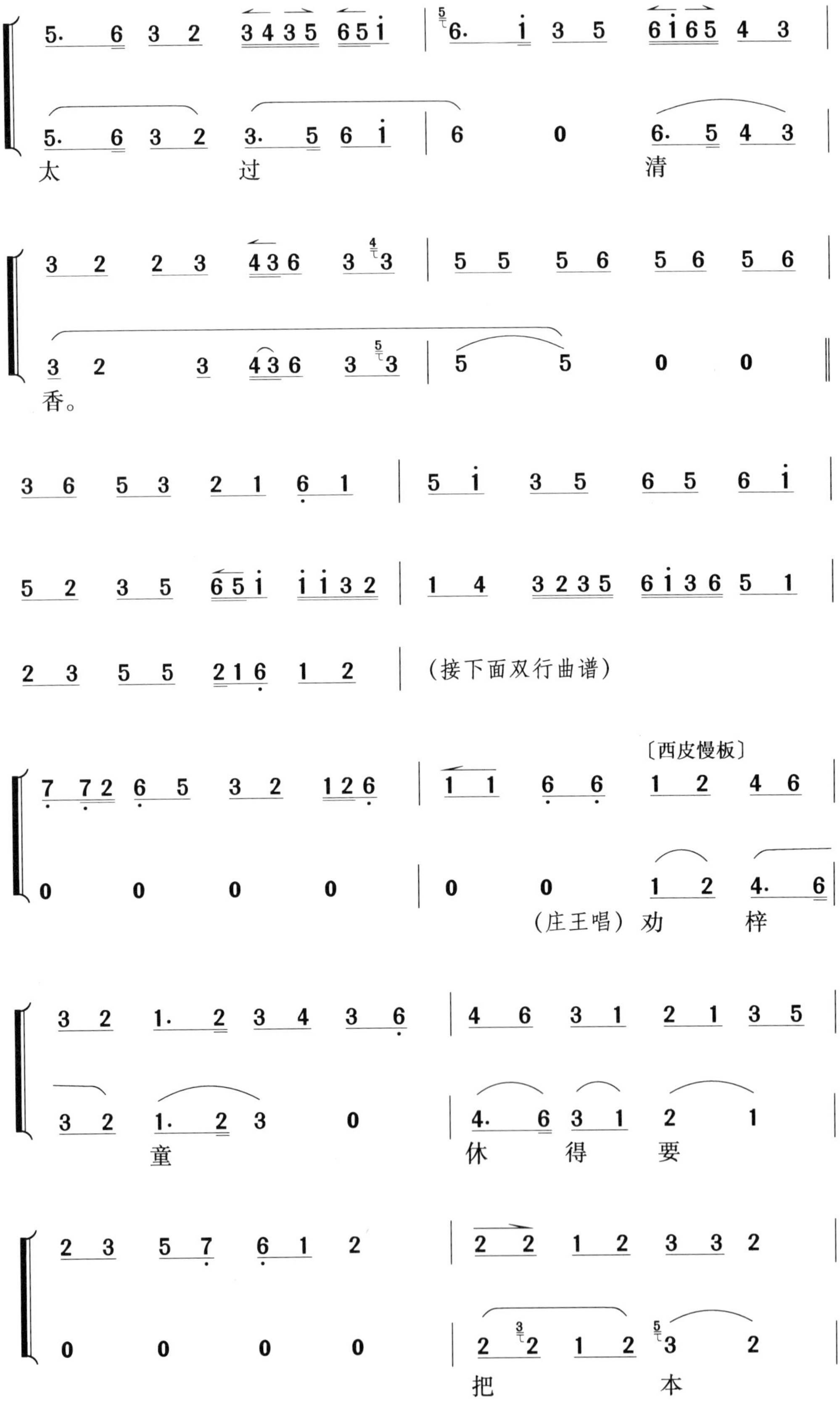
太 过 清
香。
(接下面双行曲谱)
〔西皮慢板〕
(庄王唱) 劝 梓
童
休 得 要
把 本

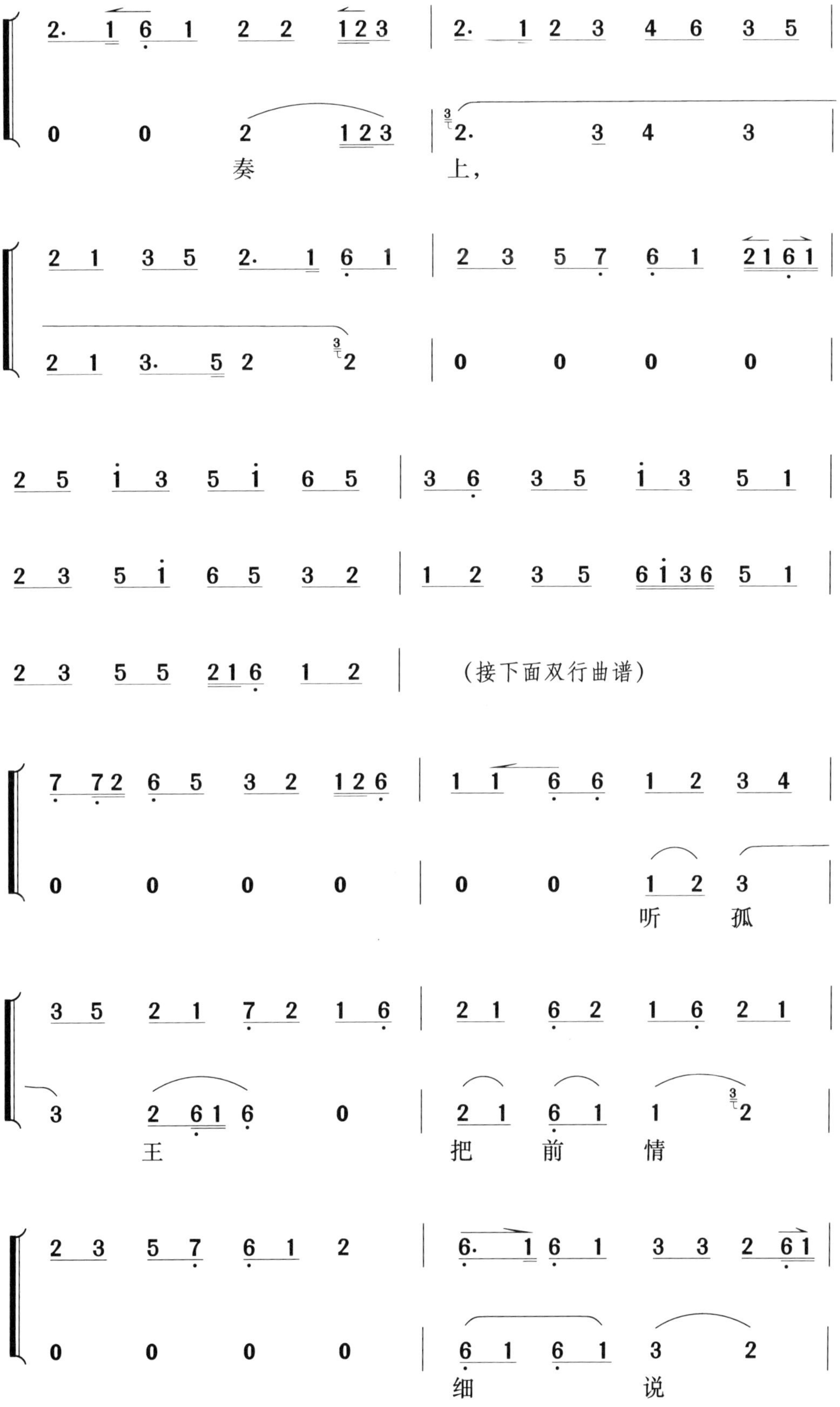
奏 上，
（接下面双行曲谱）
听 孤
王
把 前 情
细 说

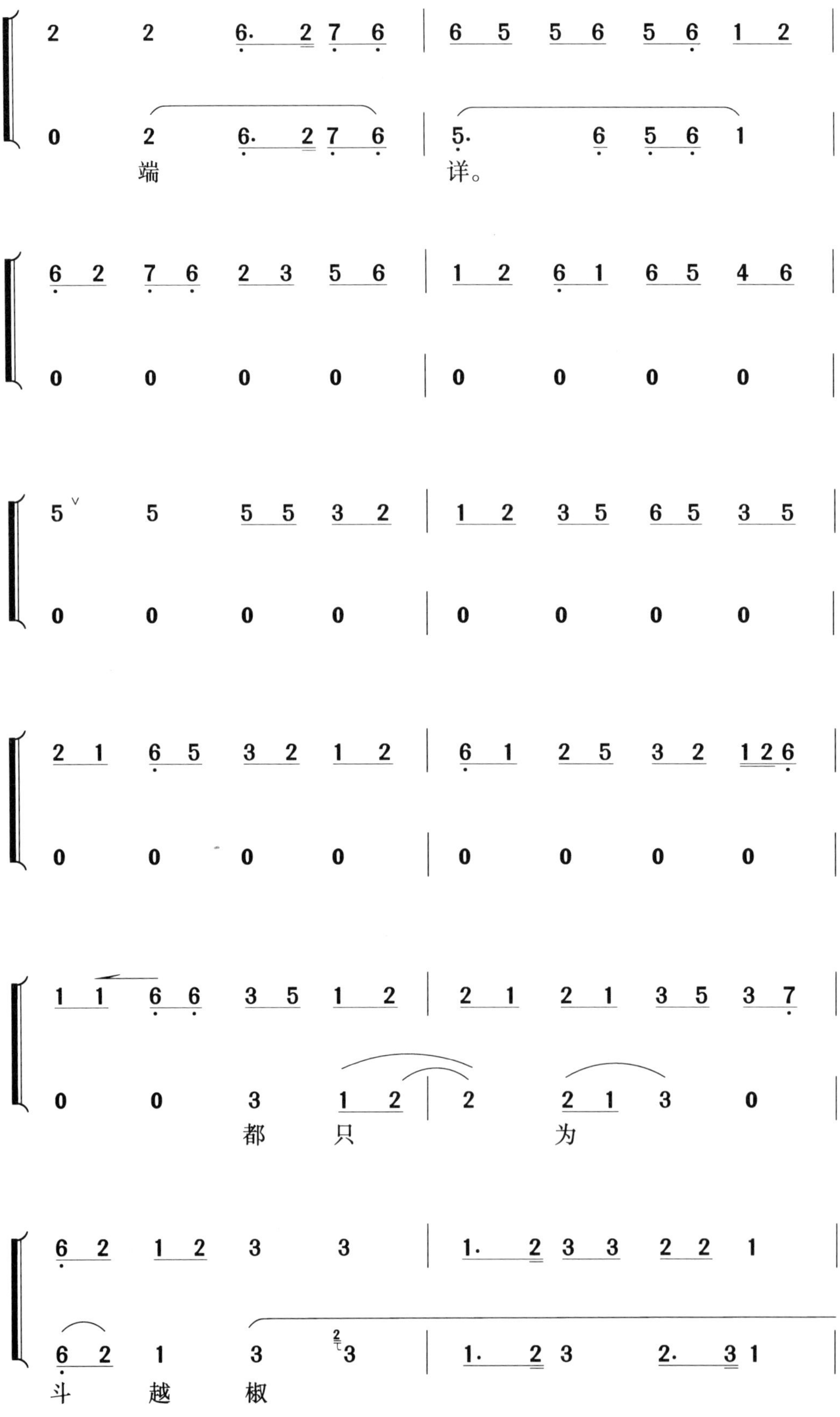
端
详。
都
只
为
斗
越
椒

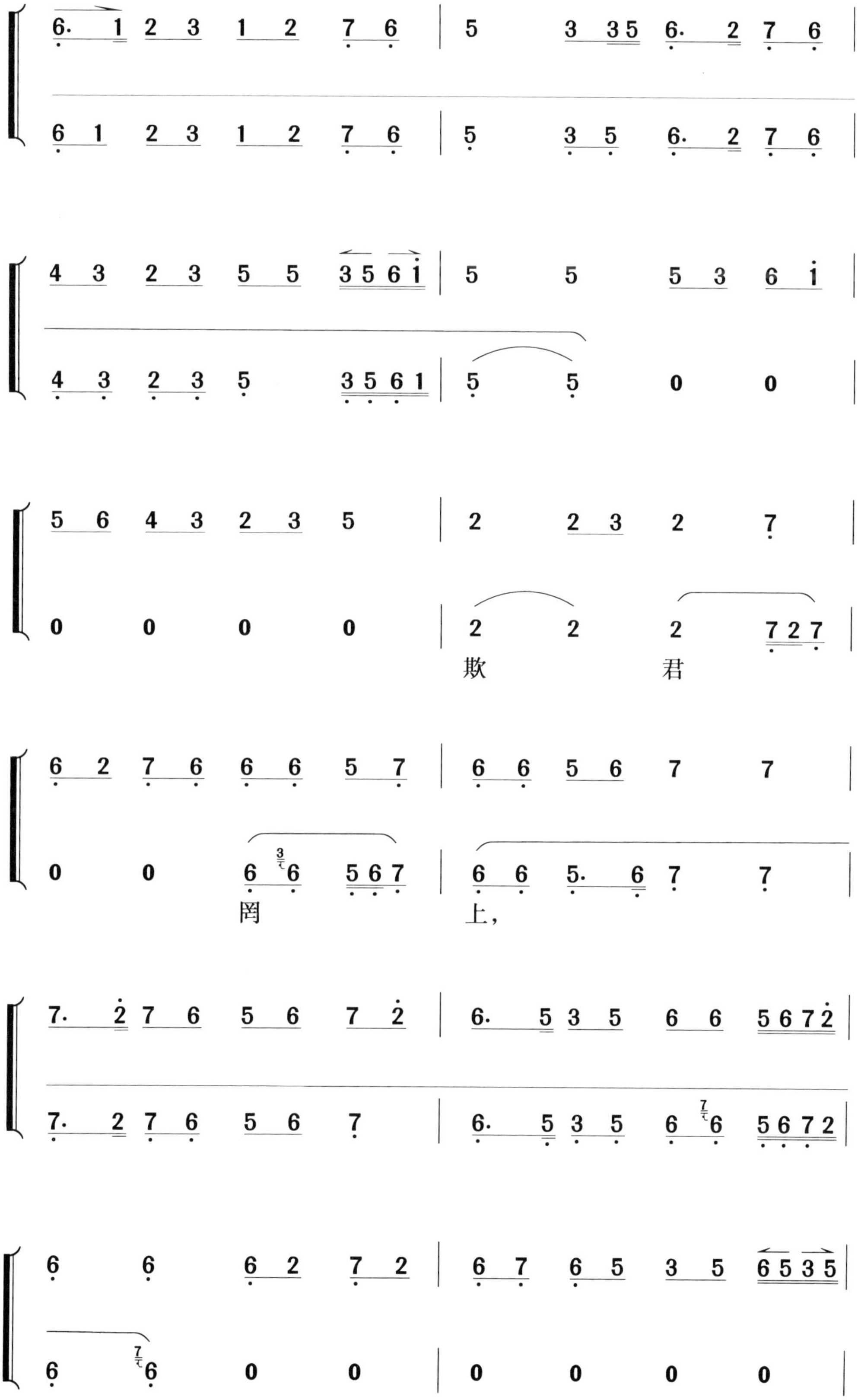
欺
君
罔
上，

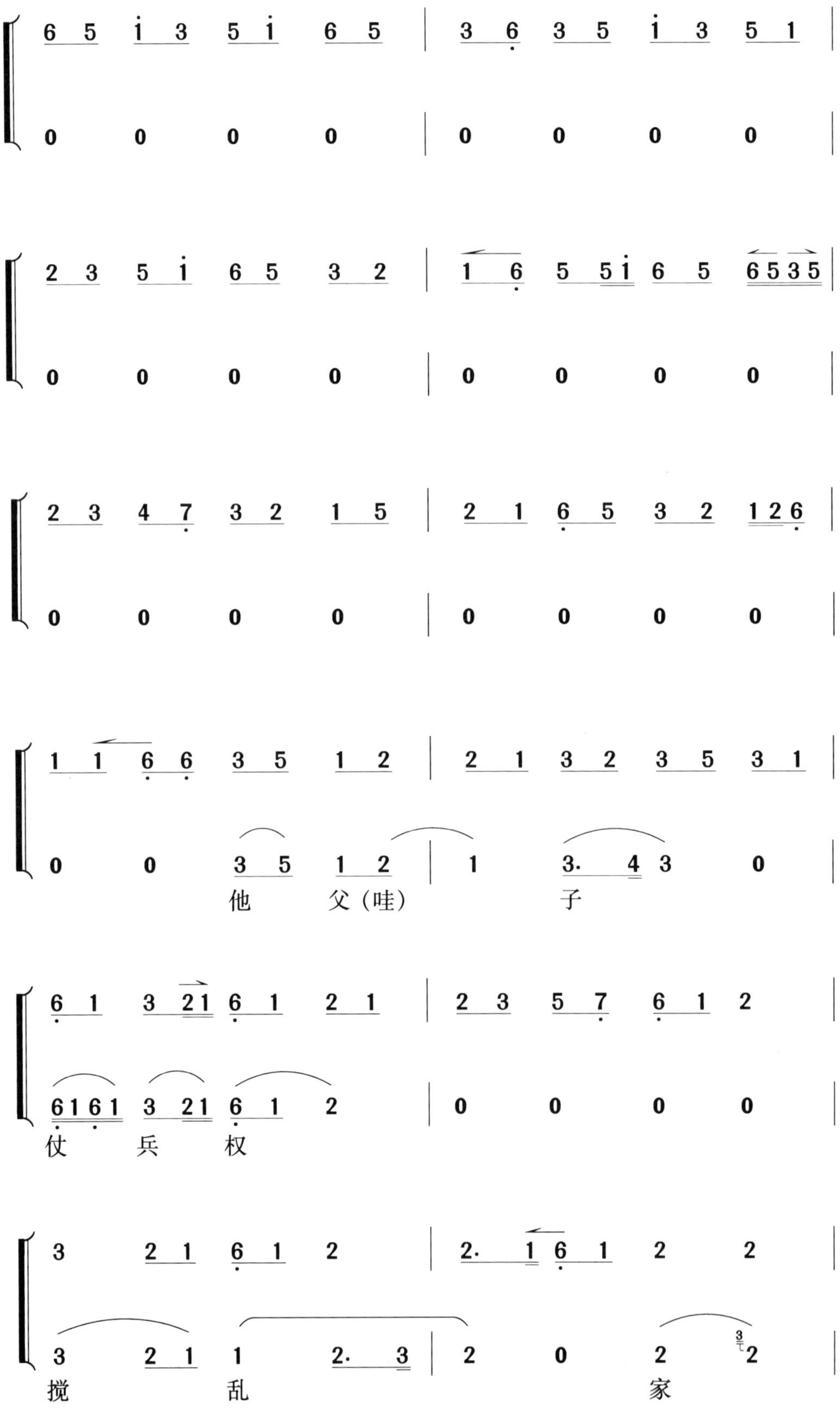
他 父（哇） 子
仗 兵 权
搅 乱 家

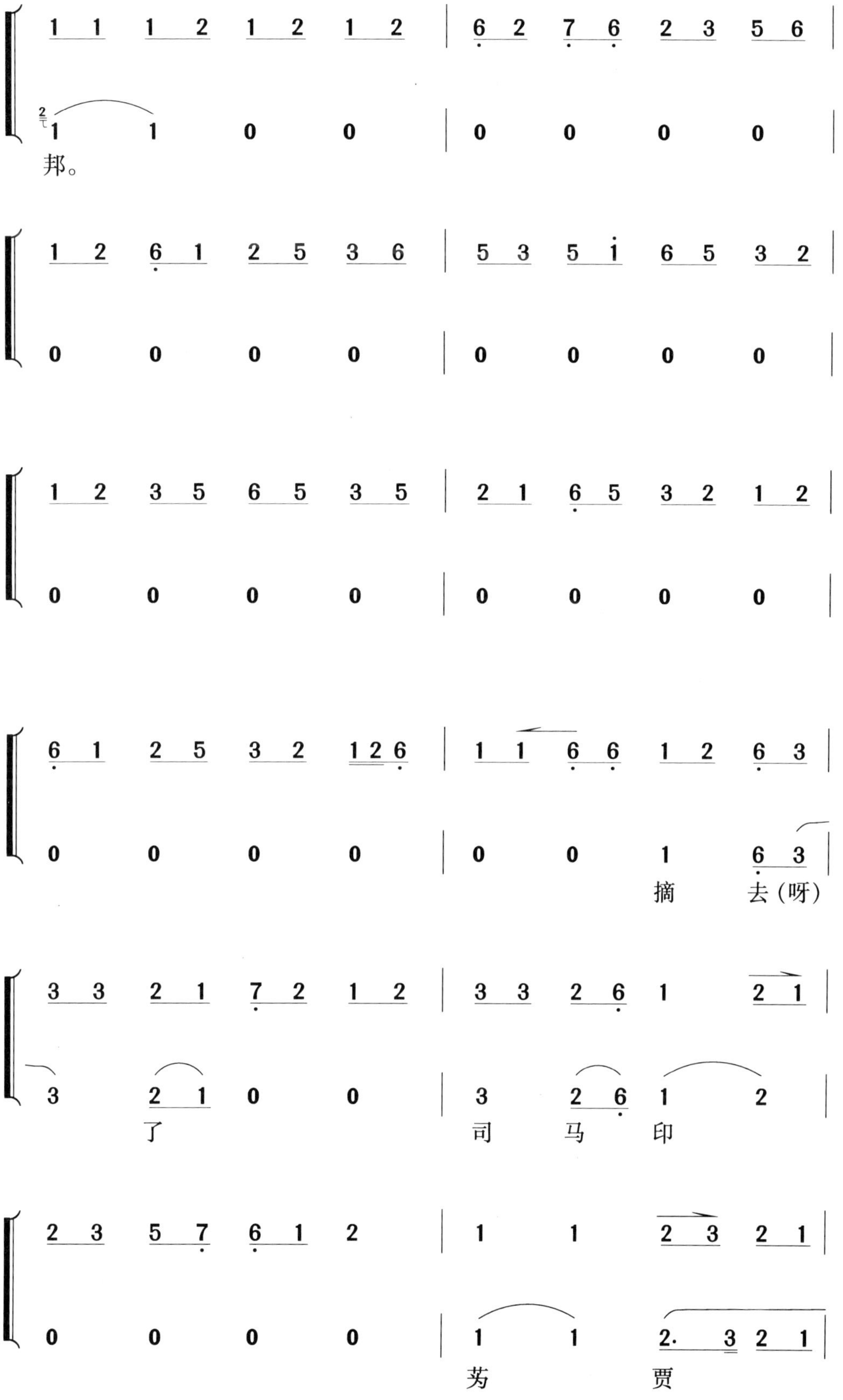
邦。
摘 去(呀)
了 司 马 印
𫇭 贾

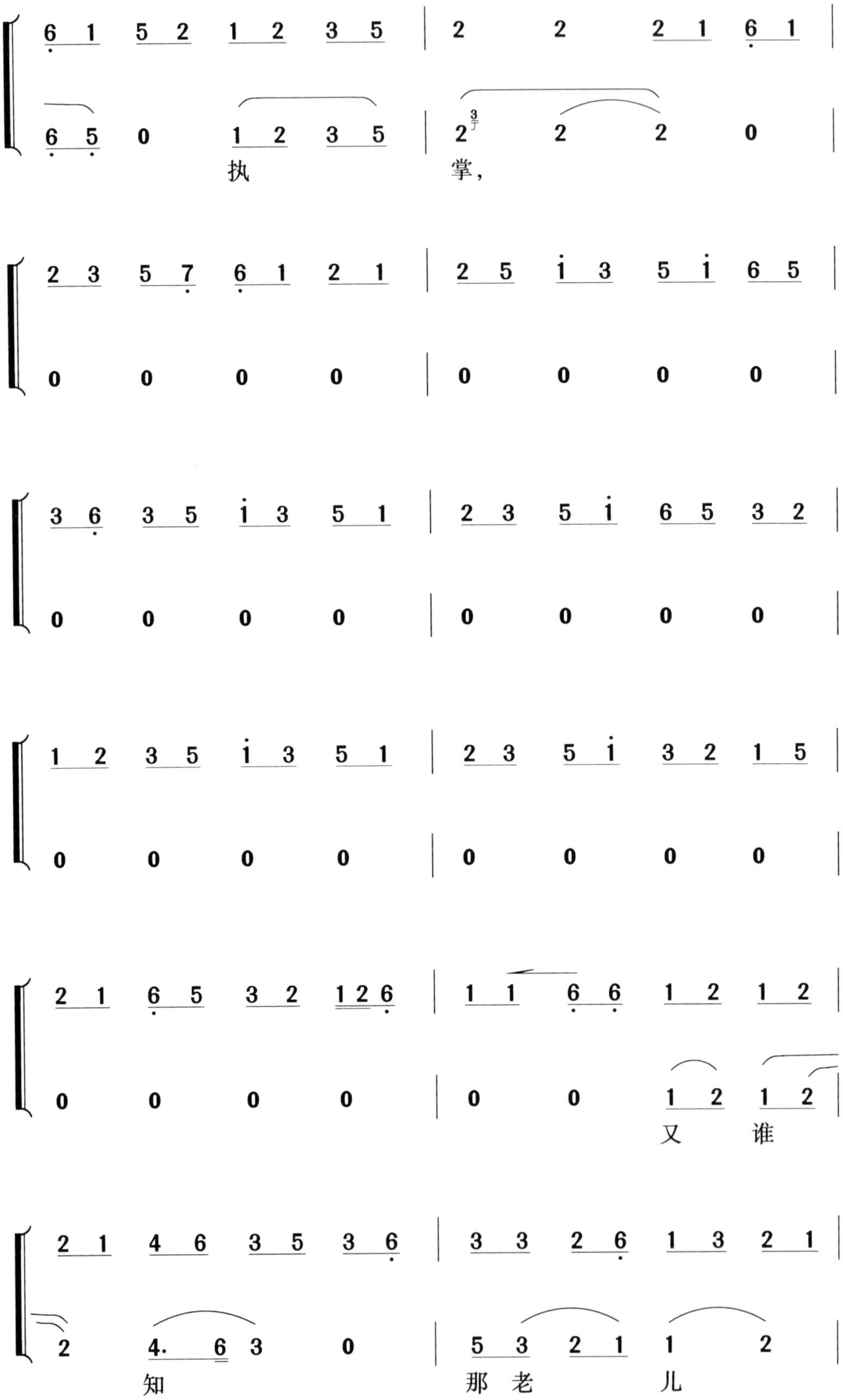
执
掌，
又
谁
知
那
老
儿

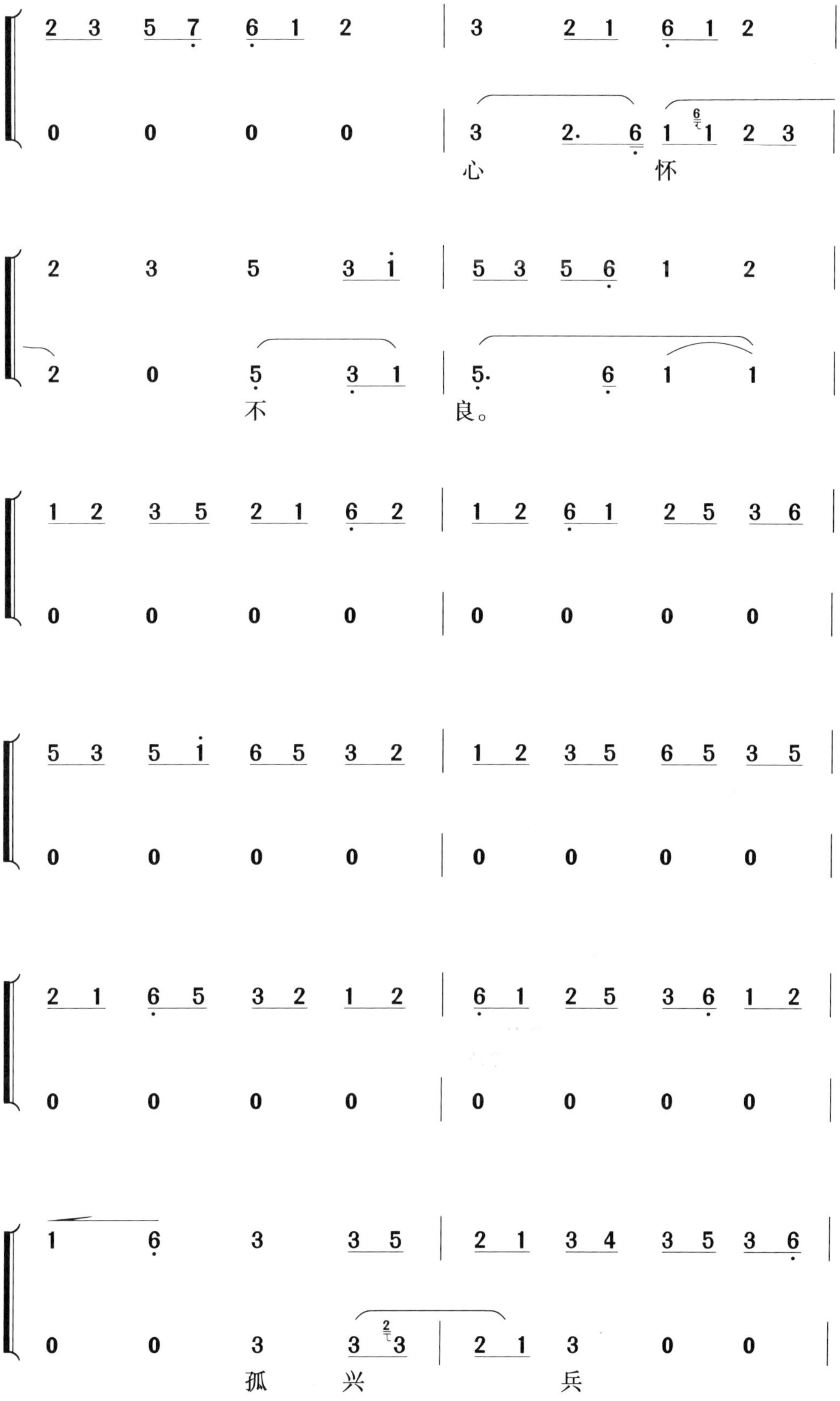
心 怀
不 良。
孤 兴 兵

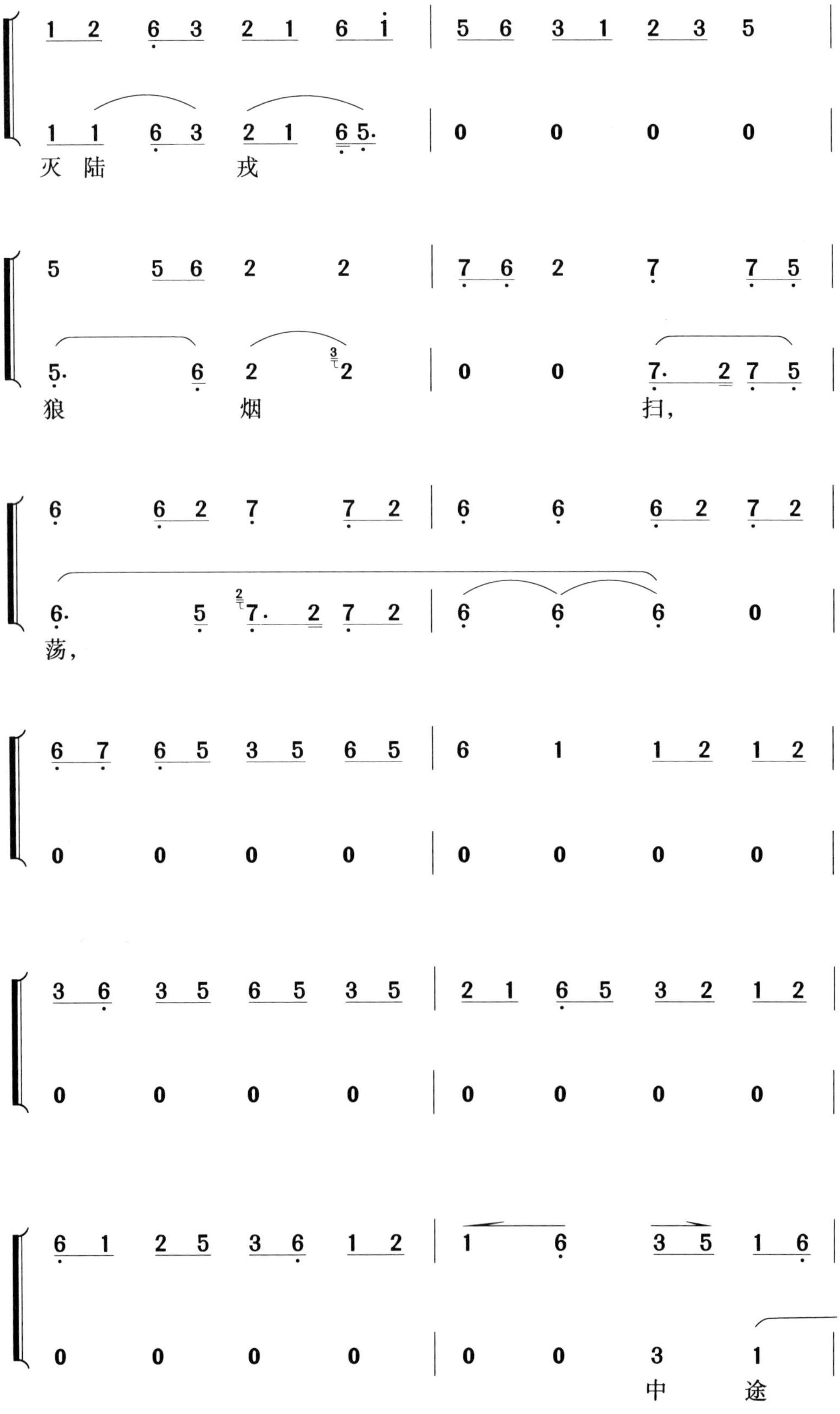
灭 陆 戎
狼 烟
扫,
荡,
中 途

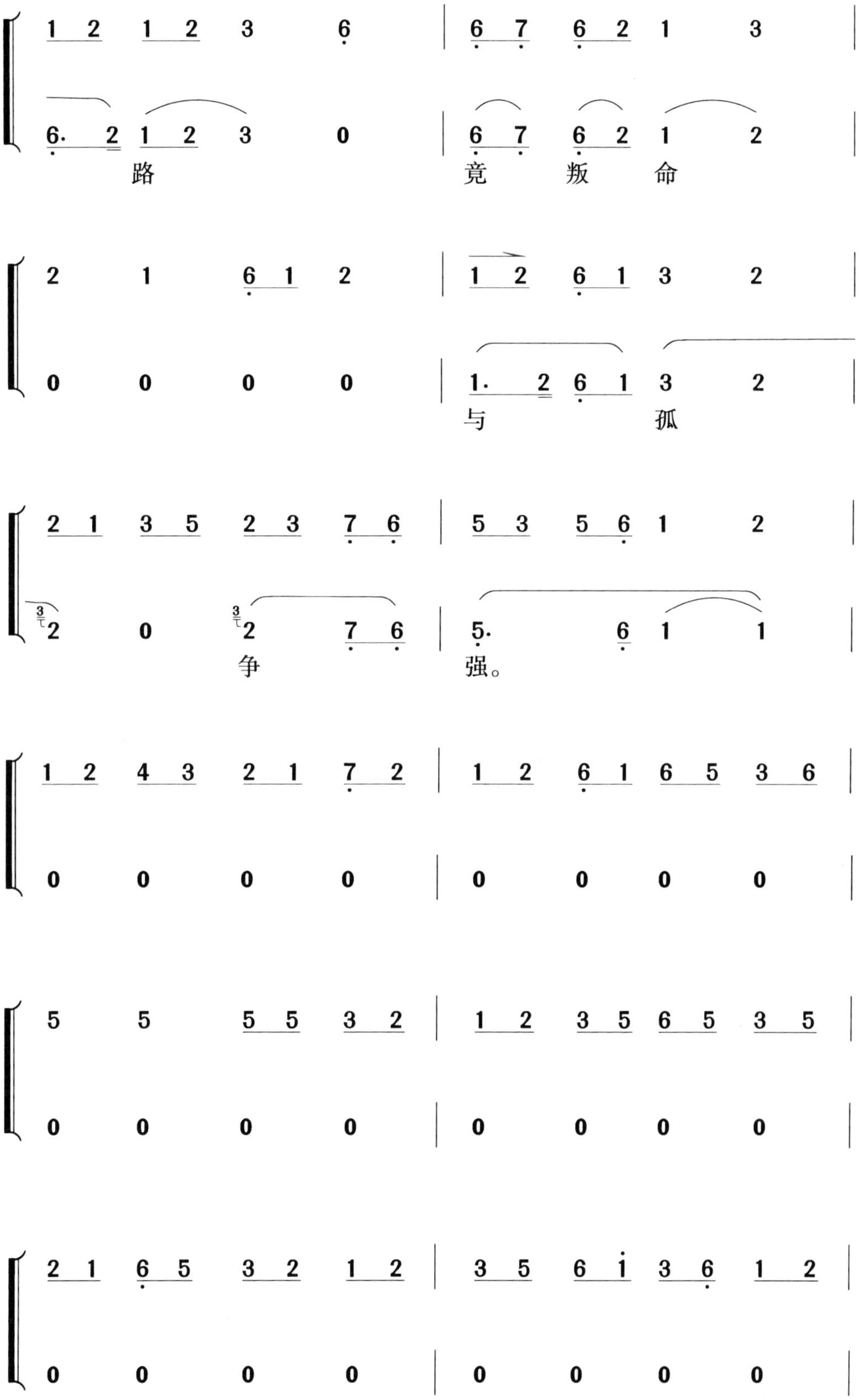
路
竟 叛 命
与 孤
争
强。

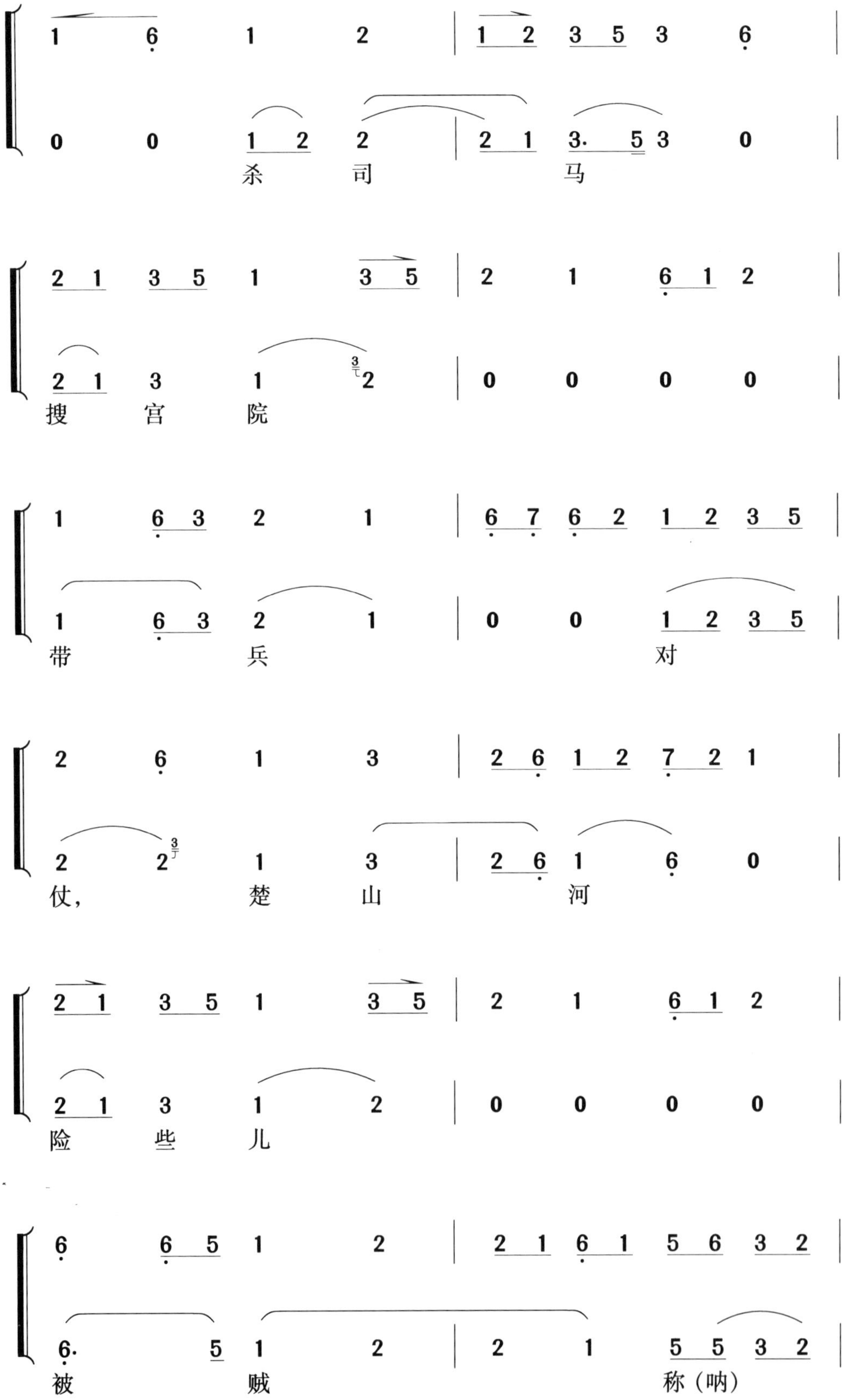
杀 司 马
搜 宫 院
带 兵 对
仗， 楚 山 河
险 些 儿
被 贼 称（呐）

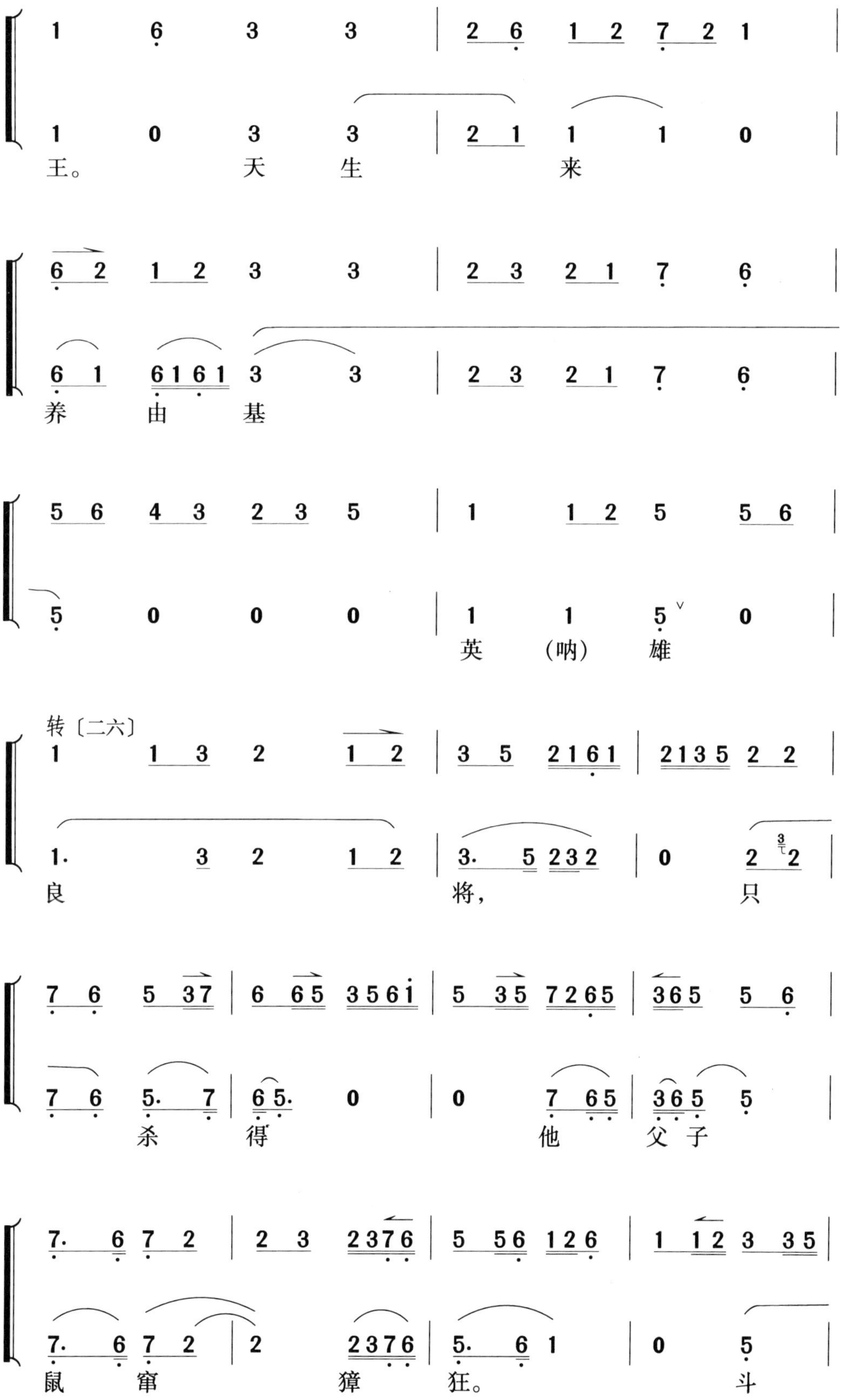
王。 天 生 来
养 由 基
英 （呐） 雄
转〔二六〕
良 将， 只
杀 得 他 父 子
鼠 窜 獐 狂。 斗

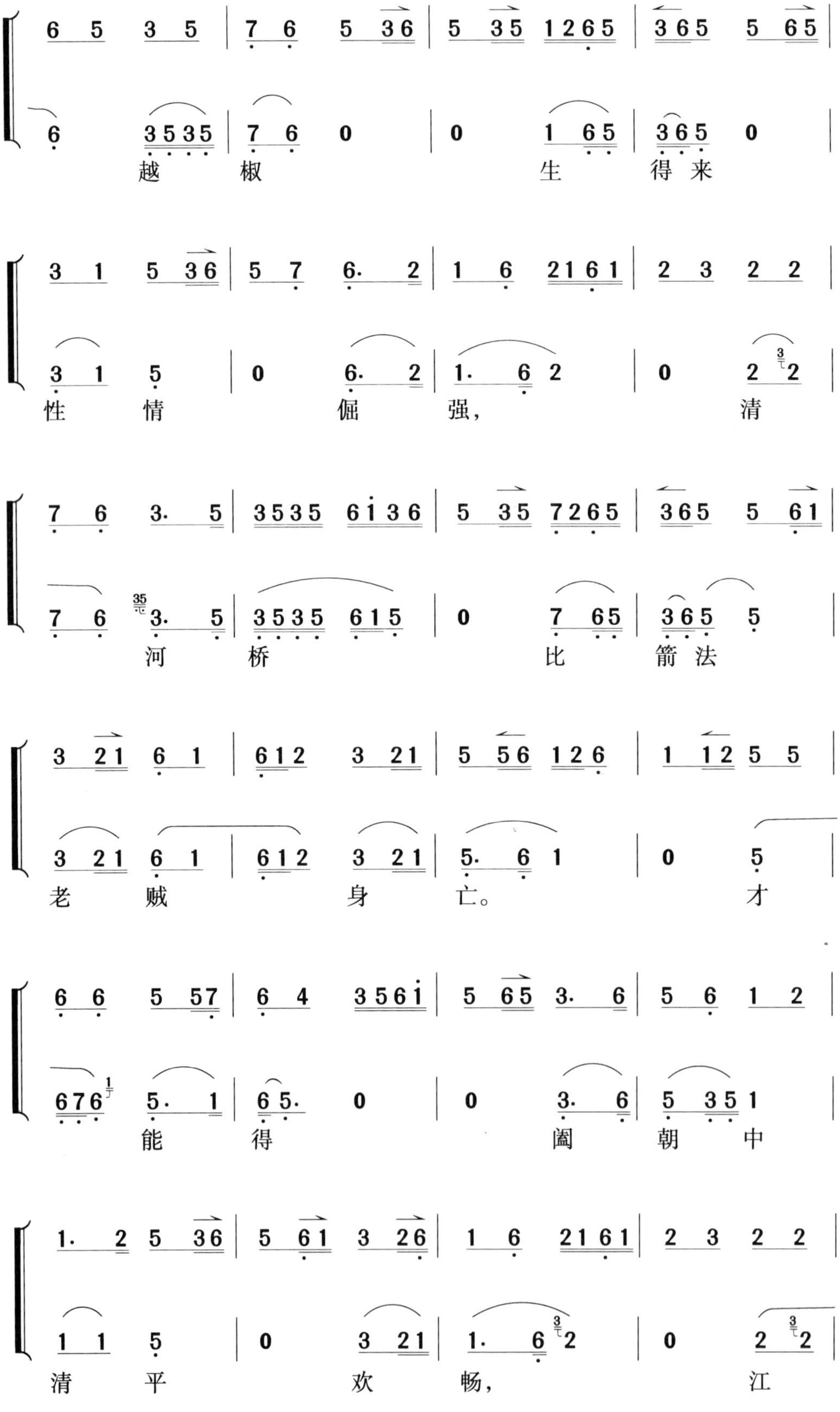
越 椒 生 得来
性 情 倔 强，清
河 桥 比 箭法
老 贼 身 亡。才
能 得 阖 朝 中
清 平 欢 畅，江

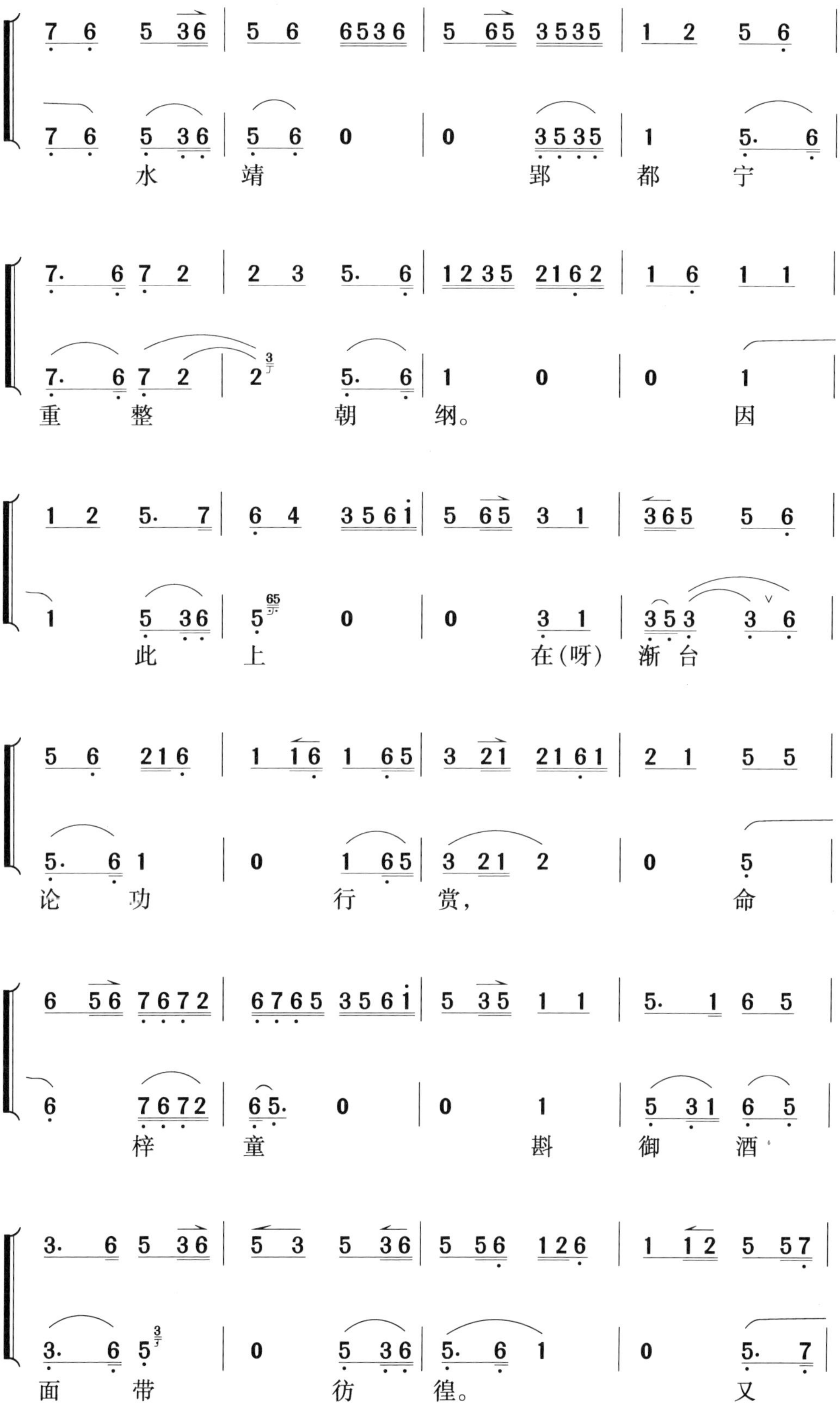
水 靖 郢 都 宁
重 整 朝 纲。 因
此 上 在(呀) 渐 台
论 功 行 赏, 命
梓 童 斟 御 酒
面 带 彷 徨。 又

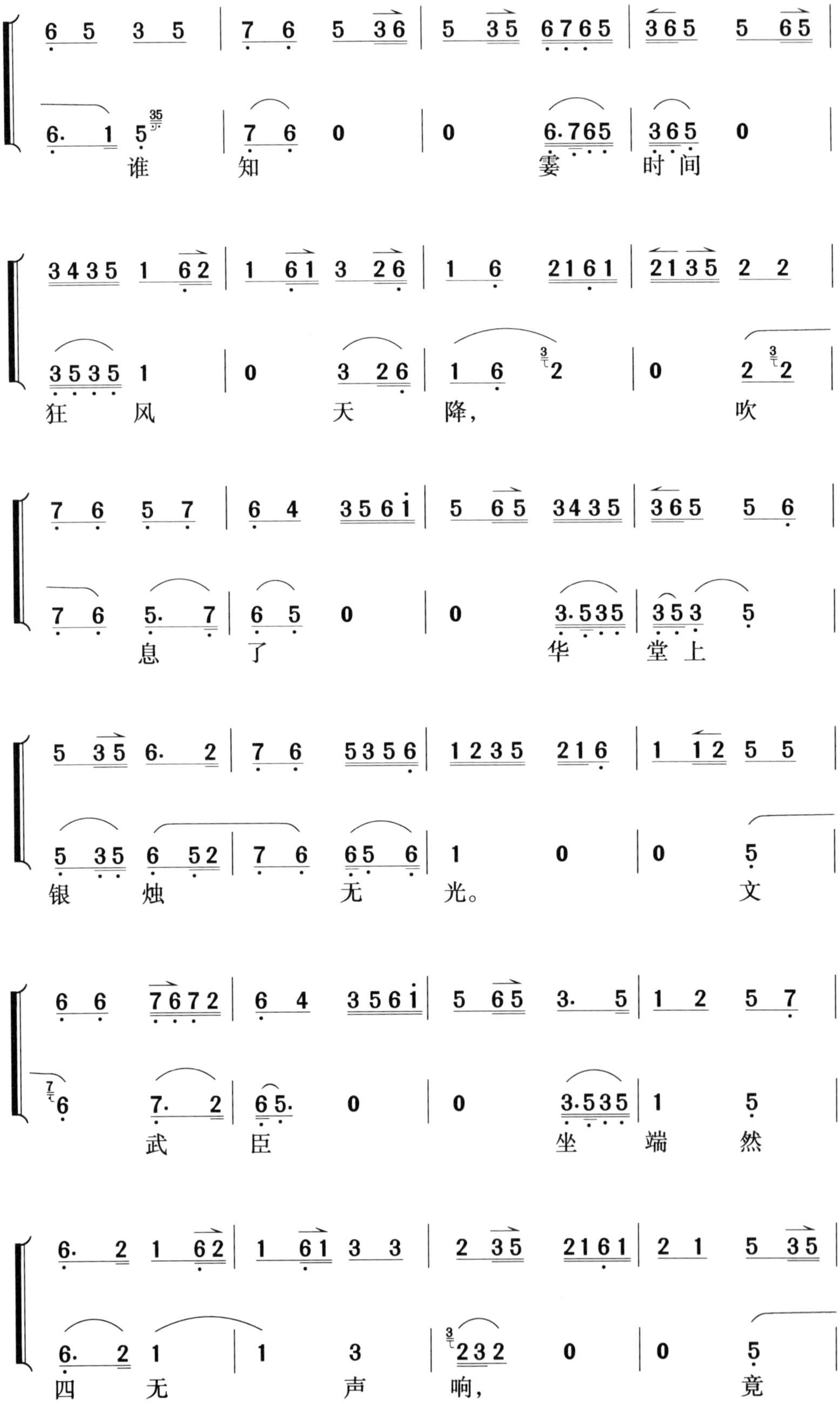
谁 知 霎 时 间
狂 风 天 降， 吹
息 了 华 堂 上
银 烛 无 光。 文
武 臣 坐 端 然
四 无 声 响， 竟

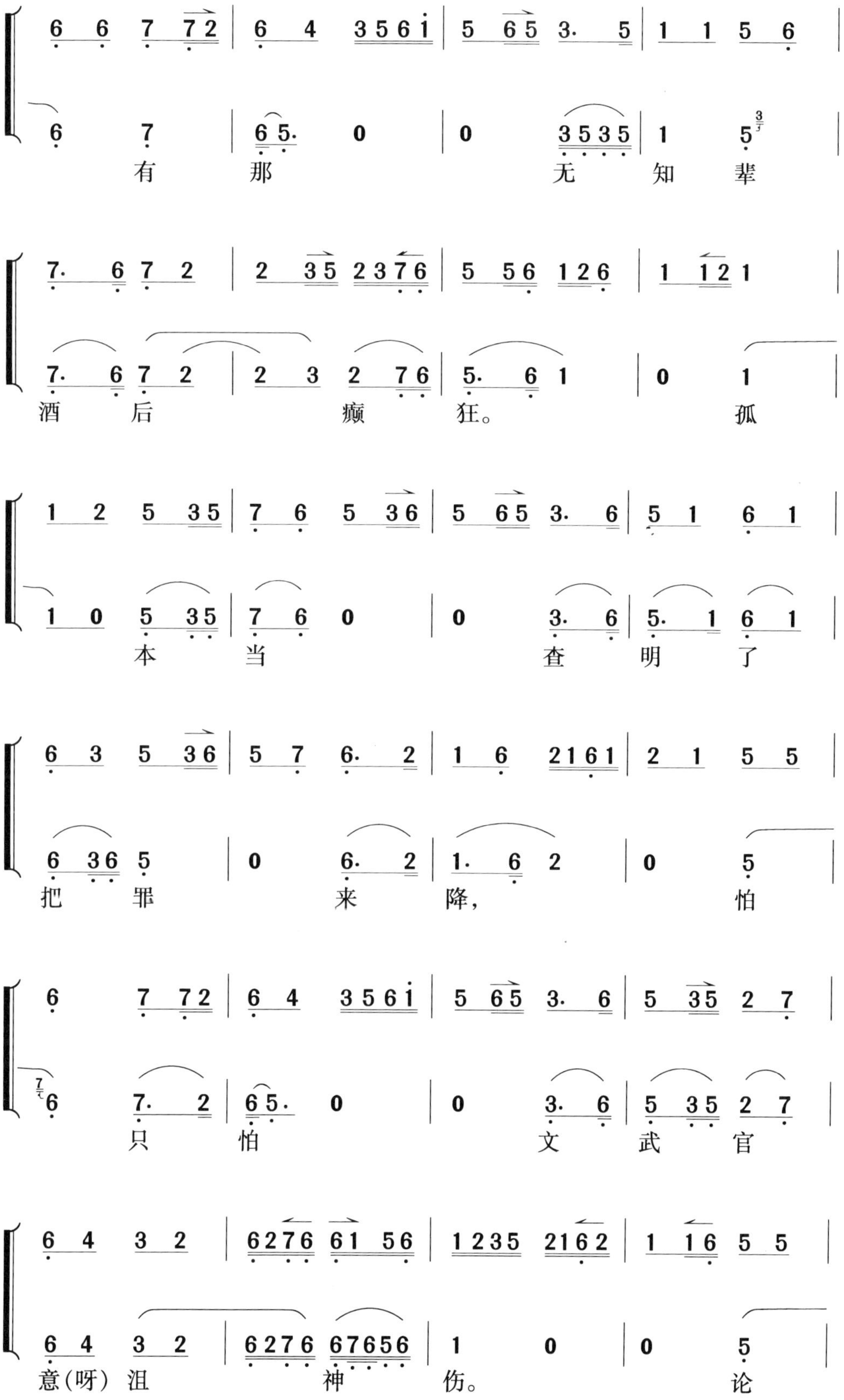
有那 无知辈
酒后 癫狂。孤
本当 查明了
把罪 来降，怕
只怕 文武官
意(呀)沮 神 伤。论

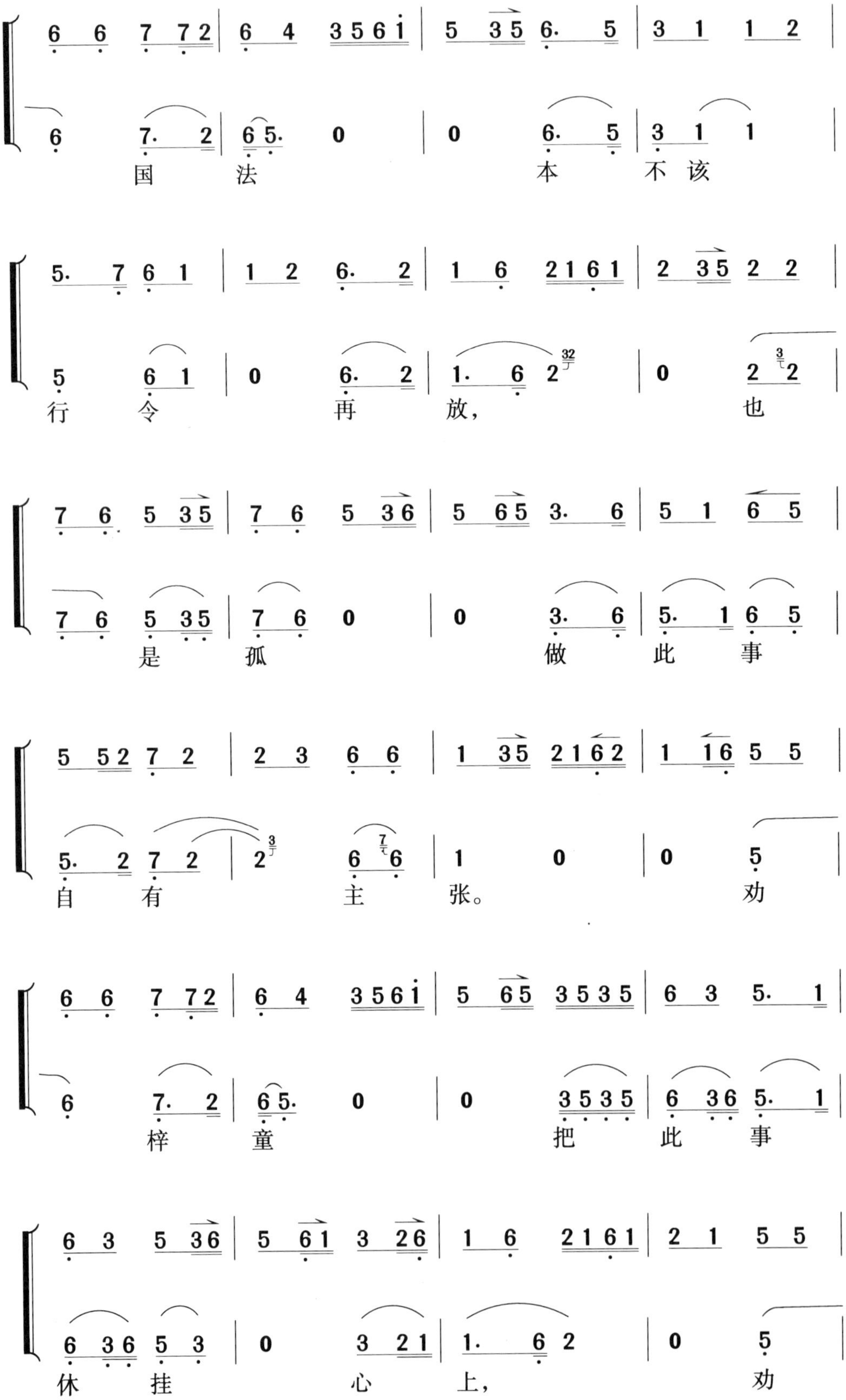
国法本不该
行令再放，也
是孤做此事
自有主张。劝
梓童把此事
休挂心上，劝

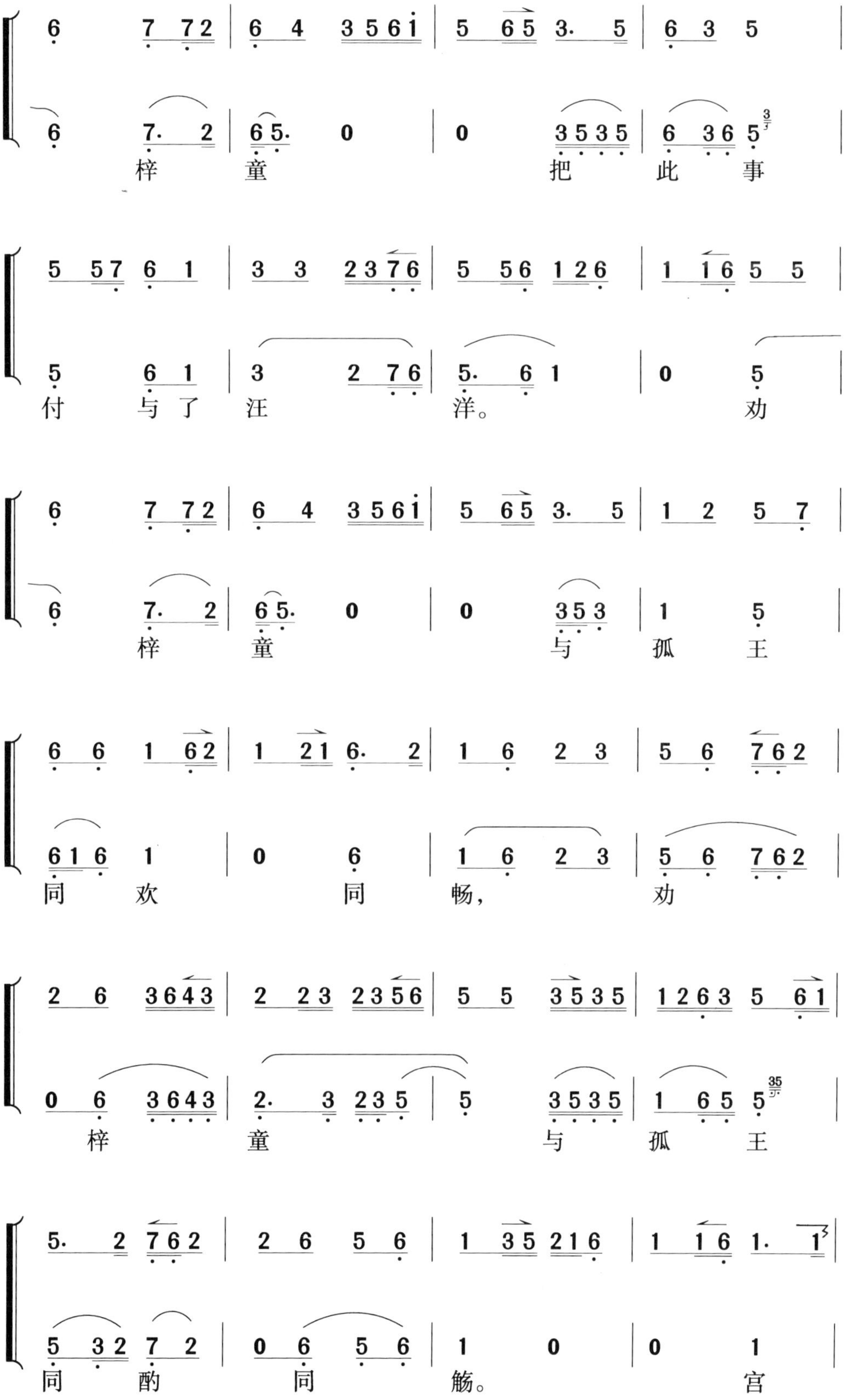
梓 童 把 此 事
付 与 了 汪 洋。 劝
梓 童 与 孤 王
同 欢 同 畅， 劝
梓 童 与 孤 王
同 酌 同 觞。 宫

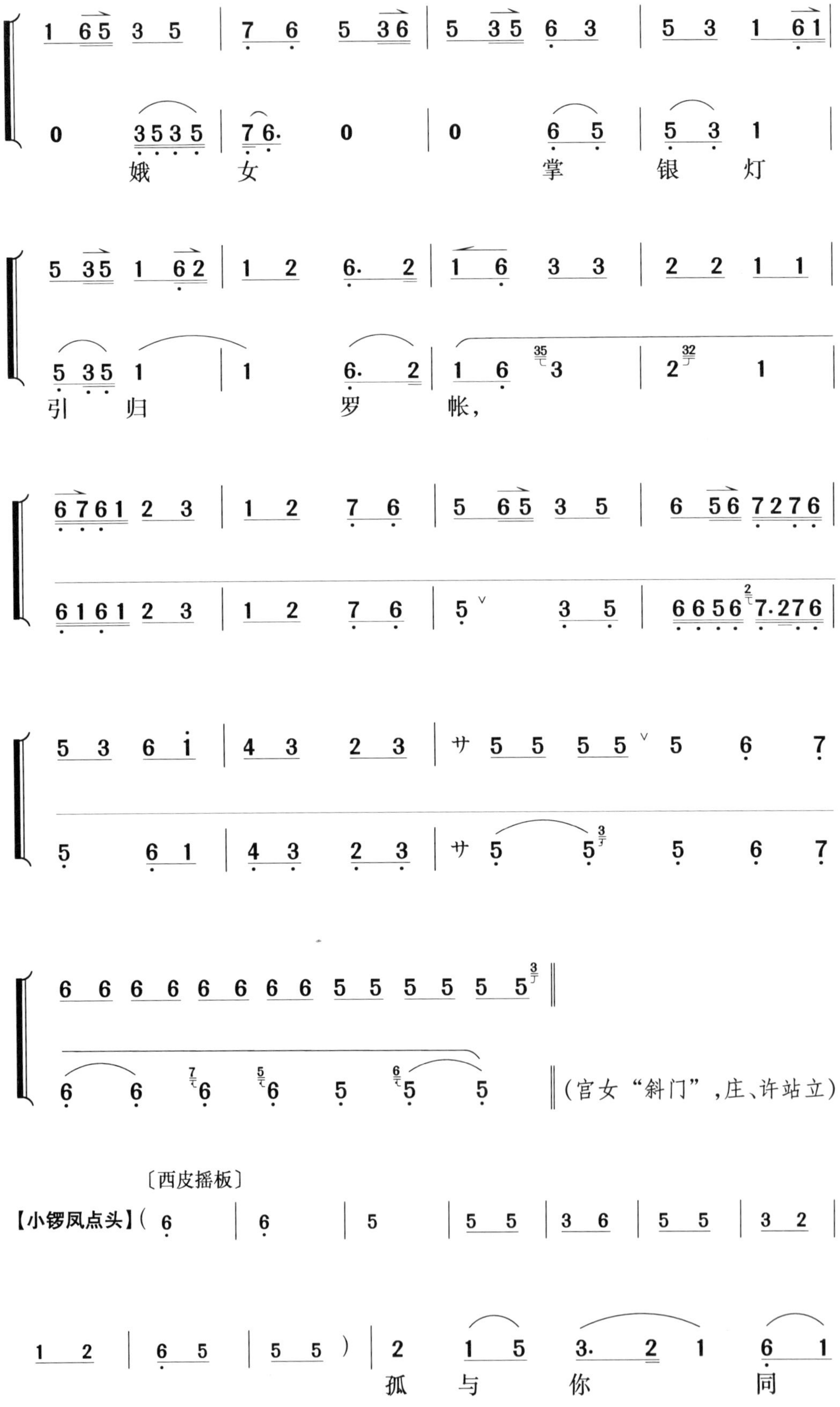
娥 女 掌 银 灯
引 归 罗 帐，
（宫女“斜门”，庄、许站立）
〔西皮摇板〕
【小锣凤点头】
孤 与 你 同

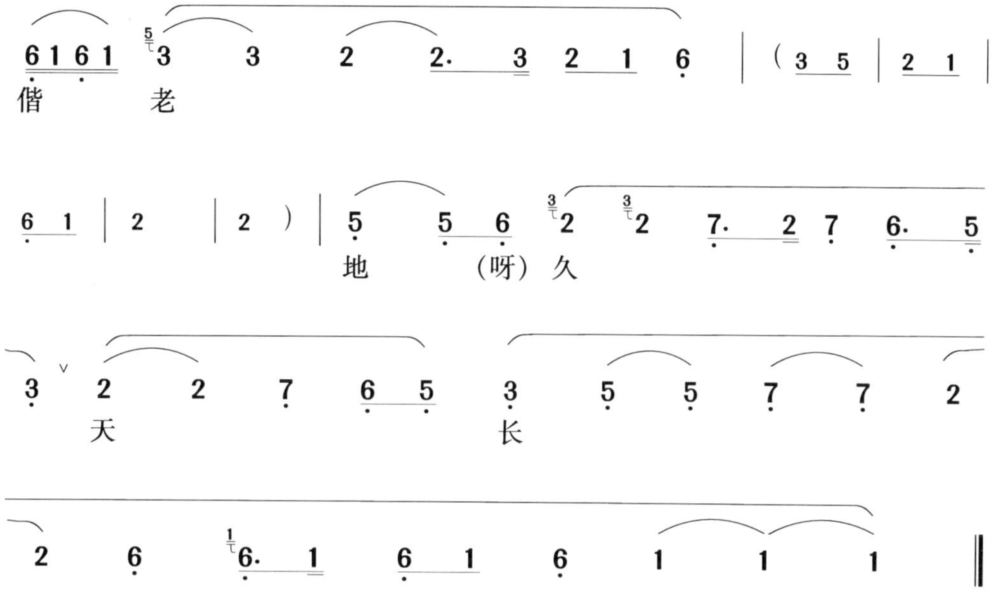

「【小锣打下】庄王、许姬下、宫女随下。

第五场

「场上设堂桌、“大座”。【小锣打上】四太监、大太监引晋成公上。

晋成公 【小锣归位】（引）周室东迁，【小锣二击】恨楚庄，（多多）

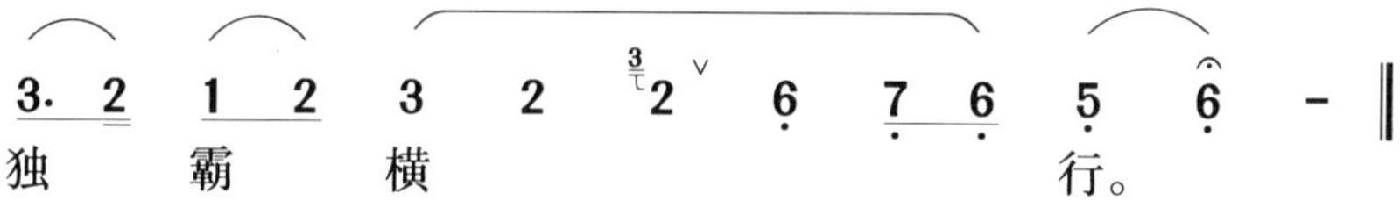

【小锣归位】（入“大座”）

（诗）周室衰微中原丧，
举都东迁移洛阳。
群雄并起刀兵攘，
楚庄横行霸一方。【小锣住头】

孤晋侯是也。坐镇绛州，边邦平静。可恨楚庄欲霸中原，为此孤王每日操兵演将，与楚相斗雌雄。今当接报之期，设朝御览，内侍，展放龙棚。

大太监 展放龙棚啊。

先　蔑 （内）“嗯哼！”（执牙笏上。【四击头】接【冲头·归位】）
郑国请兵将，把本奏丹墀。（进门参拜）
臣先蔑见驾，大王千岁！

晋成公 平身。

先　蔑 千千岁！

晋成公 赐座。

先　蔑 谢座！（坐“大边”）

晋成公 上殿有何本奏？
先　蔑 今有郑大夫公子宋前来请兵征伐楚邦，朝门候旨。
晋成公 呵呀妙哇！孤正欲伐楚，郑国使臣到来，正合孤意也。宣来见孤。
先　蔑 领旨。（起立面外白）郑国大夫上殿。（归座）
〔（内）“领旨”。**【大锣五击】**（公子宋“上场门”上）
公子宋 为救倒悬危，来请上国兵。
（进门参拜）臣公子宋见驾，大王千岁！
晋成公 大夫平身。
公子宋 千千岁！
晋成公 看座。
公子宋 告座。
〔公子宋坐“大边”，先蔑坐“小边”。
晋成公 来到我邦，有何见谕？
公子宋 只因楚王图霸，要灭陈、郑二邦，臣奉主之命，恳请大王起兵伐楚，小国愿为后队，未知大王尊意如何？
晋成公 孤久有伐楚之心，晋、郑二国同体相关，大夫回去上复你主，孤王提兵伐楚，倘有不胜，再来接应。
公子宋 如此告退。感谢君全诺，同心伐楚邦。（拱手谢晋成公）
〔**【大锣住头】**公子宋下。先蔑送，回来站“大边”。
晋成公 先卿，孤命你为上将军元帅，统领公子凯、公子有、全军人马，兵伐楚邦，即日兴兵。下殿。
先　蔑 领旨。统领虎豹士，扫荡楚强兵。**【大锣五击】**（下）
晋成公 内侍，传孤旨意，命荀林父解押粮草，军前使用。正是：**【大锣住头】**（离座至台中）（念）两国同心争社稷，何愁海鳌不吞钩。
〔**【一锤锣】**晋成公、众下。

第　六　场

〔公子凯、公子有（上、下场门分别上场）双“起霸”。**【大锣归位】**
公子凯 杀气腾腾挂铁衣，单枪匹马谁敢敌？
公子有 钢刀一举无人比，保定大晋锦华夷。**【住头】**
公子凯 某，**【大锣一击】**左军先锋公子凯。
公子有 右军先锋公子有。**【住头】**
公子凯 大司马升帐发兵，你我两厢伺候。
公子有 请。（站两边）
〔场上设高台。**【一锤锣】**打上。四绿龙套引先蔑上。曲牌<点绛唇>**【冲头】**上高台。
公子凯
公子有 末将打躬。
先　蔑 免。站立两厢。**【归位】**

（诗）凛凛雄师统貔貅，

将令一出鬼神愁。**【小锣二击】**

号炮一声惊天地，

两军对垒凭机谋。

【归位】某，**【撕边一锣】**晋国大司马先蔑。**【住头】**统领全军对敌楚王，众将官，此番出兵非比寻常，听我令下。（吹奏＜三枪＞左手翻袖，右手指）

公子凯
公子有 元帅令出如山，末将等自当奋勇当先。

先　蔑 公子凯、公子有听令。命你二人打探楚兵虚实动静，不得有误。

公子凯
公子有 得令！马来！**【冲头】**（上马，下）

先　蔑 众将官，起兵前往。

〔**【冲头】**先蔑下高台，脱蟒，拿枪。奏＜小朱奴＞众“插门”，领先蔑下。

第七场

〔场上设堂桌、“小座”。

〔**【一锤锣】**打上。四红龙套、潘尪、乐伯、公子婴齐、公子侧“站门”楚庄王上。**【归位】**

庄　王 （引子）统领雄师，**【小锣二击】**要把那晋国（**多多**）

321 2 ³2 -ˇ 6 - 7· 6 | 5· 6 5 - ⁷6 - ‖
扫　　　　　　　　　　平

〔**【一锤锣】**庄王入“小座”。**【归位】**

（诗）可恨晋邦礼不端，

勾结陈、郑起狼烟。**【小锣二击】**

孤王领兵来征战，

但愿齐奏凯歌还。**【住头】**

孤楚王熊旅。只为图霸王室，扫荡中原，可恨晋邦反复无常，勾结陈、郑兴兵犯境。为此命苏从、养由基护理国政。孤王亲统大兵，先伐晋国，后灭陈、郑，今命襄老以为前站先行。众位将军，人马可齐？

众 俱已齐备。

庄　王 吩咐文武免送，众将随营调遣，起兵前往。

潘　尪 起兵前往。

〔曲牌＜泣颜回＞众上马，领下，庄王下。

第八场

〔【快长锤】唐狡上。

〔西皮摇板〕

唐狡 （6 | 6 | 5 | 5 5 | 3 6 | 5 5 | 3 2 | 1 2 |

6 5 | 5 5）| 1 3 3 4 3 3 1 2
（节拍自由）
感 受 君 恩 未 曾

3 |（4 | 3 2 | 1 2 | 3 7 | 6 5 | 5 5）|
报，

2 3 6. 2 1 2 1 2 3 2 1 |
不 该 渐 台 醉 酕 醄。

（3 | 2 1 | 6 2 | 1 2 | 6 5 | 5 5）| 6. 2
楚

1 3 2 1 2 3 2 |（3 | 2 1 | 6 1 | 2 1 |
王 宽 宏 量 非 小，

6 5 | 5 5）| 1 3 1 3 2 3 2 1 1 1 【住头】‖
摘 缨 罪 名 一 笔 销。

俺，唐狡，棠邑人也。父母早逝，家业凋零，投在楚王驾下，充当裨将。前者渐台大宴公卿，俺唐狡并无寸箭之功，蒙恩犒赏有名。不想酒后失仪，掠抱君妃，暗摘俺盔缨。自忖性命不保，岂知君王度量宽宏，传旨众臣，俱将盔缨摘去，名曰绝缨大会。想我知恩不报非丈夫也。如今晋国前来犯境，楚王御驾亲征，命襄老以为前部先锋，俺不免奔往前部，讨一差使与晋兵对敌，以报君恩也。

〔西皮散板〕

【纽丝】 サ（6 6 6 5 i 3 1 2 2 6 6 2 1.

1 1.）1 5 3 4 3 3 2 3 4 3
楚 王 恩 德 真 非 小，

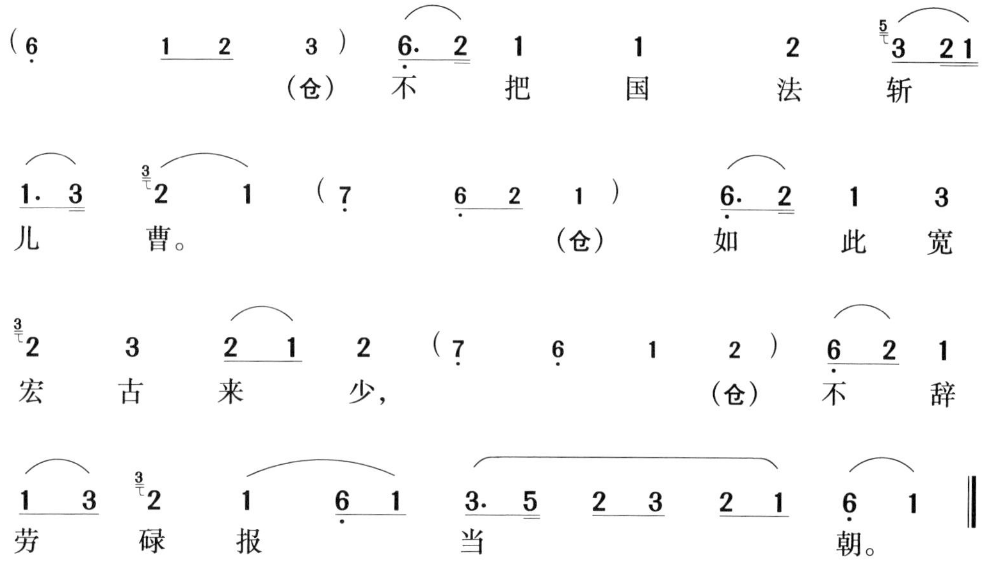

〔【大锣抽头】唐狡“下场门”下。

第九场

〔场上设堂桌、“小座”。

〔【一锤锣】四军士拿枪引襄老上。【归位】

襄　老（念）先行是我，我是先行。【一锤锣】（入“小座”）【归位】

（诗）老将勇猛不可当，

全凭精气逞豪强。【小锣二击】

忠心耿耿扶楚室，

何日凯歌转还乡。【住头】

某，襄老是也。【一锣】人王征战晋国，命我以为前站先行，今日黄道正好发兵。众将官，起兵前往。

众　啊！

〔唐狡内白：“慢着”！

众　有人阻令。

襄　老　何人竟敢阻令？传他进帐。

众　阻令者进帐。

〔唐狡内：“俺来也！”【大锣五击】“上场门”上。

欲为世上奇男子，须建人间未有功。【冲头】（进门，挖“大边”站立）

裨将唐狡参见主将。

襄　老　噢，原来是你，大兵正欲起行，你为何阻令？

唐　狡　小将自投麾下并未建功，今主将领兵伐晋，小将愿为前站，立功报国。

襄　老　呃，楚营多少大将，尚且缄口束身，你一随侍将校，胆敢阻令，本欲取斩，又恐出兵不利，还不下去！

唐 狡 主将差矣！

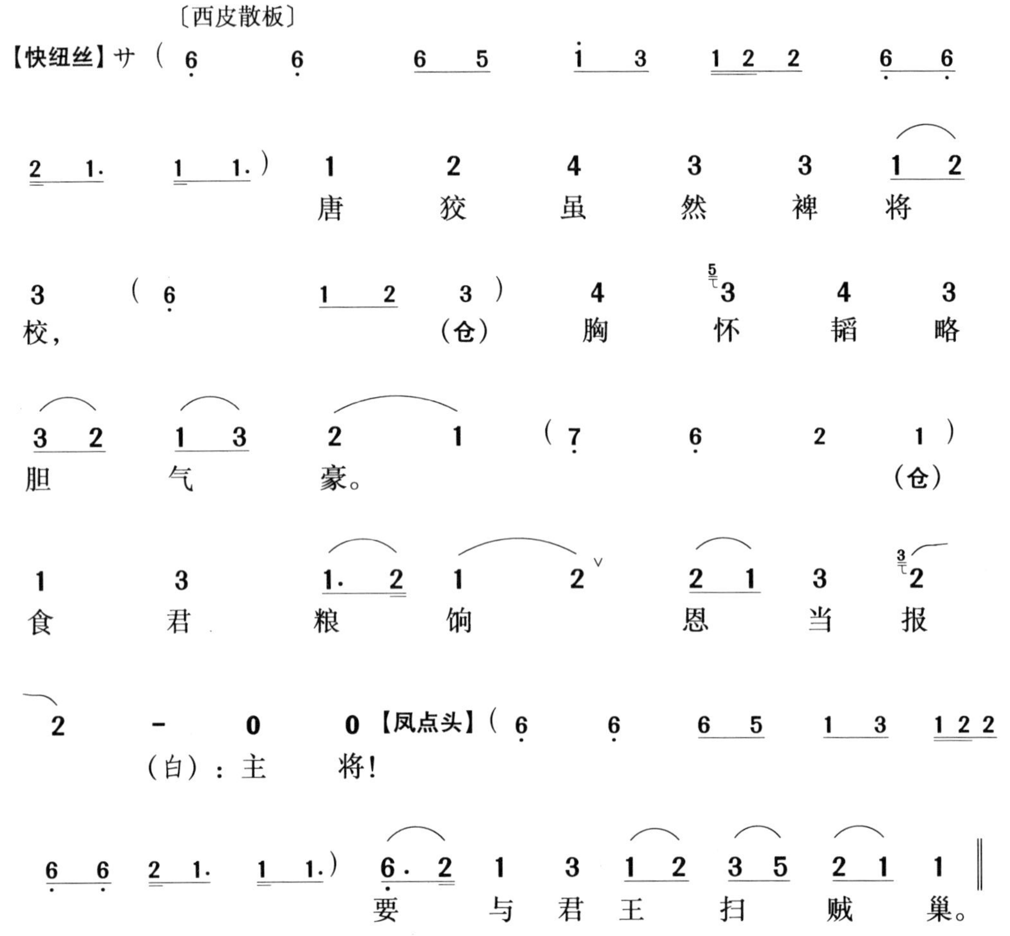
〔西皮散板〕
【快纽丝】サ
唐狡虽然裨将校，（仓）胸怀韬略胆气豪。（仓）
食君粮饷恩当报
（白）：主将！
【凤点头】
要与君王扫贼巢。

襄 老 嘟！

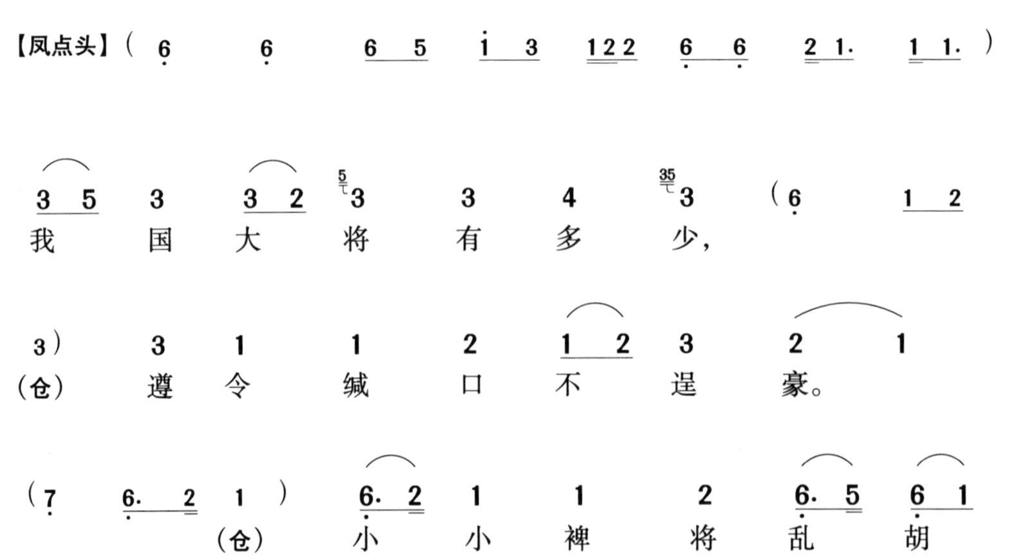
【凤点头】
我国大将有多少，
（仓）遵令缄口不逞豪。
（仓）小小裨将乱胡

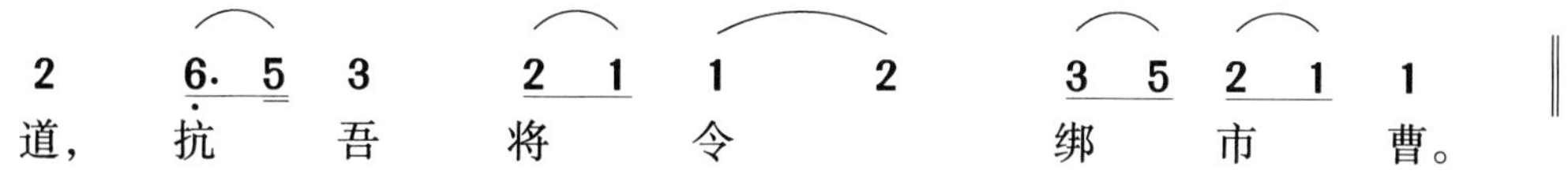
道，抗吾将令绑市曹。

唐 狡 主将！

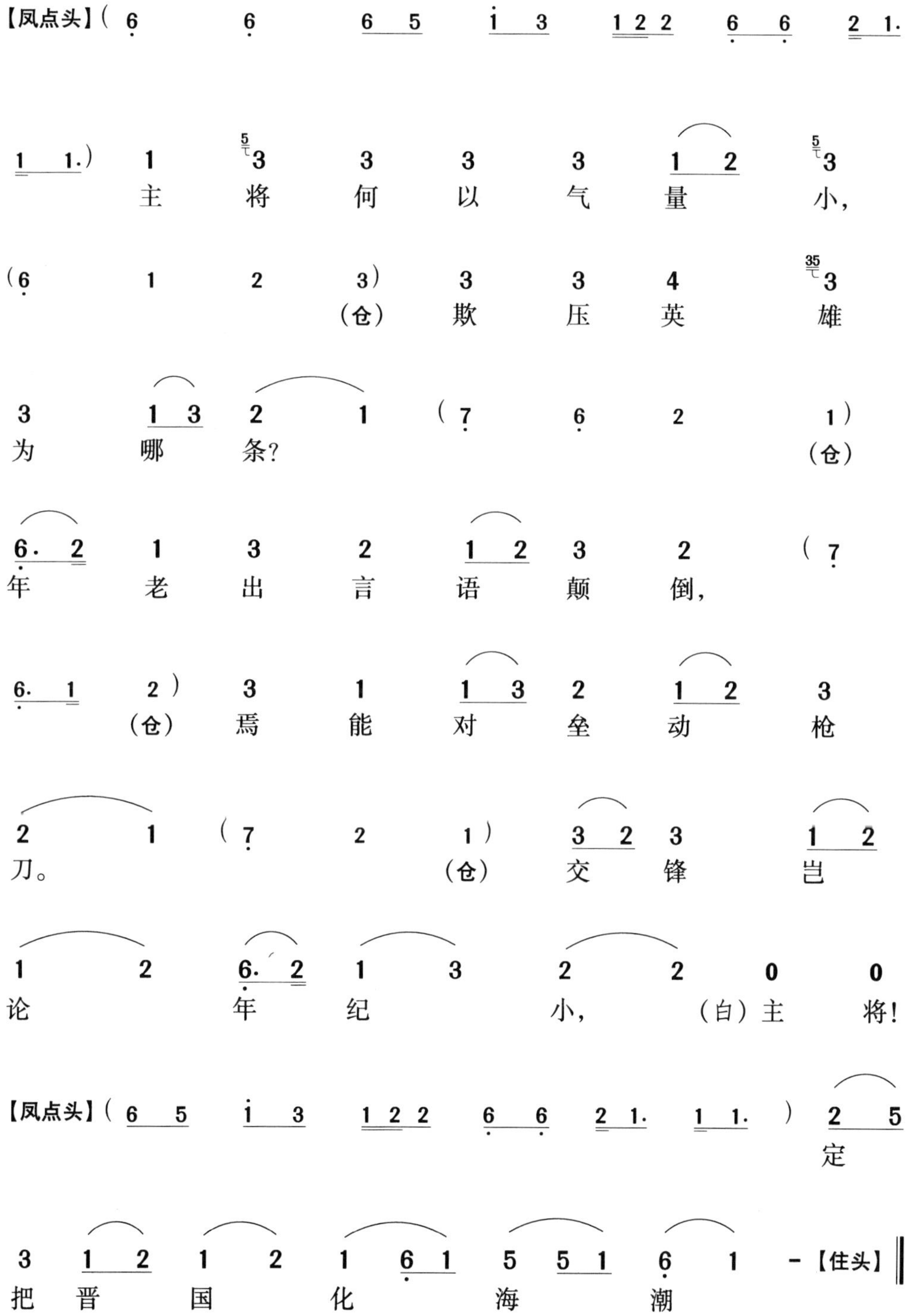
【凤点头】
主将何以气量小，
（仓）欺压英雄
为哪条？
（仓）
年老出言语颠倒，
（仓）焉能对垒动枪
刀。
（仓）交锋岂
论年纪小，（白）主将！
【凤点头】
定
把晋国化海潮
【住头】

襄　老　一派胡言！无知小卒，杀之无益。来，将唐狡重打四十，扯下去！

〔【一锤锣】二军卒押唐狡下，（嘟~~~ 仓）内打四下，复搀上。【冲头】接【乱锤】唐狡跪。

唐　狡　谢主将责！

襄　老　念你帐下多年，留一线之情，发往后队收拾锣锅帐房。下去！

唐　狡　哎呀！【冲头】（“下场门”下）

襄　老　众将官，起兵前往。

〔襄老脱开氅，拿枪上马，【冲头】众领下。

第　十　场

〔曲牌<风入松>头段。四绿龙套引先蔑上。“骨牌对”至“下场门”。

先　蔑　前道为何不行？

众　来此楚地不远。

先　蔑　列开旗门。

〔<风入松>二段。众左右翻开站正场。

先　蔑　众将官，楚王出兵多有奸诈，闻得前锋乃是襄老，虽不足惧，必须谨慎提防。

众　啊。

〔公子凯、公子有【冲头】上。

公子凯
公子有　启司马，楚兵扎驻颍川，先锋襄老离此不远。

先　蔑　唔！【撕边一锣】楚王亲自出兵。真乃天助人愿，定要将他君臣一鼓而擒。众将官，杀上前去！

〔<风入松>三段。四绿龙套领起圆场，先蔑至“小边”；四军士抄上，即下。襄老随上留“大边”，与先蔑架住。

襄　老　【叫头】呔！来将通名。

先　蔑　听者！【大锣五击】某乃晋国大司马先蔑是也。你这老将通名受死。

襄　老　听者：【住头】俺乃楚王驾下前站先锋襄老是也。

先　蔑　哈哈……！【撕边一锣】老弱残兵，非某敌手，快教楚王自受其绑。

襄　老　孺子！你嫌我老，来来来，试演试演我的家伙！

〔【急急风】先蔑打襄老，襄老败下，众追下。先蔑“耍枪下场”下。

第十一场

〔场上设“小座”【长锤】四红龙套“站门”引楚庄王上。

〔西皮摇板〕

庄　王　（6̣ | 6̣ | 3 5 | 5 5 | 3 6 | 5 5 | 3 2 | 1 2 |

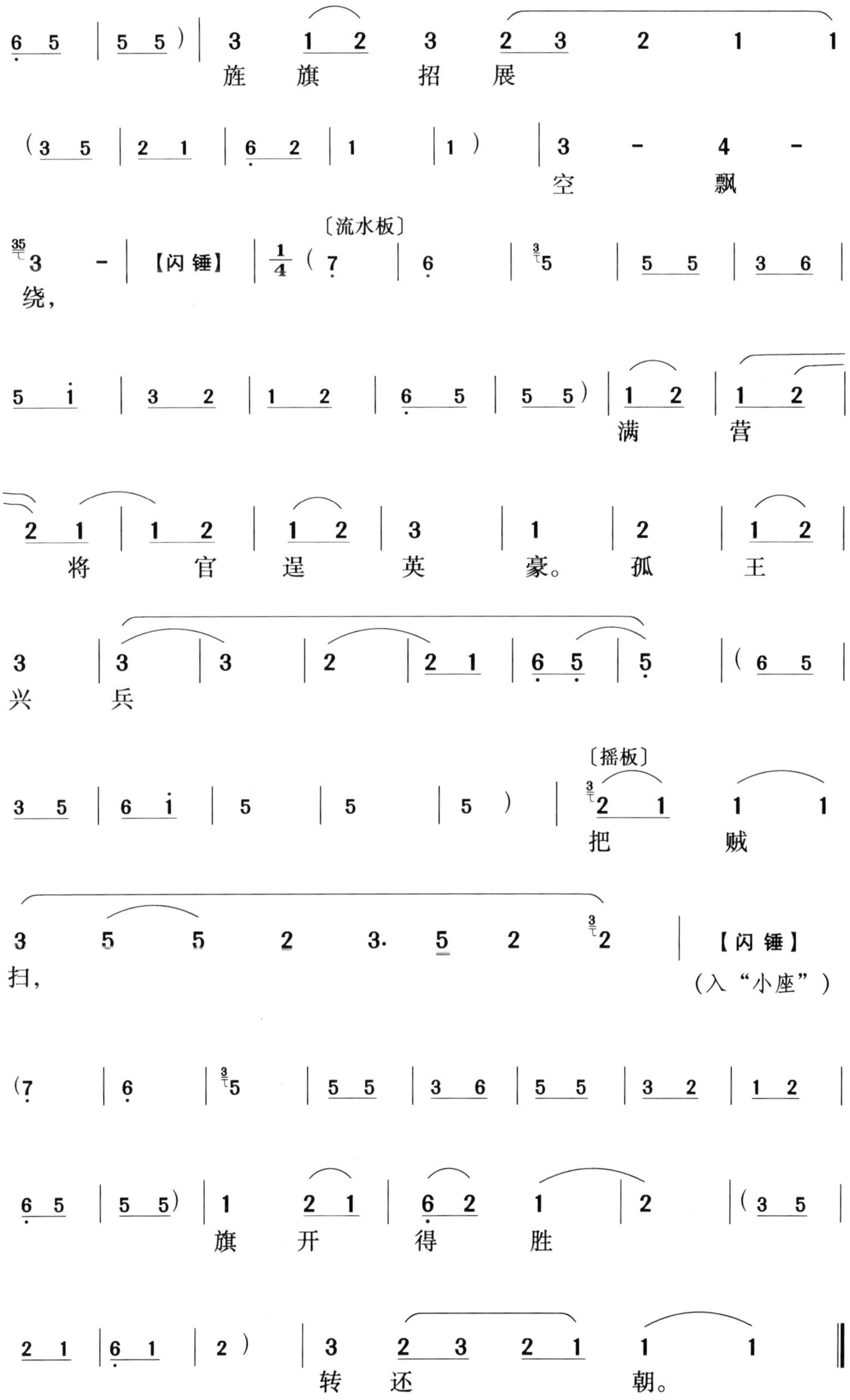

「【长锤】襄老上。

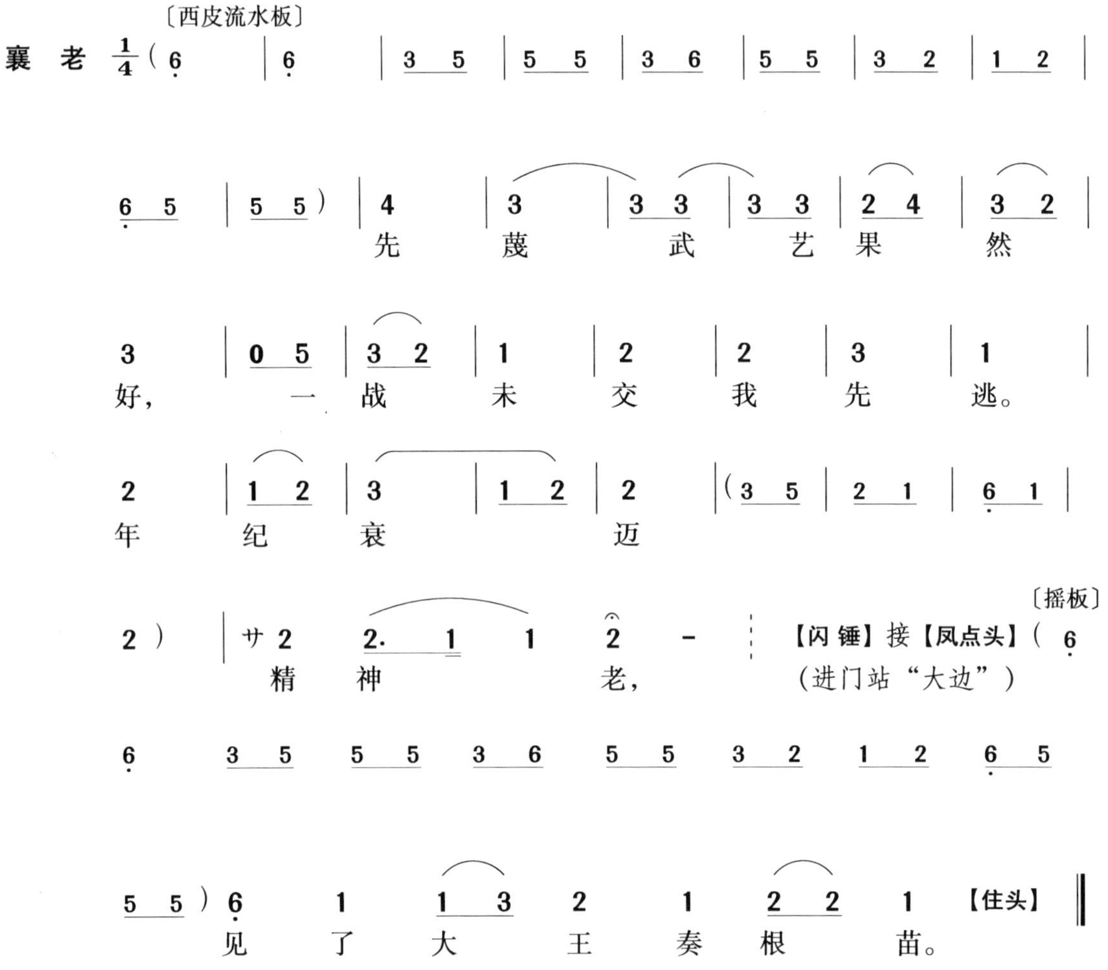

襄 老 老臣交令。

庄 王 可曾会过阵来？

襄 老 会过一阵。

庄 王 晋国将官那个？

襄 老 晋国元帅名叫先蔑。

庄 王 哦，先蔑。

襄 老 老臣出马就被他一枪，哎哟……

庄 王 敢是带了伤了？

襄 老 枪回来了。

庄 王 敢是败了？

襄 老 败了。

庄 王 后营歇息去罢。

襄 老 谢大王！【冲头】（下）

庄 王 先蔑老儿十分骁勇，必须孤王亲自会他。众将官，奋勇当先！

〔【急急风】庄王上马，众领起。四绿龙套引先蔑上，二龙出水会阵。庄王站“大边”。

先 蔑 【叫头】呔！来者敢是楚王？

庄　王　正是，来者敢是先蔑？

先　蔑　然。

庄　王　**【叫头】**先蔑！楚邦有何亏负你国，无故兴兵是何理也？

先　蔑　昏王！你横行天下，某奉晋君旨意，领兵扫荡，还不束手受绑。

庄　王　休得胡言！众将官，排开阵势者。

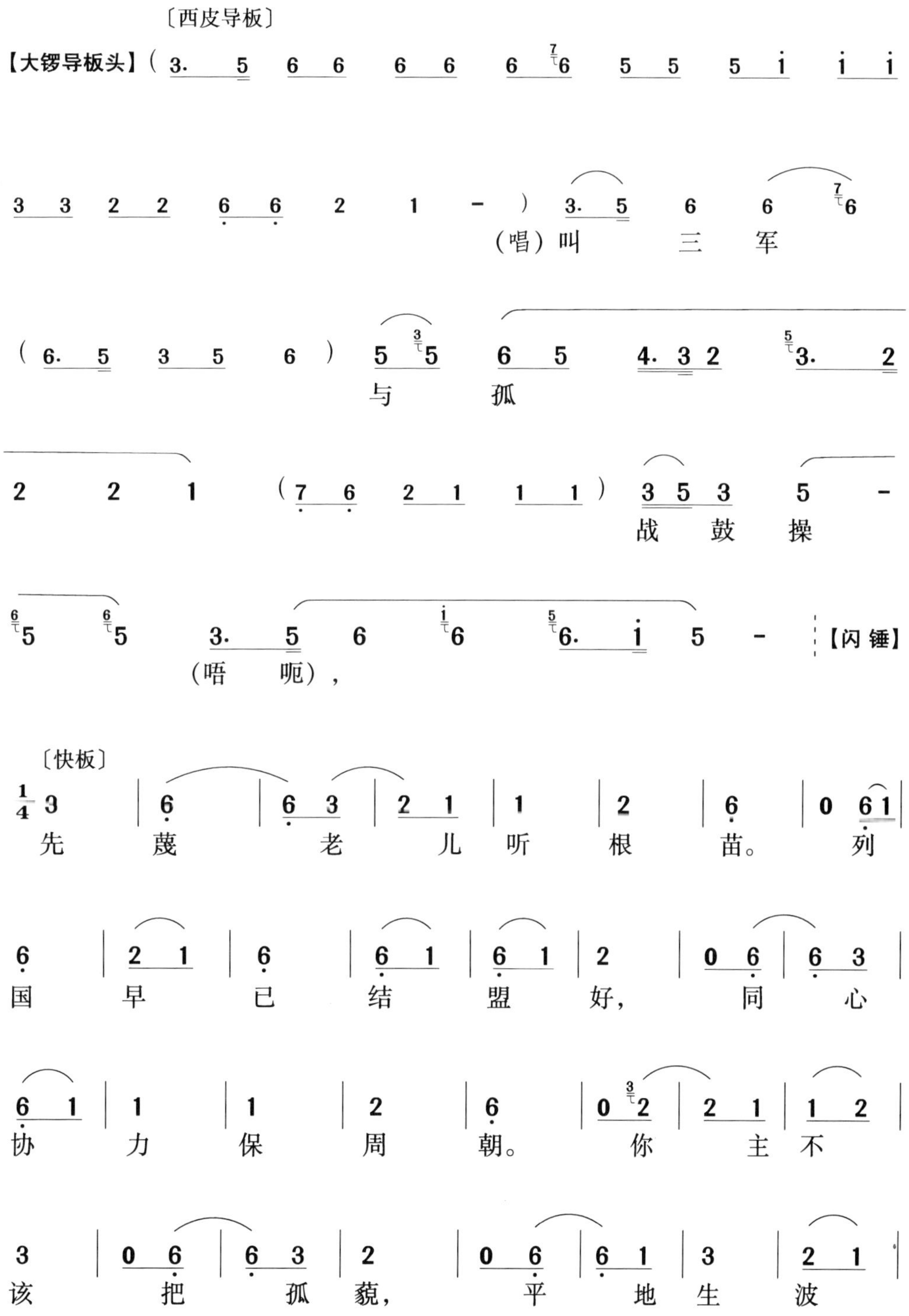

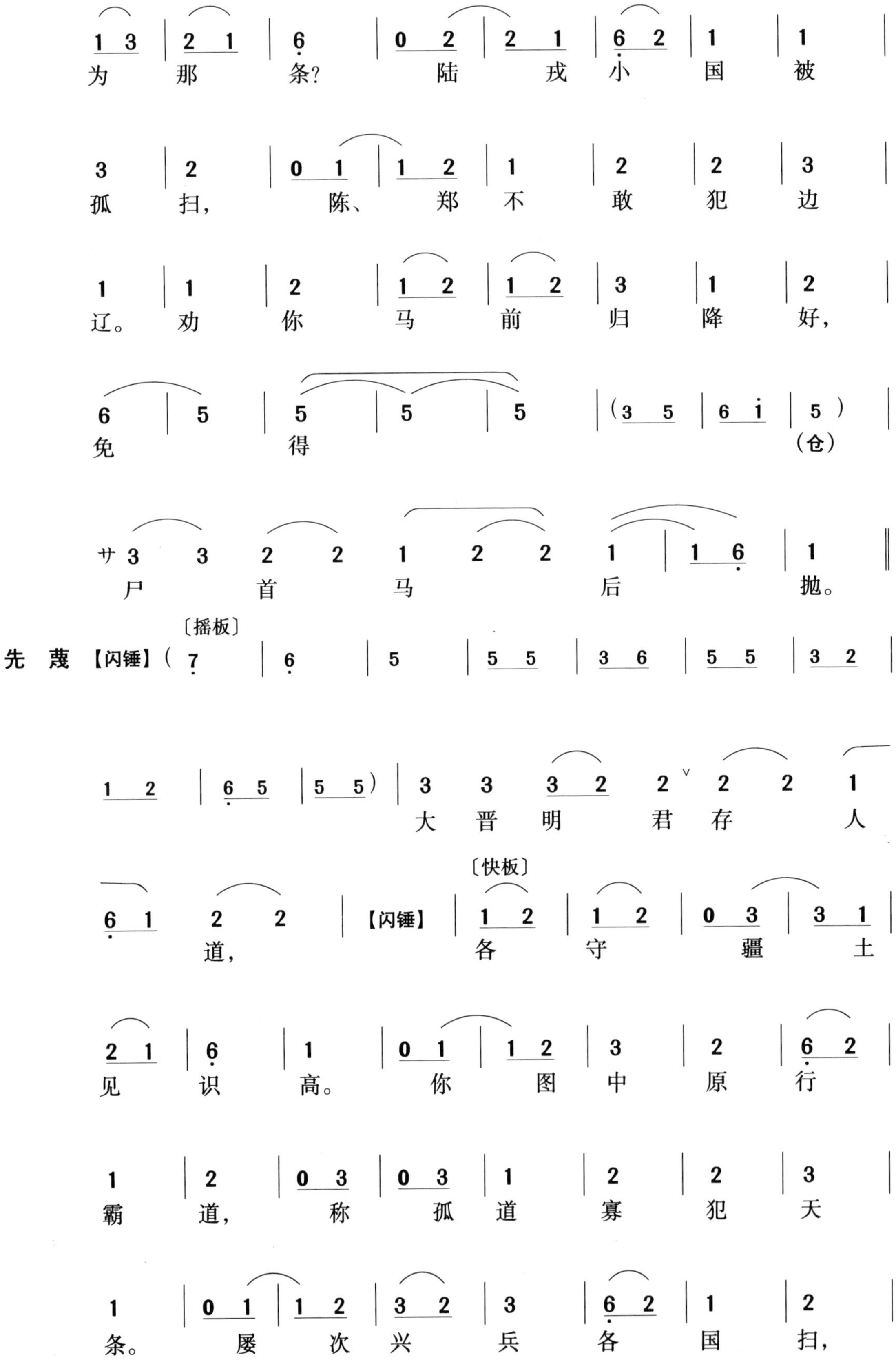
为那条？陆戎小国被
孤扫，陈、郑不敢犯边
辽。劝你马前归降好，
免得 （仓）
尸首马后抛。
〔摇板〕
先蔑 【闪锤】
大晋明君存人
〔快板〕
道，【闪锤】各守疆土
见识高。你图中原行
霸道，称孤道寡犯天
条。屡次兴兵各国扫，

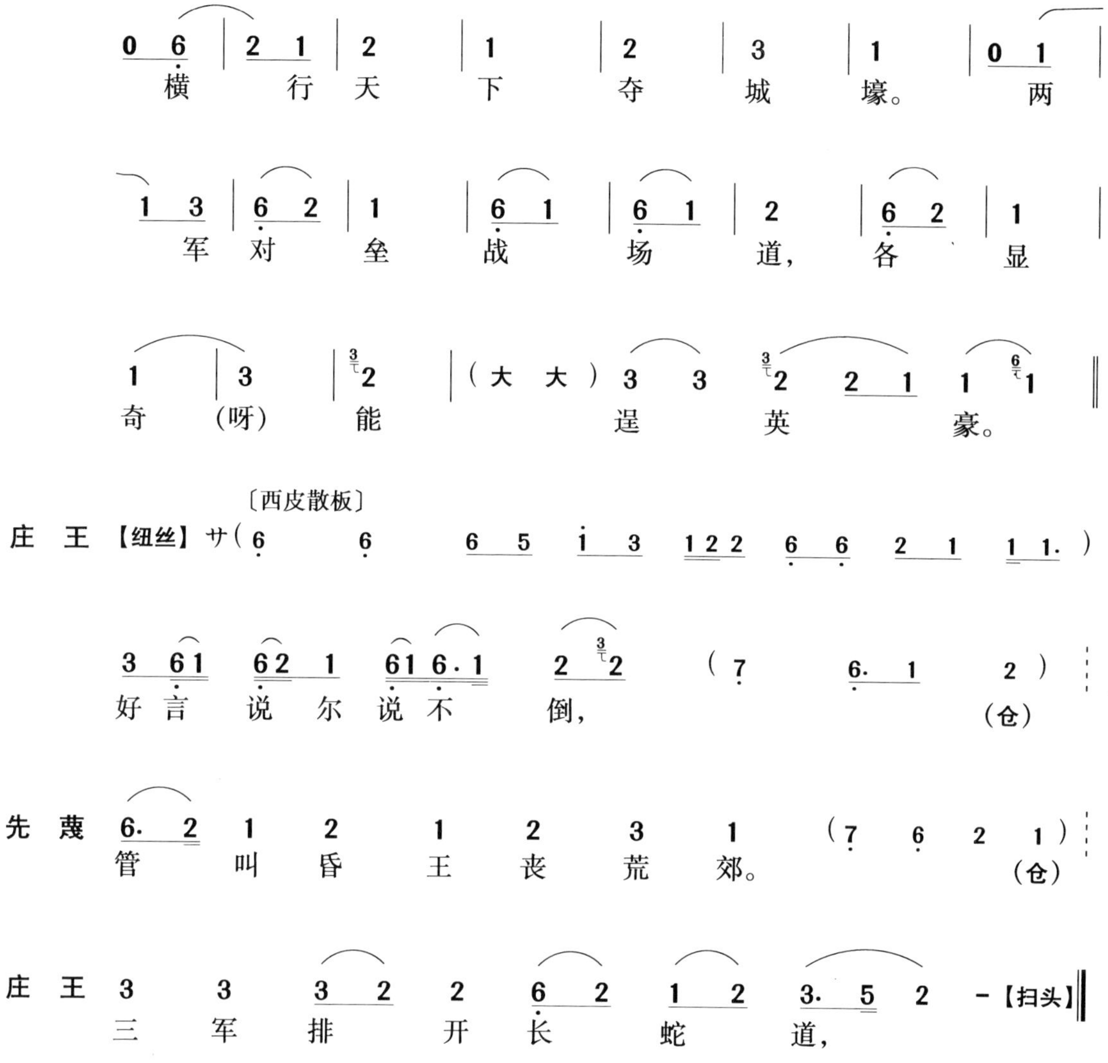

〔【急急风】开打，众"钻烟筒"。庄、先打剑枪，庄败下。上二楚将，败下。绿龙套追过场。先蔑"耍枪下场"下。

第十二场

〔【快纽丝】庄王急上。

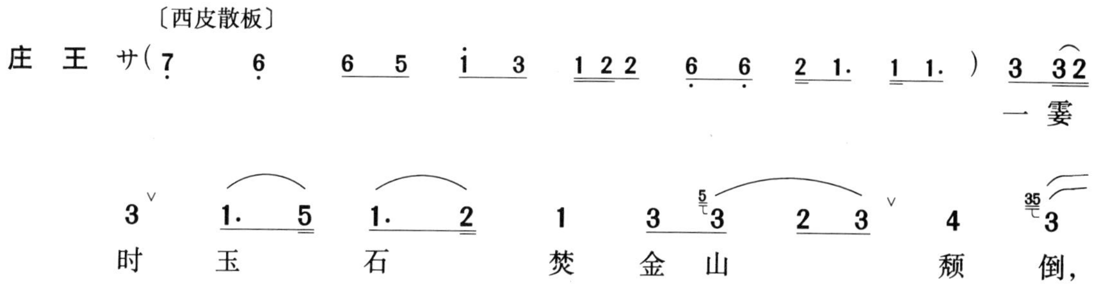

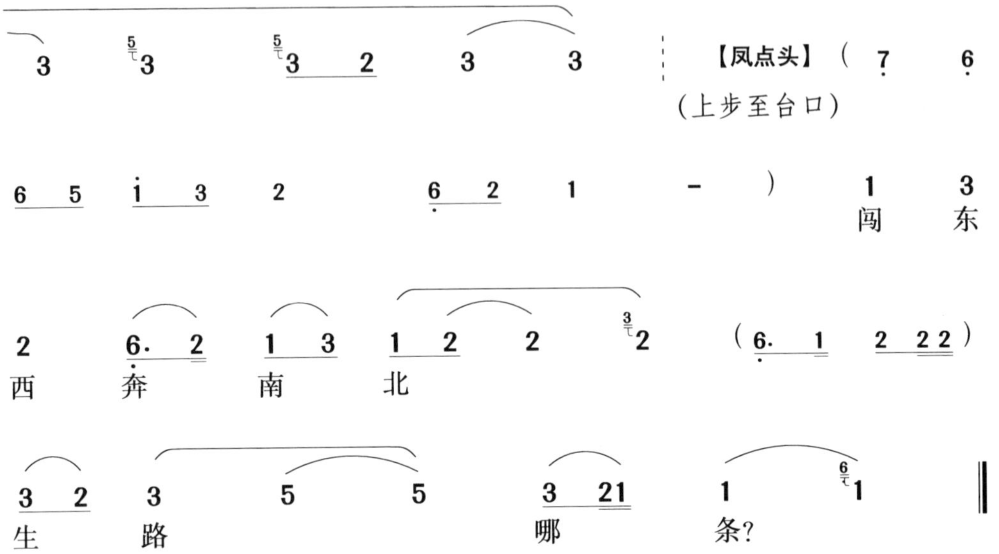

【叫头】且住！先蔑老儿十分骁勇，连败孤王数员大将。呜呼呀！(嘟~~~~~仓)事到如今孤王身边连一个保驾的臣子都没有了，看将起来真是成了孤家了。

〔先蔑内白："哪里走！"

庄　王　哎呀，来了！

〔【急急风】先蔑追上，打庄王下。四楚将上，开打、败下。先蔑"耍枪下场"下。

第十三场

〔【快纽丝】唐狡背单刀，手拿梢子帽上。

唐　狡

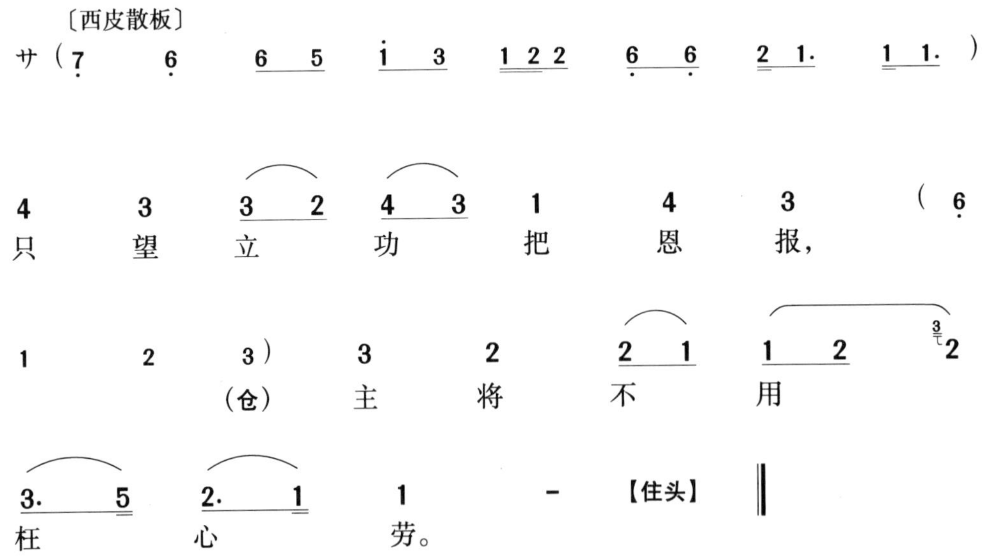

俺，唐狡。我主兵伐晋邦，只望先锋面前讨一前站。不想反被罚为小卒，收拾锣锅帐房与老卒同行，好不丧气人也！【鼓架子】接【叫头】且住！耳听喊杀之声，待俺登高一望。

〔【急急风】唐狡上高台望，庄王领楚众上，过场败下。先蔑与众追下。唐狡跳下高台。【冲头】接【叫头】

唐　狡　且住！前面败的我主，后面追的先蔑，此时不救，等待何时。呔！先蔑休要逞强，唐老爷来也。

〔【急急风】扔帽，拔刀，耍刀，亮相下。

第十四场

〔【急急风】庄王上，先蔑追上，漫庄王头，一过合、往里盖、打庄王上下，唐狡上，挑开。襄老“下场门”上，搀庄王上高台。唐狡打先蔑下[①]，唐耍单刀“下场门”下。庄王云手，踢腿，左右一望、两望，比势摸颈，惊状。

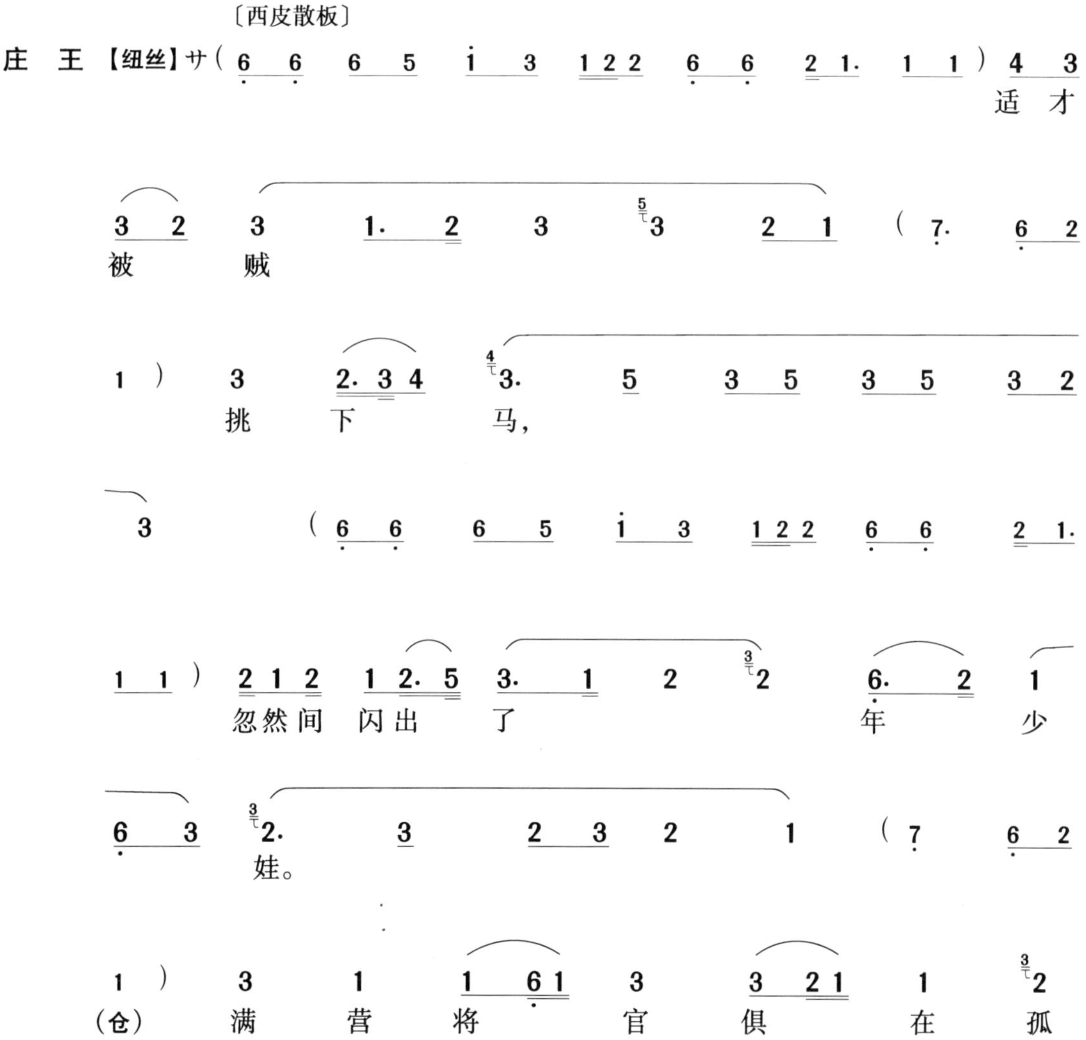

① 此处打简化的“单刀枪”。

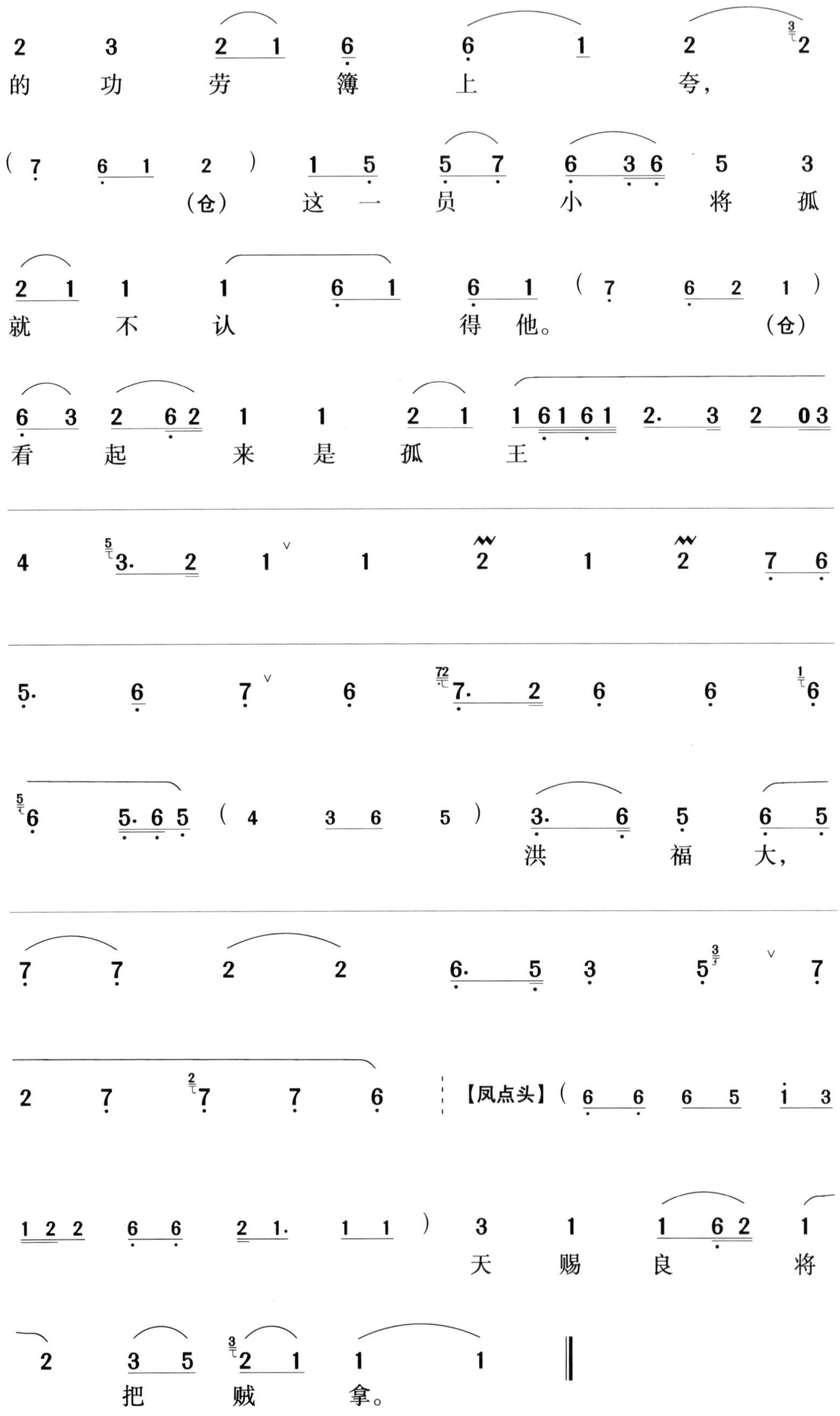
的功劳簿上夸，
（仓）这一员小将孤
就不认得他。（仓）
看起来是孤王
洪福大，
【凤点头】
天赐良将
把贼拿。

〔【纽丝】先蔑上，至台中。

〔西皮散板〕

先　蔑　サ（6 6　6 5　i 3　1 2 2　6 6　2 1.　1 1）3 3　2 5　3　3　1 2　3（6 1　2 3）6 2　1　1　2　3　1 2　1（7 6 2 1）2　2　3　2　3　3 1　2（7 6 1 2）6 2　1　1 3　2　3　1 2　1（7 6 2 1）2. 5　3　3 2　2　2　2　1　6 1　1　2̂　－

昏王被某挑下马，（仓）猛然来了年少娃。（仓）手使钢刀迎面扎，（仓）某家不曾提防他。（仓）落地梅花要一要，

〔【纽丝】先蔑要“提枪花“至左台口，右手横抱枪，左手山膀，右腿跪地。唐狡执枪上。右手背枪，左手勒马，抬左腿，右腿站立。锣鼓切住。

先　蔑　娃娃为何不敢前进？

唐　狡　你用落地梅花，暗施诡计，非英雄也。

先　蔑　【凤点头】（6 6　6 5　i 3　1 2 2　6 6　2 1.　1 1）6. 2　1　2　2　3　1 2　1（7 6 2 1）1 2

（站起）倒叫娃娃耻笑咱。（仓）楚

2　3　2　3 2　3　^{3}2　(7̣　6̣　1　2)　3
国　兵　将　全　不　怕，　(仓)　偏

1　2　1　2　3　1　(7̣　6̣　2　1)　3
遇　无　名　小　冤　家。　(仓)　扳

3　3 2　2　2　3　3 1　2　【凤点头】
鞍　踏　镫　把　马　跨，　(上马)

唐　狡　(过门同前) 6̣· 2　1　1　2　2 1　6̣　1
老　爷　擒　你　献　皇　家。

(7̣　6̣　2　1)　1 2　2　3 2　2　2
(仓)　抖　擞　精　神　催

1 3　2　-　【凤点头】(唐狡刺先蔑，先一绕压住。)
战　马，

先　蔑　(过门同前) 2　1　2　1 2　3　2　2 1　6̣　1
这　一　枪　刺　得　某　两　眼　花。

(7̣　6̣　2　1)　2　2　1 2　3　2 1　6̣ 1　2
(仓)　多　少　将　官　丧　马　下，

(7̣　6̣　1　2)　6̣· 2　1　1 3　2　2 1　1 6̣　1　-‖
(仓)　何　惧　小　小　井　底　蛙。

〔【急急风】唐狡打先蔑下[1]。唐要枪“下场门”下。【撕边一锣】庄王向远方一望。

〔西皮散板〕

庄　王　【凤点头】サ (6̣ 6̣　6 5　i̇ 3　1 2·　6̣ 6̣　2 1　1 1)

1　2　3　2　2 1　1　2　(7̣　6̣　1
气　宇　轩　昂　武　艺　佳，

① 此处打简化的“快枪”。

2 ） 1 ^{5}3. 2 1 2 3 5 2 1 6 1 （ 7 6
（仓）能 征 惯 战 果 不 差。

2 1） 6. 2 1 3 ^{3}2 2 1 6 1 2 （ 7
（仓） 但 愿 先 蔑 早 拿 下，

6 1 2 ） 3 1 1 3 2 1 2 1 6 1 ‖
（仓） 千 刀 万 剐 不 饶 他。
（仓 仓 仓）

〔**【急急风】**晋楚四将开打，先蔑、唐狡两边分上，漫对方将头，打对方将下。唐狡擒住先蔑下①。庄王由“小边”下高台，襄老由“大边”下高台。**【冲头】**接**【撕边一锤】**庄王擦眼睛远望②。

庄　王　那先蔑呢？

襄　老　被小将军擒住了。

庄　王　你可曾看得清楚？

襄　老　没错，我戴着花镜哪！

庄　王　这就好了！与孤带马。

襄　老　被小将军骑了去了。

庄　王　骑你的马。

襄　老　我的马还没安尾巴哪！

庄　王　孤王怎样回营呢？

襄　老　只好开步走了。

庄　王　如此摆驾。

襄　老　“咦”！（学太监叫声）

〔**【一锤锣】**襄老领庄王下。

第十五场

〔<吹打>红龙套上“挖门”，庄王上，入“大座”。襄老上。（曲牌止）

襄　老　先蔑擒到。

庄　王　押上帐来！

〔**【快长锤】**襄老拉先蔑手杻（锁链背在肩上）上。先蔑踹襄老，襄老趴下，再起来。

---

① 此处擒先蔑，唐狡用左手夹起先蔑，先蔑头朝里，脚朝外，面朝下，与《雅观楼》李存孝擒孟觉海的身段相同。

② 此处原为庄王与襄老从高台（桌上）正面滑下来，两边望，碰背趴地下，爬起来碰屁股再趴下，再起来襄老扶庄王，念白。刘曾复先生认为此身段不雅观，亦不符合庄王身份，可以删掉。

襄　老　你就会欺负我。（进门站台左）

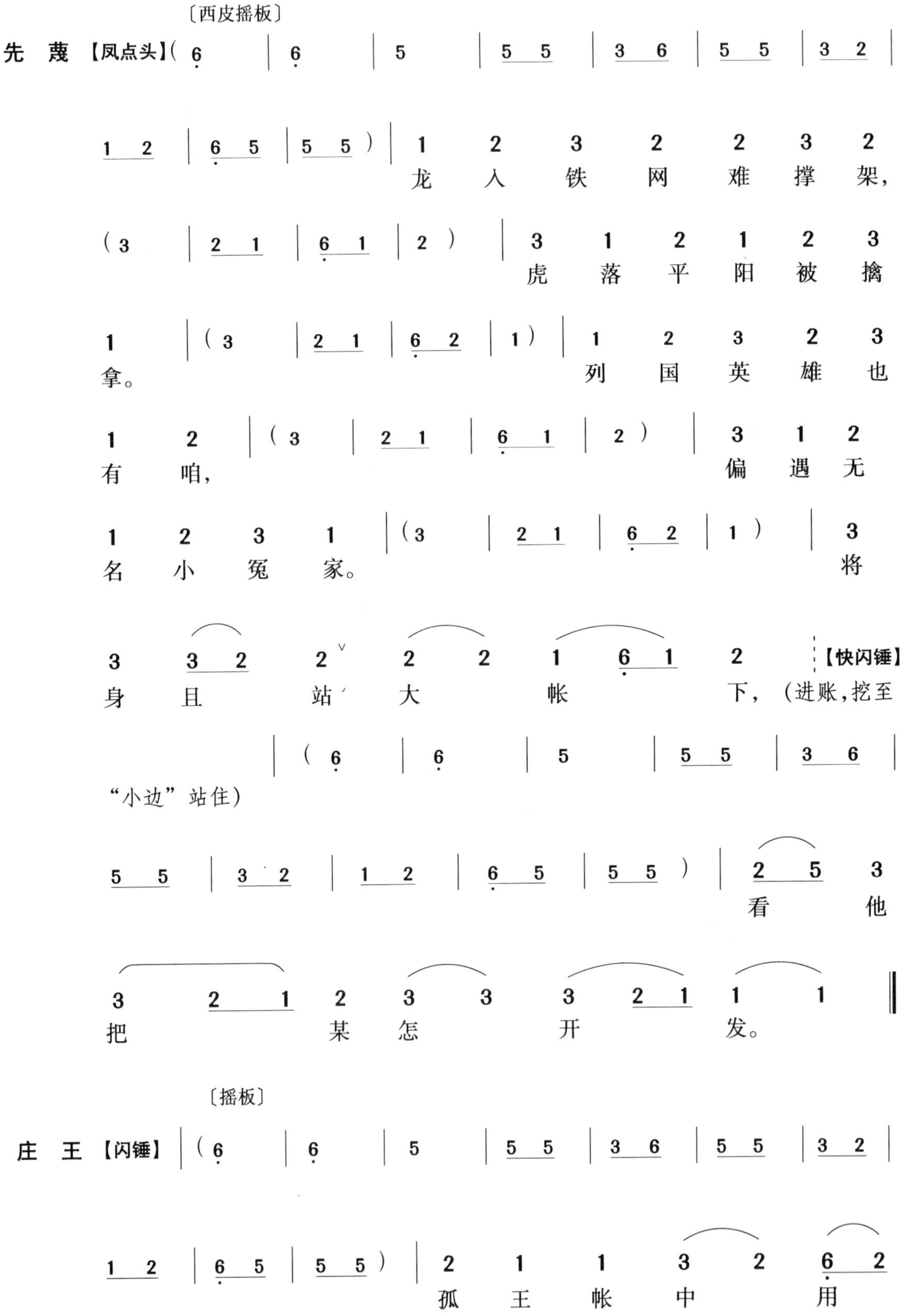

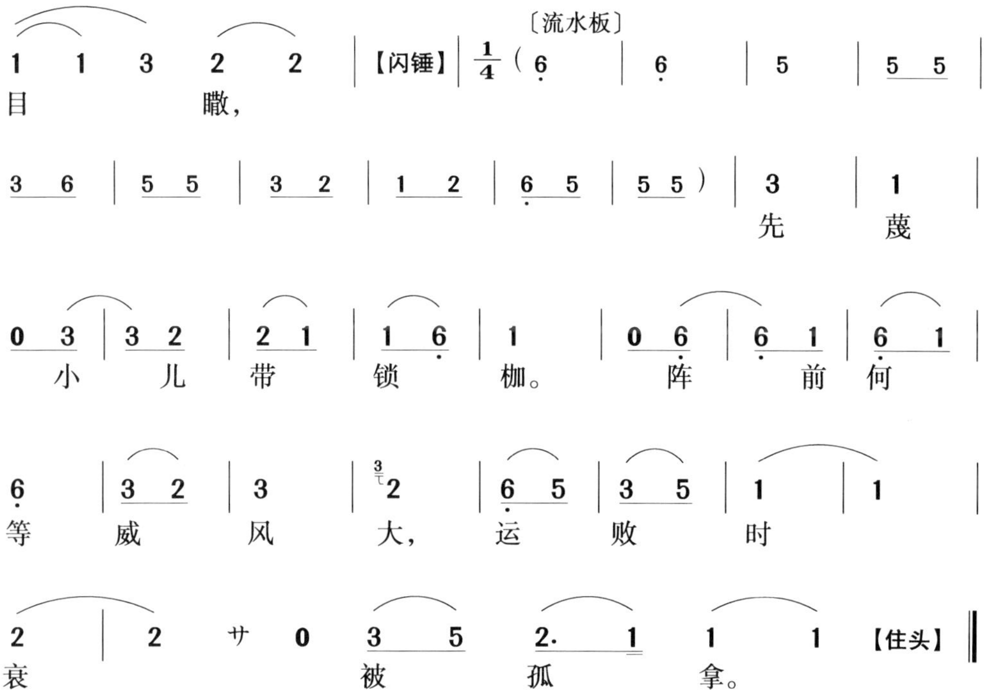

庄　王　先蔑。

先　蔑　昏王！（踢桌。庄王站躲，再坐下）【撕边一锣】

庄　王　还是如此厉害。先蔑，你在两军阵前何等威风，如今被擒帐下，有何话讲？

先　蔑　昏王何必多言！

庄　王　孤王何曾亏负你国，无故兴兵犯界，先斩你这老头，再擒晋侯与他辩理。来，将先蔑推出斩了！

〔【冲头】襄老拉先蔑下，【五鼓三锣】，襄老复上。【冲头】

襄　老　先蔑斩首。

〔（内）“小将回营”！

襄　老　小将回营。

庄　王　有请。

〔庄王出位。【紧锤】唐狡上，下马，进帐。庄王拉唐狡换边，庄王“小边”唐狡“大边”台口，襄老托唐狡左腿“亮相”①。

庄　王

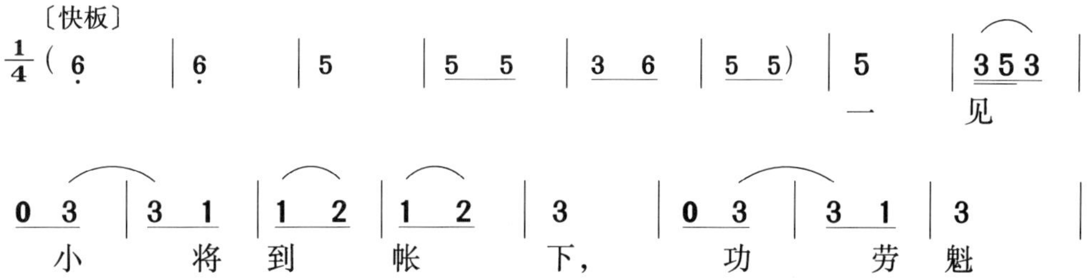

① 此处唐狡居中，庄王在右侧，襄老跪下平托唐狡左腿，配合亮相。当年王长林演襄老，即兴将杨小楼左腿托起，呈“朝天镫”状，以戏谑来显示杨小楼的功夫。其后王福山演襄老，亦效法之，而演唐狡的演员无此腿功，致成笑柄。福山谑而虐矣。

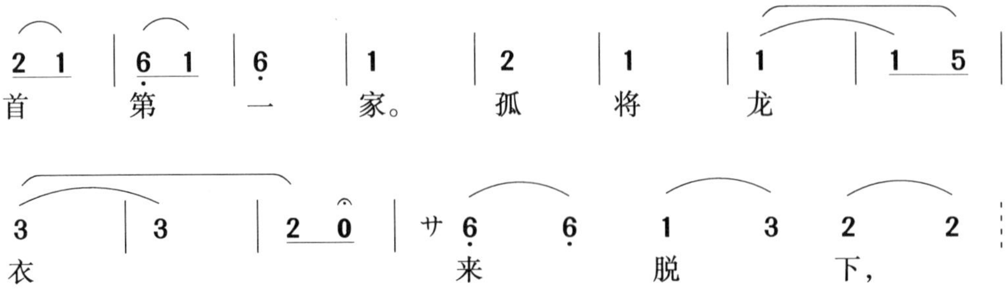

〔<吹打>“合龙口”庄王脱黄马褂，唐狡穿黄马褂，戴武生巾，庄王穿开氅。

〔摇板〕

庄　王　【闪锤】

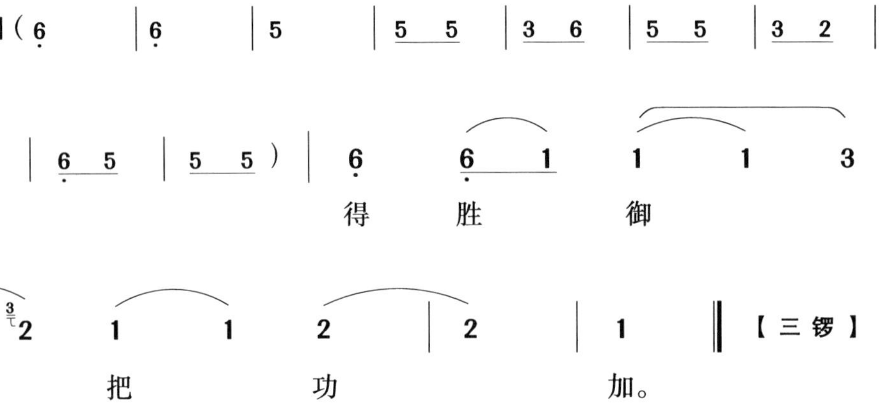

〔<吹打>递酒，唐接酒谢天地，庄王入“小座”，唐参拜。曲牌止。

唐　狡　参见大王。救驾来迟，大王恕罪！

庄　王　平身。

唐　狡　谢大王！

庄　王　赐坐。

唐　狡　谢坐！（唐坐“大边”，襄老站“小边”）

庄　王　小将军哪里人氏，姓甚名谁，竟敢一人前来救驾。

唐　狡　小臣唐狡，棠邑人氏，大王待小臣有天高地厚之恩，特来救驾。

庄　王　啊，孤王有何恩典与你？

唐　狡　大王可记得绝缨会之故否？

庄　王　哦，不必深言。①你今救驾有功封为上军副帅。

唐　狡　谢大王！

襄　老　哎哟！（蹲下）

庄　王　老将军，你这是怎么样了？

襄　老　大王有所不知，唐将军乃老臣帐下军卒，老臣曾将他重责，不料他擒贼救驾，官封上军副帅，正管我这个前站先行，老臣我这回可真玩不转了。

庄　王　原来如此。这样吧，从今以后将老将军拨在唐将军帐中，倘有差迟，按军令施行如何？

---

① 此处不要使背供身段。

襄　老　哎哟！

唐　狡　老将军，为将者当以军法为重，唐狡自当以德报德，以直报怨，焉有记恨之理，老将军何必挂怀？

襄　老　将军乃奇男子也！

庄　王　二卿为孤不惜身躯，岂能怨恨。后帐摆宴，与二卿解和贺功。

「<尾声>庄王下，唐狡、襄老互让下，众下。

——剧　终

范石人 整理 记谱　吴春礼 校阅 编订

搜孤救孤

孟小冬　裘盛戎演出本

五十年前旅居天津，陈彦衡师约观孟小冬女士演《失、空、斩》于大罗天剧场。彼时给她操琴的是名琴师孙佐臣，其他配角都很整齐，是日演出效果极佳，博得好评。

1936年，孟小冬在上海演出时，我和姚玉芙兄陆续看了她的《捉放曹》、《南阳关》、《珠帘寨》、《空城计》、《盗宗卷》、《奇冤报》……演出得到了观众的一致赞许。我们觉得，当时她已是后起之秀中的难得人才。记得，大约演到二十天后，小冬突然因病辍演，住在辣斐坊姚玉兰女士家中养病。我去看望她，临别时，小冬对我说："许先生，我是从小学艺唱戏的，但到了北方得到许多名师益友的指点以后，才真正懂得唱戏的意趣。这次原订连续唱四十天，现在忽然病倒，只得中断，如果以后不能坚持做长期演出，我对自己前途的指望也就完了！……"我从她沮丧的面容上和微弱的声音中感到，作为一个有力图上进之心的演员正当壮年奋发有为时，由于舞台生活的劳累、艰苦，而遇到身体不能支持的时候，那种内心的痛苦是很容易在言谈中流露出来的。

小冬病愈以后，学戏和演戏的志愿并未消失，而且孜孜追求余派艺术之决心，与日俱增。

1938年初，小冬再次北上，同年10月21日（旧历九月二十八日）她经杨梧山、袁棣庵等人的介绍，正式拜余叔岩先生为师，在北京泰丰楼举行仪式。

小冬学戏刻苦力行，且有一定的天赋条件：嗓音清亮醇厚，身材修短合度，扮相端庄神俊，风度高雅不群，她具备了正工老生的素质。其师叔岩对她极为器重，因而竭尽全力地给予传授和培养，大约有五年光景。据后期为叔岩操琴的王瑞芝告诉我，"余先生在病中还挣扎为孟小冬说戏"。据我所闻，当时叔岩已知自己的尿血症是致命之疾，难以康复，故很想把一生所取得的艺术成果和多年来的实践经验以及创造心得等传留下去，就选中了条件更为全面的孟小冬。也因为小冬聪敏而踏实，学艺的态度至诚，故使其师信之益深。数年之内，小冬实受学得了一些余派剧目，如《搜孤救孤》、《洪羊洞》、《捉放宿店》、《击鼓骂曹》、《御碑亭》、《珠帘寨》、《奇冤报》、《武家坡》等等。由于她拜余求艺较晚，又逢叔岩的病体日趋沉重，以致未能如愿把余派的精湛艺术更多地继承下来。对此，她生前引为憾事！

余派老生陈少霖（陈德霖的儿子、叔岩原配夫人之弟），谈到他姊夫而兼老师的余叔岩，因带病教孟小冬而引起叔岩续娶夫人的反感。在余逝世后，这位后续夫人竟然把叔岩遗留下来的手抄剧本、学谭派戏的表演日记，以及有关戏曲资料，全部拿到灵前一一予以焚毁了！这件事不仅使余门弟子非常愤慨，而且也令京剧界和关心戏曲的人极为痛心和谴责。可以说，这是京剧文库中的重大损失！

我记得，余叔岩先生病殁于1943年5月。当时，北京的一些报章报导了他的逝世及其亲传弟子杨宝忠、谭富英、王少楼、孟小冬、李少春、赵贯一等人含泪装殓、身着孝服、执绋送殡的消息。（此时，陈少霖正在上海演出，故未能回京参加葬礼。——附注）

余叔岩——这位一代艺术巨星的殒落，使京剧界和余门诸弟子莫不感到极大的哀恸！作为亲传弟子之一的孟小冬，后来在继承上深知努力，并且较好地传播了余派演唱艺术，的确也算难能可贵。

1947年秋季，在上海中国大戏院的义演中，我和许多友人都观看了孟小冬演唱的余派剧目《搜孤救孤》，留下深刻的印象。小冬的嗓音苍劲沉着，腔圆韵厚，吃调高而立音强，吐字清晰，喷口讲究；身段简洁洗练，唱做匀称得体；表演上于自然大方之中而能传达出剧中人程婴的思想感情。我觉得她这次演唱在体现余派艺术上，已是形神兼备、炉火纯青了，加上裘盛戎、赵培鑫（小冬之弟子）、魏莲芳等人助演得力和王瑞芝、魏希云二人的琴、鼓伴奏严谨，更是红花绿叶，相得益彰！

小冬艺已精进，尔后即不复再现于舞台。

1981年，我通过定居在香港的蔡国蘅先生的关系，从孟小冬遗物中找到我从前随便唱的《碰碑》、《乌盆记》两段〔反二黄〕唱腔的录音带，当然这是微不足道的东西，但却足以说明她对戏曲资料的爱护和对别人的尊重。

最近，请邹慧兰同志与定居在日本的华侨钱培荣先生去函，了解孟小冬女士晚年在港、台授徒传艺的情况。钱先生从日本横滨来函说：“我是1952年与赵培鑫同日向孟老师拜师的，我从孟老师学京剧长达七年之久，当时由王瑞芝操琴吊嗓，孟师的教授法是按照余太老师（叔岩）教她的方法来教我们的。她不承认有人称她为孟派，她提起余太老师总是肃然起敬的。”我看到这里，想起叔岩生前也从来不以余派标榜，而自认是谭派继承者，从他的书房挂的那块“范秀轩”匾额可以看出他对老师谭鑫培的钦佩是五体投地的（按：“英秀堂”是老谭宅邸的堂号）。孟小冬继承了余门的谦德，这一点是值得赞扬的。

闻孟小冬女士于1977年病逝台北。抚今思昔，不胜凄怆！壬戌冬曾偶成一律志感：

丁沽初见玉精神，羽扇纶巾意态醇。
殚志寻师求绝艺，余门立雪得传薪。
沧桑几度鱼书隔，瀛海惊闻墓草蓁。
回首春申歌舞地，绕梁遗韵落芳尘。

欣闻，范石人先生根据1947年孟小冬女士在上海演出《搜孤救孤》的实况录音，结合当年观剧回忆，记成曲谱，并加身段动作说明，又经中国艺术研究院戏曲研究所吴春礼同志参加校阅编订。京剧界的青年演员可从此书中得到启示和探索余派的演唱法则；当年在场的观众也能引起回忆；海外的顾曲者则更可从此剧本中感受她的声容风貌！

值此剧本准备出版的机会，我写了点滴往事，聊志鸿爪！

许姬传

人物行当

程　婴	正工老生	程　妻	青衣
屠岸贾	正净	四校尉	杂
公孙杵臼	里子老生	四文堂	流行

服装扮相

程　婴　面部淡彩。网子、水纱、高方巾、黑三髯口，薄胖袄、黑褶子，黑彩裤，厚底靴。

屠岸贾　红膛子三块瓦脸谱，勾鸟形眼窝、灰鼻窝、花眉子。网子、水纱、太子盔插翎子、灰满髯口，胖袄、紫蟒袍、玉带，红彩裤，厚底靴。挂宝剑。

公孙杵臼　素脸不抹彩。白网子、古铜色（或香色）鸭尾巾、白满髯口、古铜色（或香色）褶子，黑彩裤，福字履。法场一折换白发髻、黄绸条勒额，白腰包，项上挂白绸条，作绑倒背手，胸前系一娃娃（假孤儿）。

程　妻　拍粉彩脸。包大头、线尾子、银泡头面，白素裙、青褶子，淡彩裤，彩鞋。怀抱娃娃。

四校尉　素淡彩（间有揉脸者）。大板儿巾，箭衣、马褂，杂色彩裤，薄底靴。挂腰刀。

四文堂　素脸。小板儿巾，红龙套衣，彩裤，薄底靴。

道具

布娃娃	一个	白纸钱	一串
令　箭	一支	惊堂木	一块
马　鞭	一根（以上四物公堂一场用）		
鬼头刀	两把（以上五物法场用）		
单　刀	一把（第二场用，预先放桌上）		
黄布包大印	一颗		
木盘、酒壶、酒杯	各一个		

第 一 场

定 计

〔场上设一桌、八字椅（左、右各一把）。**【撤锣】**

〔公孙杵臼内白：“嗯喷！”

〔**【小锣打上】**公孙徐步出场，在“九龙口”抖袖、整冠、理髯后**【小锣单点】**接**【归位】**前行至中场台口站住。

公孙杵臼（引子）赵屠结冤仇，（**多多**）不知何日（**多罗.**）

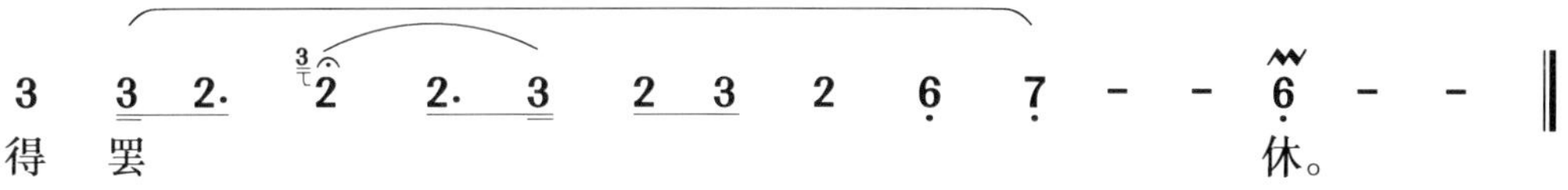

〔**【小锣单点】**接**【归位】**左转向里坐正中外场椅①。

老汉，公孙杵臼。（**扎**）昔日ˇ曾为赵相的门客。可恨屠贼，诬害赵家三百余口，只有庄姬一人，逃进宫去，闻听在宫中产生孤儿，屠贼闻知，进宫搜孤，也不知搜出无有？唉，天哪！（**大 多大 台**）天！（**大大 大大 乙台**）但愿留得忠良之后，也好与赵家报（哇）仇ˇ雪恨哪！

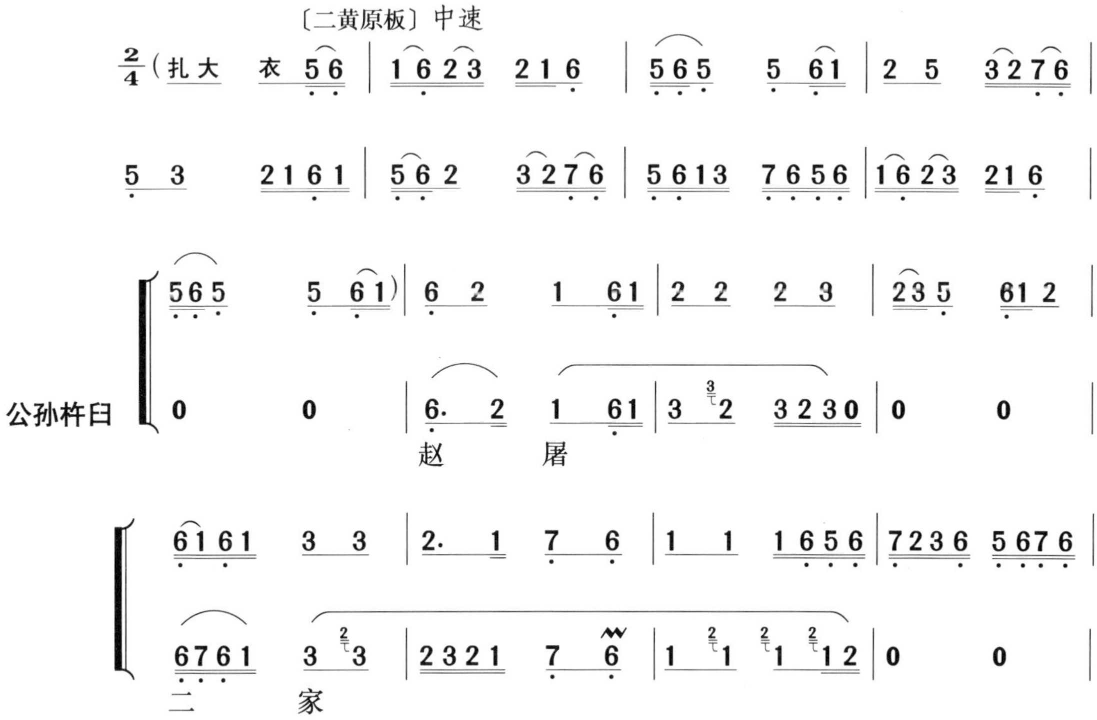

---

① 也有在入座后加念定场诗的，其词为：“晋国之中出乱臣，下害忠良上欺君。诬害赵家三百口，教人心中忿难平。”**【小锣住头】**

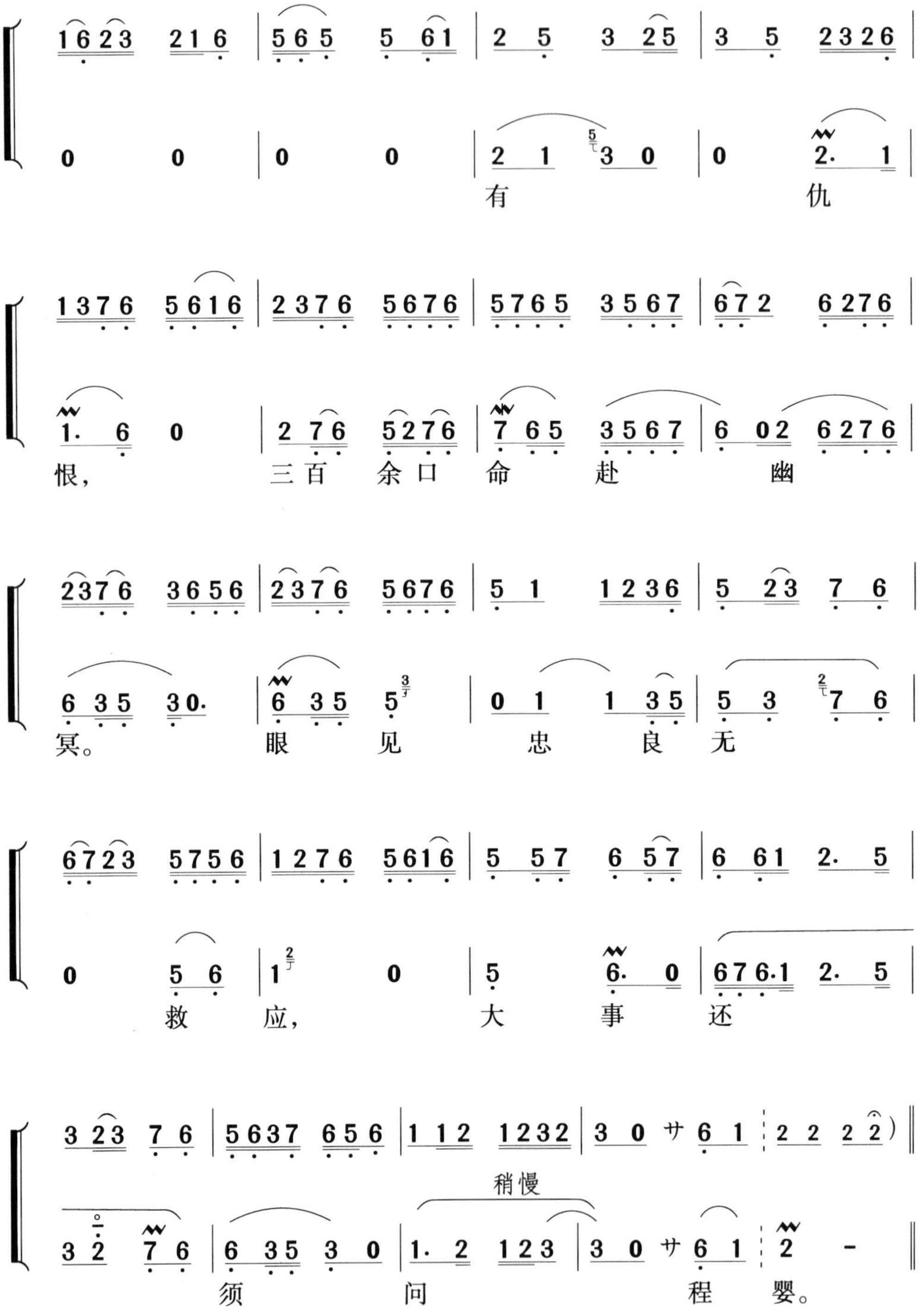

〔程婴内白："走哇！"【撞金钟】程婴在第一击大锣"仓 七"后面的"台 七"上出场，而在下一击文而又稳地一亮相。亮相时双眉紧蹙，面带忧思，踩着锣鼓点子的节奏，缓步至"小边"[①]近台口处单抖袖。

① 术语称台面左方为"大边"，台面右方为"小边"。

搜孤救孤

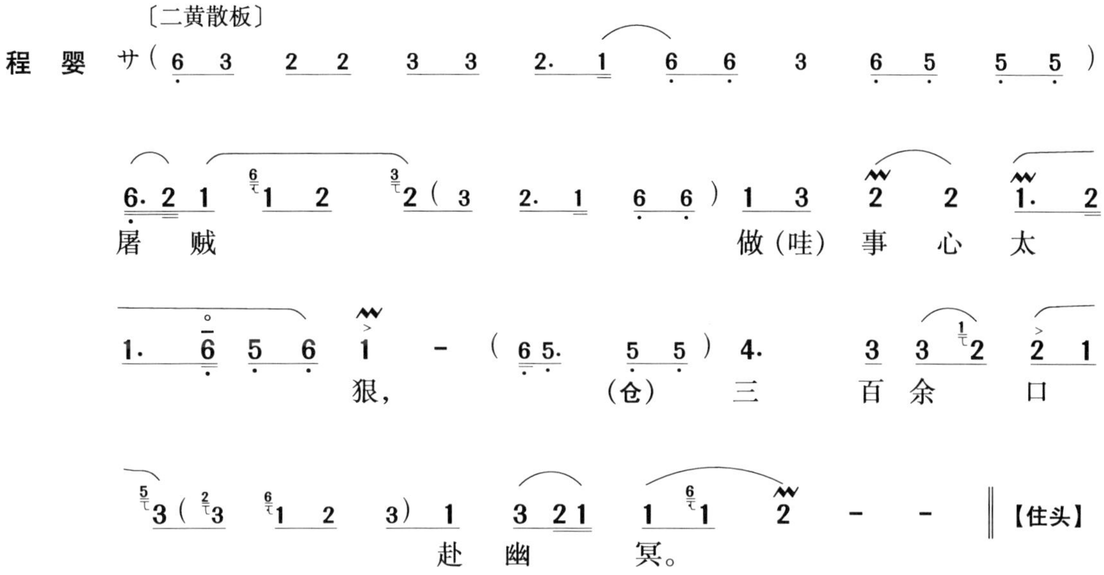

程　婴　来此已是，公孙兄在家么？（边念边至台中外口，用左手食、中二指作反弹门环。**【小锣轻声一击】**）

公孙杵臼　（以下简称公孙）是哪一位？（起立向前开门出迎）

程　婴　哦，小弟来了。

公　孙　原来是程贤弟来了，请！（台 － 台 －）（程进门归“大边”，公孙到“小边”）请坐。

程　婴　有座。（坐“大边”）（台 － 乙大 台）（公孙坐“小边”）

程　婴　（大.大 大大 乙大 多大）唉！（乙大 台）

公　孙　啊，贤弟，叹着何来？

程　婴　晋国之中.，又出了这样惊天动地.的[①]事，你还不知道么？

公　孙　又出了什么惊天动地的情事？

程　婴　只因屠贼，诬杀赵家三百余口，只剩庄姬一人，逃回宫去，产生孤儿。屠贼进宫搜孤，不曾.搜出，标出赏格在外，十日之内，有人献.出孤儿，赏赐千金，不然.，要将晋国中的婴孩，只要与孤儿般长般大，俱要.刀刀斩（呐）尽！

公　孙　此事愚兄早已知道，贤弟你的来意如何啊？

程　婴　小弟特为此.事前来与兄商议救孤之策呀！

公　孙　哎呀，愚兄是忙中无计呀！

程　婴　怎么你也是忙中无计么？

公　孙　忙中无计呀！

程　婴　小弟倒有一两全之计，此时若有一人，舍得一命.，若.有一人，舍得一子.就可以救得孤儿的性命。

公　孙　贤弟你来看！（双手托胡须向程示意**【小锣一击】**）愚兄偌大年纪，情愿舍命；但不知哪一个舍子呢？

---

① 原词为“奇事”。

程　婴　小弟有一子，与孤儿般长般大，我意欲将孤儿掉换下来，藏在小．弟家内，再将我亲生之子．，抱到兄处，待弟去到奸．贼那里出首，就说你隐藏孤儿不报．。屠贼闻知①，定要前来搜孤。哎呀！那时只恐你．的性欲难保哇！

公　孙　那时愚兄，见机而行。我那弟妹，可曾知晓？

程　婴　话．虽如此，你那弟妇她还不知道哇。

公　孙　哎呀，只怕弟妹她不能应允吧？

程　婴　不妨，不妨。想你那弟妇，虽．是女流，是颇．通大义，想此．事她（一想）断乎不能．不肯吧！

公　孙　好，贤弟回家商议，愚兄随后就到。

程　婴　告辞了！（起立，抖袖）

〔二黄散板〕

【金钟板凤点头】（过门同前）サ 3　3 2 3216（2. 1 6 6）1. 2 1
你　我　二　人

3. 5 1. 2 2 - - - 1 3 - -
把　计　定，

〔【撞金钟】程婴面里向公孙施礼，公孙还礼。出门、公孙送至门外。程走向“大边”回身。锣鼓止。

程　婴　（过门同前）1 3. 2 1. 2 1. 2 3（6 123）3 5. 2 2. 2 - 1 2 ‖
救　孤　的　事　儿②　我　担　承。

〔程婴与公孙一拱手，【撞金钟】左转身“下场门”下。锣切住。

〔二黄摇板〕紧打散唱

公　孙　【小锣凤点头】（6 | 5 | 3 | 2 | 3 | 3 3 | 2 1 | 6 1 | 5 3 |

2 1 | 6 1 | 5）1 1 2 2 2（2 6 6）611 3 2 1 1
但　愿　救　得　忠　良　后，

---

① 此段话白前面几句（包括“法场”在内），由于原录音杂音过多，又经年久，已不可辨听。承香港余派名票陈中和先生将所藏孟小冬此戏的文字珍本寄来，给了我们工作上莫大的便利，谨此向陈先生致谢。

② “救孤的事儿”应该是“弟兄二人”共同担承。建议改为“舍子的事儿”似较合乎剧情。但“舍子”二字均为上声，故唱腔也须相应改动，不妨这样唱：2 3. 2 1. 2 1. 2 3 。
舍　子　的　事　儿

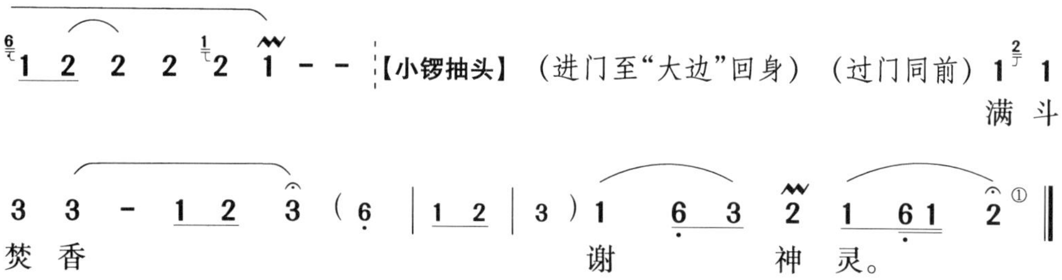

〔【小锣打下】公孙"下场门"下。

第 二 场

舍 子

〔【小锣旦上场】程妻左手抱娃娃出场，至"九龙口"，单抖袖，整衣领后至中台口。

程　妻　仗义救孤身，妻随夫志行。（转身入座）②

〔【大锣五击】程婴上至"小边"台口。

程　婴　大事安排定，劝妻舍亲生。

〔【大锣原场】程妻闻声出迎。

程　妻　啊，官人！

程　婴　啊，娘子！（话白夹杂在锣鼓声中）

〔程婴进门归"大边"。与程妻分左右坐下。锣鼓止。

程　婴　唉！（垂首做生闷气状）

程　妻　啊官人！那屠贼ᵛ如此行为，难道就不怕报应了么？③

程　婴　事到如今，还说什么苍天报应。屠贼进宫搜孤不曾搜出，又起了狠毒之心（呐）！

程　妻　但不知什么狠毒之心呢？

程　婴　屠贼一计不成，又生二计，标出赏格在外，十日. 之内，有人献出孤儿赏赐千金；不然，要将晋国中的婴孩，只要ᵛ与孤儿ᵛ般长般大，俱要刀刀斩.（呐）尽！

程　妻　如此说来，那孤儿岂不是无有救了？

程　婴　我与公孙老爷，定一计策，可以救. 得孤儿。

程　妻　但不知有何妙计？

程　婴　此时，若有一人舍命；若有一人舍子，可以搭救孤儿的性命。

程　妻　但不知ᵛ哪个舍命？

---

① 此句或改为这样唱：

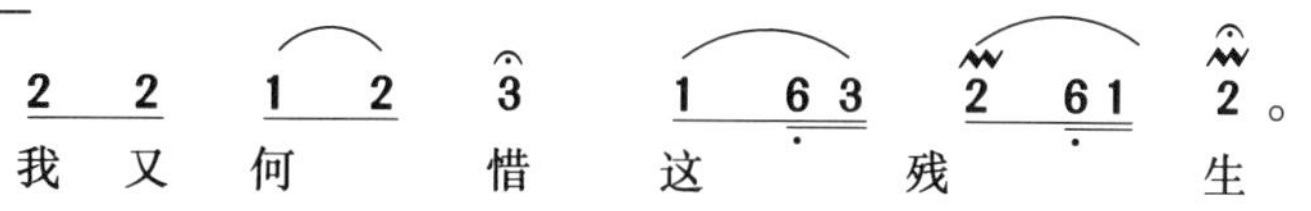

② 旧时京剧舞台上有检场人，程妻念上句对后归正场小座；现在因无人搬椅子，程妻可坐在"大边"椅上。当听到程婴念下句对时即起身出迎。

③ 魏莲芳先生在这句白口中不念"苍天"二字，而这样就突出程婴念白中"苍天"二字。

程 婴 啊娘子，那公孙老爷他情愿舍命哪。（此句须要快念，才能表现出程婴此时内心的激情）

程 妻 噢，（一想）这舍子呢？

程 婴 （紧接）这舍．子么……（大 大 大 大 大大 乙 台）（做难以启口状，转念间强装笑容）娘子啊！想我夫妻，曾受赵相．的厚恩，焉能坐观成败。我意欲，将你我亲生之子舍了，将孤儿掉换下来，抚养成人，一来不绝忠良之后；二来也好报仇。啊娘子，你看此．计可好哇？

程 妻 官人此言差矣，想你我夫妻，年将半百，只生此子，焉能救得孤儿？此事是万万不能。

程 婴 哎，娘子啊！

〔二黄原板〕中速稍快

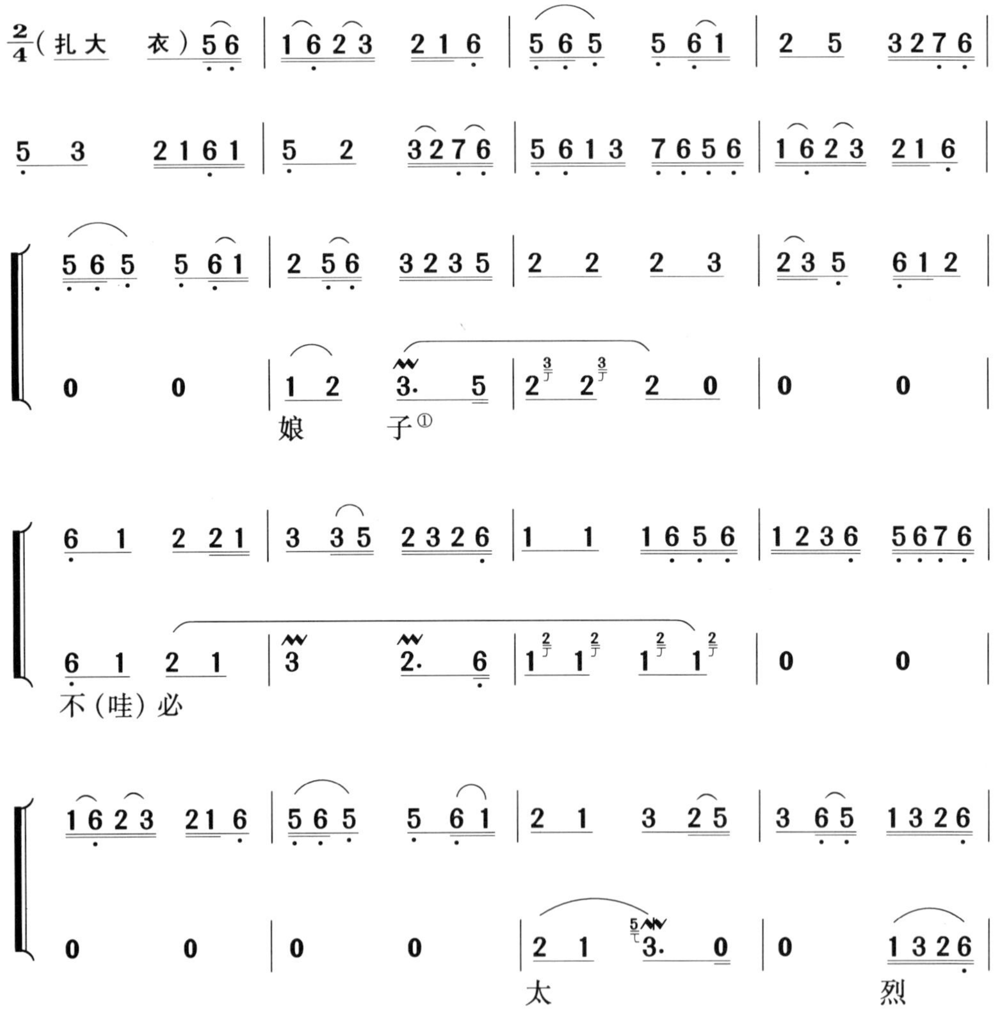

① 在这段唱中，如“子”、“必”、“麟”、“语”等字的后面，都要使用“脑后音”来唱。余叔岩先生的“脑后音”最为人所称道，他的音质晶莹而澄澈，含有一种诱人的魅力，使人百听不厌。小冬得余之传授，在使用这种音时也颇耐听。

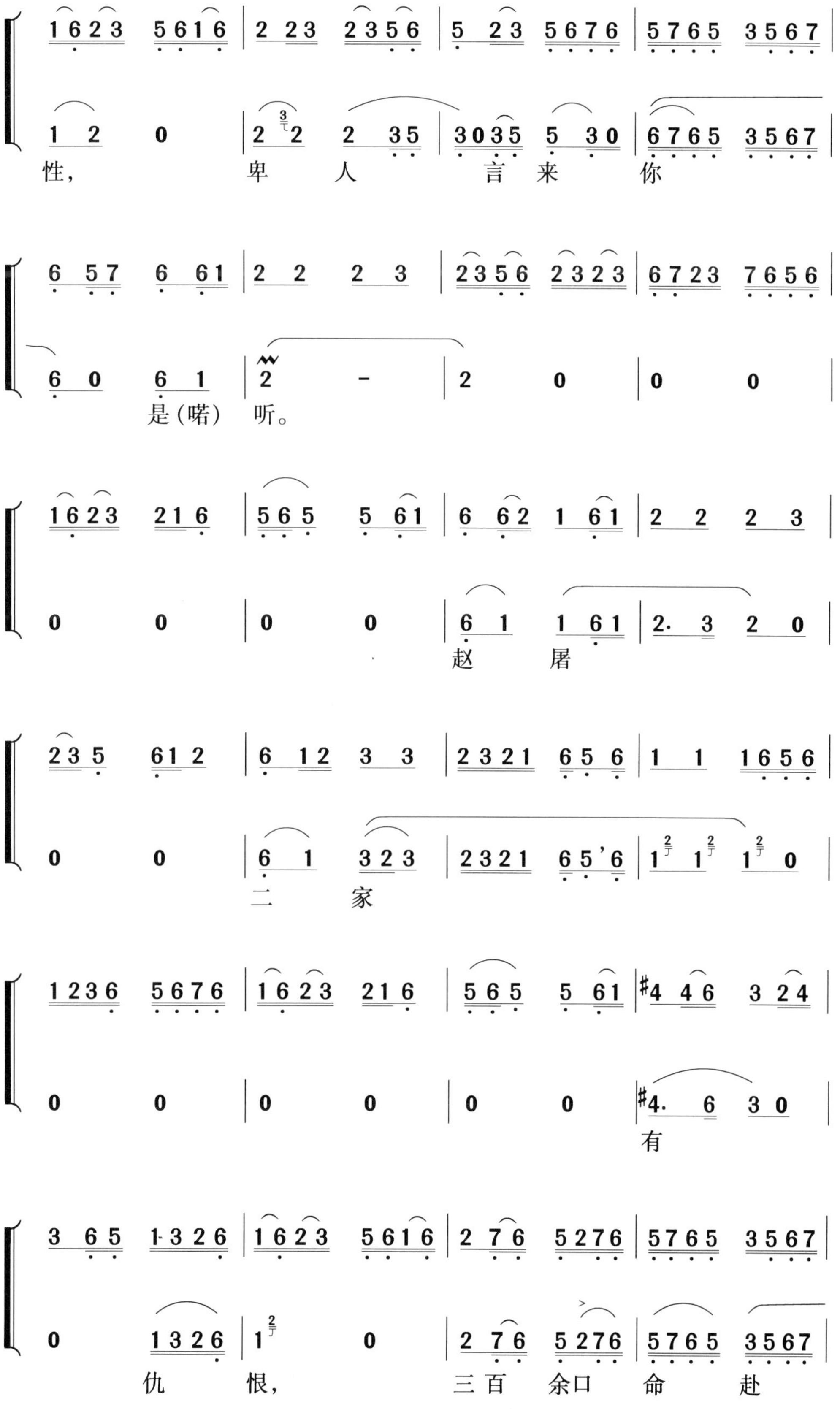
性，卑人言来你
是（喏）听。
赵居
二家
有
仇恨，三百余口命赴

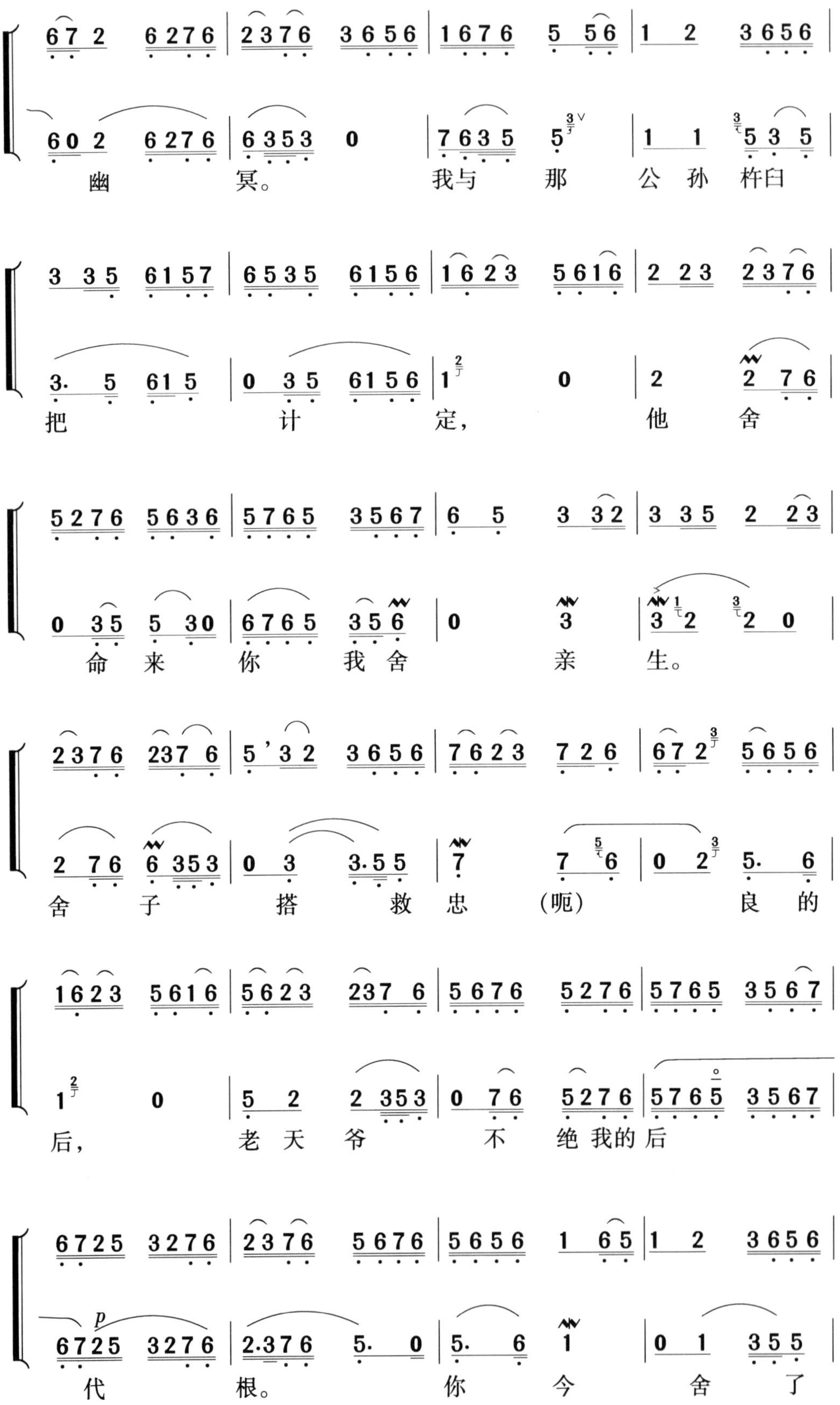
幽 冥。我与 那 公 孙 杵臼
把 计 定， 他 舍
命 来 你 我 舍 亲 生。
舍 子 搭 救 忠 (呃) 良 的
后， 老 天 爷 不 绝 我的 后
代 根。你 今 舍 了

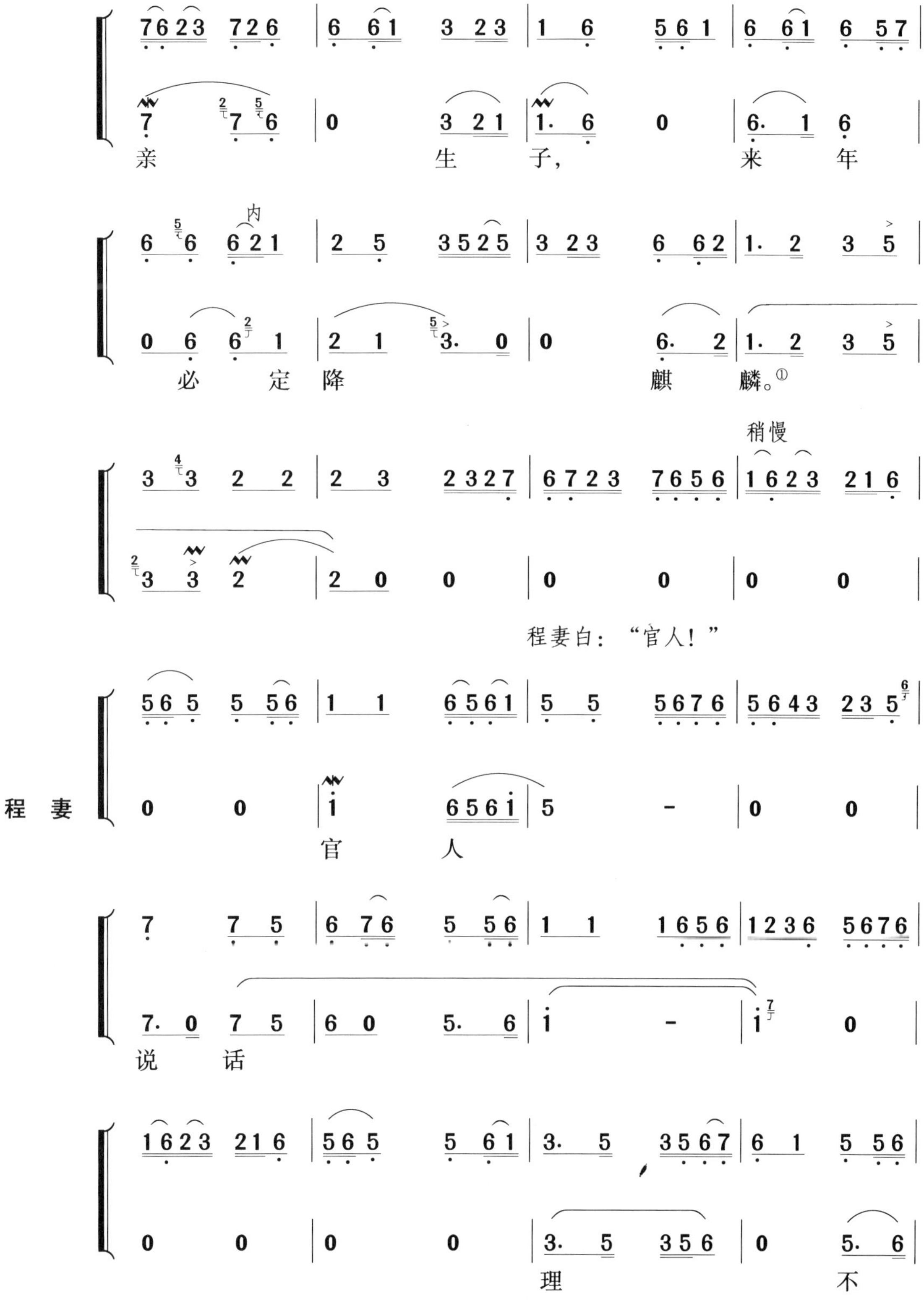

---

① 老谭派唱这句落板。有人问过余先生为什么偏落在眼上？据说是从剧情需要出发。以前朱琴心陪他演程妻，余先生特意把腔落在眼上，让朱琴心在板上接口就唱，这样处理比较紧凑，合乎剧情。

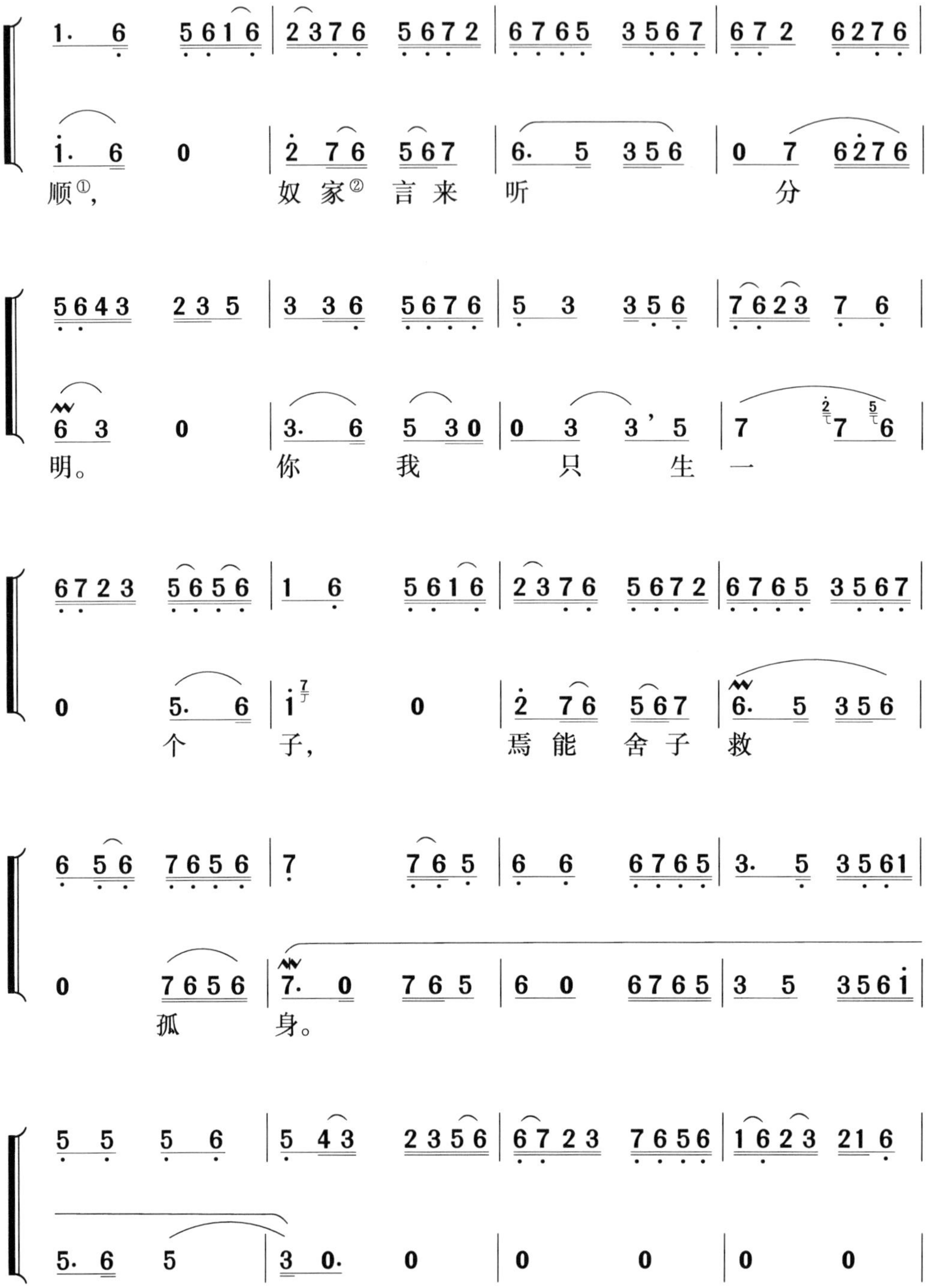

（程婴起立至“大边”台口旁唱——程妻跟着起立站一旁观察）

---

① 也可唱作

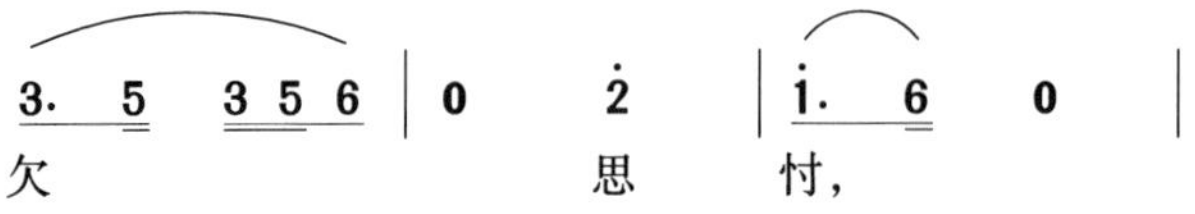

。

② 也可唱作“为妻”。

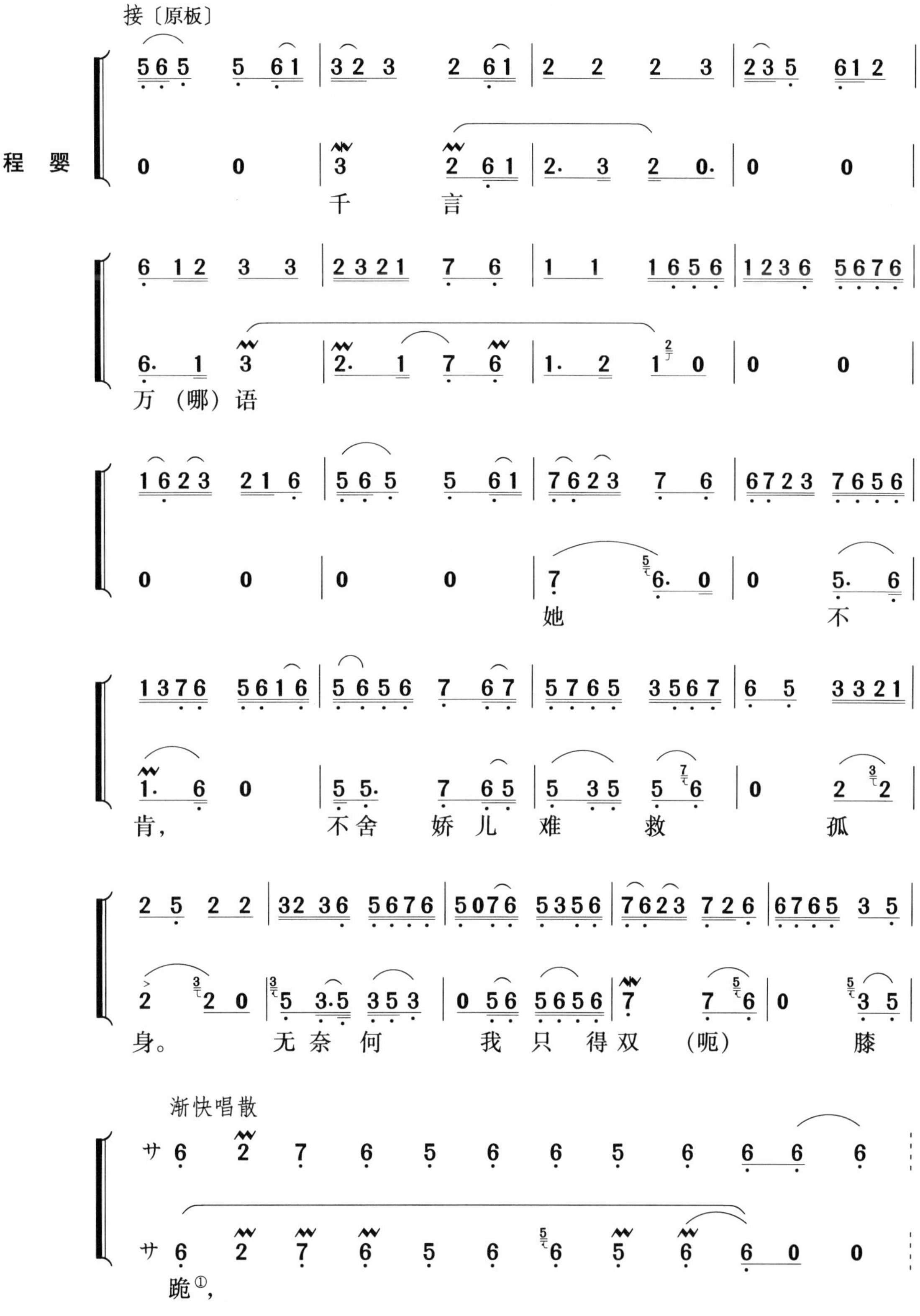

① “跪”字后面的腔似散而实不散，更须唱得紧凑，切忌拖拉。此句唱词为“双膝跪”，而演者何故只屈一膝？因跪双膝舞台形象很不美。曾有人改唱“屈膝跪”，似较贴切，可作参考。

〔【金钟板凤点头】程婴向妻子屈左膝跪下。

〔二黄散板〕

程　婴

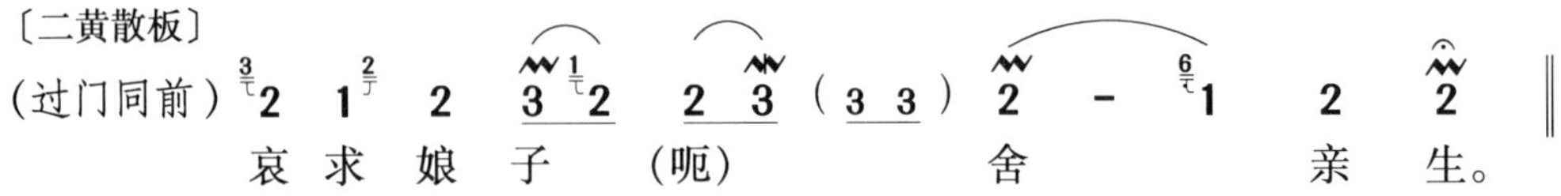

程　妻　官人!

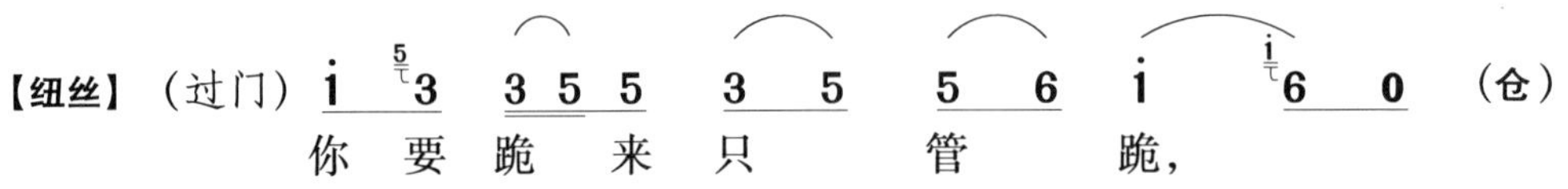

程　婴　啊!

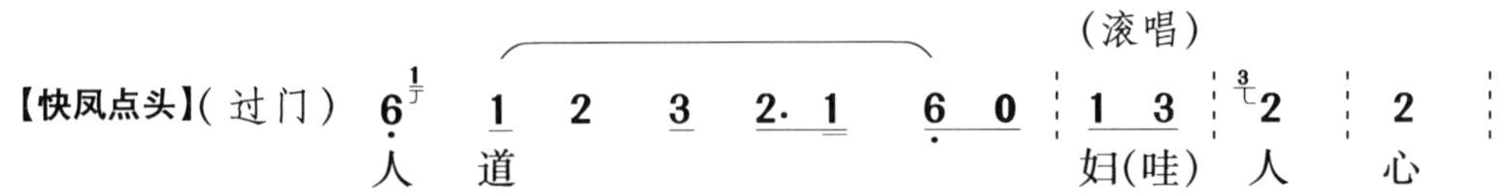

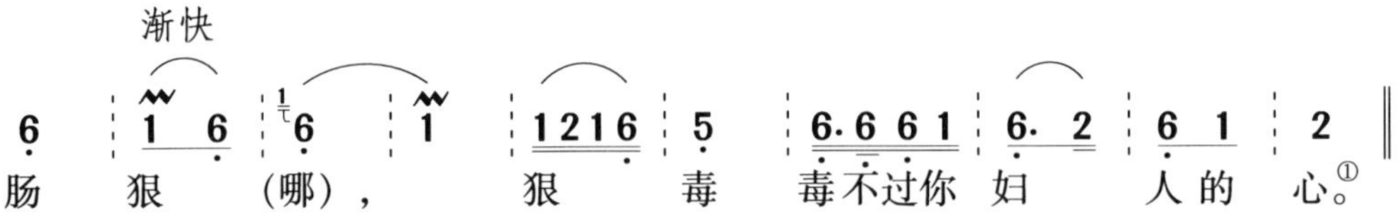

(边唱边用右手狠狠指妻)

程　妻　住口!

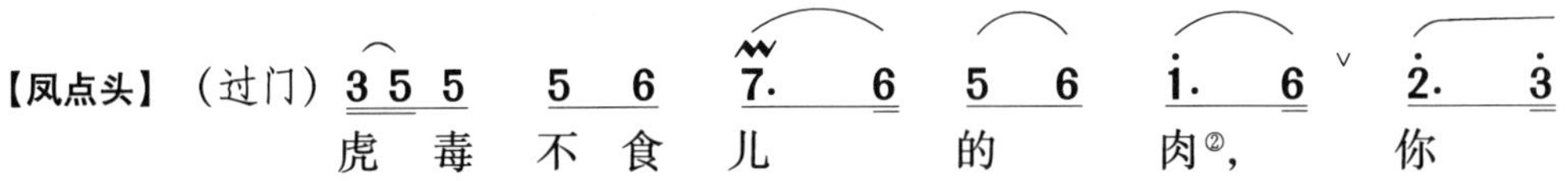

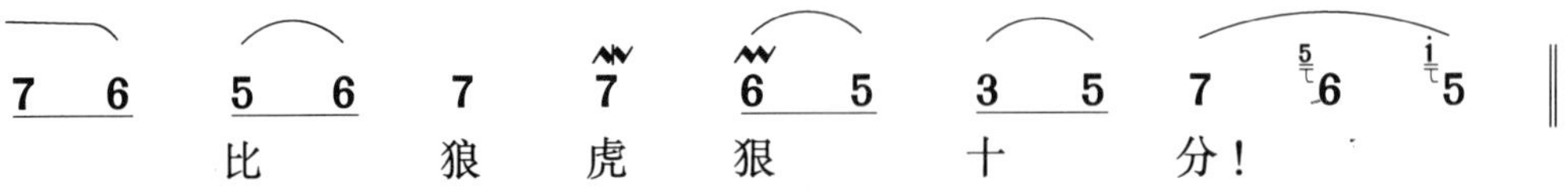

---

① 这两句唱词是从“青竹蛇儿口，黄蜂尾上针，两般皆犹可，最毒妇人心”的旧诗中摘来的，是旧时对全体妇女的诬蔑。词意虽劣，但行腔和节奏处理上极为优美，未作改动。50年代，我在上海电台播讲这戏时仍用原腔，只将唱词换了三个字，改为这样：“人道屠贼心肠狠（哪），狠毒毒不过你贼人的心。”书此谨供读者参考。

② 此句一般都唱：“虎毒不食亲生子”。

程　婴　哎！

【凤点头】（过门）1 1. 6 3 2 1. 6 5 6 1 （仓）
不如程婴死了　　罢！

程　妻　5 7 6 5 6 7 0 6 6 5 3. 5 6. i 5 ‖
或生　或　死　一路　行。

程　婴　（八大仓）啊！？（激怒起立[①]）

【快纽丝】（过门）2 1 2 3 3（3 1 2 3 3）0 3 2 3 1 2 2 #4 - - - 3 - - - |
手执　钢刀　　我要你　的命(哪)。【撕边】

〔程婴左转向里于取过桌上单刀的同时唱“手执钢刀”，随手把刀在桌上一拍，右转摇晃着手里的刀唱“我要你的命”，循着弧线“↗”所示的方向，踏着大步，虚张声势地边唱边逼向程妻。程妻见状急右转回身躲进里屋，关上房门——房门假设在“小边”近台口处。

程　妻　【凤点头】（过门）7 6 5 6 7 7 6 6 5 3. 5 6 5 - ‖
用　手　关上两扇[②]　门。

〔【小锣抽头】程妻从上场台口边处下。

程　婴　（忿忿地自语）哼，岂有此理呃！

〔程婴将刀啪地一声放回桌上，闷坐在原来的座椅上。与此同时，公孙杵臼上场。

〔二黄摇板〕

公　孙　（过门同前）3 3 2 2. 0（3 | 2 1 | 6 1 | 2）| 6 3 2
我　与　　　程　婴　把

1 2 1（1 6 | 5 6 | 7 6 | 1 3 | 2 1 | 6 1 | 5）| 1 2 2 3
计　定，　　未　必　他

（走至“小边”台口前）

3 3（2 | 1 2 | 3）1 3 2 1 2 - |（2 1 | 6 1 | 2 | 2）‖
妻　　似　我　心。

渐慢

啊贤弟！（大 大 大 大 大大乙 乙 台）（边叫边进门，挖到“小边”，见程婴坐在那里生气）

---

① 也有人在程妻唱罢“叫我舍子万不能”之后即行起立的。但这是另一种表演手法。

② 一般唱作：“小房门”。

程　婴　——唉！

（大　大　大 大 乙大乙 0 大 台）（恨恨地用右拳在自己大腿上捶了一下）

〔公孙见状一愣。程虽见公孙进门，因气恼而忘了礼让，只挥了一下手，示意公孙在“小边”坐下。冷场片刻。

（大.大大大 大 大 大 大 大 大 大 大 大 0 大 台）

程　婴　（忽然醒悟，急忙起立抱歉地）哎呀公孙兄！

公　孙　噢噢噢。

〔程婴用双手将公孙连扶带摁让到“大边”客位上，自己在“小边”坐下。公孙幽默地斜睨程婴一眼，程面带愧色做不安状。

公　孙　（明知故问）啊贤弟，弟妹可曾应允哪？

程　婴　这个贱人她不肯哪！（又羞又恨，目光避开公孙，闪向右边）

公　孙　啊?!你先前言道，我那弟妹颇通大义，如今她为何不肯哪?（近似打趣地问）（大 大 乙大乙 乙大 台）

程　婴　啊！（张口结舌地）她.她 她.她0 她 不肯哪！（用左手向右指小门内）

公　孙　请出来，待愚兄良言相劝。

程　婴　公孙兄稍候。（至台中右转向上场门气愤地喊叫）贱人与我走了出来！

〔程妻悻然且面带委曲地上，先作把门打开一小半，抬眼见程婴手中已不拿刀，放心地开门做出房状。（大 大 大大乙 台）

程　妻　何事？（没好气地问）

程　婴　公孙老爷来了，有话对你讲呃！（语气生硬）

程　妻　晓得！（恨恨地回答。程婴自归座，坐下。程妻绕至“小边”）公孙兄万福。

公　孙　弟妹少礼，请坐。

程　妻　有座。（多 多 台 -）（坐“小边”侧椅）公孙兄到此何事？

公　孙　弟妹舍了亲生子，来年必定降麒麟。

〔二黄原板〕中速

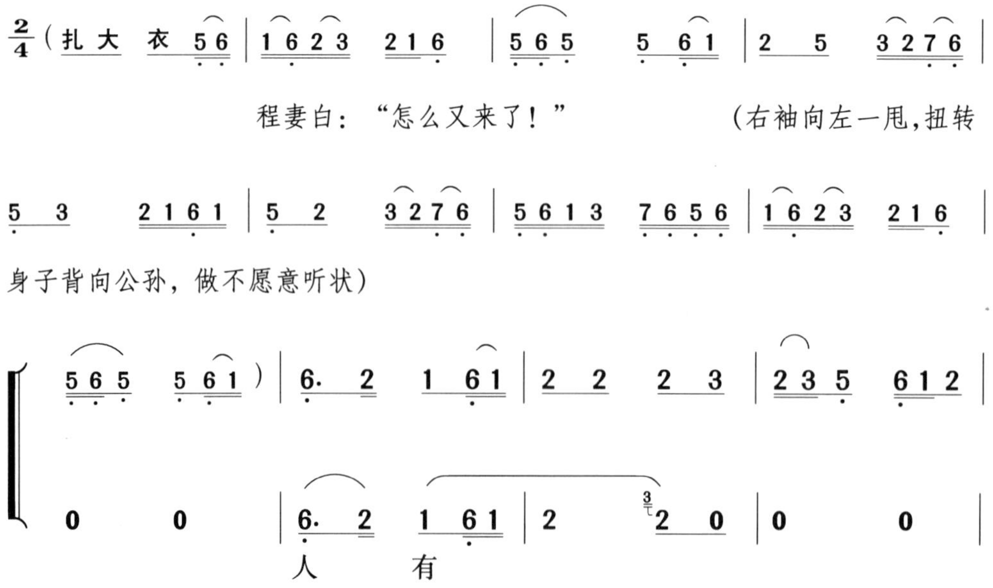

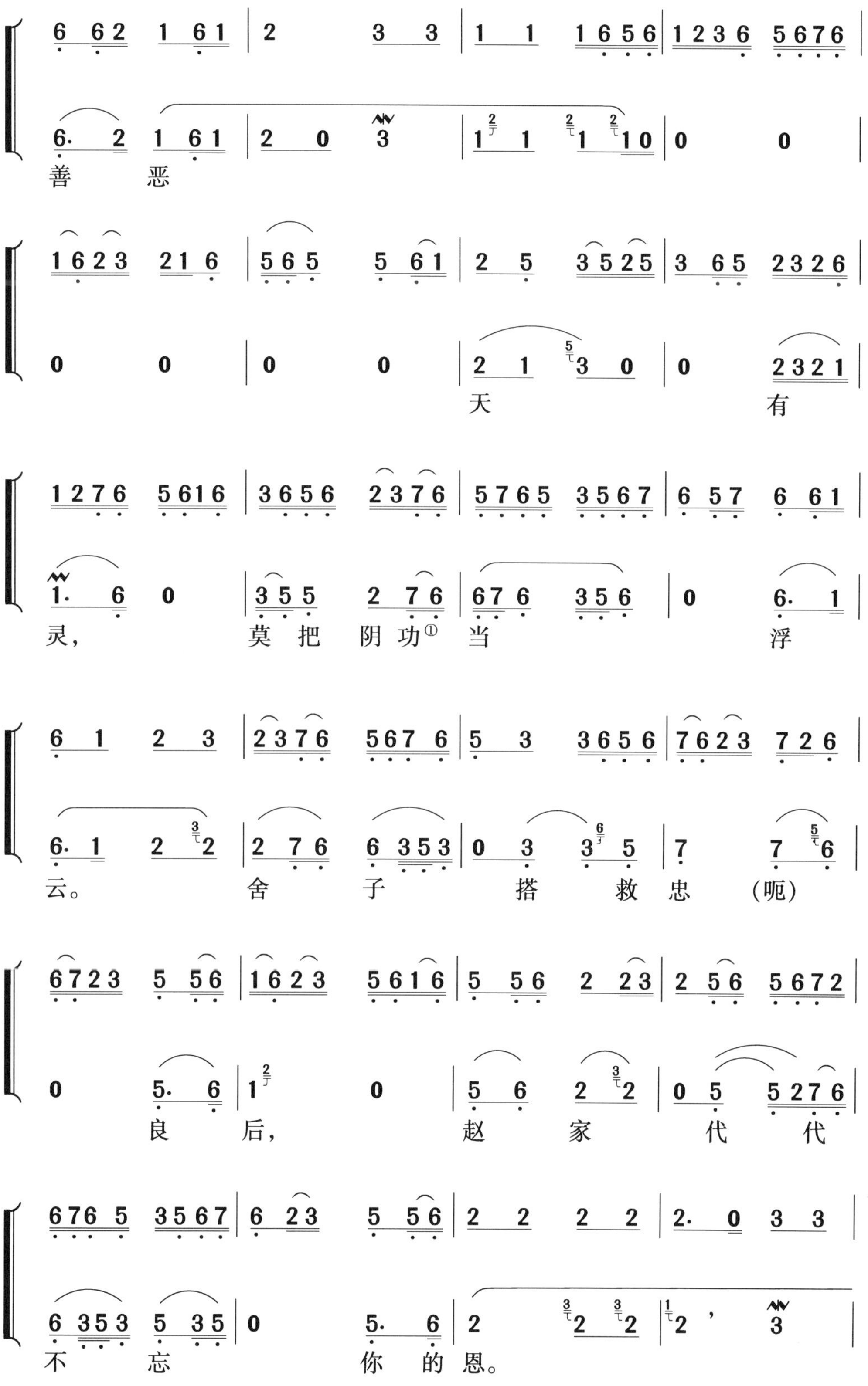

① 旧时，做了些不让人知道的好事叫做阴功。

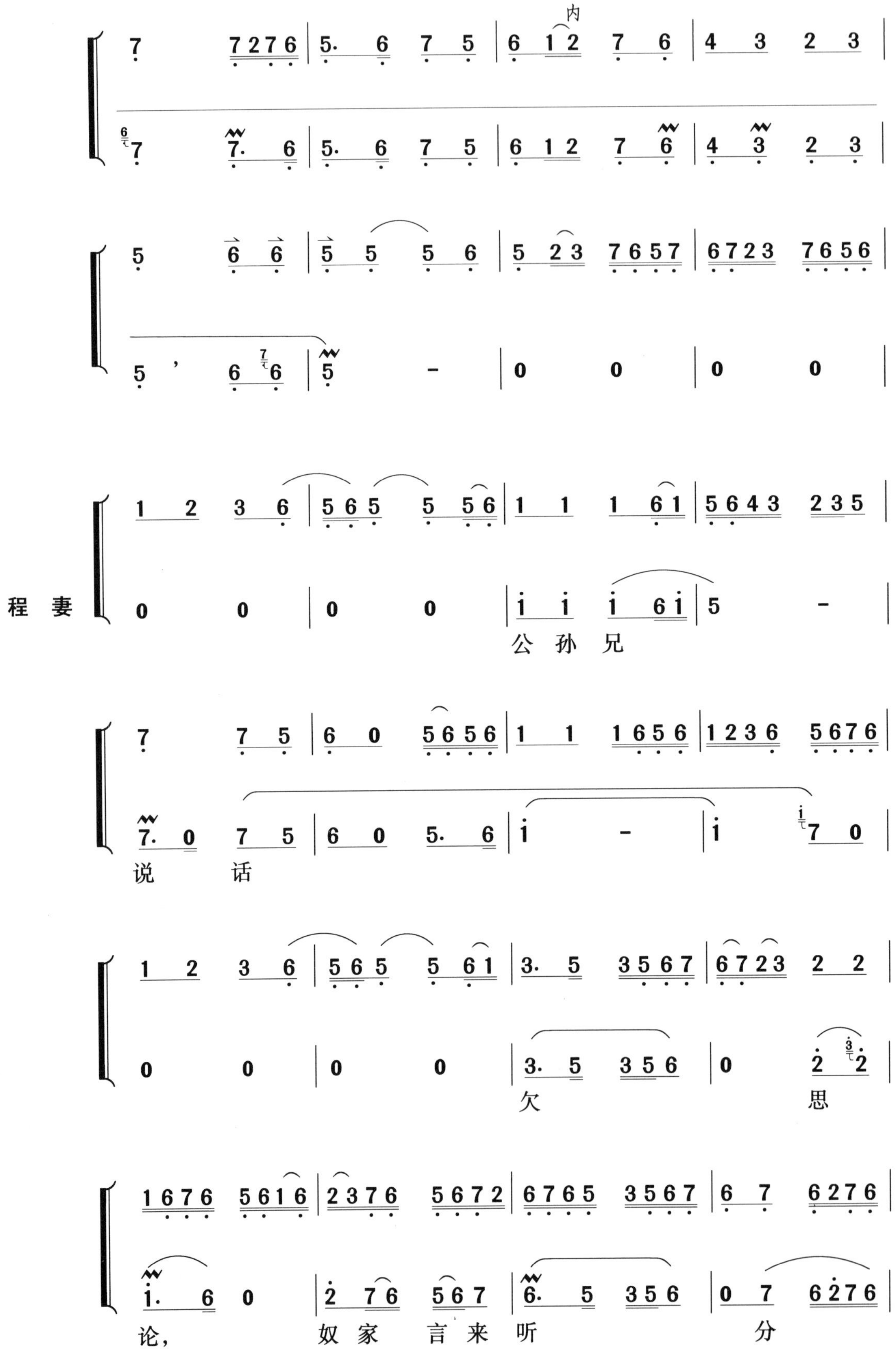
内
程妻
公孙兄
说话
欠
思
论，
奴家
言来听
分

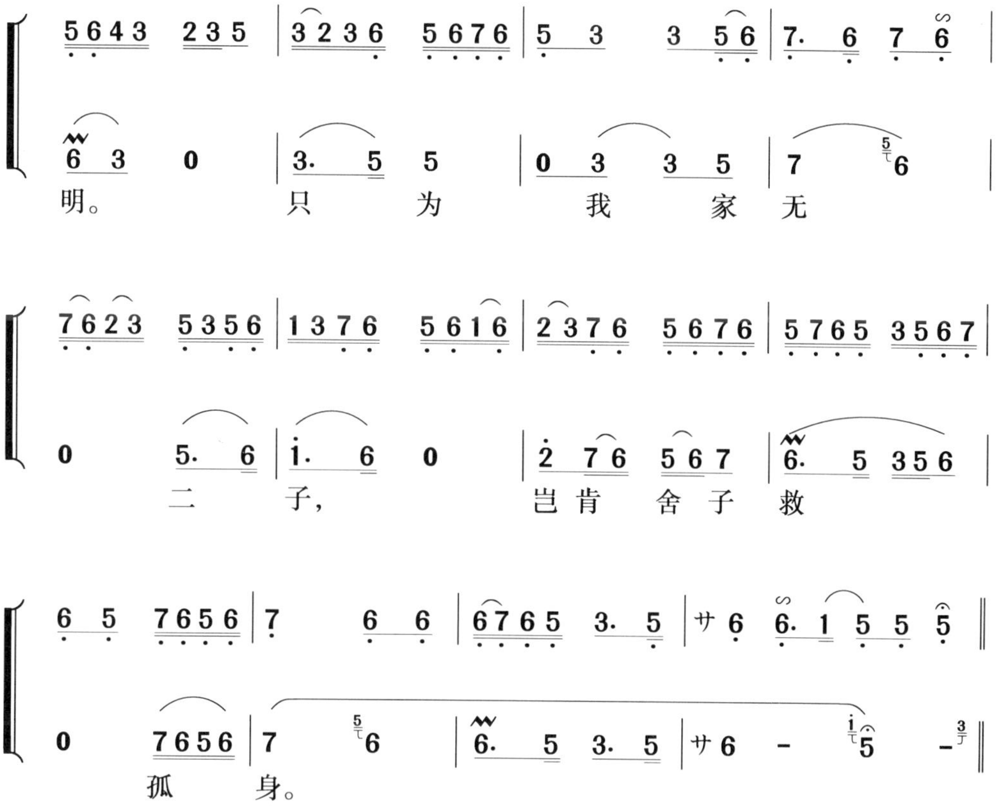

〔【小锣凤点头】公孙起立至台前，面向程妻。

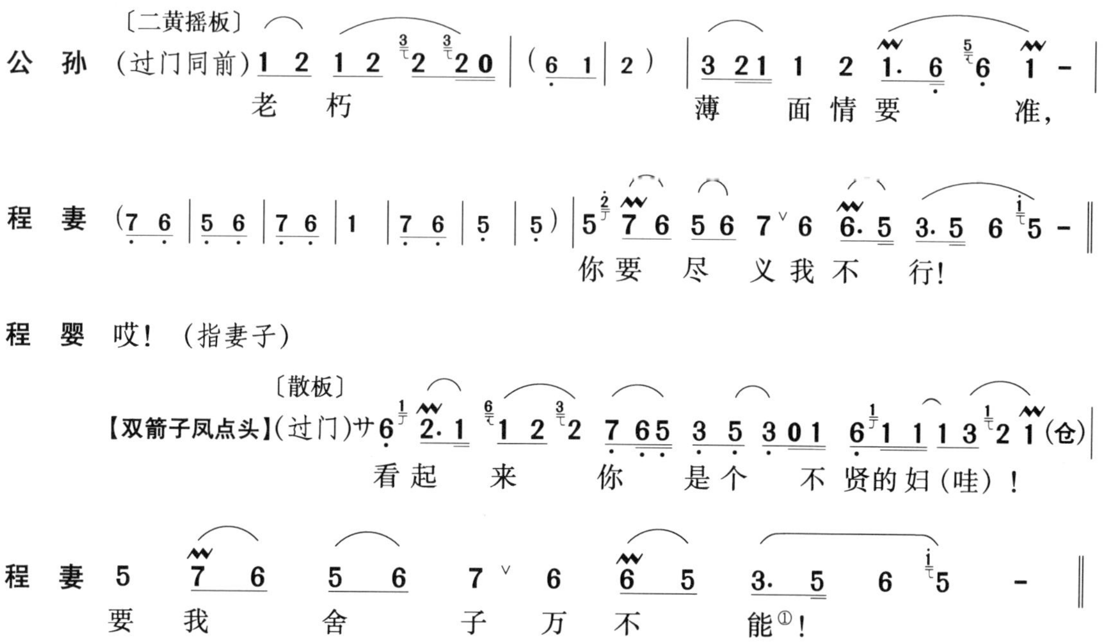

① 此句词也可唱作“难道舍子是贤妇人”。

程　婴　呃！【快纽丝】（转身从桌上取刀）

（过门）2. 1　3　2　1　1. 6　6　1　0 |
手执钢刀项上　刎。
（左手搂胡须，右手将刀头掉转做欲自刎状）

公　孙　且慢！【大锣凤点头】（夺过程手中刀）

（过门）1 2 2　3 2　2 3　1　2　2 【快纽丝】（回身将刀放桌上转身走向程妻）
贤弟息　怒　暂消停①。

1　1 2　2 0　2. 1　1　2　2 1　1　（仓）
走　向　　前　来　良　言　劝，

2 2.　1 2　3 3　1　6 0　2. 1　6. 1　2　– ‖
死了　丈　夫你　靠　　何　人？

程　妻　多口！

公　孙　【快纽丝】（过门）0 1　6. 2　1.　2 1 2 1 2　3　#4　–　3　–　–
莫奈　何

3　3　2　2. 3　2 1 6　（仓）1　7　5 6　6　5　7. 6　6
我　只　得

5　（顷 – 仓）3　3 1 2　2. 3　2 1 6 0　【哭头】1　–　2. 3
双膝（呀）　跪，
（公孙跪下）

2 3　2. 1　7　6. 1　2　2　1　（八 0 大 0 仓 0）【大锣凤点头】

程　婴　哎……跪不得。（程婴急欲阻拦公孙已不及）
（二人的话白先后夹在锣鼓声中）
公　孙　你也跪下吧！（拉住程婴一同跪下）

---

① “暂消停”的腔，录音中唱成：6 1　2　1（暂　消　停）。下句应该落2音，故予改正。

公　孙　（过门）2　7 6　5　6　1. 2　7 6　5　6 1　2　2 ‖
　　　　　　　　　哀 求　　弟　妹（呀）　　　舍　　亲　生。

程　妻　（八大仓）呀！【软撕边】（做为难状）

【凤点头】（过门）3　2 6 1　1 2　6 0　3 5 5　6 3 5　5 6
　　　　　　　　　　他 二　　人　　　哭 得 珠　　泪

1　7 0（仓）7 6　5 6　7　7　0 6　6 5　3. 5　6. 1
滚，　　　　铁　石　人 儿　　也 泪　　淋。

5 －（仓）1　1 3 5　5　5 6　6 3 5　5 6　1 － －　7 0
　　　　　公 孙　　兄　与 夫　且　　请　　起，

〔【凤点头】公孙、程婴二人同起立①。

程　妻　（过门）2　7 6　5 6　7　5　6 5　6　6　5 － ‖
　　　　　　　　　情 愿　舍　　子　救　孤　　身。

公　孙　好哇！

【凤点头】（过门）1 2 2　2 2　3 3　1 0（仓）1 2　3 3 2　2 1　6. 1　2 － ‖
（举拇指称赞）弟　妹 舍 得　亲 生 子，　　代代 世世 标 美　名。

程　婴　娘子啊！【凤点头】（公孙退后，程婴上前一步接唱）②

　　　　　　　　　　　　　　　　（滚唱）
（过门）3　1. 6　2　2 0　1 6 3　2　2　2 1
　　　　多　谢　　　　　娘（呃）子　开　了

渐快　　　　　　　　　　　　　　快
2　2　1.（6）　1. 6　5　5　6　2 1
恩　（哪）　（你）母　　子　快　快　两

① 程婴于起立时须先扶公孙一把。此处往往为演者所疏忽。

② 孟小冬唱这两句，尺寸慢起渐快。这是“欲快先慢”的唱法。这样唱，就可以使得后半句的“快快两离分”特别紧凑而精彩。最后的“分”字用“喷口音”喷出，干净而有力，博得了满座的喝彩。

1 ⁶1 ┆ 2 ‖（八大仓）（两手食指向左右分开一比。程妻同时先一怔）
离　分！

〔【凤点头】接着程妻在此锣鼓中背转身来紧蹙双眉，凄然地望着手中的娃娃接唱。

程　妻（过门）i ⁱ3 3 5 5 6 2 i ⁱ7 0（仓）2 7 6
一句话儿错出唇，[①]　娇儿

渐快
5 6 7 6 6765 3. 5 6 ⁱ5 －（仓）3 5 5 6 6 3. 6
送进枉死　城。　且把娇儿怀

5. 6 i ⁱ7 0〔哭头〕i. 6 ³2 7. 6 5[②] 0 ‖【快扫头】
抱　定——　（拭泪）

〔在【快扫头】锣鼓声中程婴乘妻不防，夺过孩子，交与公孙。同出门，程妻紧跟在后，【快冲头】切住（两番）“一冲两冲”，（八大仓）（三个）同转身程妻跪地膝行，程婴与公孙同走蹉步，【撕边八大仓】同亮相【快原场】同下。

此处表演动作细节如下：程夺子交公孙立即出门，程妻追出双手欲夺回娃娃，程用右手扬袖一挡【扫头】收住，起【快冲头】程妻向右，程婴、公孙向左，三人同时转身，如图示“↶↑↑”快步向里走，三人照面。程妻再伸双手做欲夺子状，程婴抬左手又扬袖一挡。【快冲头】切住又【快冲头】三人仍由原方向折回台口，程扬右袖又一挡。此刻动作加快，公孙向右180°转身，双手向左边擎举娃娃。同时，程婴右转向里先右后左甩水袖（向上甩，示意叫妻子回去）；程妻则向左转，三人同时转过身来，程妻顺势跪下（表示跌跪在地，跪下时先将裙子提起），立即向肩后翻右袖；程婴在转身时左手拢住胡子，右手拉住妻子左腕，斜站马步。三人的位置都在“大边”，程婴与公孙的眼神注视程妻；程妻则注视着公孙手里的娃娃【冲头】切住。

---

① 余派的《搜孤》在这里有一些表演上的特点，记在下面，供读者研究参考：

当程妻唱〔散板〕透露出有反悔之意时，善观气色的公孙见程婴站着发呆，便偷偷地拽了一下程婴的左袖，程一愣，转过脸来目问公孙“何事”？公孙做焦急状，指着程妻怀中娃娃，示意程婴快去抢来交他抱走，以防变卦。程婴点头会意，便蹑足向前（右手提着褶子的下襟一步一顿地不住地颤抖）。正要动手，见妻痛哭之状，踌躇间心又不忍，转脸向公孙一摊双手表示为难。公孙再番催促将程一推，程被推向前踉跄一步，适见妻子低头拭泪，乘其不备，抢过娃娃交与公孙。

② 这里程妻的哭头后面的腔只唱了一半，实际上后面还有半截未完的唱腔：

“0 6 7. 6 5 6 ⁵6 ⁱ5 －”是在锣鼓声中被湮没掉了——即被司鼓者用【快扫头】锣鼓扫掉了。如等全腔唱完，再打【扫头】，戏就松下来了。这场戏规定程婴不等程妻唱完就提前抢子，并规定在抢子时开【快扫头】锣鼓来配合抢子和三人出门等快动作。虽只提前一、二秒钟，可是戏的松紧，却往往决定于这瞬息之间。

程婴、公孙向下场门退着走蹉步，程妻则走跪步。锣鼓连打三个（八大仓）配合。约走四步，在【撕边】声中，程婴扶起妻子，左转抬左脚向脑后翻右袖。公孙撩起衣下襟将娃娃兜在衣襟内。程妻举手双翻袖，在（八大仓）锣鼓中三人向里（↙）同时一亮相。【快原场】公孙、程婴下，程妻追下。

第　三　场

公堂·搜"孤"

〔紧接前一场【大锣原场】（快收），【急急风】四文堂、四校尉[①]"站门"[②]上，【四击头】屠岸贾端袍出场、亮相。【急急风】抬腿冲步到中台口，【放钹】双抖袖，吹胡子、挤鼻窝、晃身子，显示其凶狠气焰。锣鼓紧接打【原场】略一整冠、理髯，（锣鼓加快）退后一步，再向前上左步右转面对堂桌，向脑后翻右袖，左脚踢袍，左手抓住袍下襟一顿右足，锣鼓切住。紧接【快冲头】屠进大座站定。于此同时，文堂、校尉归里分站两边。锣鼓接【快归位】。

屠岸贾　（念）要除心头根，斩草要除根！[③]

【半截夺头，撕边】老夫，（仓）屠岸贾。【住头】前番搜孤，未曾搜出，因此出下赏格，十日之内，有人献出孤儿，赏赐千金；若无人献孤，要将这晋国中的婴孩，与孤儿同庚者，一齐斩尽杀——绝。【住头】这校尉的！【撕边】

众　有。【大锣一击】

屠岸贾　伺候了！

〔程婴内白："走哇！"

〔【水底鱼】程婴左手撕下襟出场，台步与锣鼓节奏暗合。在【水底鱼】中（另　才乙才乙）的锣鼓点子上走一小蹉步，而在【收头】上向前两步到"小边"台口揣手站住。一望门楼，略做思索状，【撕边一锣】一跺脚，【冲头】向左紧走几步到大边台侧俯身做虚拟拾起鼓槌敲击悬鼓三下状——场面配合堂鼓声三击，【冲头】放下鼓槌，仍回到"小边"。

校尉甲　有人击鼓。

屠岸贾　命击鼓人上堂。

校尉甲　击鼓人上堂！

程　婴　报！（仓）击鼓人告（哇）进！

〔【一锤锣】转【原场】程婴挖门至台左转向台中。面向里站定。

程　婴　叩见大人！（上步双膝跪下）

---

① 如人手不够时，四文堂可以不上。

② 站门：龙套或上、下手等出场后分站于舞台两侧，术语叫"站门"。

③ 此处旧词常念："斩草不除根，萌芽依旧生。"

屠岸贾　嘟！【快五击头】上告自有日期，为何擅击堂鼓？
程　婴　大人前者搜孤，可曾搜出？
屠岸贾　未曾搜出。
程　婴　孤儿（喏）在——　！
（嘟～～～仓）
〔程婴在【撕边】声中左手摟胡子，右手翻水袖，曲起右腿，左转90度向外翻高念“在”字，【一锣】仍向里跪下。
屠岸贾　啊！（紧接程婴的“在”字后面念）现在何处？
程　婴　现在首阳山公孙杵臼(哇)的家中。
屠岸贾　校尉的！
校尉等　有。（仓）
屠岸贾　去到首阳山将公孙杵臼抓来见我。
〔【快冲头】二校尉接过屠提出的令箭自“下场门”下。[1]
屠岸贾　你是怎么知道？
程　婴　（慢起）是小人与公孙杵臼．，俱是赵家．的门客，又有八拜之交。只因他隐藏孤儿不报．，小人劝他献出，况且大人还要赏赐千金，谁想这老儿执意．的不肯．，（渐快并加重语气、音量）反来辱骂．小人。小人本当不来．出首，怎奈大人有令在先，知情不举者罪加一等，为此特地前来禀告大人。
【撕边一锣】（孟小冬念此段白口，后四句一气呵成，字字铿锵，节奏鲜明）
屠岸贾　你叫什么名字？
程　婴　名叫程婴。[2]
屠岸贾　程婴——　！【小撕边】
程　婴　有。（仓）
屠岸贾　起．过一旁。
程　婴　是。（起立向左后方上步，右转站于堂桌左边）
〔【急急风】校尉甲疾步上，向屠交令后站原处。同时校尉乙押公孙紧接出场[3]。公孙双手托下襟，连胡子一起做剧烈颤抖，两腿蹒跚地紧走几步至“小边”台口一个倒步，顺势有力地向前一抖双袖，在【急急风】转【扬钹】的（仓　七～～～）声中垂下双袖，频频抖动，略一喘息，接【一锤锣】转【快原场】即挑起双袖，向箭头所示“↗”方向一揖拜（表示报门）。随手一抓右袖，左手托起下襟，低头挖进门走到左边，右转归正场向里站定（锣鼓在这里收住）。
公　孙　叩见大人！（跪下）

---

① “出将入相”，这是传统的演法，后来有人认为从一处上下合理，表示从原路而回。其实京剧舞台的空间是不受限制的，传统的演法也有它一定的道理。
② 原词是“小人名叫程婴”，实况演出时略去“小人”二字。
③ 公孙在此场戏中已摘去鸭尾巾，露出发髻，由上场门上。

屠岸贾 嘟！【快五击】胆大的老狗，隐藏孤儿不报，该当何罪？

公 孙 【小撕边叫头】大人！小人隐藏孤儿是何人得见？

屠岸贾 你来看！（嘟 — 大大大 仓）

「公孙顺着屠所指的方向抬头一看。程婴故作傲态昂然而立。

公 孙 【小撕边叫头】哎呀大人哪！此人名叫程婴，与小人素日有仇，他乃是诬告小人。

屠岸贾 怎么讲？

公 孙 诬告小人。

屠岸贾 住口！

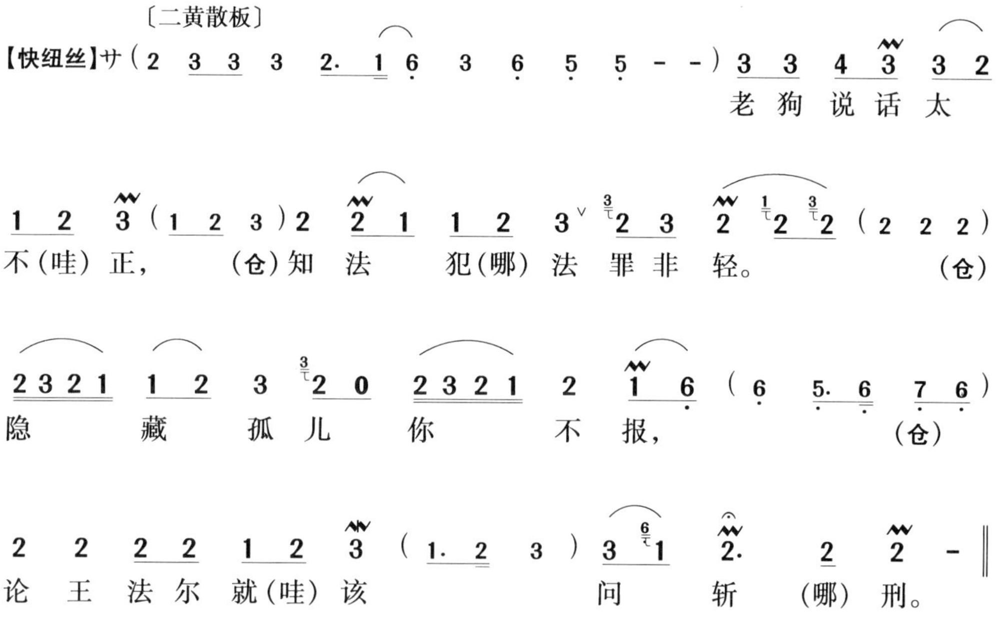

公 孙 好贼！（故意指着程婴而骂）

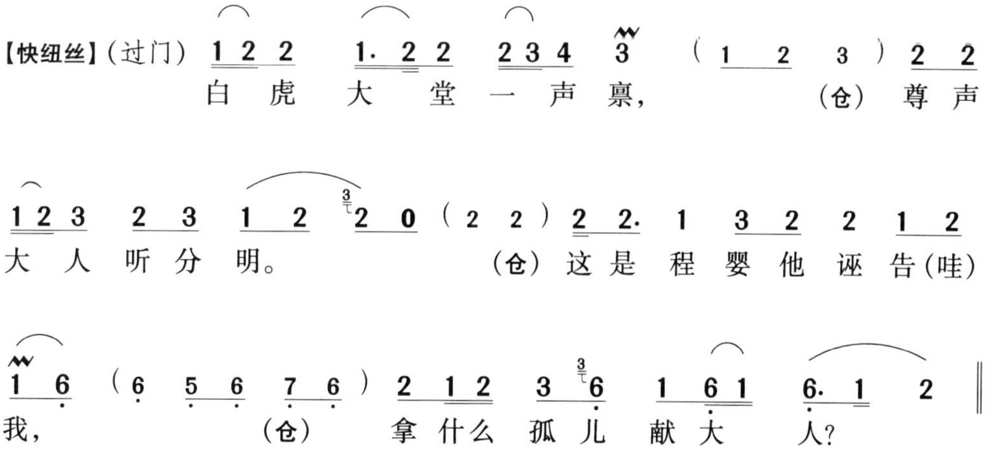

屠岸贾 老狗！（怒指公孙）

【凤点头】(过门)

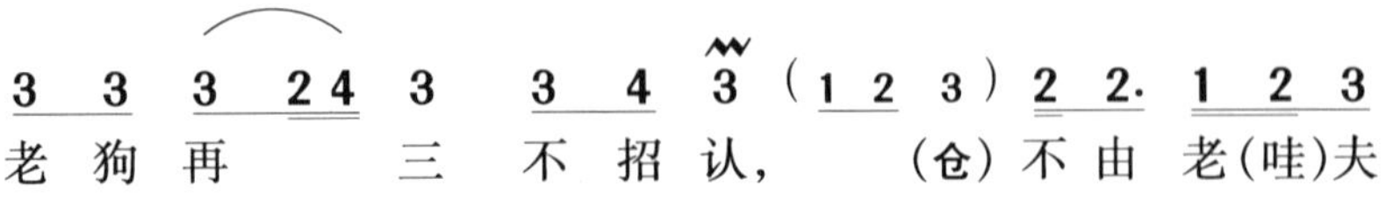

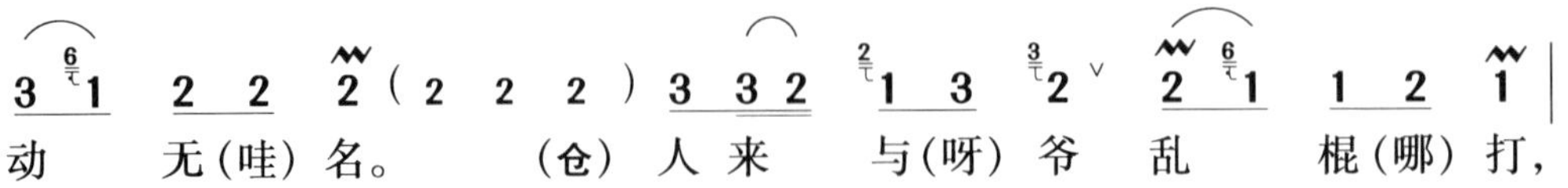

〔【乱锤】[①]四校尉用藤棍打公孙。公孙起立面里先甩右袖向左一挡；再到“小边”左转面外向右一挡，锣鼓切住紧接由内向外双翻袖、甩胡子、双手曲肘，环抱胸前，
(八) (大) (仓)
剧烈地颤抖，边抖边跪下。

【撕边】

公孙 【快纽丝】(过门)

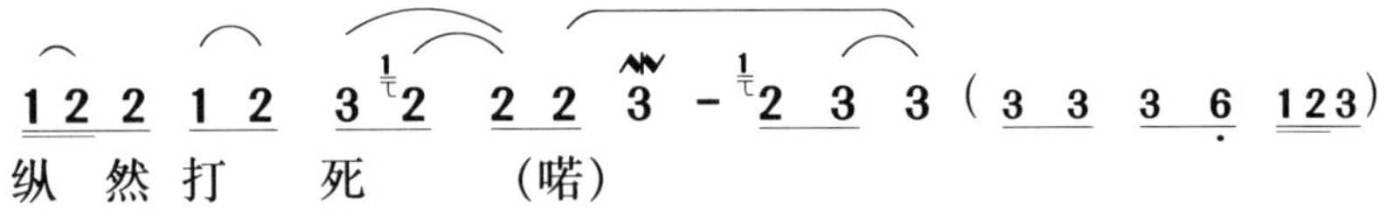

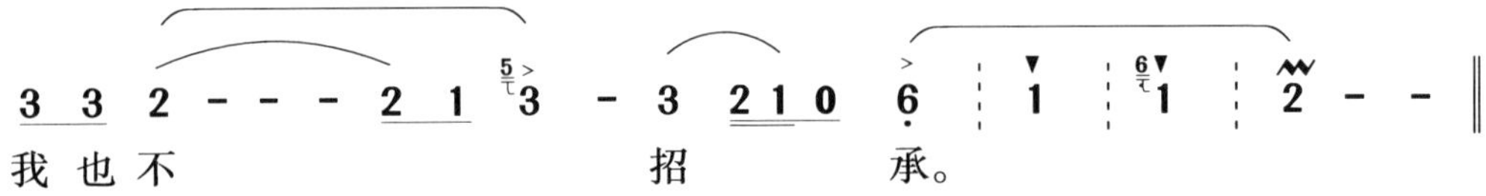

屠岸贾 (八 大 仓 0)啊！？(惊讶)

【快纽丝】(过门)

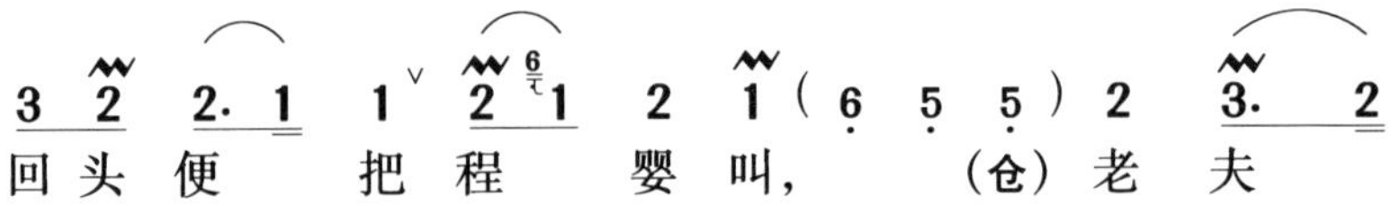

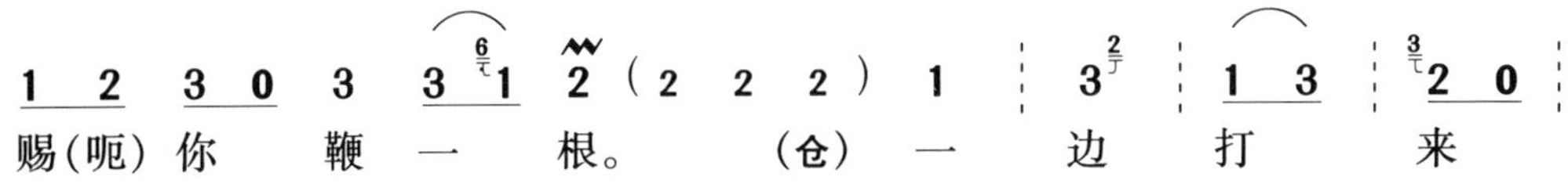

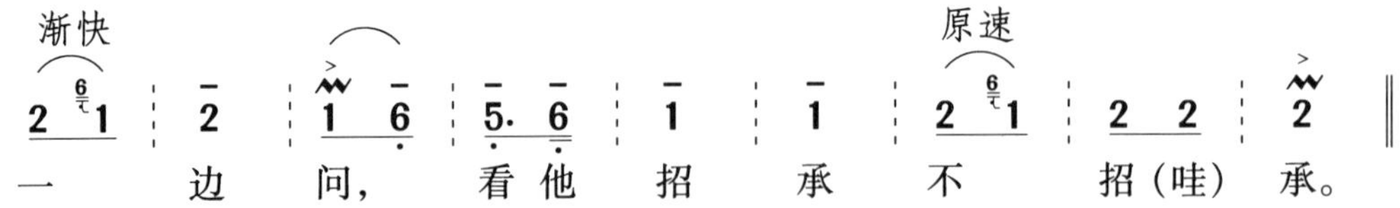

程婴 啊！【冲头】(伸手接过鞭子稍侧身面向里)

〔二黄导板〕

【导板头】

---

① 这里如按鼓师杭子和的打法即用【急急风】而不用【乱锤】。

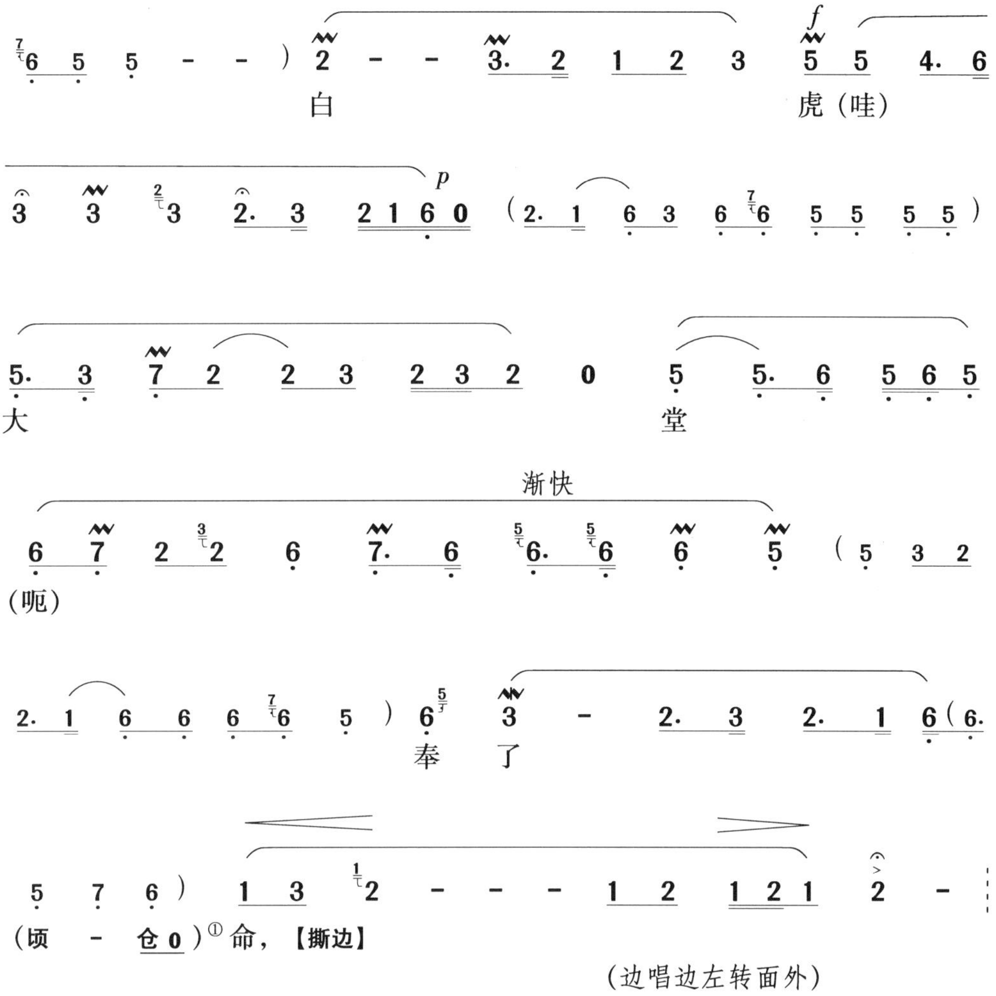

屠岸贾 程婴！

程　婴 有。（右转面向屠，鞭子交右手，同时右手垂下鞭子）（**仓**）

屠岸贾 你要与我着实的——

〔**【四击头】**二人同时做身段：1. 程婴在头一锣上将鞭子一晃而起，抓在手里，用左膀带动全身左转 135 度，（↶），顺势回身 45 度（↷）向右膀上甩胡子，鞭子从左下方紧随着绕向右前方，鞭梢向上，高与肩齐。绕转鞭子时，眼神不离鞭梢。2. 屠岸贾起立，双手先左后右掏翎子，向右 270 度大转身（↻），将左足蹬在座椅上，面部斜对程婴。锣鼓接打**【撕边】**。程婴拧眉瞪目看着鞭子，从鞭梢往下看到自己执鞭的手；同时，屠岸贾咬牙切齿凶狠地念：

屠岸贾 打——！

〔程婴紧接在屠岸贾的“打”字拉长音的后面，狠狠地叹息了一声。

程　婴 “唉”！②（于叹息的同时，垂下手里的鞭子，左手有力地抖一下袖。在过门中走向“大边”台口，“背供”唱）

① 在（**顷 - 仓 0**）中，双手托鞭高与胸齐。

② 这声狠狠的叹息，并非表示无可奈何，而是表示把心一横，为了要瞒过仇人，不得不决心狠打公孙。

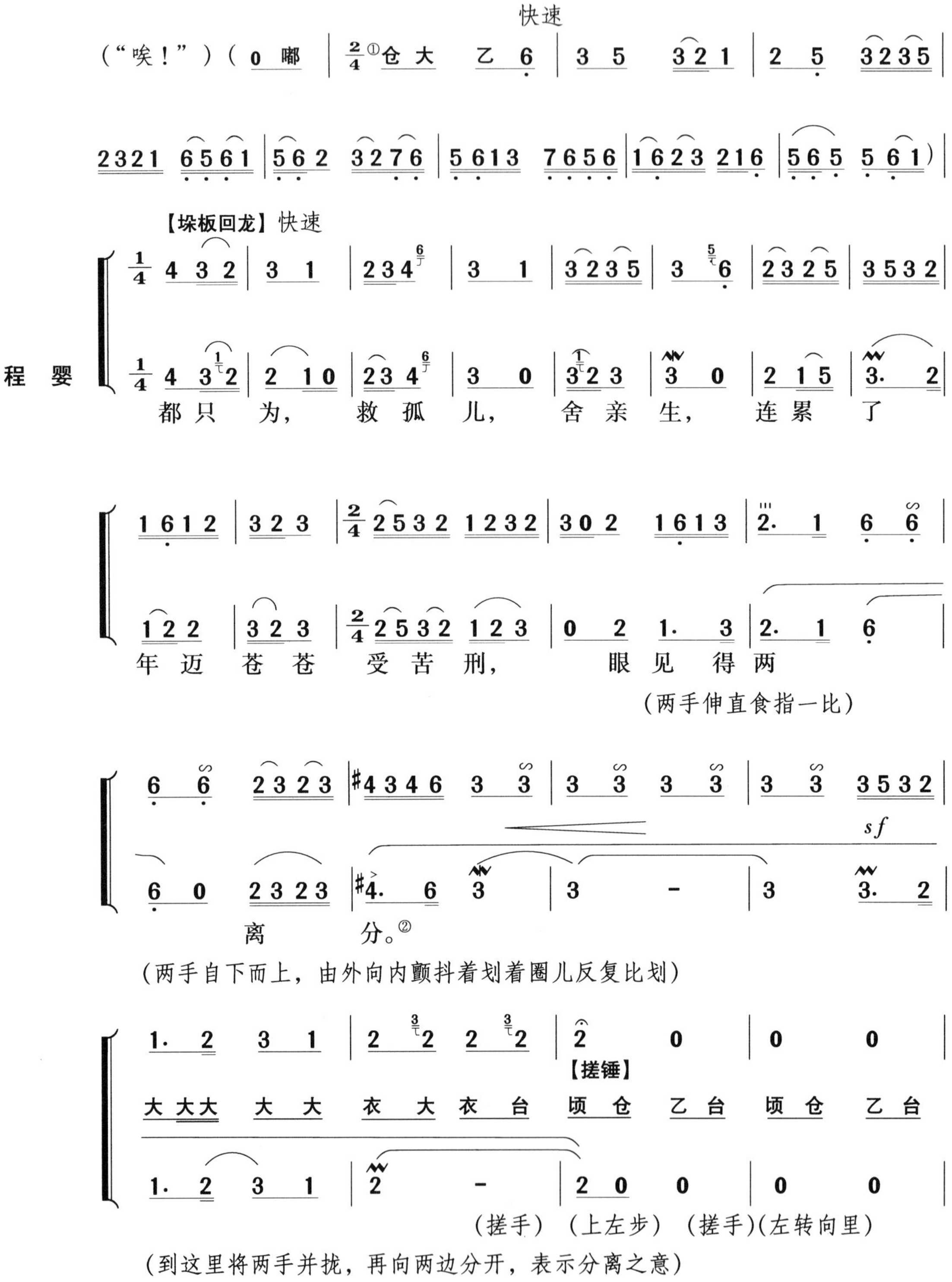

① 余叔岩先生灌这段唱片时是杭子和司鼓，打的是【夺头】，胡琴只拉一个〔二黄原板〕的头子。现在的形式是按照舞台表演动作而运用的。

② "分"字后面的" 3 "音孟小冬唱时多拉一板，但最多不宜超过三板。

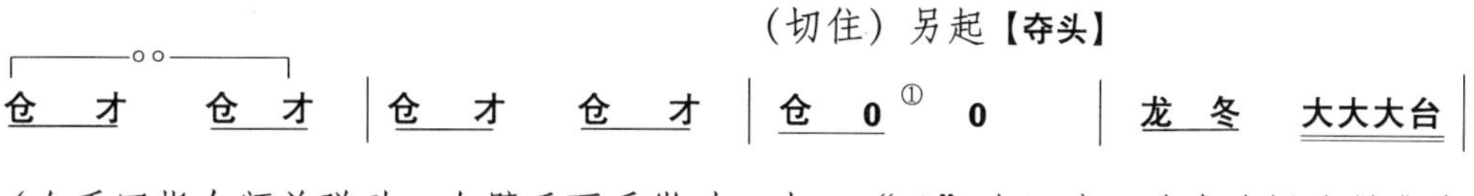

(右手四指在额前弹动，左臂垂下手微动，走一“ᔕ”小回湾，边走边摇头做焦急状，接着向右转身回到原来站的地方，一晃垂着的鞭子抓在手里——这个动作实际上是给鼓师一个由【搓锤】转【夺头】的交代。随即在（仓另才 乙台仓）上抖一下左袖）

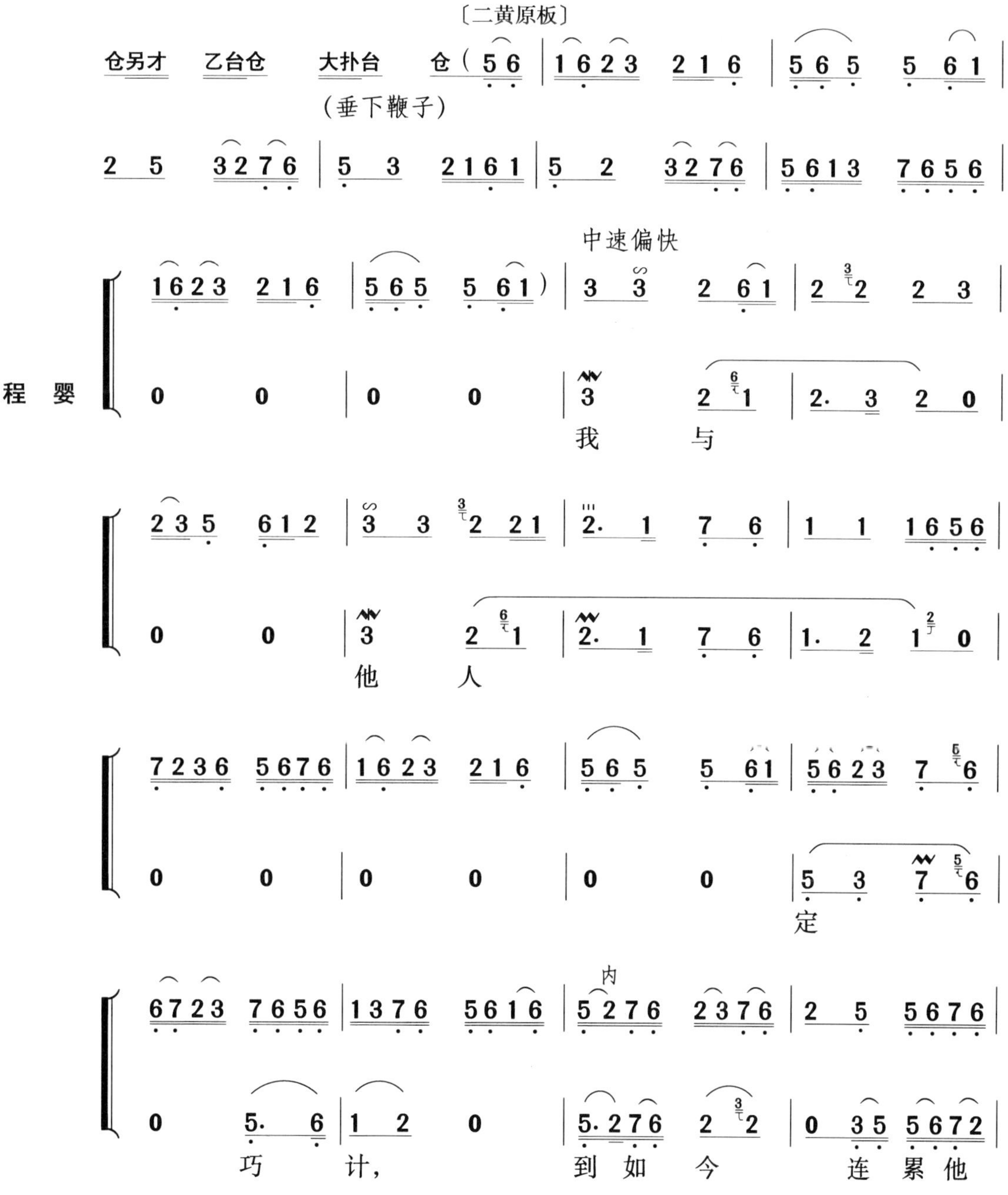

① 此处锣鼓，杭子和先生的打法是中间不切断而连着即转【夺头】的。

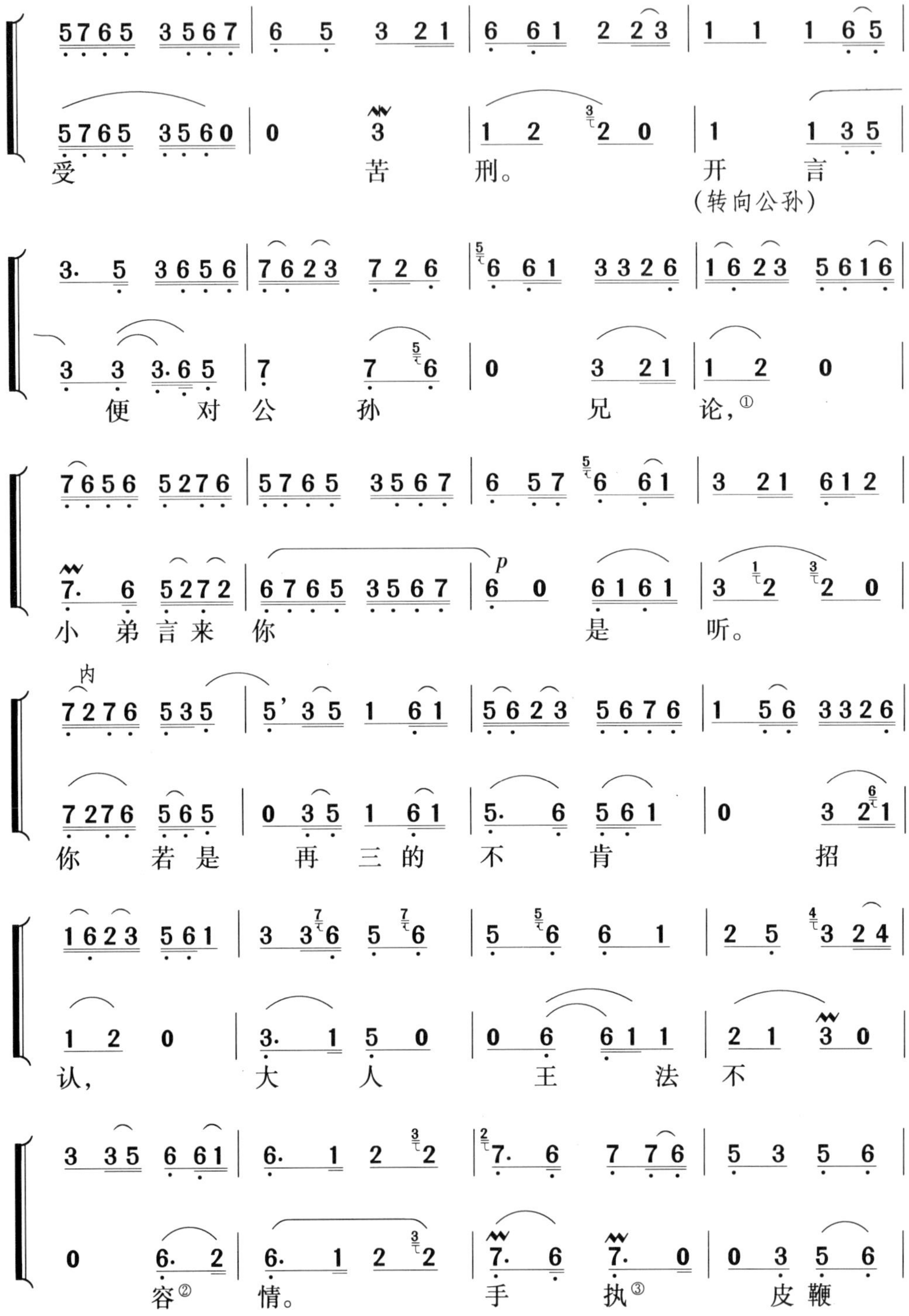

① 此句也可唱:“开言便把公孙兄问。”

② 余叔岩先生在唱片中所唱为“不顺情”,有人说“顺”不如改为“循”。今聆小冬所唱为“容”字,似更为贴切,据云系余氏晚年所改。

③ 在“手执”二字出口的同时,把垂着的皮鞭晃起抓在手里。

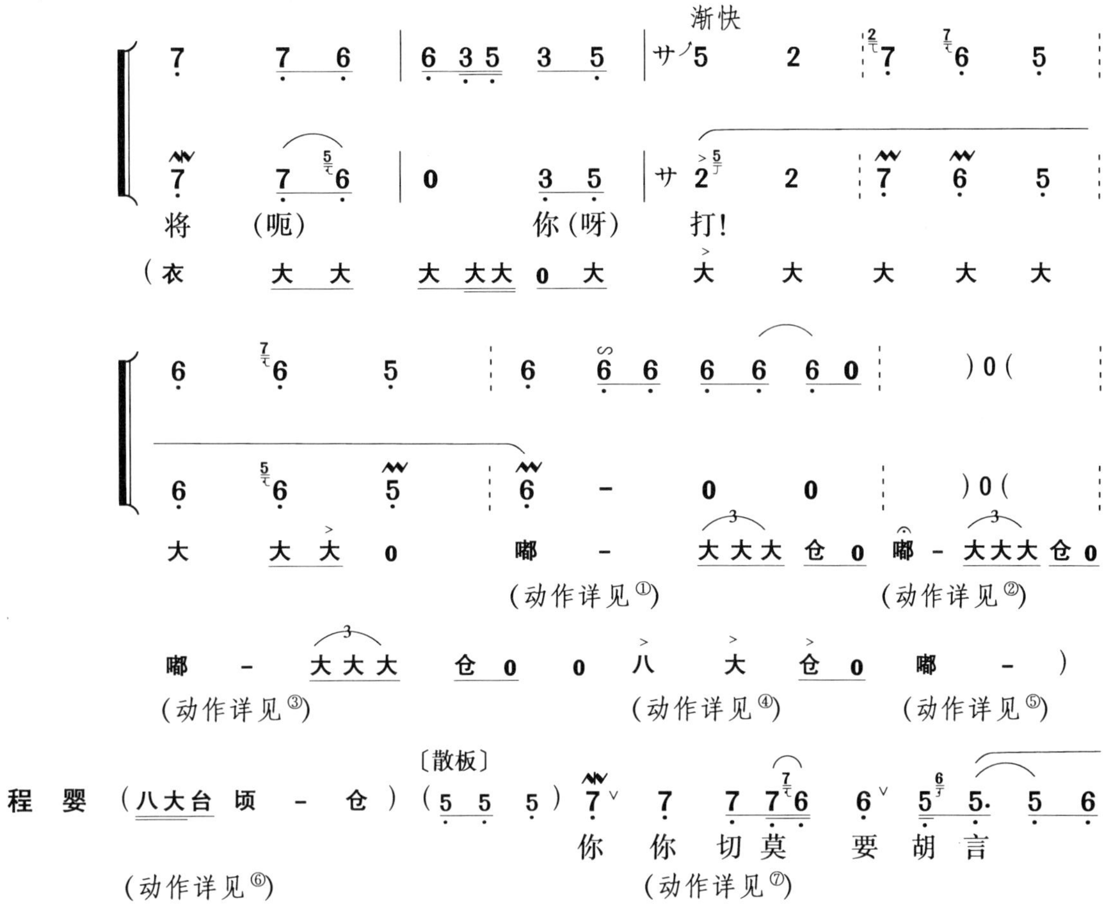

① 程婴打公孙规定打三鞭，用三个【撕边一锣】配合。打的动作，必须紧密地跟上锣鼓的节奏。一打、一躲，二人的动作必须协调一致，每打一下，都要构成一个美的画面。余派的打法第一鞭是这样打的：程婴唱罢“将你打”，上左步叉开两足站稳，左手拢住右袖，面部斜对公孙，向后一抡鞭子，顺势绕一圆花（如图所示“↷”），打在公孙背上，同时，公孙向右膀甩胡子，双手环抱护住胸口而以左背承接。

② 第二次是反转抡鞭（如图“↶”）打在公孙左前方；同时公孙向左膀甩胡子，扭转身子而以右肩承接。

③ 程婴三次抡鞭（如图“↻”），公孙甩胡子用左背承接与第一次相同；但程婴抡鞭的幅度则一次比一次缩小。

④ 当程婴举鞭要再打时，公孙用左手将程婴执鞭之手向前一拨（八），程婴踉跄地向左前方倒右步（大），顺势垂鞭甩胡子，两腿蹲裆站住（仓）；公孙在同一锣鼓点子上向左甩胡子（大），用双手交叉抱伤处（仓）。

⑤ 二人同时在【撕边】中颤抖——这是在施刑时二人由于精神上过度紧张，公孙在受刑后加上皮肉的伤痛，由此而引起的颤抖（在表演时点到即可）。

⑥ 程婴向右让过胡子，用双手向公孙示意忍住伤痛，不可胡言。同时公孙作“屁股坐子”，盘右腿，跷左脚，右手支地，左手指着程婴。二人在（八大台 顷－仓）的锣鼓中（○→←○）位置斜着相对同一亮相。

⑦ 程婴唱：“你你切莫要……”一句时，手的颤动须配合唱的节奏（包括公孙的左手在内）并渐渐停止改为摇手。（公孙须保持抖动到程婴唱完为止）

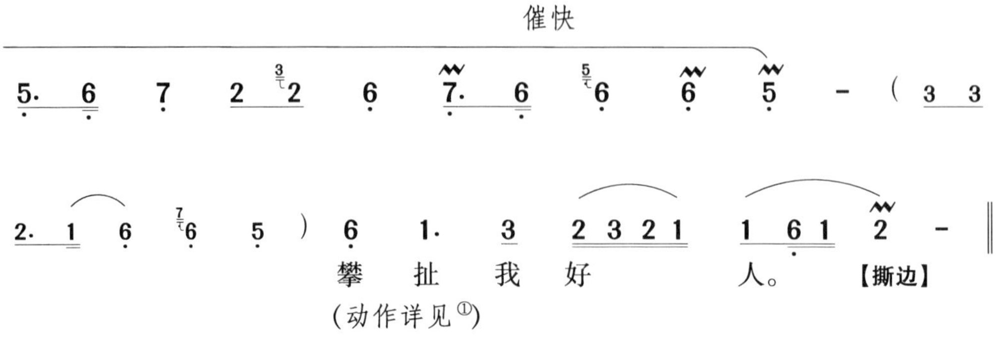

公 孙 贼!

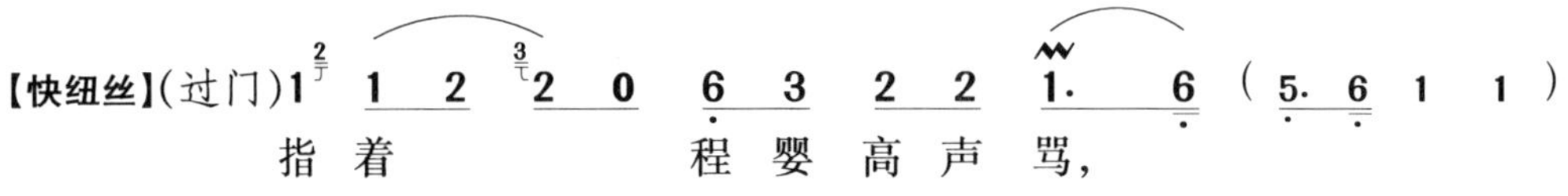

(叫骂)贼啊!(仓)贼!

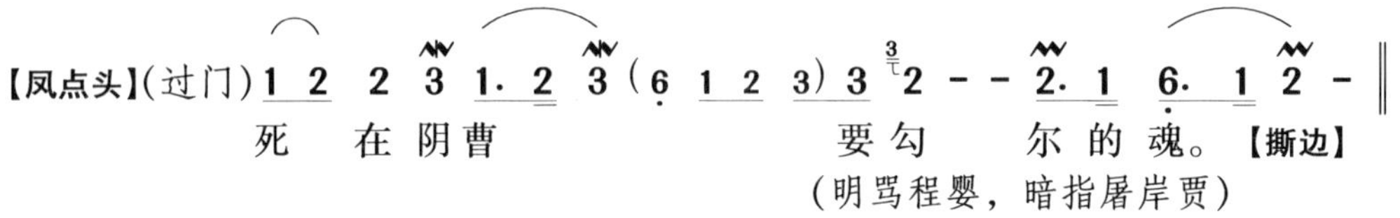

程 婴

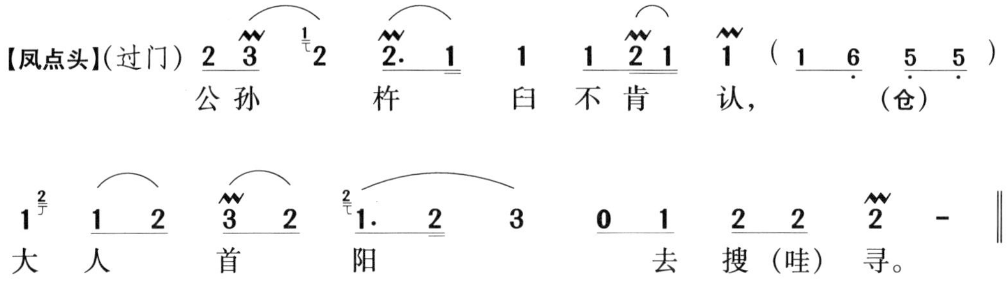

〔【住头】程婴将鞭子交还屠岸贾,屠接鞭子放桌上。

屠岸贾 校尉的!

众 有。(仓)

屠岸贾 带了老狗打道首阳山。

〔【快原场】屠离座与众同出门,略微欠身后退一步做上轿状。二校尉用手虚拟放下轿帘。转【整水底鱼】配合众人行路动作:屠只在台中走一转身(如图“ᔕ”所示)先站定不动。校尉和文堂分左右在台侧走“一翻两翻”②。与此同时,公孙与程婴先向外走,再向里走,稍停,等屠下轿时从屠身后对换“大小边”(公孙到“大边”,程婴走向“小边”。【水底鱼】接【原场】屠下轿后归“小边”坐外椅,程婴站在屠的左边。四文堂在屠身后站“斜一字”,二校尉分站左右。另二名校尉站在公孙身后监视——【原场】打住,至此表示已到了首阳山。

---

① 在唱“攀扯我好人”时,收回右步,站直,并用左手托胡须一比。

② 众人在台上左右分别先向里再向外(ᔕ)(ᔐ)如图所示在两边来回走动,术语叫做“一翻两翻”,表示在途中行走。

| 搜孤救孤 |

二校尉 来到首阳山。

屠岸贾 两厢搜来。

〔**【冲头】**四校尉应声分两边下，**【冲头】**复上，一校尉从“下场门”抱出娃娃（即替死的程婴之子）上交与屠岸贾。

屠岸贾 **【叫头】**老狗！ᵛ 你说孤儿不在，你夹壁墙内婴孩哪里来的？

公　孙 奸贼！

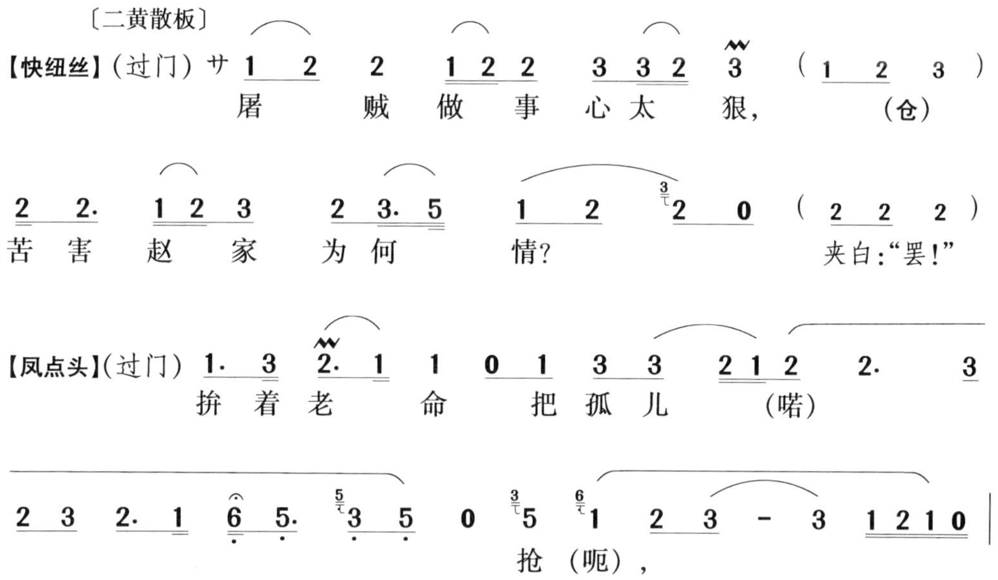

〔公孙双抓袖（**八大台**）向屠迈三大步（**仓 仓 仓 0** ），紧接（**八 大 仓 0**）。屠在（八）上跺右脚，在（**大**）上抬左腿踢公孙跌“抢背”。在（**仓**）上公孙“抢背”落地。①

屠岸贾

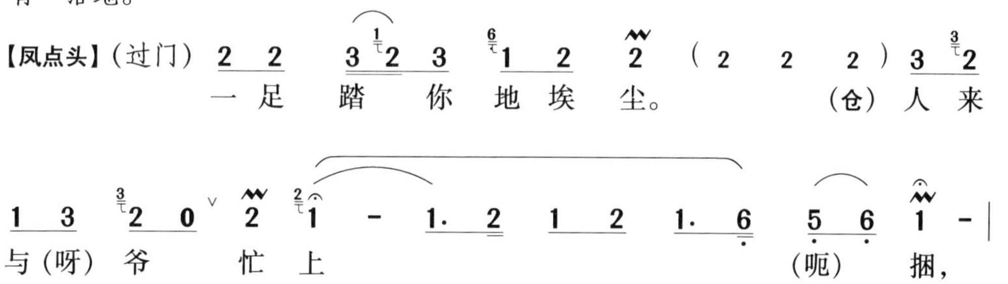

〔**【纽丝】**二校尉用一根白绸条往公孙项上一挂，把他的两手做反绑状。同时程婴走到台中面对公孙。

程　婴

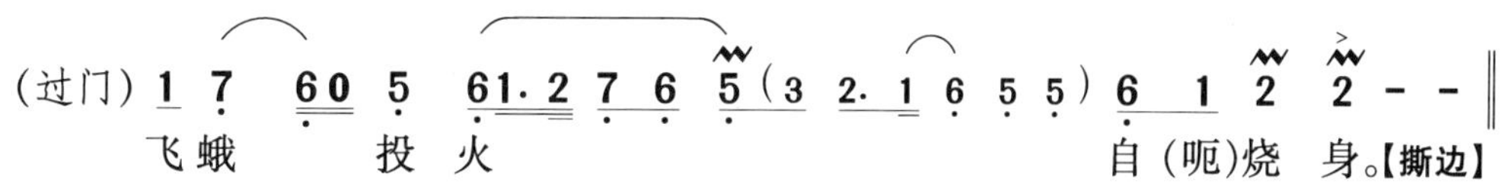

---

① 以上是常见的锣鼓打法。魏三打的是**【撕边】**加（ **八　大　仓　0** ）。公孙的双抓袖和三大步动作用**【撕边】**配合。屠踢公孙“抢背”则用音量稍弱的(**八　大　仓　0**)衬托。这种打法可能是有所依据的。但后来已很少有人使用。

〔接【一锤锣】【原场】二校尉举刀押公孙下[①]，屠、众移至正场。程上一步到“大边”目送公孙下。

程　婴　（右转身向屠）小人讨祭。

屠岸贾　你为何祭他？

程　婴　我与公孙杵臼·，旧有八拜之交·，故而讨祭，以表·当年结拜·之情。

屠岸贾　好，容你一祭，去罢。

程　婴　谢大人！

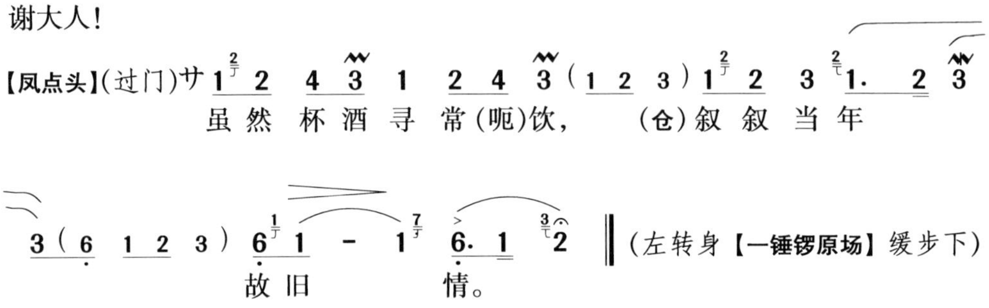

屠岸贾　打道法场！

〔【大锣水底鱼】屠起身做上轿状，如前所述。接打【扬钹、原场】，四文堂、二校尉领起引屠岸贾下。

第　四　场

法场·救孤

〔接前场【原场】住。

〔公孙内唱：

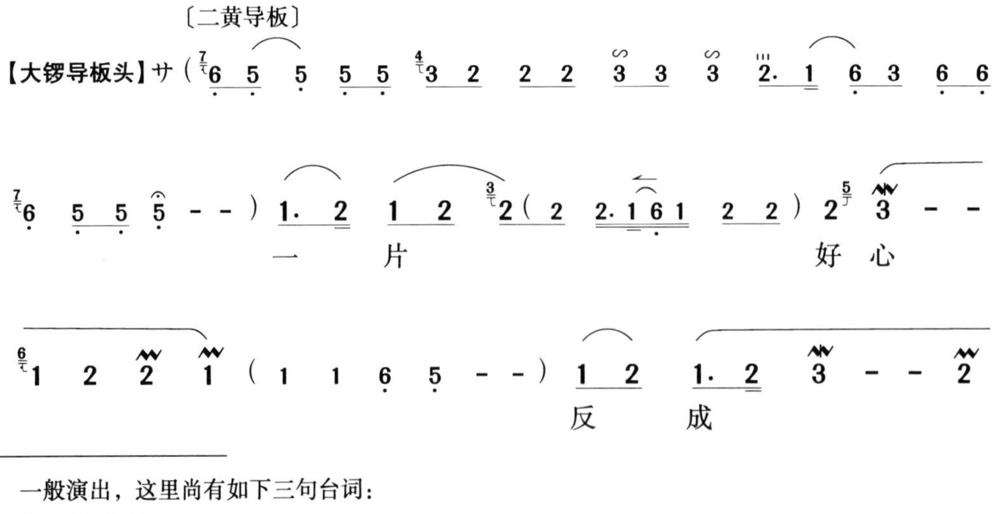

① 一般演出，这里尚有如下三句台词：

屠：绑了下去！

二校尉：（举刀呼喊）走！

公孙：好贼！【一锤锣】（一跺脚扭身下）

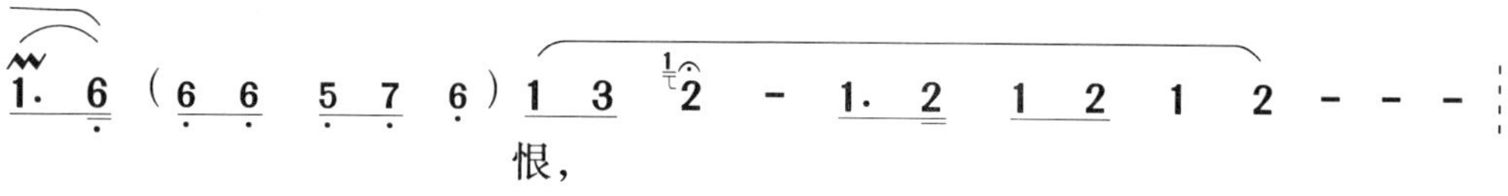

〔【扬钹、一锤锣、原场】二校尉执鬼头刀上，分左右站立，【回头原场】公孙随上[①]，至“九龙口”。

【夺头】[②]中速

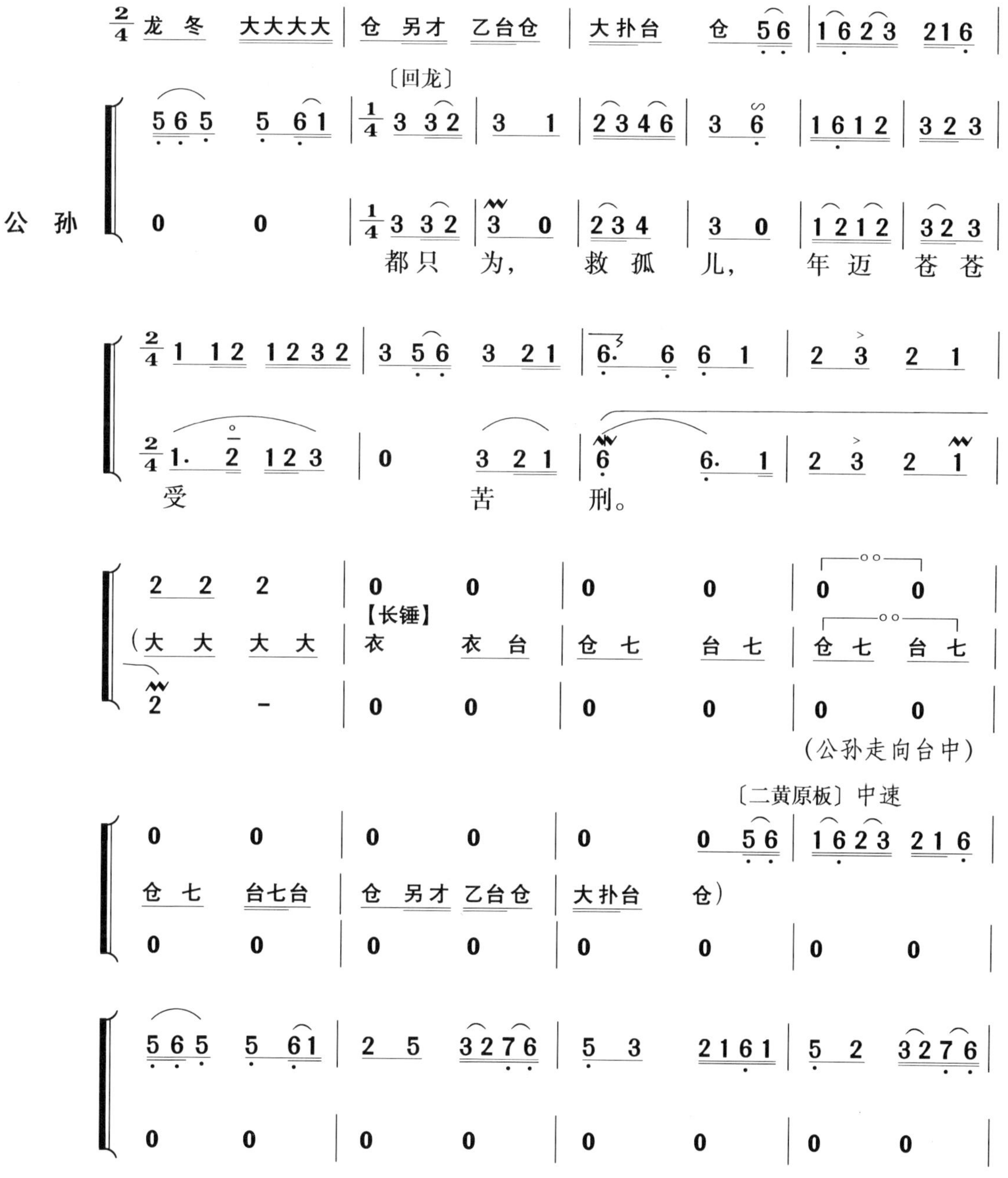

① 公孙此场加系白绸腰包，怀绑娃娃，两手反绑，上场。

② 这里的〔回龙〕腔，一般都打【帽儿头】，胡琴拉（3 5）短过门。

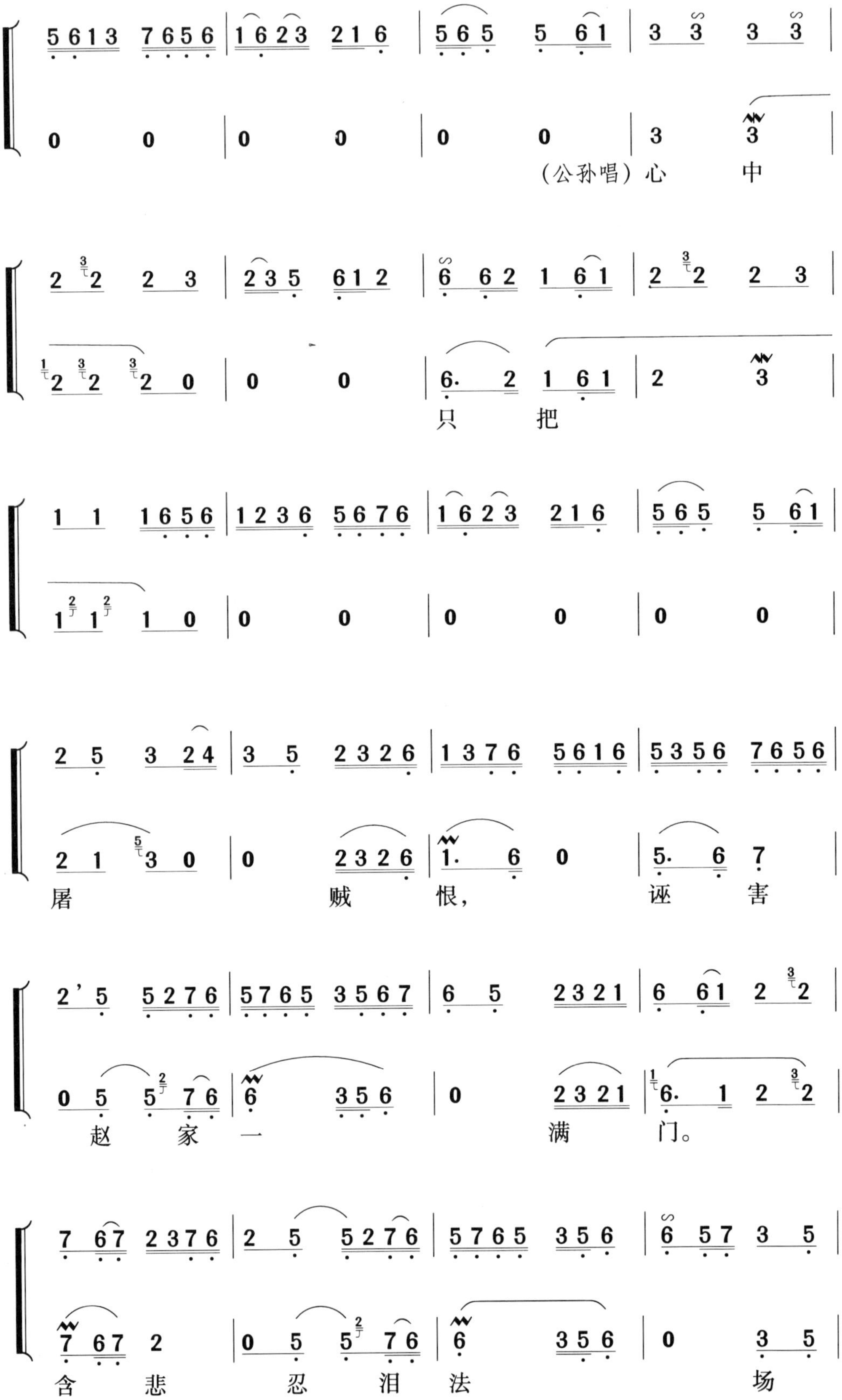
（公孙唱）心 中
只 把
屠 贼 恨， 诬 害
赵 家 一 满 门。
含 悲 忍 泪 法 场

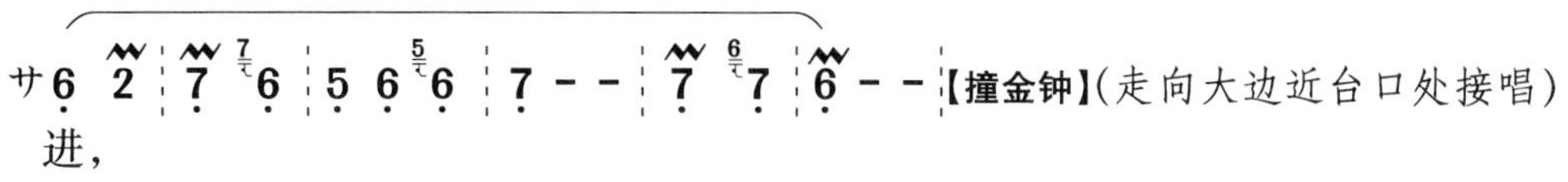

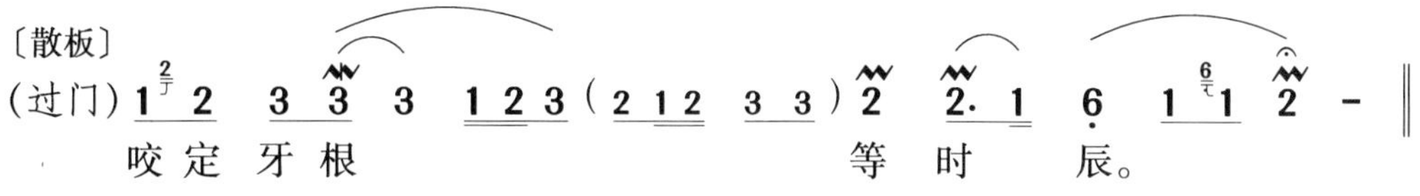

〔公孙坐在“大边”的“倒椅”上，将头垂下。二校尉由“下场门”暗下。

〔【撞金钟】程婴左手托木盘，盘内放酒壶、酒杯、纸钱等物，缓步上至“小边”近台口处。

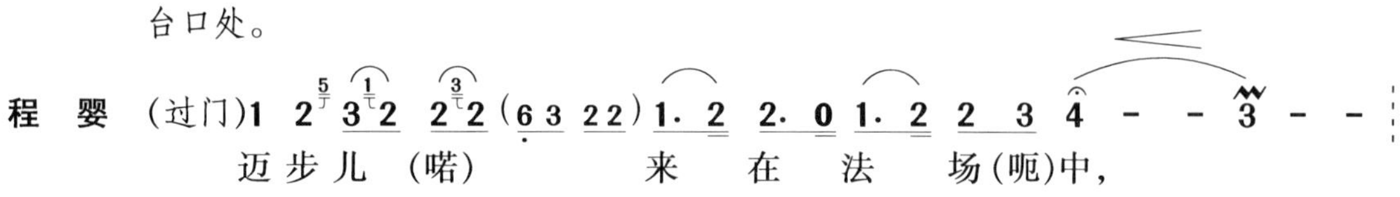

〔【撞金钟】至桌前放下木盘，回身见公孙与娃娃，摇首叹息，投袖。

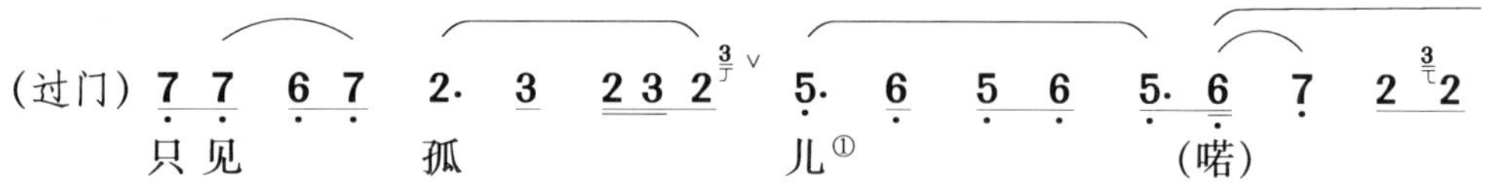

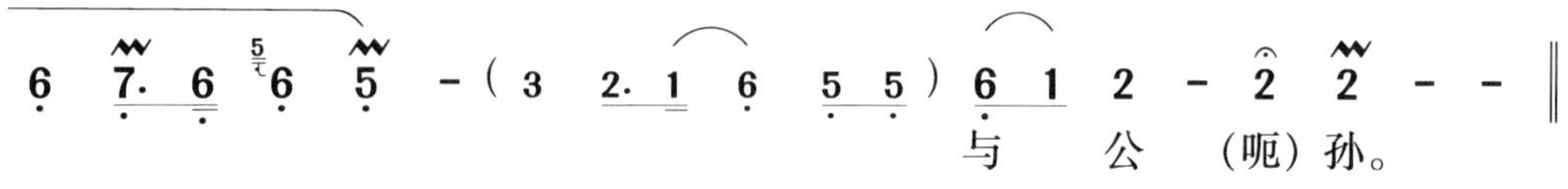

【双叫头】公孙兄，赵公子！你二人死在九泉之下，莫怨．我程婴……！(哭)

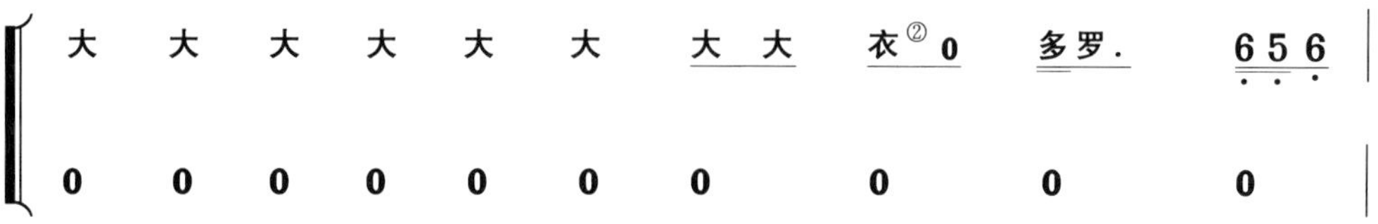

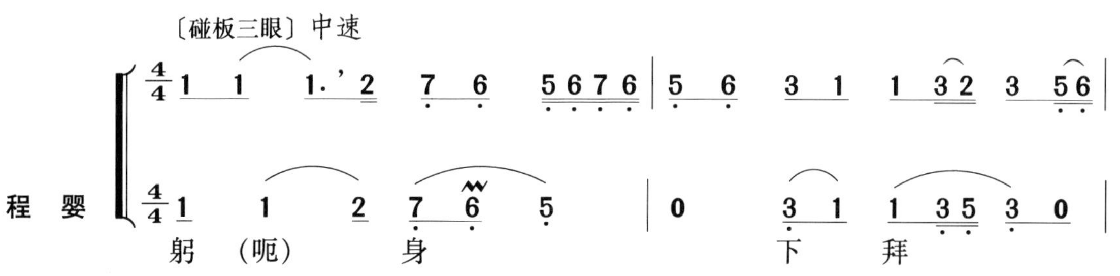

① 此句程婴是旁唱，也就是内心自白，因此“孤儿”二字用得欠妥，但历来大家都这样唱。或可改为“吾儿”，阳平可以高唱，原腔可以不动。

② 这里有人加一击大锣，但一般可不打。打或不打，当以演者的要求为定。

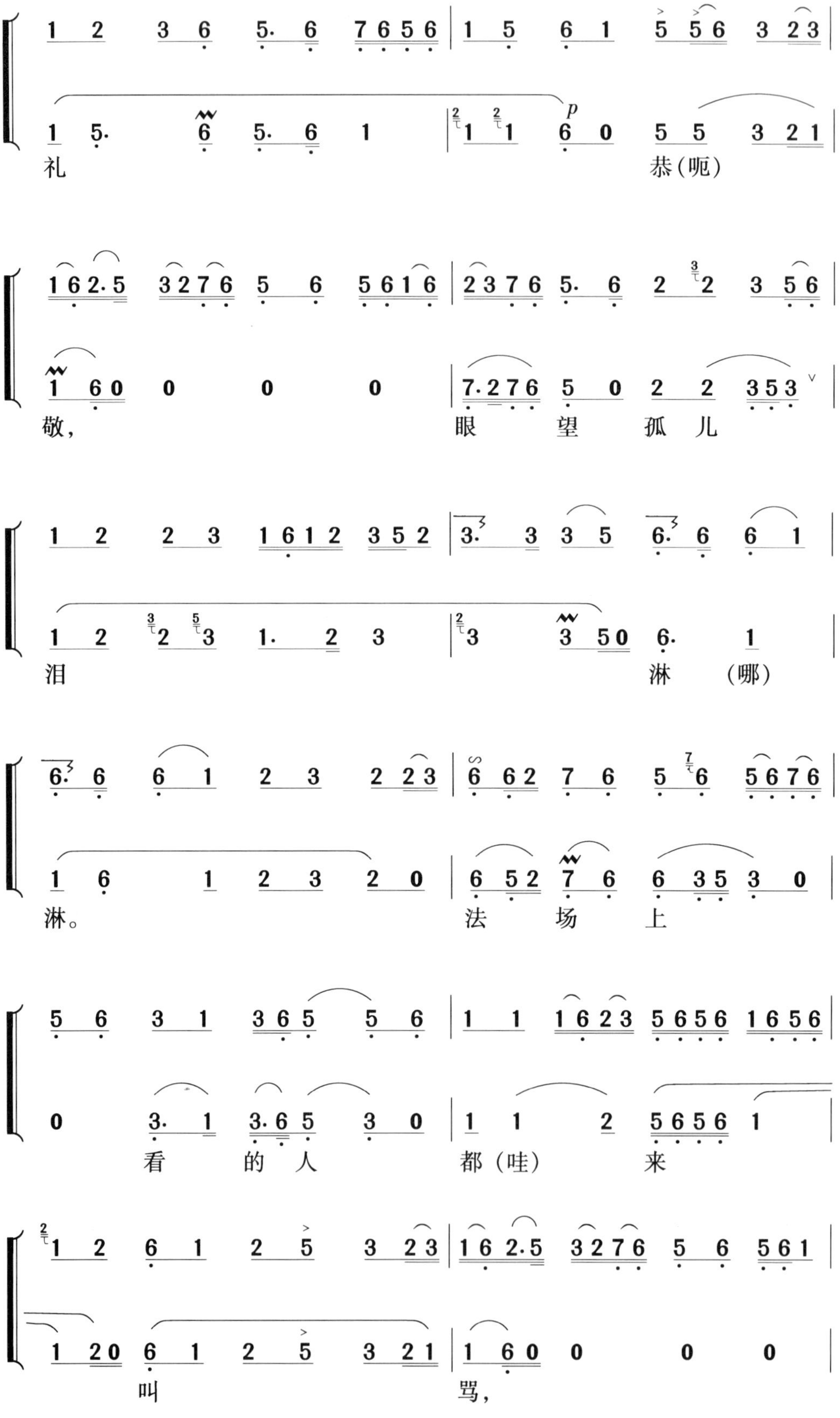
礼 恭(呃)
敬, 眼 望 孤 儿
泪 淋 (哪)
淋。 法 场 上
看 的 人 都(哇) 来
叫 骂,

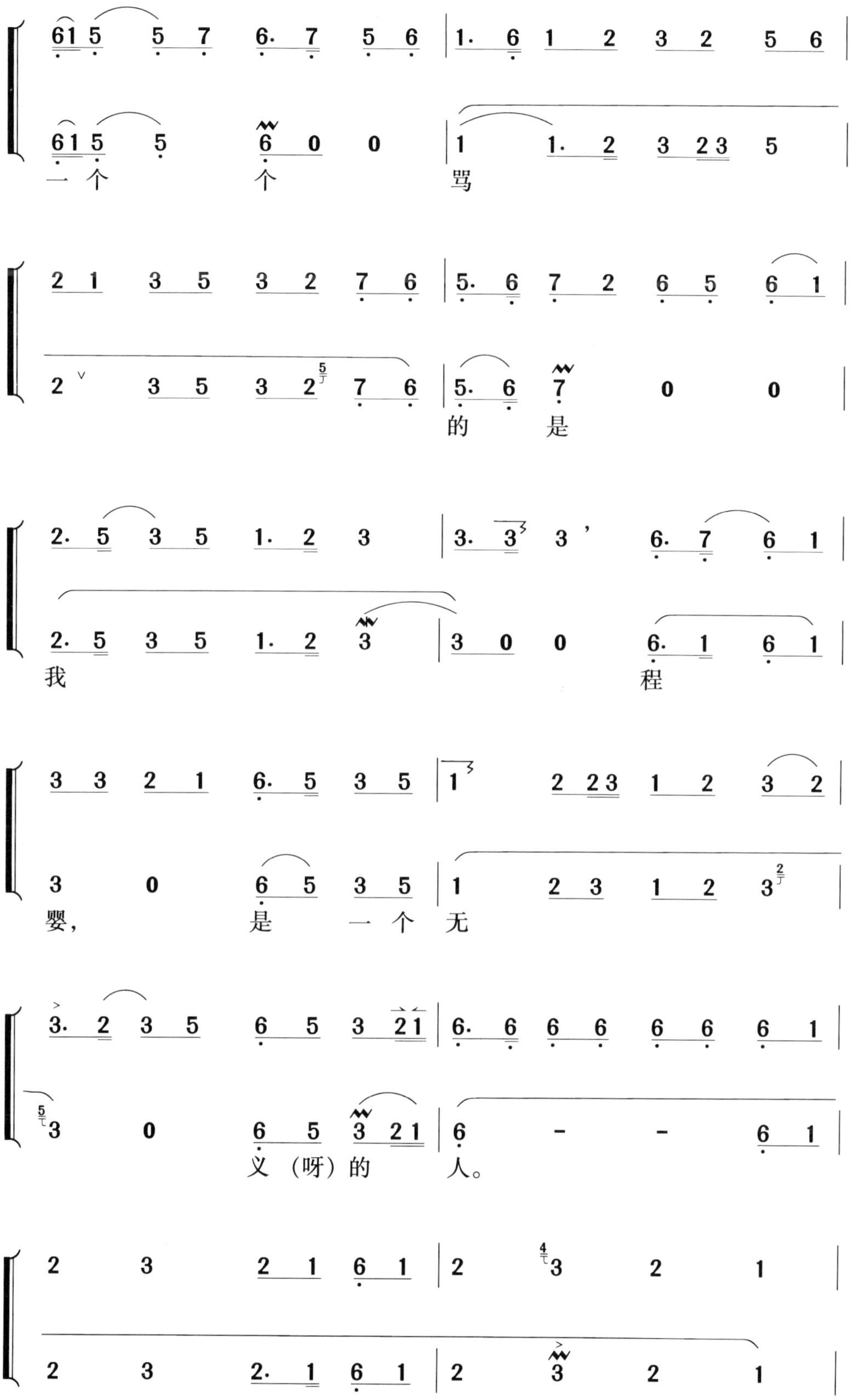
一 个 个 骂
的 是
我 程
婴，是 一 个 无
义（呀）的 人。

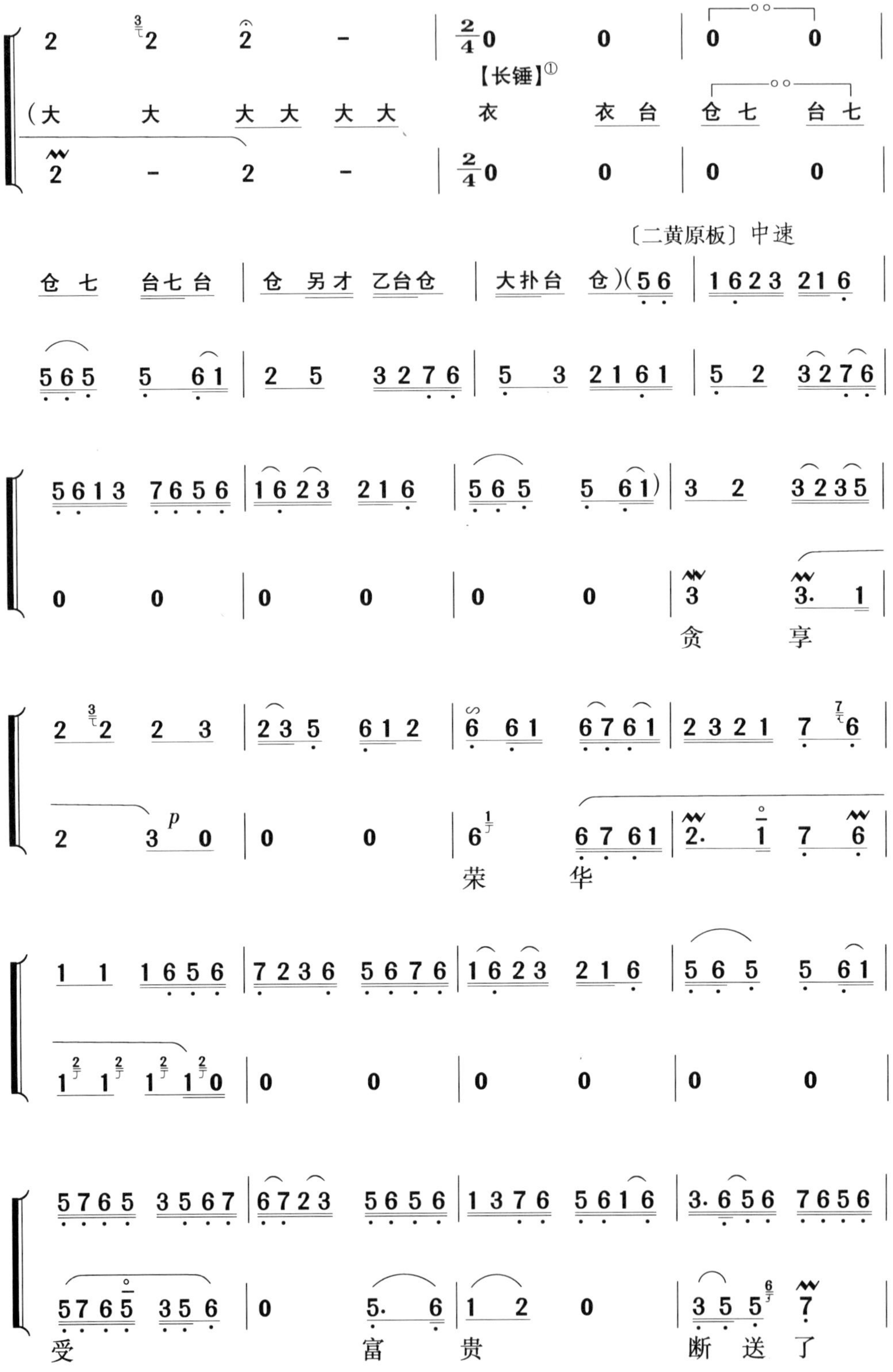

① 旧时为了便于演者饮场和略事休息，故于此处加打【长锤】；现时已废除饮场，故不宜再在这里多打锣鼓，拖拉时间，应尽量把【长锤】缩短，或光打【夺头】也无不可。

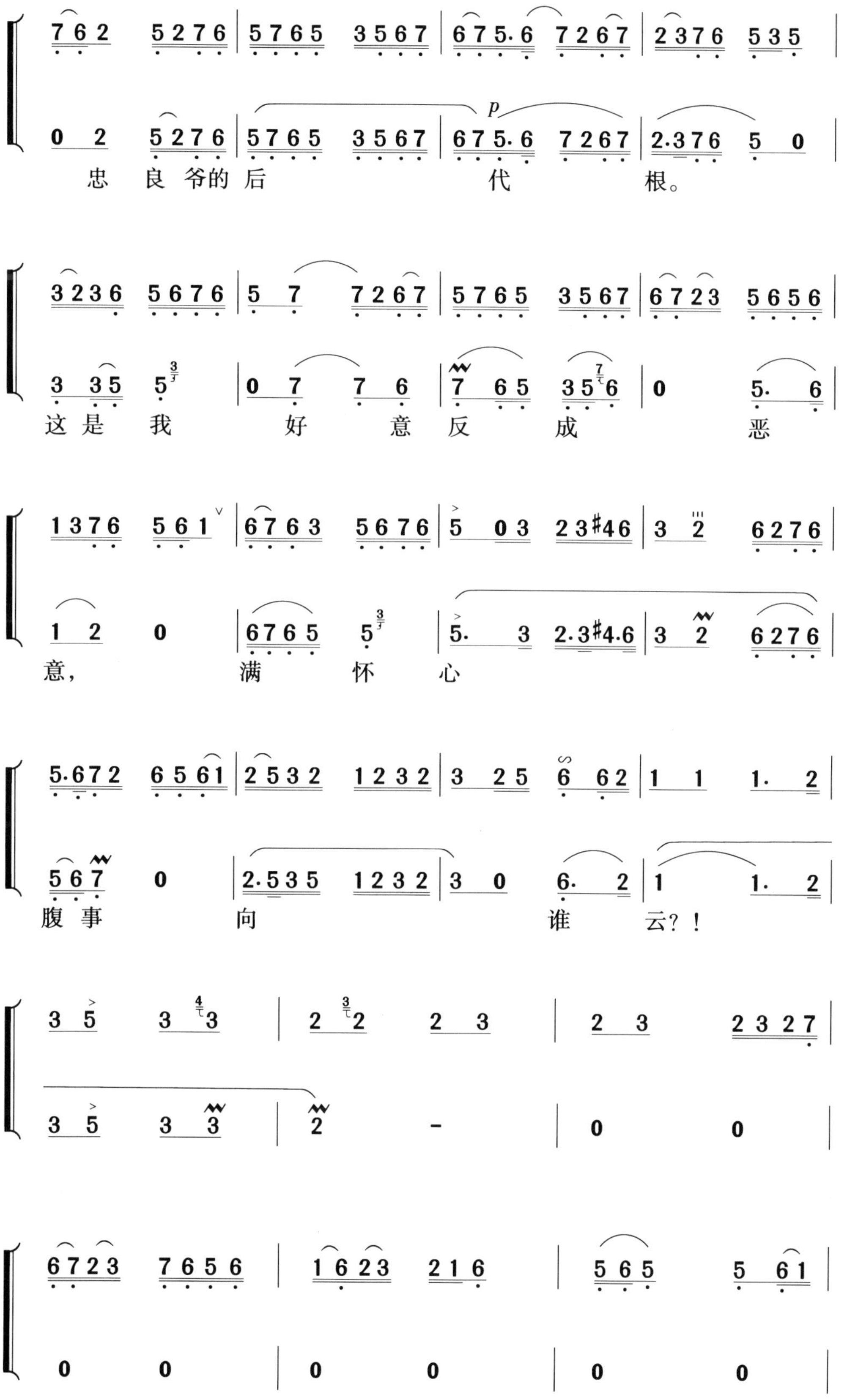
忠 良 爷的 后 代 根。
这 是 我 好 意 反 成 恶
意, 满 怀 心
腹 事 向 谁 云?!

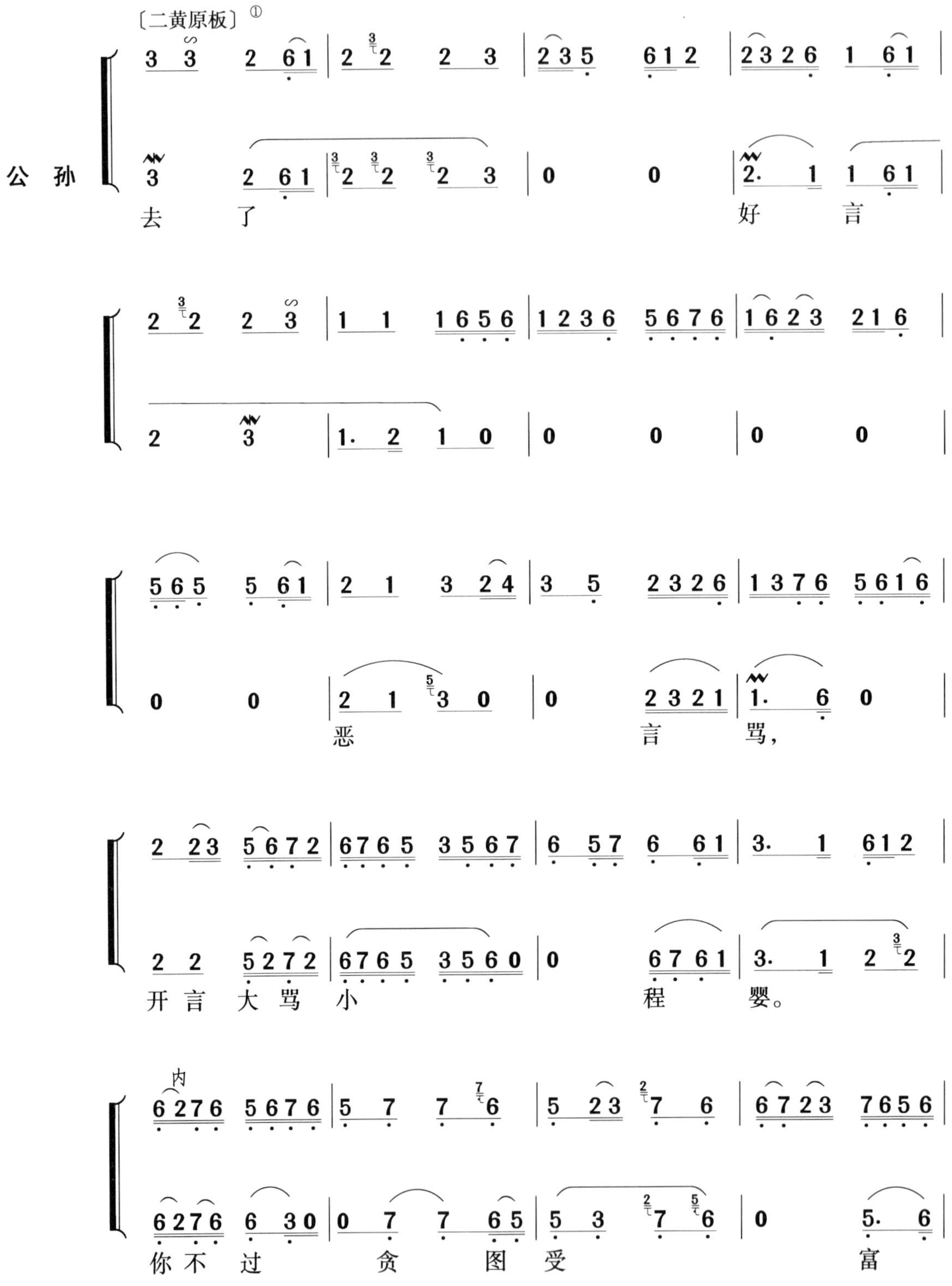

① 公孙这段唱有多种唱词，各人各种，但大致意思相同。有唱：“法场上绑得我昏迷不醒，抬头睁眼见程婴。假意开言高声骂，你不该……”头两句也有唱：“昏昏沉沉又复醒，抬头只见小程婴……”的，均无不可。

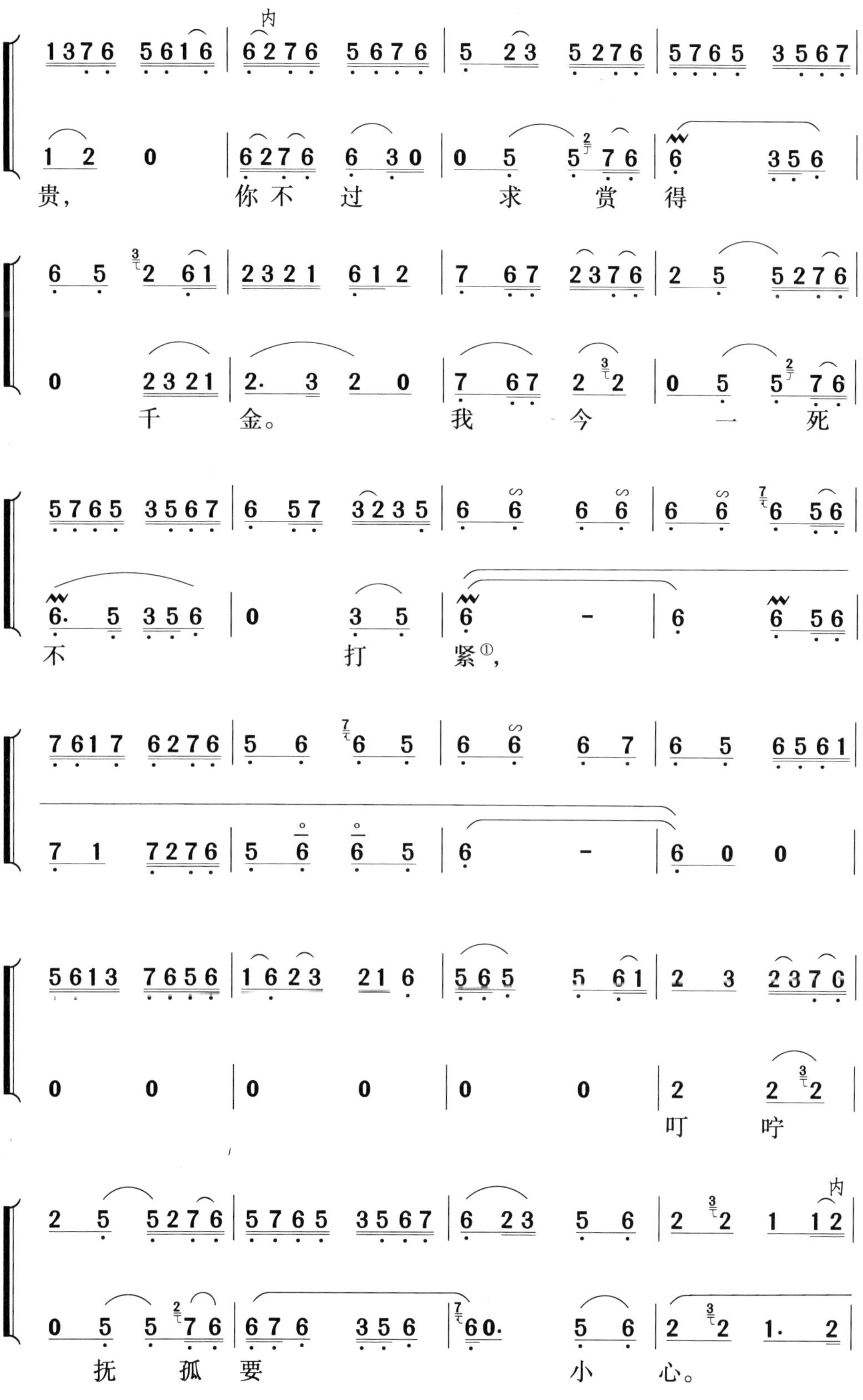

① 在唱“打紧”二字上公孙向程婴使了个眼色，边唱边与程婴警惕地分向两边一望。

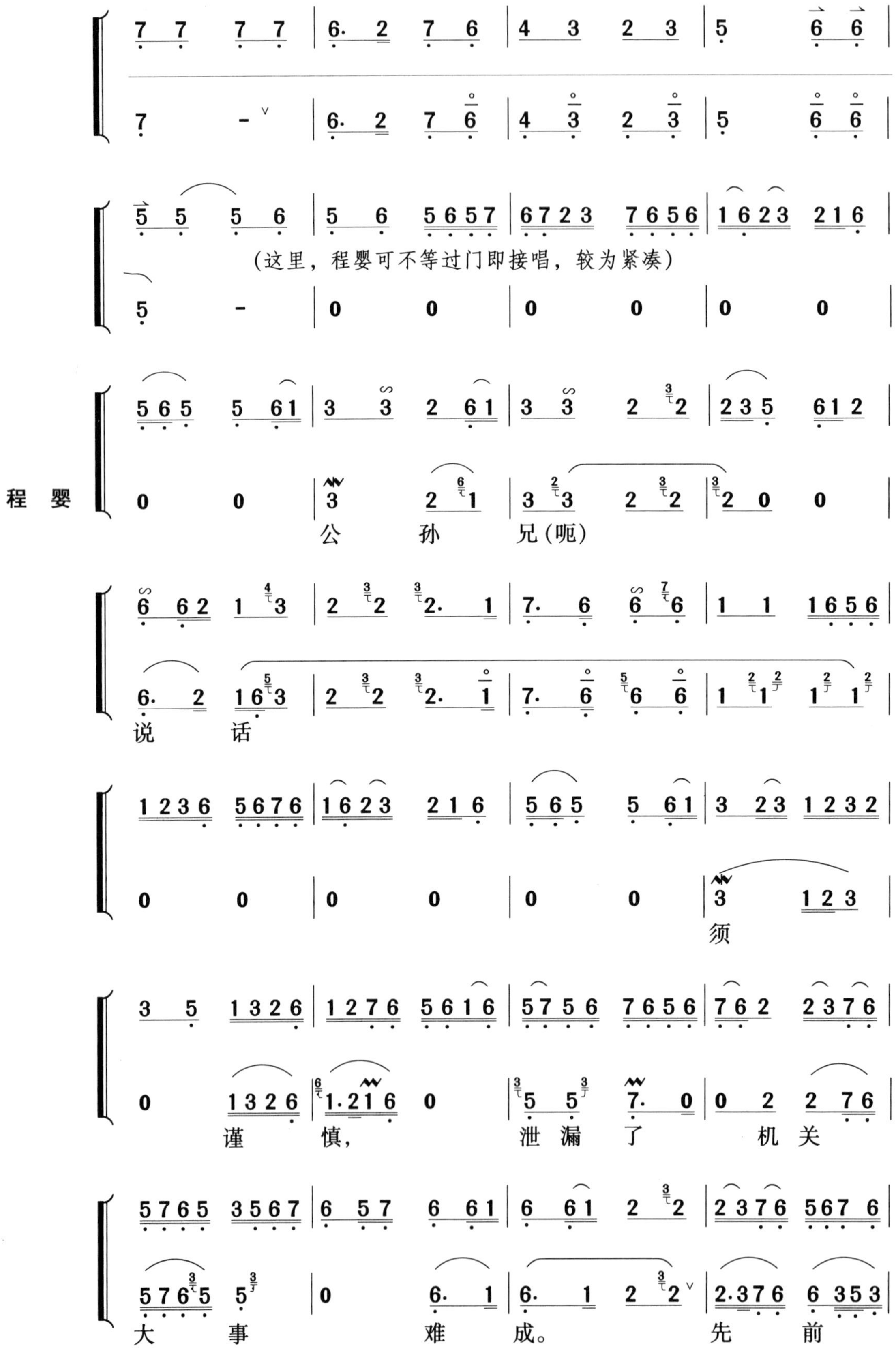
(这里，程婴可不等过门即接唱，较为紧凑)
程婴
公 孙 兄(呃)
说 话
须
谨 慎，泄 漏 了 机 关
大 事 难 成。先 前

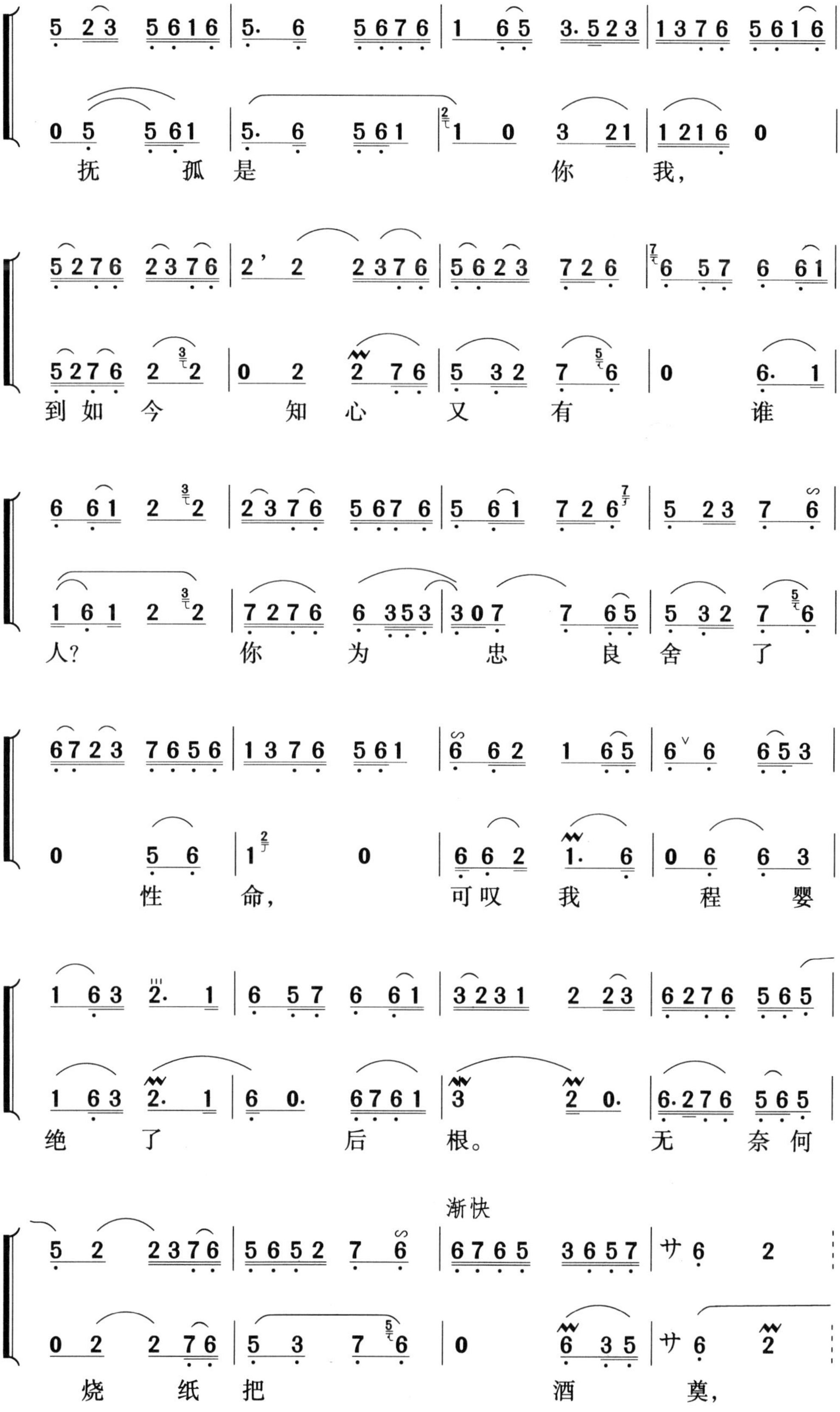
抚孤是你我，
到如今知心又有谁
人？你为忠良舍了
性命，可叹我程婴
绝了后根。无奈何
渐快
烧纸把酒奠，

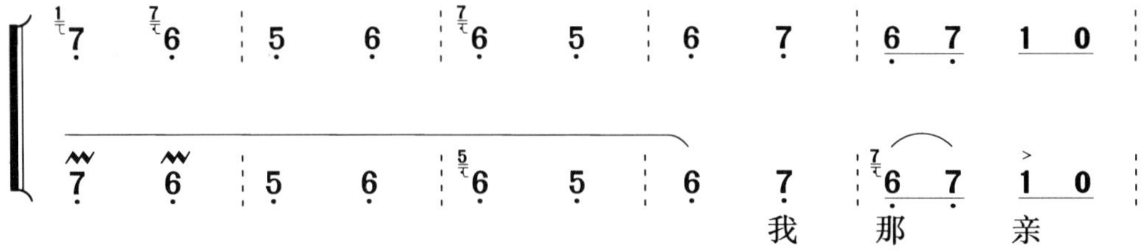

（内喊）哦！（八 大 仓 0 | 嘟 – ）

〔“亲”字后面的锣鼓点子配合下述动作：

1. 程婴在唱“我那”二字时向前伸出双手。

2. “亲”字出口，立即缩回。众紧跟“亲”字后面喊“哦”！

3. 程闻声一惊，反绕双袖（八），双背手（大）向右甩胡子（仓）**【撕边】**颤抖着紧张地自左向右一望。

4. 随着**【撕边】**滚奏声回身一望公孙与亲生婴儿，不禁悲从中来。投袖，举右手，泪眼汪汪，望着婴儿，在**【两锣】**后接唱哭腔。

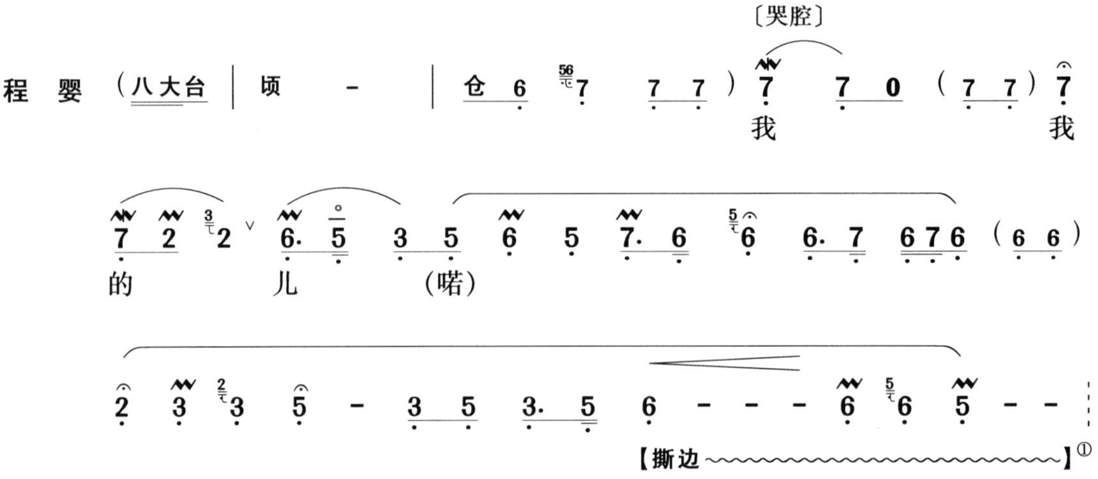

二黄＜哭皇天＞曲牌　快速②

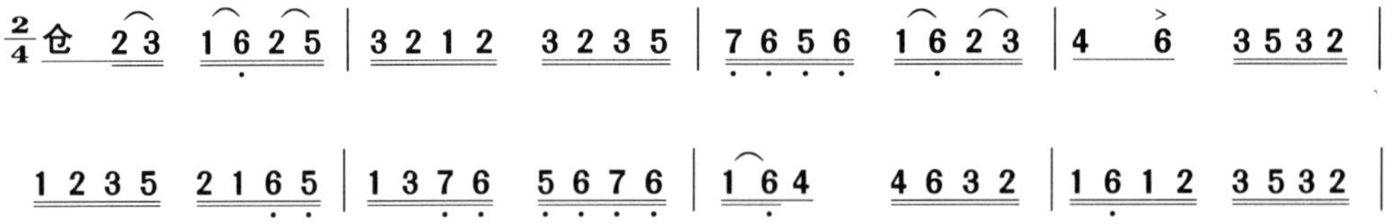

① 这里用**【撕边】**是一种打法，用来渲染程婴痛哭时内心的激动。另一种打法是用单箭连续重击，也可收到相等的效果。当年名鼓师杭子和、白登云、王燮元都主张用后一种打法，他们认为用**【撕边】**不如单箭连击沉着。

② 这是加了花点的胡琴曲牌＜哭皇天＞，只用于《搜孤救孤》。这种拉法是王瑞芝先生的首创，以前老派都拉单点子，尺寸也较慢。后来名琴师杨宝忠、赵喇嘛等人也都改用花点子，快尺寸，并有自己的特点。演奏＜哭皇天＞曲牌时，用单箭子加奏堂鼓连击，以加强气氛。

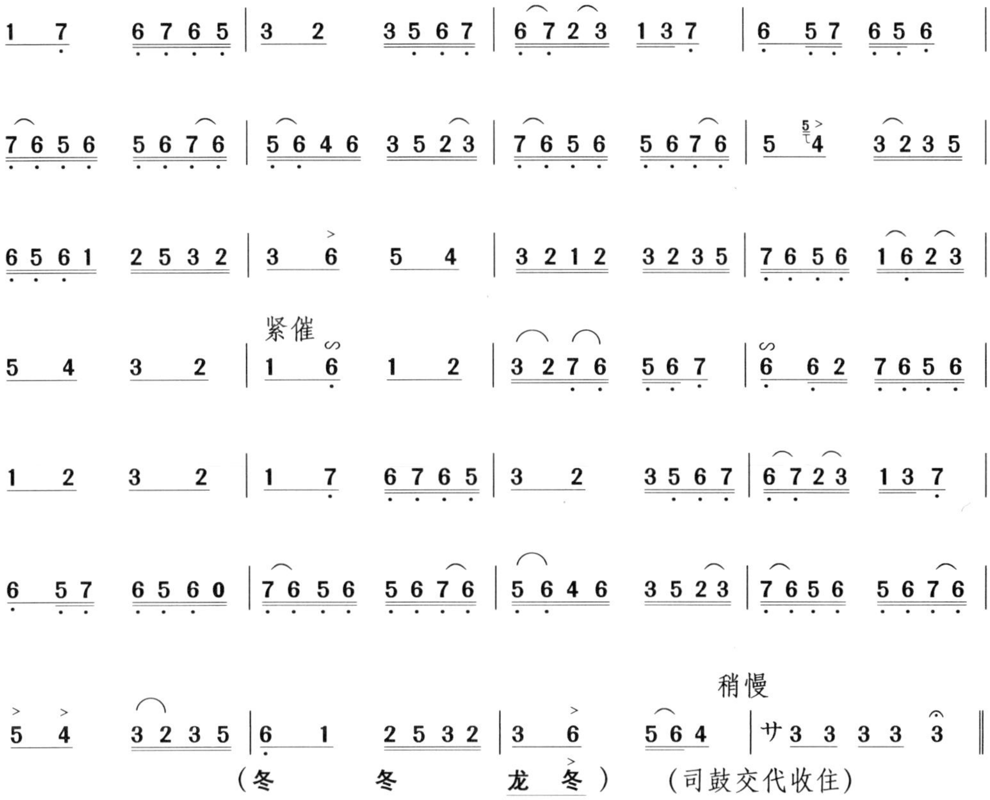

（曲牌演奏至程婴焚化纸钱①、祭酒三杯②，将酒具放回桌上为止。）

程　婴　**【凤点头】**（过门）〔散板〕

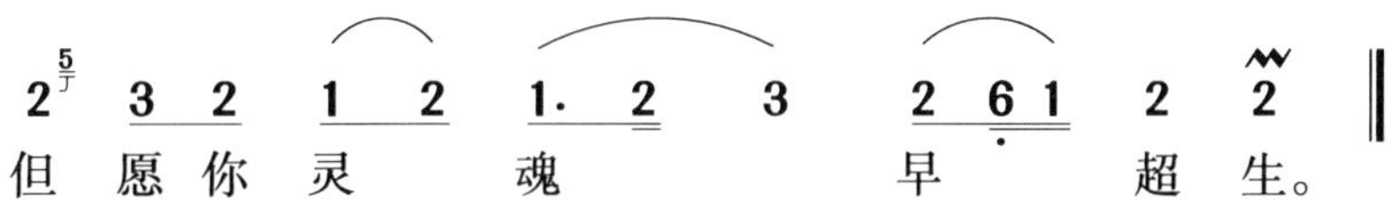

〔**【一锤锣、原场】**屠岸贾由“下场门”暗上进堂桌后落座，校尉等分两边上站立左右。程婴归“小边”面外站立。

屠岸贾　可曾祭奠？

程　婴　祭奠已毕。

屠岸贾　校尉的！

校　尉　有！（**大仓**）

屠岸贾　将老狗与孤儿一齐开刀！

校　尉　啊！（应声）

〔**【一锤锣、原场】**公孙与程婴一对眼神，程用目向公孙暗示：“以后之事有我。”公孙横眉怒视屠岸贾，一跺脚转身，由二校尉押下。

---

① 观孟小冬演出时是用火将纸钱当场焚烧的。如认为不妥，改为从盘中取过纸钱做虚似表演亦无不可。

② 相传旧时习俗给临刑犯人祭酒，须用左手反执酒杯递与受刑者饮用。舞台上演程婴者是用右手执壶，左手执杯。递酒时身体须偏向左边。

（冬 冬 | 匡 － | 冬 冬 | 匡 － | 冬 0 | 匡 0 ）‖

（程婴侧耳倾听【斩锣】声） （末击锣表表示人头被斩下）

〔【冲头】程婴惊怔住。二校尉复上，一跪呈刀交验后仍站原处。屠见程婴在一旁暗自拭泪。

屠岸贾 程婴！（程呆状未听见）程婴！（仍未听见。大声叫）程婴！【撕边】

程 婴 （惊觉）啊、啊、啊大人！（ 0 大 仓）（慌忙施礼）

屠岸贾 你为何落泪？

程 婴 小人先前也曾言道：我与公孙杵臼，俱是赵家的门客，又有八拜之交。只因他隐藏孤儿不报，是小人劝他献出，也免得连累旁人家许多的孩儿。谁想这老儿执意的不肯，他如今落得身首异处，故而在此悲叹，不禁落泪。①

屠岸贾 老夫有言在先，有人献出孤儿，赏赐千金。来，与程婴看赏。

程 婴 且慢！（嘟 0 大 仓）小人不愿领赏。

屠岸贾 却是为何？

程 婴 小人有一子，与孤儿般长般大，今日小人将孤儿出首，恐日后旁人怀恨在心，加害我父子的性命，恳求大人格外施恩与小人作主。

屠岸贾 你将此子，抱来见我。

程 婴 遵（哪）命。

〔【快纽丝】向屠一揖左转至“大边”。

〔二黄滚板〕

（过门）	1 2	2	4	3	2 3	4	3	5
	背	转	身	来	笑（哇）	盈	盈②，	奸

---

① 戏到这里，已近终场，此段表白，不宜过长。不妨改为这样：“小人方才言道，与公孙杵臼有八拜之交。只因他隐藏孤儿不报，是小人劝他献出，谁想这老儿执意的不肯。到如今只落得身首异处。想起结拜之情，不禁在此落泪。”

② 孟小冬在唱“背转身来笑盈盈……”这两句散板时，陡然精神焕发，边唱边做，有如下一些身段动作，充分表现出程婴于计成之后内心的喜悦。

1. 程婴在念“遵命”的同时上步向屠一揖，退右步、左转身、抬右手，舒眉展目地紧着向左前斜走三小步（左起左收），在【快纽丝】的末击锣后就接唱“背转身来……”。此处所记是孟小冬第一天演出时的录音，胡琴拉了几个音后她才接唱；第二天再演时她没有等过门，抄着底锣就开口。由于衔接紧凑，显得分外精彩，唱完第二句得了个满堂好，比第一天的效果精彩得多。

2. 唱“奸贼”二字时右手向后一指屠岸贾，随即用左手拢住右袖，在小腹前顺着时针方向划一个小圆圈唱出“中了”二字，立即向左后方先右后左斜退二步，边退边唱“我的”二字。在“巧”字出口的同时，右手指倏然一下在鼻前横着向左指去，来配合“巧”字这个“强滑音”（以不超过左肩为度），顺势向上转掌沿着时针方向绕一个大圆圈，口内出一个“计”字；至“行”字出口时，向左略偏身子，脸部仍对前台，顺势将右腕拧转下垂，掌心向右（左手始终拢住右袖），于拧腕的同时抬起左腿做举步欲下之势——这时右手的食指和勾起的左脚掌正好一齐向右成一斜线（和《群英会》鲁肃唱“他笑我周都督用计不高”一句时的姿势极为相似）。小冬做这一身段时和唱腔的旋律、节奏协调一致，动作洗练，神态潇洒，至今回忆，犹如在目。

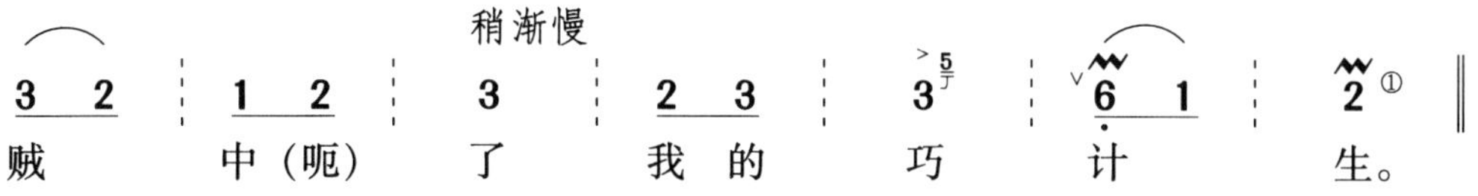

〔【纽丝】程婴疾下。

屠岸贾 〔散板〕

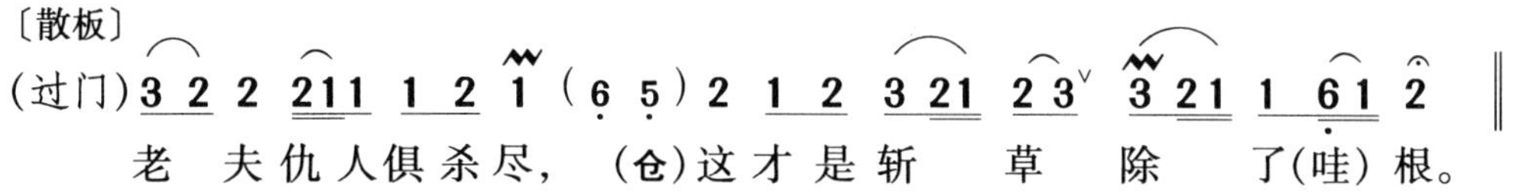

〔【纽丝】程婴抱娃娃（即赵氏孤儿），从“上场门”上，接唱(老的演法还从“下场门”上）。

程 婴

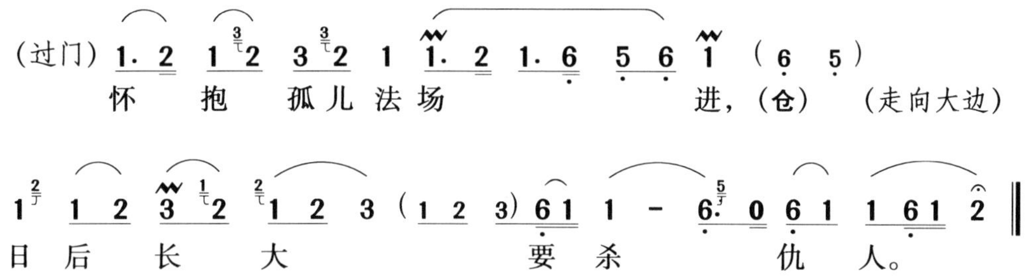

〔【冲头】将娃娃交与屠岸贾，站堂桌后边。【冲头】收住，屠接过娃娃一看。【撕边】

屠岸贾 （笑）哈哈哈！

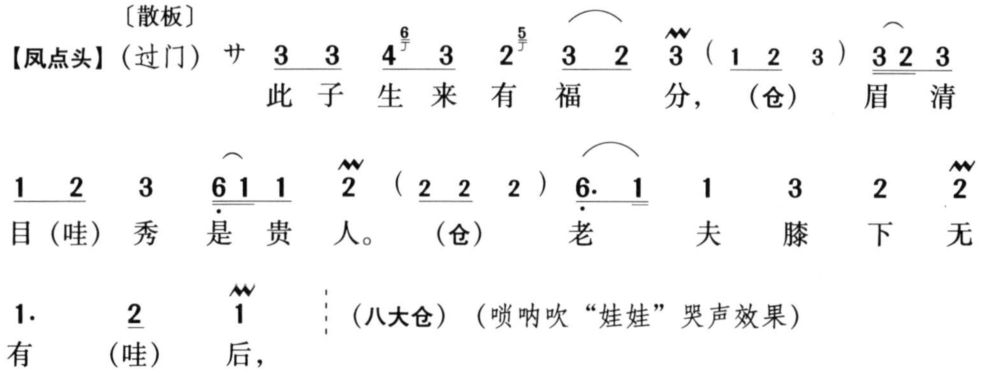

儿啊！哈哈哈……

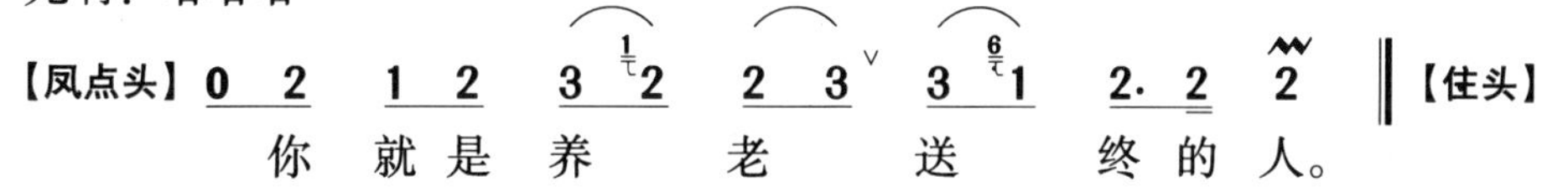

---

① “巧计行”余叔岩先生原词是“巧计生”。查阅孟小冬的弟子所编印的《凝晖遗音》中《搜孤》一折剧词亦为“巧计生”。然细听录音及回忆孟在上海的再次（共演三次我只看两次）演出则无疑唱的是“巧计行”。“行”字的唱腔是“6 1（计） 6 1 2（行）”，如果是“生”字，就得改为这样唱“6 1（计） 2（生）”，否则字音会唱倒。现在姑且这样记谱。

屠岸贾 程婴！

程　婴 有。

屠岸贾 将此子拜在老夫名下，以为螟蛉义子。你夫妻搬进府去，吃碗安乐茶饭。

程　婴 多谢大人。

屠岸贾 校尉的！

众 有（仓）

屠岸贾 打道回府！

〔唢呐吹奏<尾声·合头>曲牌，屠下位至台中做上轿，如前所述，众领起下。程从屠身后走向“小边”左转回身面对“下场门”；屠向“下场门”走三步右转回身向程婴招手，程趋步向屠一揖，屠下。**【一锤锣、原场】**程向右前回身托胡须一看，摇首叹息。似有无限感慨，忿恨地走下场去。

——剧　终

刘曾复 讲述　　李舒 整理 记谱

盗宗卷

余叔岩演出本

《盗宗卷》故事并不见史传记载。传说西汉吕后拟夺汉室江山，又惧宗室反对，在获知有人来京盗取皇室宗卷之后，即胁迫御史张苍将宗卷交出，当廷烧毁。来京盗取宗卷的正是淮河梁王刘通派来的田子春。田向丞相陈平索取宗卷，陈令张苍交出。张苍手中无卷，畏罪拟自尽。这时其子秀玉问明缘故，当即取出宗卷一本。因当年张苍曾得病，秀玉代管宗卷，他看到其中吕后之用心，恐日后生变，便抄了副本，将真卷收藏。张苍闻之大喜，将真卷交与陈平，并与田子春一起合议扶汉反吕。此剧为须生做功戏，道光四年《庆升平班戏目》已有记录。卢胜奎、谭鑫培、贾洪林、刘景然、鲍吉祥、余叔岩、马连良、周信芳、孟小冬、张春彦等均工此戏。

刘曾复著《京剧新序》第三节这样记述余叔岩与《盗宗卷》："参加梅兰芳裕群社是余叔岩从艺生活中的重要一环，为他以后的发迹，储蓄下备用的资本——艺术上威望的提高。第一天打炮戏《盗宗卷》是余叔岩很下功夫、很有把握的一出戏。此戏着重念白、做功，剧情生动，便于发挥余的优长。余叔岩不以《空城计》之类的谭派名剧来打炮，大胆选用了《盗宗卷》，是他争取裕群社观众的明智措施。隔日在裕群社中余叔岩第一次与梅兰芳合演，剧目是《梅龙镇》。演出之前二人认真准备，观众给予极高的评价，这就更加稳固了余叔岩在裕群社的艺术基础。翌年，裕群社改组为喜群社，余叔岩继续参加，为与同班老生王凤卿的上演剧目不相重叠，他演出《铁莲花》、《锤换带》、《太平桥》、《葭萌关》这类的戏。这些都是做打繁难、不常见于舞台的戏，能使观众耳目一新。……余叔岩离开喜群社之后，改搭俞振庭的双庆社，他开始大演《定军山》、《失街亭》、《打棍出箱》等重头戏……"

余叔岩在倒嗓刚刚恢复后，而且又是在谭鑫培去世不久，倘使贸然奋力争唱谭派唱功戏，效果当然不会令人满意。他以《盗宗卷》、《梅龙镇》所获得观众的评论是：（主要是听老谭戏的观众）小余身段真漂亮，真会演戏。其实是勇于不敢，亦可谓韬晦之策。一俟时机成熟，陆续上演大量的唱念做打繁重的谭派戏，这些戏遂成为余派代表剧目。余叔岩的舞台生活仅十余年，众多剧目的程序排列需要精心筹划，刘曾复先生说："收藏演员的戏单有用，比如余叔岩、梅兰芳，通过他们一生的戏单，可以研究他们艺术发展过程及其艺术成就"。

余叔岩的《盗宗卷》在堂会、义务、搭班、组班期间都唱过，观众喜欢，自己得意，又是歇工戏，尤其适合堂会演出。余叔岩最后一场演出即是堂会戏《盗宗卷》，刘曾复先生曾亲临观摩，记忆犹新。他说："1936年焦振宁为他老爷子祝寿，在家里搭台唱堂会，那天晚上我去看戏，一进门正是郝寿臣的《醉打山门》，然后是陆素娟的《廉锦枫》，程希贤与近云馆主的《坐宫》（程是军官、票友，左臂残废），程砚秋的《红拂传》，余叔岩的《盗宗卷》，谭富英、尚小云的《探母·回令》，最后是杨小楼的《落马湖》。余叔岩是到场就扮戏，扮上就唱，唱完就走。无所谓排名先后，但他是事先决定的，不是有人所说临时加演的，因为悬挂着的帐子上的戏单写好了：某某送程砚秋《红拂传》，某某送杨小楼《落马湖》，某某送谭富英、尚小云

《探母·回令》。某某送就是此人出钱邀角儿。另外只有两出戏写的是：余叔岩送《盗宗卷》，程希贤、近云馆主送《坐宫》，意思是不收报酬。这一天的戏大家都说好，主要因为有余叔岩。再者就是这一天的《盗宗卷》是余叔岩的最后一场演出，能看上这出戏的观众感到机会难得，其中一生只看过这一次余叔岩的尤觉幸运，因为在此之前余叔岩已很久没有登台了。”

此戏就是根据刘曾复先生的讲述记录整理的。

李 舒

人物行当

吕　后	青衣或花衫	家　院	老生
张　苍	老生	家　院	丑
陈　平	老生	大太监	生
田子春	老生	四小太监	杂
夫　人	老旦	四青袍	杂
张秀玉	小生	二夜不收	丑

服装扮相

吕　后　彩扮。凤冠，女蟒、玉带、裙子，彩鞋。

张　苍　素扮。纱帽、黪三，蓝官衣、玉带、衬褶子，黑彩裤，厚底靴。

陈　平　俊扮。相貂、白三，白蟒、玉带、衬褶子，黑彩裤、厚底靴。更衣后白相巾，白开氅；亦可不更衣直接戴白相巾，穿白开氅[①]。

田子春　俊扮。道巾、黑三，紫褶子（或蓝褶子，或蓝花褶子）、绦子，黑彩裤，厚底靴。

夫　人　素扮。黪网子、蓝绸条，蓝帔，腰裙、黑彩裤，福字履。

张秀玉　俊扮。文生巾，白花褶子，黑彩裤，厚底靴。

家　院　俊扮。黑软罗帽、黑三，黑褶子、大带，黑彩裤，厚底靴。

家　院　勾老丑脸。黑软罗帽、绸条、白五嘴，老斗衣、大带，黑彩裤，大袜、黑布鞋。

大太监　丑扮。大太监盔，大太监衣，红彩裤，厚底靴。

四小太监　俊扮。小太监盔，小太监衣，红彩裤，薄底靴。

四青袍　俊扮。秦椒帽，青袍，红卒坎，黑彩裤，薄底靴。

二夜不收　丑扮。梢子帽，蓝箭衣、大带，黑彩裤，薄底。

道具

堂桌	一张	酒具	一套
云帚	二把	银子	二锭
香炉	一个	笏板	二块
锁链	一条	灯笼	一个
椅子	三把	单刀	一把
台灯	一个	卦盒	一个
文房	一份	书（宗卷）	二本（一厚，张苍用；一薄，陈平用）

第　一　场

〔胡琴奏<西皮小开门>四太监、大太监“站门”，吕后上，至台口。

吕　后　（引子）身在深宫院，重整汉室

サ1 2 3 2 - 3 2 3 2 6 7 - 2 7 2 7 6 -‖（转身入“大座”）
锦　江　山。

（念诗）未央宫中翡翠环，
珍珠玛瑙积成山。
上殿独受君王宠，
方显女皇掌朝班。

哀家吕后，昨日飞报禀告，有一游方道人，来到长安，盗取宗卷，不免将宗卷用火焚化，以除后患。内侍，宣张苍上殿。

大太监　遵旨。（至台口）国太有旨，张苍上殿哪！（回原位侍立）

〔张苍内白：“领旨。”**【小锣打上】**张苍执笏上，至“小边”台口。**【小锣归位】**

张　苍　（念）忽听国太宣，迈步上金銮。（进门，参拜）臣张苍见驾，国太千岁。

吕　后　平身。

张　苍　千千岁。（举笏站“小边”）宣臣上殿有何国事议论？

吕　后　卿家官居何职？

张　苍　西台御史。

吕　后　掌管何事？（或“宗卷可是卿家掌管？”）

张　苍　皇家宗卷。（或“正是微臣掌管。”）

吕　后　将宗卷呈上哀家一观。

张　苍　领旨。（出门，**【小锣一击】**“上场门”下）

吕　后　内侍，张苍取卷到来，看我眼色行事。

〔**【小锣五击】**张苍把宗卷放在笏板上双手托着上。

张　苍　（念）手捧皇家卷，国太凤目观。

〔（**多 多 台**）张苍进门交卷，站“小边”台口；大太监接卷呈吕后。

吕　后　卿家看守宗卷有功，赐御酒一斗。

〔大太监递酒，张苍接杯，仍站“小边”台口。

张　苍　且住！（打“背供”**【小锣一击】**）人言吕后之酒好饮难还，待我敬过神祇。（将酒谢神，还杯）

吕　后　想这太平年间，要这宗卷何用，内侍，宗卷用火焚化了。

〔大太监接卷做焚烧状，扔进“下场门”内①。

张　苍　哎呀！

---

①　此处过去演出时在“下场门”外扔“火彩”。

〔张苍左手执笏，右手擦袖、抖袖，摇头吃惊。（八大仓）接【撞金钟】张苍右手翻袖盖头，左手执笏撩袍，左转身“上场门”下；同时陈平“上场门”外侧执笏上，至“小边”台口抖袖。

〔西皮散板〕

陈　平

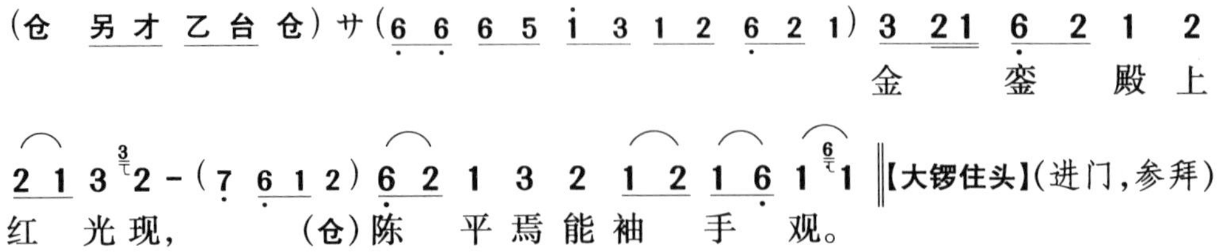

陈平见驾，国太千岁。

吕　后　平身。

陈　平　千千岁。（举笏站“大边”）

吕　后　卿家上殿有何本奏？

陈　平　适臣观见金銮殿上红光一起，特地上殿保全江山。

吕　后　卿家可知哀家火焚宗卷之故？

陈　平　国太敢是想吞……

吕　后　卿家果有出将入相之才。

陈　平　谢国太。（作揖归中间）

吕　后　退班。（以上二人搭话节奏紧张）

〔【撞金钟】吕后“下场门”下，众太监两边反下；陈平出门，站中间台口抖袖。

〔西皮散板〕

陈　平

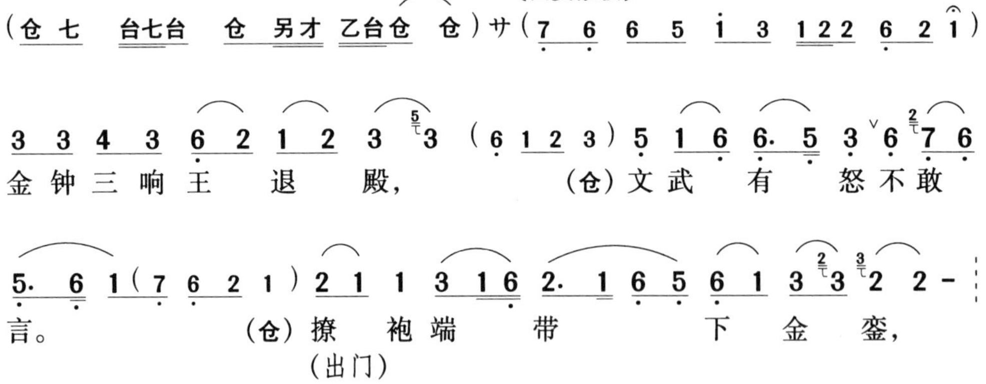

〔【撞金钟】陈平小圆场至“大边”台口；张苍执笏“上场门”上至“小边”台口。

〔西皮散板〕

陈　平

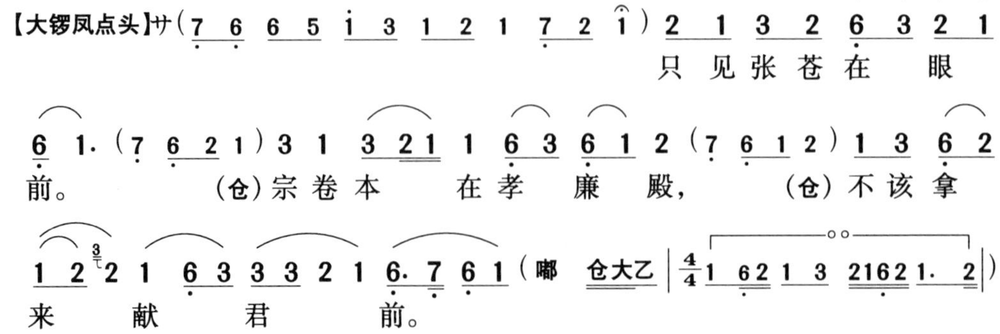

张　苍　国太要看哪。
陈　平　呀呸!

〔西皮散板〕

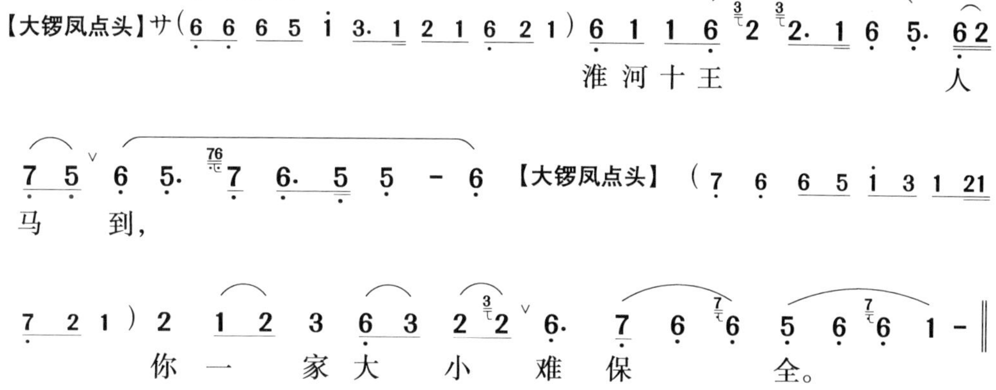

〔**【撞金钟】**陈平怒指张苍,抖袖,“下场门”下;张苍拱手低头,捋髯,目送陈平,惶悚不安,抖袖。

〔西皮散板〕

张　苍

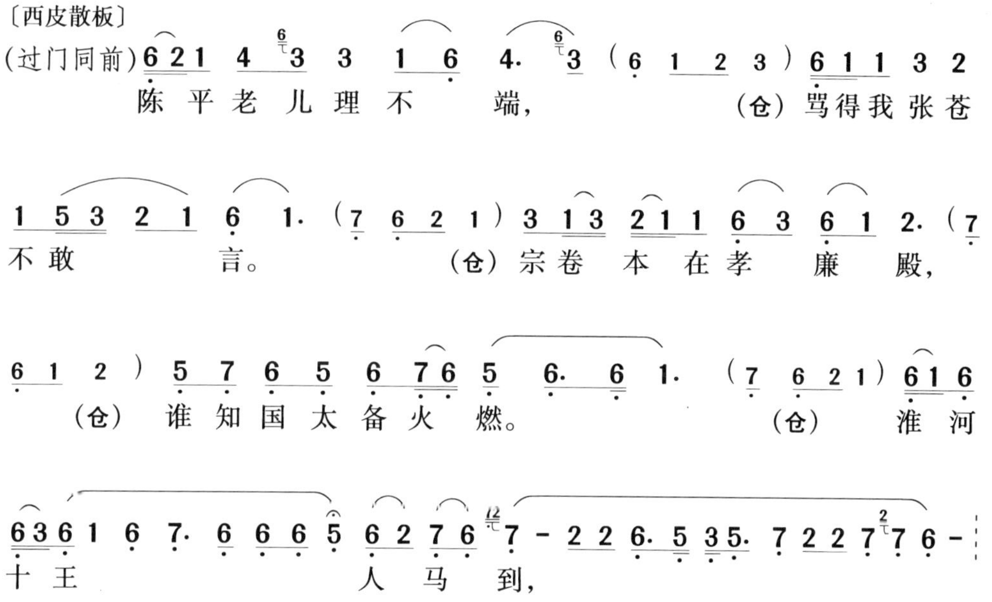

(**【撞金钟】**至“下场门”台口,抖袖)

〔西皮散板〕

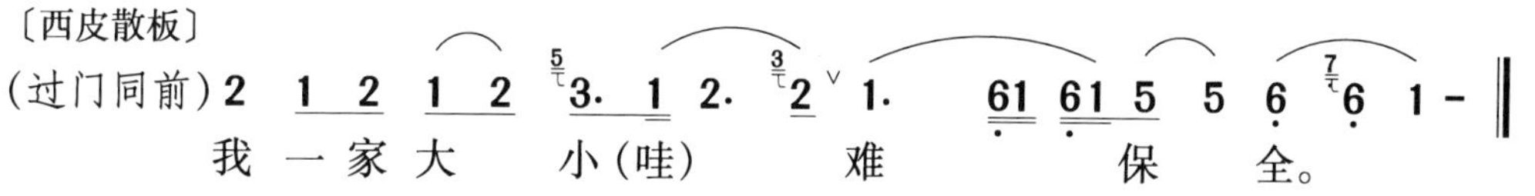

〔**【大锣打下】**张苍“下场门”下。锣鼓转**【撤锣】**。

第　二　场

〔**【小锣抽头】**田子春执云帚上,至“九龙口”。

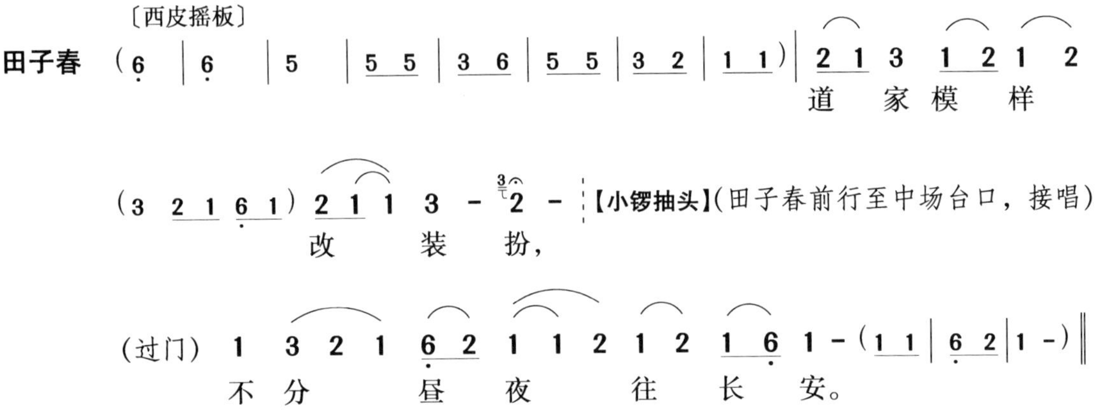

下官田子春，奉了幼王之命去至长安盗取皇家宗卷，就此前往。

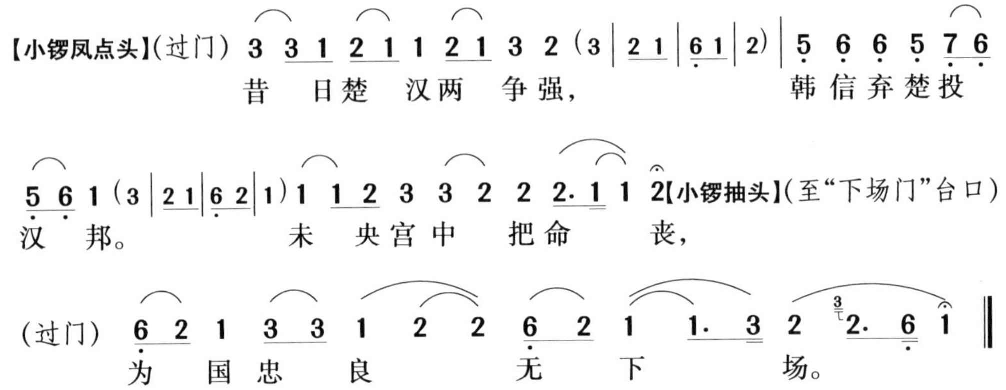

〔【小锣打下】田子春"下场门"下。

第三场

〔设堂桌，外场椅。唢呐奏<六幺令>曲牌，四青袍上站"一条鞭"，陈平上至台口下轿。家院"下场门"上迎接。四青袍"挖门"，"合龙"。陈平、家院进门下，更衣，复上。四青袍转身反下。陈平坐外场椅、家院站"大边"。

陈　平　老夫陈平。今日早朝国太将宗卷焚化，莫非淮河有人前来盗卷？我不免八卦详查。来，香案伺候。

〔胡琴<小开门>台前方设桌椅，文房、卦盒。陈入座，摇盒，打开看，用笔记，连做三次。

陈　平　十字口中吞，了字加一横，三人共一日，凑成田子春。嗯，昔日老王驾前有一臣子名唤田子春，此人虽则年幼，颇有胆识，莫非此人前来盗卷不成？香案撤去。

〔<小开门>撤香案，陈坐外场椅[①]。（乐止）

---

① 此处过去由检场人摆设并撤去桌椅。可改为家院端出文房、卦盒放在书桌上，搬椅改内场椅。然后撤去文房、卦盒，改外场椅。或删去占卜情节，直接念："莫非淮河有人前来盗卷？哦，想起来了，老王驾前有一臣子名唤田子春，此人虽则年幼，颇有胆识，莫非此人前来盗卷不成？"

陈　平　唤夜不收进见。

〔【**小锣五击**】二夜不收上，一人提灯。

夜　甲　人平不语，

夜　乙　水平不流。

〔二人进门跪。

夜甲乙　参见相爷，有何差遣？

陈　平　命尔等去至十字街头，点起灯笼火把，高声喊叫，会犯夜的前来犯夜，不会犯夜不要错犯了夜，若是错犯了夜，先带去见都御史陈爷，然后送往有司衙门审问。

夜甲乙　启相爷，世间之上只有误犯夜哪有掌灯叫人犯夜之理，求相爷改差。

陈　平　嗯！相爷一言既出，驷马难追，还不下去。

〔陈平"下场门"下。家院拿锁链交夜不收甲。

家　院　还不快去。

〔家院下；夜不收甲、乙出门。

夜　甲　嘿，我说伙计。相爷是老糊涂啦，有这样拿犯夜的吗？

夜　乙　没法子，上边差遣,概不由己，咱们就照办吧。

夜　甲　走着。

〔夜不收甲、乙圆场至"大边"台口。

夜　甲　咱们言语一声吧。我说来人听着，会犯夜的前来犯夜，不会犯夜别误犯夜，要是误犯，先带去见都御史陈爷，然后送到有司衙门审问。犯夜的来呀！

〔【**小锣抽头**】田子春上。

〔西皮摇板〕

田子春　（过门）6 6 2 1 6 2 1 3 3 1 1 3 2（3 | 2 1 | 6 1 | 2）

行　来不　觉天　色　晚，

3 3 1 1 1 6 3 2 ³2 7 2 2 6 6 7 6 1 1 ‖【**收头**】(站"小边")

清　清冷　冷　到　长　安。

夜　甲　会犯夜的前来犯夜，不会犯夜的别误犯夜，误犯了夜先带去见都御史陈爷，然后送到有司衙门审问。犯夜的来呀！

田子春　呜呼呀！【**小锣一击**】世上只有误犯夜，哪有掌灯叫人犯夜之理，这，嗯，莫非是陈平老儿之计？

夜　乙　犯夜的人，先见都御史陈爷。再送有司衙门审问哪！

田子春　我不免趁此机会将计就计，也好见那老儿。

夜　乙　犯夜的来呀。

田子春　二位。

夜　乙　干什么？

田子春　我是远方来的，一无亲友，二无宿处，来此犯夜。

夜甲乙　好，跟我们去见都御史。

田子春　我来问你都御史是哪个？

夜　甲　就是我们陈老相爷。

田子春 敢是陈平?

夜　乙 我打你的嘴。

田子春 慢来，慢来，我是你家相爷的外甥。

夜　甲 甭管他，带他交差。

〖**【小锣原场】**夜甲给田子春带锁链，三人走圆场至“小边”。

夜　甲 请爷。

〖家院“下场门”上，出门。

家　院 何事?

夜甲乙 我们拿住犯夜的了。

家　院 候着。有请相爷。

〖**【小锣五击】**陈平“下场门”上。

陈　平 只为火焚宗卷事，老夫日夜费心机。何事?

家　院 拿住犯夜之人。

陈　平 传。（坐“小座”）

家　院 丞相呼唤。

夜　甲 我先去，你看着人。（进门，跪）启相爷，小的我拿住犯夜的了。

陈　平 好，来看赏。

〖家院拿银锭赏夜甲。

夜　甲 谢相爷。

陈　平 带犯夜人。

夜　甲 是。（出门）嘿，捞了一份。

夜　乙 我也来一份。（进门，跪）启禀相爷，小的我也拿住犯夜的了。

陈　平 好，也看赏。

〖家院拿银锭赏夜乙。

夜　乙 谢相爷。

陈　平 带犯夜人。

夜　乙 是。（出门）你瞧，我也来了一份。

夜　甲 我再来他一份。

夜　乙 别蒙事去了，招人生气。

夜　甲 相爷好脾气。（进门，跪）启禀相爷，小的我还拿了一个犯夜的，他蒙事，说是相爷的外甥，我打他一个嘴巴，他还踹了他一脚。

陈　平 哼，相爷的外甥也是尔等打的么。来，将他二人的赏银都与我追了回来。下去。

〖家院追回二人的银子。夜甲、乙出门。

夜　甲 讨哇。

夜　乙 要哇。

夜　甲 打呀。

夜　乙 闹哇。

夜　甲 都搭进去了吧!

夜　乙 还招事吗?

夜　甲 别干了，走吧!

〔夜甲、乙下。【小锣二击】

陈　平　带犯夜人。

家　院　犯夜人进见。

〔田子春进门。站“小边”口，家院取下锁链，下。（大　大　大大乙　台）陈平站立。

陈　平　待我来看看哪个大胆，竟敢冒称老夫的外甥。（站“大边”）

田子春　好醉呀好醉！（大　0　台）

陈　平　呵，我看此人毫无醉意，为何声称好醉，这，莫非他就是那田！待我冒叫他一声，那旁敢是田？

田子春　那旁敢是陈？

陈　平　田大人。

田子春　陈相爷。

陈　平　请坐。

田子春　有座。

〔陈让田坐“大边”，陈坐“小边”。（台．大　台）

陈　平　田大人，你为何自称老夫的外甥？

田子春　若不如此焉能与相爷相见。

陈　平　是是是，请问大人来到长安有何贵干？

田子春　奉了幼主之命前来盗取宗卷。

陈　平　大人你来迟了。

田子春　何言来迟？

陈　平　今日早朝金殿之上国太用火焚化了。

田子春　不好了！（【撞金钟】站立，至台口）

〔西皮散板〕

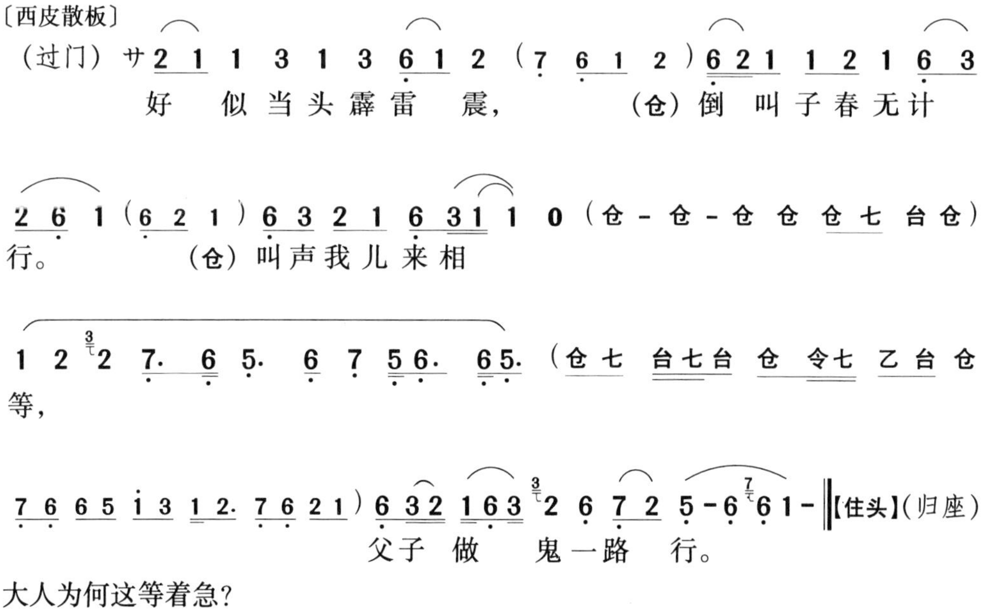

陈　平　大人为何这等着急？

田子春　相爷有所不知，幼主言道，若无宗卷，就将我父子一同斩首。

陈　平　大人就该回转淮河，搭救令郎才是。

田子春　呃呃，我是不回去的了。

陈　平　你不回去，在何处安身哪？

田子春　哼哼，我就住在你的府中。

陈　平　国太知道那还了得。

田子春　不妨，我就说你请我来的。

陈　平　呸！你是犯了我的夜。

田子春　呀呸！世间之上只有误犯夜，那有点起灯火叫人犯夜之理？陈平啊陈平，限你三日有了宗卷便罢，若无宗卷，淮河兴兵把你全家诛戮。

陈　平　大人不必如此，请至书房歇息。

田子春　你不请我我不来（或“天堂有路我不走”）。

陈　平　自投罗网怨谁来（或“地狱无门闯进来”）？

田子春　根深哪怕狂风摆。

陈　平　准备棺材将你埋。

田子春　你埋哪个？

陈　平　不是你还有哪个？

田子春　陈平啊陈平，三日之后若无宗卷，你要打点了，你要仔细了！

陈　平　哦哦，请至书房，请至书房。

田子春　哼！

〔田子春下。**【小锣二击】**家院上。

陈　平　哎呀呀，哪里是他犯了我的夜，到是我犯了他的夜，哎呀这这这，嗨，我临死也要拉上一个垫背的，来，拿我名帖去请张苍张大人夤夜过府饮宴，快去。

家　院　遵命。（接帖下）

陈　平　哎，若能留得宗卷在，也免老夫挂心怀。哎！

〔**【小锣打下】**陈平“下场门”下。

第　四　场

〔**【小锣抽头】**家院掌灯笼引张苍上，至中间台口。

〔西皮摇板〕

张　苍　（过门）6 5 3 0 3 1 2 4 4 3 6 2 1 1 2 3（4 6 | 3 2 | 1 2 |

正　在　府　中　愁　闷　怀，

3）6 2 1 1 1 6 6 3 2 1 3 2 1 1 1（1 1 | 6 2 | 1）‖

陈　平　有　帖　请　我　来。

下官张苍。陈平有柬帖相邀，请我夤夜过府饮宴，却是为何？我二人虽是一殿为臣，却素无来往啊。哦，是了，想是今日早朝，言语之间冲撞于我，请我过府与我赔礼也是有的。哎呀呀，老相爷呀，你我俱是炎汉忠良，哪个还怪你不成，你这是何苦哇！

〔摇板〕

张　苍【小锣凤点头】(过门) 3 6 1 2 1 3 3 1 1 6 3 2 -

家　院　掌　灯　把　路　(哇) 带，

〔【小锣抽头】家院引张苍至“下场门”台口。

〔摇板〕

(过门) 6 3 2 1 6 3 2 6 3 3 21 5 5 6 1

见　了　相　爷　说　开　怀。

〔【小锣抽头】家院引张苍下。

第五场

〔设堂桌、二椅。【小锣抽头】陈平拿书上，至中间台口。

〔西皮摇板〕

陈　平 (过门) 6 2 1 1 6 1 3 6 3 2 1 2 2 6 1 1 1 2 3 5

淮　河　来　了田　子　春，倒　叫老　夫

2 1 1 6 1 0 1 1 2 3 3 2 2 1 1 3 2 1 2 2 2

心　内　惊。将　身　且　坐二　堂　等，等

1 2 3 3 2 1 2 2 0 6 2 7 6 6. 7 6 1 -

候　张　苍　到　来　临。

〔【小锣抽头】陈平坐“大边”看书；家院掌灯笼引张苍上，至“小边”台口。

〔西皮流水板〕

张　苍 (过门) 1/4 3 3 | 6 | 6 31 | 6 1 | 3 5 | 6 1 | 2 | 2 1 |

可　恨　吕　后　心　太　狠，火

6 1 | 3 3 | 6 1 | 6 1 | 6 6 | 1 | 0 3 | 3 6 | 1 2 |

焚　宗　卷　谋　乾　坤。家　院　掌

3 | 3 6 | 1 3 | 2 | 2 1 | 2 5 | 3 2 | 2 1 |

灯　把　路　引，不　觉　来

慢收

1 | 1 6 | 6. 1 | 3 3 | 2. 1 | 1 | (2 1 | 7 2 | 1) ||

到　相　府　门　(哪)。(边唱边走小圆场)

你在府门稍待片刻，待我进府略饮几杯就要回去。

家　院　您可悠着点。

张　苍　晓得。

〔西皮摇板〕

【小锣凤点头】(过门) 3 2 2 3 3 3 2 1 2 1 6 1 6 1 2 2 (大大 大大 乙大 大 台)

张　苍撩衣　进府　门，

〔张苍边唱边“挖门”至“小边”台口往里一望，家院“上场门”下。陈平放下书，在张苍唱当中饮酒。

〔西皮流水板〕

张　苍　【小锣凤点头】(过门) 1/4 6. 1 | 6 | 0 3 | 2 1 | 1 | 6. 1 | 6 | 0 5 |

静　静　悄　悄无　一　人。　来

6 5 | 3 6 | 5 | 5 6 | 6 3 | 2 | 0 1 | 1 2 | 3 | 3 21 |

至在二　堂　来　观　定，　陈　平　一

1 | 6 | 6 1 | 3 | 2 | 1 | (2 1 | 7 2 | 1) ‖

人　饮　杯　巡。

陈相爷请我过府饮宴，怎么他自斟自饮起来了？哦哦是了，想是他等我不及，酒兴发作，先行自饮几杯，等我到来再大排筵宴，也是有的。我不免痰嗽一声，他必然下位迎接于我。嗯喷！（台）呵，来了。

〔陈平站立，出门，站“大边”，边唱边向外跪拜,张苍随之跪拜。

〔西皮流水板〕

陈　平　【小锣凤点头】(过门) 6 2 | 1 | 0 6 | 6 3 | 6 7 | 6 1 | 2 | 0 1 |

陈　平　撩　衣来　下　拜，　过

6 5 | 3 6 | 5 6 | 5 6 | 1 2 | 6 | 0 5 | 6 1 | 6 5 | 5 |

往　神　祇　听　开　怀。　我若　有　意

0 1 | 6 1 | 2 | 2 1 | 1 5 | 3 5 | 6 2 | 0 3 | 5 6 | 1 |

来降　吕，　天　地　与　我　降　祸　灾。

0 1 | 6 1 | 6 | 0 3 | 3 3 | 2 | 0 1 | 1 6 | 3 3 | 2 1 |

叩　罢　头　深　深　拜，　我　看张

2 | 2 | 6 | 7 6 | 5 | 6 6 | 1 | (2 1 | 7 2 | 1) ‖

苍　怎　起　来。

〔陈平唱末句前站起来，用手横指张苍，张跪坐，陈进门坐下饮酒。

盗宗卷

张　苍　嘿嘿！(站立)我道他下位迎接于我，原来他表起他的忠心来了。陈平啊陈平，你是炎汉忠良，我张苍就不是炎汉忠良了么？你表得我也表得，要表我们大家表上一表。

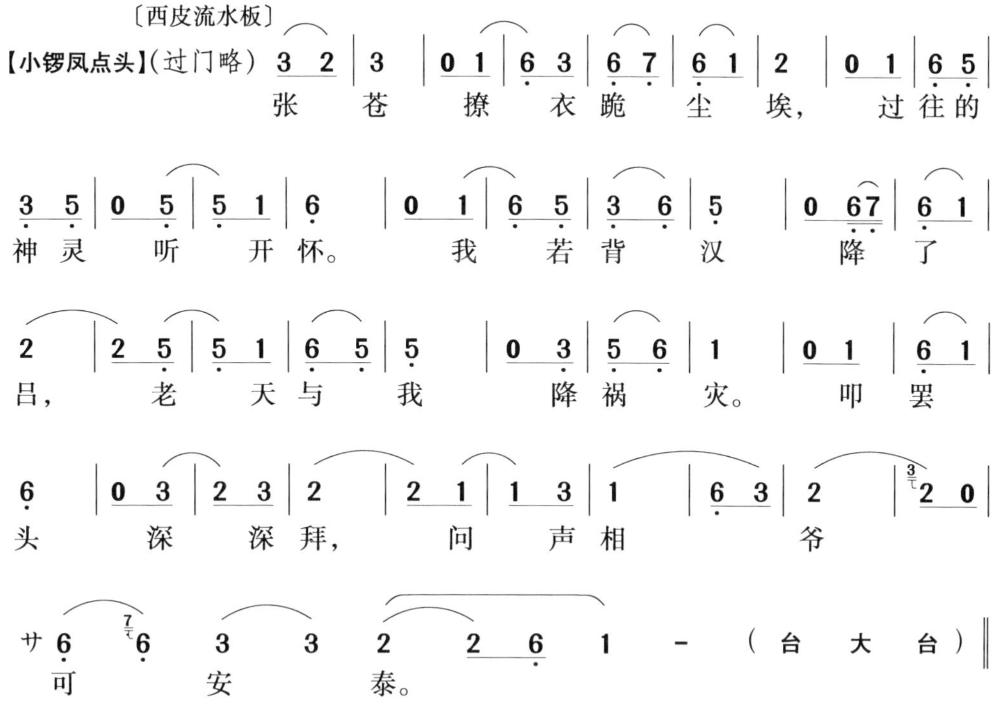

〔张苍边唱边向外跪拜，唱罢进门站“小边”，陈站立于“大边”。

张　苍　参见相爷。

陈　平　原来是张大人。哦，夤夜来到敝衙，敢是要查老夫的弊病不成？

张　苍　慢来慢来，老相爷柬帖相邀，夤夜请我过府饮宴，何言“弊病”二字。

陈　平　哎呀，有这等事？不是张大人提起，我倒忘怀了。

张　苍　你看你看，有这样请客的吗？

陈　平　备席不及，来来来，这有残酒拿去饮来。

〔陈平拿酒泼张苍脸上，**【乱锤】**张双袖擦脸，撩袖起。

张　苍　**【叫头】**老相爷！这酒吃与不吃，不关紧要，为何将酒泼在下官脸上？（**嘟仓**）

陈　平　我这酒，你吃它不得。

张　苍　哪个吃得？

陈　平　炎汉忠良方能吃得。

张　苍　难道说我张苍就不是炎汉忠良么？

陈　平　我来问你，你身居何职？

张　苍　西台御史。

陈　平　掌管何事？

张　苍　皇家宗卷。

陈　平　拿来。

张　苍　什么？

陈　平　宗卷哪。

张　苍　哎呀相爷呀！**【大锣五击】**今日早朝宗卷被国太用火焚化，还是老相爷你保的本呢。

陈　平　住了！【五锤】张苍啊张苍，限你三天有了宗卷便罢，不然就将你全家诛戮。

张　苍　哎呀！（嘟 仓）（抖袖，颤抖，退步，惊恐，站立不稳）

〔西皮小导板〕

【大锣导板头】 サ（6 6 6 5 i i 3 3 1 2 1 6 2 i）4 3 3 6·2 1

听一言吓得

3 1 2 2 2 1（7 6 2 1）3 2 1 6 0 6 2 1 4 6 3 3 2·（仓）

我　三魂不在，

陈　平　嘟！此地什么所在？

张　苍　乃是堂堂相府。

陈　平　既知堂堂相府，为何这等喧嚣？来人与我轰，（【冲头】陈平投左袖，左转身往里翻，张苍同时躬揖，右转身往里翻）与我赶，（【冲头】陈平投右袖，右转身往外翻，张苍同时躬揖，左转身往外翻）轰、赶、轰，（嘟 － 八大仓）（陈平冲“小边”台口向上右撩袖，向上左撩袖，向外平出双投袖，张苍同时面向“大边”台口退步躬揖，二人一亮）轰了出去！（陈平“下场门”下）

张　苍　哎呀！

〔【纽丝】张苍摸门，出门。家院提灯“上场门”暗上。

〔西皮散板〕

张　苍　（过门同前）サ1·3 2·1 1 2 1·5 3·2 2·3 2 1 6 6·5 3·5 1·2 3·5 3 2 1 6 1〔行弦〕

黑洞洞摸出了（哇）相府门来。

家院，家院，好奴才！

〔家院坐“小边”台口睡觉，张苍把他拍醒，【三锣】家院站立。

家　院　散席啦？

张　苍　回去。

〔【扫头】家院搀张苍圆场，张撩右袖推家院“下场门”下，自己进门，站中间台口。

张　苍　【叫头】哎呀且住！陈平老儿哪里是请我进府饮宴，他限我三日，有了宗卷便罢，不然就要将我全家诛戮。【叫头】也罢！我不免拜谢先王爵禄之恩，寻个自尽了罢。

〔西皮散板〕

【纽丝】（过门同前）サ4 3 2 3 3·4 3 1 6 5 1·2 3（6 1 2 3）3·6 5 6

张苍撩衣　跪埃尘，（仓）拜谢

（跪）　（拜）

1 1 5 5 5 6 1（7 6 2 1）1 2 3 3 2·1 6 5 6 2 1·6 3 3 2

先王爵禄恩。（仓）一把钢刀　拿在手，

（站立，右手在桌上拿单刀，仍回台口缓刀一看）

〔左手推刀柄，将刀扔在“小边”台口，【大锣凤点头】左转身站“大边”稍里边，左袖翻起盖头，右手指刀，抬右腿，左腿单腿立。①

张　苍　（过门）0 3 3 3 5 6 6 3 4 3 2· 3 5 5 6 1 5 6 6· 5 5 （7
这白亮亮钢刀

6 2 1 ）6 2 7· 6 5 6 1 6 7 6 1 1 〔行弦〕夹白：
吓煞人。（走向"上场门"台口）

啊夫人，下官在此自刎，你要劝一劝哪，拉一拉呀，唉！

【大锣凤点头】（过门）2 1 2 1 1 2 3 5 1 2 1· 4· 6 3 3 3 2 〔行弦〕夹白：
我这里十叫九不应，（呐）（边唱边走到"下场门"台口）

秀玉儿，为父的在此寻死，你要劝一劝啊，拉一拉呀，唉！

【大锣凤点头】（过门）5 3 5 3· 6 5 5 6 7 6 1 （7 6· 2 1 ）罢！
秀玉儿一旁不作声。（仓）

【大锣凤点头】（过门）2 2 1 2 3 2 6 1 3 2 （嘟～～～～）
咬定牙关项上刎，（拾刀站中间台口自刎）

〔夫人"上场门"上，夺刀。

夫　人　**【大锣凤点头】**（过门）3 2 1 1 1 3 2 6 3 2 1 1
老爷自刎为何情？

〔夫人将刀放桌上，站"小边"，张苍站"大边"。

张　苍　**【叫头】**哎呀夫人哪！陈平老儿限我三天，有了宗卷便罢，如若不然要将我全家诛戮哇。（哭，拭泪）

夫　人　不好了！

〔西皮散板〕

【大锣凤点头】（过门同前）3 2 2 1 1 0 2 1 2（7 6 1 2）3 6 2 1 6 1 1 2 3· 5 2 6 1 1 -
心中只把陈平恨，（仓）因何谋害我满门。

〔**【小锣抽头】**夫人坐"小边"，张苍坐"大边"八字椅；张秀玉"上场门"上。

〔摇板〕

张秀玉　（过门）3 6 5 7 6 6 5 7 6（6 5 3 5 6）1· 5 6 6 5 6 6 5（5 5 3 6 5）
正在书房看经纶，忽听前堂放悲声。（进门站左边）

张秀玉　参见爹爹。（作揖）

张　苍　儿是秀玉？

张秀玉　正是。

张　苍　儿来了？

---

① 此处的身段一般都是这样做，但也可以不抬右腿，而用右脚尖点地，其他部位姿势不变。余叔岩曾用过这个身段，也很好看。

张秀玉 来了。

张　苍 儿来得好哇…… （哭，拭泪）

张秀玉 爹爹为何如此？

张　苍 小小年纪懂得什么，快快攻书去吧。

张秀玉 有何大事，孩儿愿为爹爹分忧解愁。

夫　人 是呀，老爷说将出来，我儿与你分忧解愁。

张　苍 哦，讲得的？

夫　人 讲得的。

张　苍 陈平老儿请我过府饮宴，他限我三天，有了皇家宗卷便罢，若无宗卷就要将我全家诛戮。（哭，拭泪）

张秀玉 哦，我当什么大事，原来是一桩小事。

张　苍 啊！（台）小事，儿近前来，好奴才。

〔张苍打秀玉嘴巴，秀玉出门"下场门"下；张苍拿刀追，夫人拉回，放下刀，坐下。

张　苍 小事！哼，有这样的小事？

〔**【小锣抽头】**秀玉"下场门"拿宗卷上。

〔西皮摇板〕

张秀玉 （过门同前）3 6 5 7 6 7 6 3 5 6（6 5 3 5 6 5）3 6 5 6 6 5 5 6 6 5（5 5 3 6 5）‖

汉　宝宗卷手捧　定，　上　前交与老　爹　尊。

（进门，站"大边"）

张　苍 啊夫人，眼看大祸临门，这奴才还说是小事，有这样的小事吗？

〔张苍摊手，秀玉把宗卷放在张苍左手上，张苍猛然一看。

张　苍 哈……（台）夫人，这个奴才被我吓糊涂了，拿本古书前来，搪塞老夫来了。

张秀玉 宗卷也罢，古书也罢，要看个明白。

夫　人 是呀，要看个明白。

张　苍 哦，要看个明白，如此我就看、看、看哪！（站立）

〔西皮流水板〕

【小锣凤点头】 （过门）1/4 6 3 | 2 1 | 6 | 0 6 | 6 3 | 6 1 | 6 1 | 2 | 0 5 | 5 6 |

这　奴　才　被　我吓　懵　懂，　拿　本

7 6 | 7 2 | 7 6 | 5 6 | 1 | 0 1 | 1 3 | 2 1 | 1 | 6 1 | 6 1 |

古　书　当　卷　宗。　是　与不　是　从　头

2 | 2 3 | 3 1 2 | 3 3 | 2 1 | 1 | 6 0 | 6 | 3 | 2. 1 | 1 ‖

看，　夫　人　与　我　掌　灯　红。

〔**【小锣导板头】**中张苍拿卷站中间展卷看①，夫人掌灯站"小边"、秀玉站"大边"。

---

① 看宗卷不能像看书一样卷起来看，应该平托，平掀，以示庄重。宗卷比一般的书又大又厚。以下陈平、田子春看宗卷均如是。

盗宗卷

〔西皮小导板〕

张　苍　（过门略）サ4　3 5　1. 2　1 2　2　6. 2　1 1　4　4. 6　3（仓大0）〔行弦〕

初起　义　来　在　沛　丰。

啊夫人，我在此做甚哪？

夫　人　在此看卷哪。

张　苍　只恐不是看卷吧！

夫　人　是做什么？

张　苍　是做梦吧。

夫　人　你看满天星斗，怎说是做梦。

张　苍　不是做梦，夫人掌灯。夫人你将灯掌高些。（夫人高举）太高了，要矮一些。（夫人低举）又太矮了。

夫　人　高又高了，矮又矮了，是要怎样举法呢？

张　苍　夫人，掌灯是要齐眉的呀。（夫人将灯对张眉毛）呃，烧了眉毛了。儿呀，将灯接了过来。（秀玉掌灯，随张苍看卷高起低落）啊夫人，你看，你我的儿子掌灯比你强得多呀！

〔西皮快板〕

【大锣紧锤】（过门略）$\frac{1}{4}$ 2 5 | 3 5 | 0 2 | 2 1 | 6 7 | 6 2 | 1 | 0 1 |

剑　斩　白　蛇　路　途　中。第

6 1 | 6 | 0 61 | 3 | 2 | 0 1 | 6 1 | 6 3 | 6 1 | 6 1 |

一　排　汉　高　祖，第　二　排　吕　正

1 | 0 3 | 2 1 | 6 1 | 6 1 | 6 1 | 6 1 | 2 | 0 3 | 3 2 |

宫。三　宫　六　院　有　牌　供，关　东

6 1 | 6 3 | 6 1 | 6 1 | 1 | 0 3 | 2 1 | 6 1 | 6 1 | 6 1 |

十　王　一　派　宗。宗　卷　看　到　第

3 | 2 | 6 5 | 3 | 3 | 2 1 | 6 | 6 1 | 2 2 | 1 ‖**【大锣长丝头】**

七　册，幼　主　本　是　赵　妃　生。

（仓　仓　仓）

〔张苍、夫人归座，张苍将宗卷放在左袖内。

张　苍　儿啊，这部宗卷是哪里来的？

张秀玉　爹爹在癸未年间染病在床，命孩儿代守宗卷，孩儿看到第七册第七篇，见襄宫赵娘娘死得好惨，犹恐日后有变，为此将宗卷抄写一部以防后患。

张　苍　只是一件不应典。

张秀玉　哪一件？

张　苍　这皇王御玺是哪里来的？

张秀玉　是孩儿用黄蜡雕成御玺，真的上面原有一颗，假的上面打上一颗，与他个真假难辨。

张　苍　国太用火焚化的呢？

张秀玉　乃是假的。

张　苍　这是历代的老宗卷？

张秀玉　这是历代的老宗卷。

张　苍　老谱头？

张秀玉　老谱头。

张　苍　啊，哈……。夫人，像这样的儿子你为何不与我多养上几个哇？

夫　人　取笑了。

张　苍　取笑了！

夫　人　老爷，有了宗卷还怕他何来？

张　苍　是啊，有了宗卷还怕他何来！我要去至相府与那陈平老儿大闹一场啊！

〔西皮摇板〕

【小锣凤点头】（过门同前）1 2 1　3　2 1　1　1　2 1　6̣　1　^{3}2〔行弦〕

辞　别　夫　人　出　府　门，

〔张苍出门，家院“下场门”暗上至台口。

张　苍　宗卷呢？

家　院　回去找。

〔张苍进门找卷，家院随张进门找卷，夫人在桌椅前后找，秀玉在台口左右找，指张苍手中的宗卷，张一看大笑，示意出门。**【扫头】**家院先下，张苍至“下场门”台口翻右袖盖头下。夫人，秀玉出门一望，再进门。

〔西皮散板〕

夫　人　**【纽丝】**（过门同前）サ 6̣2 1　2 1 1　3　2　2（仓）6̣.　2　1　6̣　3　2　7̣　2　5̣　6̣　1 ‖

一　见　老　爷　出　府　门，　稳　坐　内　衙　等　信　音。

〔**【大锣打下】**夫人、秀玉同下。

第　六　场

〔**【大锣导板头】**张苍内唱。

〔西皮导板〕

（过门）サ 4　3　3　4.　6　3　1.　2　3　^{5}3　2　1　（7̣　6̣　2　1）

家　院　掌　灯

1 2.5　3 1 2　2　2　2.1 6̣　1.　2　3　2　2.　3　4　4.　6　3　^{5}3　^{2}3　2 -

把　路　引，（呐）

〔张苍内唱“家院掌灯”后，**【乱锤】**家院提灯引张苍上，在唱“把路引”当中走圆场，唱完，家院头朝“下场门”摔倒，横卧台中，将张苍绊倒，张苍头向“大边”台口扑出去，卧地，宗卷扔到“大边”台口，二人起身找卷。

张　苍　哎呀，宗卷呢？

家　院　找哪！

〔【乱锤】家院提灯领张苍走“太极图”，家院到“大边”照见宗卷，张苍从“九龙口”向“大边”台口蹉步，拾卷，掸三下。锣鼓转【纽丝】家院领张苍走圆场，到“小边”台口，张示意家院“上场门”下，张进门挖到“大边”。

〔西皮散板〕

张　苍　（过门同前）6 2 1　3 2 1　6 3　2 1 6　1（7　6 2 1）4 3 5 1 2 2
有了宗卷怕何人。（仓）小首不坐

1 2 0　3 2　3　5　2　3 2 1　2 －【大锣凤点头】（坐“大边”虎头椅）
大首坐，

1 2 1　2 1 5　3 2 2　2 3　2 1　1 6 5　1 －【大锣住头】
问我一言（呐）答一声。

〔陈平“上场门”上，至“小边”台口。张苍坐，把宗卷放在背后。

陈　平　那张苍回府衙去，哪里去寻宗卷哪，他不是仰药伏刀，定是投井悬梁，他是不能来的了！啊……（突然一看）他倒先来了。啊，张苍你来了。

张　苍　我早就来了。

陈　平　张苍，你怎么连品级台位都不顾了？

张　苍　太平年间有个品级台位，这离乱年间还讲什么品级台位，这个座位你张大人坐坐何妨啊？

陈　平　好好好，我也不计较与你，拿来。

张　苍　什么？

陈　平　宗卷哪。

张　苍　呃，你要几十部哇？

陈　平　呃，一部可也就够了。

张　苍　嗯，拿去看来！

〔张苍从袖内拿出宗卷递给陈平，陈接卷一看，笑（台）。

陈　平　哎呀呀，这个老儿倒底是吓糊涂了，拿本古书搪塞老夫来了。

张　苍　是与不是你倒要看个明白。

陈　平　我倒要仔细看上一看。（坐“小边”椅，灯下看卷）“初起义来在沛丰”，（站立）哎呀张大人，这是宗卷呀！

张　苍　这不是宗卷哪？

陈　平　是什么？

张　苍　乃是卷宗。（右手画圈，往上一指）

陈　平　啊！取笑了，有了宗卷请来上座。

张　苍　呃，老相爷的座位是有品级台位的呀。

陈　平　有了宗卷就无有品级台位了，请坐请坐。

〔张苍将椅搬回，坐“大边”，陈平坐“小边”。**（台大台）**

陈　平　啊，张大人，这部宗卷是哪里来的？

张　苍　相爷哪里知道，下官在癸未年间染病在床，命小儿秀玉代守宗卷，是他看到第七部第七篇，襄宫娘娘死得好惨，犹恐日后有变，为此抄写一部以防后患。

陈　平　只有一桩不应典。

张　苍　哪一件不应典？

陈　平　这皇家的御玺是哪里来的？

张　苍　也是我儿一时聪明，用黄蜡雕成御玺，真的上面原有一颗，假的上面打上它一颗，与他个真假难辨。

陈　平　金殿之上用火焚化的？

张　苍　乃是假的。

陈　平　这呢？

张　苍　乃是历代历代的老宗卷。

陈　平　哦，老宗卷。

张　苍　老谱头。

陈　平　老谱头。

张　苍
陈　平　啊，哈……（同笑）**（台）**

陈　平　张大人，令郎今年多大年纪了？

张　苍　我的儿子今年他一十七岁了。

陈　平　哎呀！一十七岁就是如此的聪明，日后定是出将入相之才。

张　苍　我那儿子呀，日后可有相爷你（指陈），这个份位？

〔**【一小锣】**陈平站立，向外“背供”。

陈　平　呜呼呀！我不过是奉承他几句，他倒冒起高来了，待我来要上他一要。啊，张苍，你好哇？

张　苍　我是怎的不好哇？

陈　平　你好？

张　苍　我好。

陈　平　你好大的胆量啊！

张　苍　啊？

陈　平　你过来。

张　苍　做什么！（站立）

陈　平　你父子私抄皇家宗卷。

张　苍　不曾。

陈　平　假造皇王御玺。

张　苍　无有。

陈　平　分明有谋篡国太江山之意。

张　苍　噤声。**（台）**

陈　平　走走走！

张　苍　哪里去？

〔陈右手拉张右手，陈左袖搭在张右手里侧，张左手摇手阻止。

陈　平　面见国太辩理。

张　苍　慢来慢来，我有策悔呀！

陈　平　我看你的策悔，我看你冒高不冒高！

〔陈平放开张苍，搬椅坐“小边”台上；张苍站“大边”。

张　苍　唉，有了宗卷也就无有事了，我与他冒的什么高，你看你看，冒出祸来了。这……，也罢，上前陪个笑脸也就拉倒了，哈……，老相爷，方才是下官的不是，我这厢陪礼了！（一揖）

陈　平　嘟！你父子私抄皇家宗卷。

张　苍　不曾。

陈　平　假造皇王御玺。

张　苍　无有。

陈　平　有谋篡国太江山之意。

张　苍　噤声。（台）

陈　平　难道说作个揖就罢了不成么？走走走，面见国太！（拉张苍）

张　苍　呃，去不得！我还有大大的策悔呀！

陈　平　我看你这大大的策悔。（仍坐“小边”虎头椅）

张　苍　哎呀呀，这个老儿分明要我与他下一全礼，我们俱是炎汉忠良，下一全礼又有何妨。啊老相爷，下官得罪老相爷，我这厢跪下了！（跪）

陈　平　跪在老夫面前作甚哪？

张　苍　与老相爷赔礼来了。

陈　平　你怕我不怕？

张　苍　我怕了老相爷了。

陈　平　你服我不服？

张　苍　服了老相爷了。

陈　平　即然如此，恕你无罪。

张　苍　多谢老相爷。（大 0）

陈　平　起来。

张　苍　是。（将要站起）

陈　平　（假意地）哼！（鼓点声）

〔张苍又跪，陈平扶起张苍。

陈　平　大人请起。

张　苍　老相爷这是何意呀？

陈　平　老夫与你作要呢？

张　苍　要出汗来了。（用手指在额头上拭汗。陈平一旁作暗笑【小锣一击】）

陈　平　有了宗卷，张大人回衙理事。

张　苍　遵命，告辞。（一揖，出门）

陈　平　奉送。

〔西皮摇板〕

张　苍　【小锣凤点头】(过门同前) 1 2 2 1 1 2 1 2 ˇ 1 1 2 1 6 1 2〔行弦〕

辞　别相　爷　出　府　门，

〔陈平坐“小边”椅；张苍出门站“大边”台口。

张　苍　不对呀，想这宗卷乃是我西台御史掌管，他苦苦索要却是为何？这……，莫非淮河有人前来盗卷不成？只是何人竟敢前来呢？哦，是了！昔日老王驾前有一臣子名唤田子春，此人虽则年幼，颇有胆识，莫非此人前来盗卷不成？陈平那陈平，若无此事便罢，若有此事，管教你原礼退回。（进门）

〔垛板〕

（台 大 台 台）1/4 6 2 | 1 | 1 | 6 3 | 2 |

再　把　相　爷

0 | 3 21 | 1 6 | 1 | (2 1 | 7 2 | 1) ‖

尊　一　声。

陈　平　张大人为何去而复返？

张　苍　非是下官去而复返，有一事不明，要在相爷台前请教哇。

陈　平　大人请讲。

张　苍　想皇家宗卷乃是下官掌管，相爷苦苦索要却是为何？

陈　平　这……

张　苍　莫非淮河有人前来盗卷？

陈　平　呃，无有哇。

张　苍　就是那田子春。

陈　平　噤声。（台）

张　苍　我连人都晓得了。

陈　平　无有此事。

张　苍　嘟！胆大陈平，私通淮河。

陈　平　不曾。

张　苍　隐藏奸细。

陈　平　无有哇。

张　苍　盗取皇家宗卷，有谋篡国太江山之意，走走走。

〔张苍拉陈平如上反方向。

陈　平　使不得。

张　苍　哈哈，陈平哪陈平，你犯在我的手内了。

陈　平　我也有策悔。

张　苍　我也看看你的策悔。

〔张搬椅坐“大边”台口。

陈　平　有了宗卷，平安无事，与他要的什么，要出祸来了，我与他赔个笑脸可也是了。哈……，张大人，俱是老夫的不是，我这厢与大人赔礼了。

张 苍 嘟！你私通淮河。（站立，拉住陈平）
陈 平 不曾。
张 苍 盗取宗卷。
陈 平 无有。
张 苍 谋篡国太江山，作个揖就算了吗？
陈 平 我也有大大的策悔呀！
［张苍放开陈平。
张 苍 我也看看你大大的策悔。（转向外，像是自语）作个揖就罢了不成，只怕是不够本呢。（坐）
陈 平 看他是叫我原礼退还，唉，俱是炎汉忠良，磕上一个头又待何妨？哈……，张大人哪，老朽的不是，我这里与张大人磕头赔礼了！
张 苍 （拿椅垫对着陈平拍拍土[①]，放下，坐下，搭左腿，昂头）下跪何人？
陈 平 陈平。
张 苍 跪在你张大人跟前作甚哪？
陈 平 与张大人赔罪来了。
张 苍 你怕我不怕？
陈 平 我怕了你了。
张 苍 服我不服？
陈 平 服了你了。
张 苍 看你偌大年纪，对着张大人的靴尖，磕上一个响头，饶恕与你。
陈 平 是是是。（磕头）
张 苍 起来。
陈 平 谢大人。
张 苍 哼！（大 0）
［陈平将要站起，又跪下，张苍搀起。
张 苍 相爷请起。
陈 平 你这是作甚哪？
张 苍 我也是作耍呢。
陈 平 哎呀，要出汗来了。（拭汗）
张 苍 可有此事？
陈 平 大人怎样知晓？
张 苍 被我糊里糊涂的蒙了出来。
陈 平 哎呀，倒被他蒙了去了。
张 苍 田大人在此何不请来相见。
陈 平 大人稍待。（出门）有请田大人。
［田子春“上场门”上。**【小锣二击】**
田子春 相爷何事？

---

① 余叔岩此处有拍垫子的动作，当时有人认为不好，俗气，说老谭没有这个动作。不过这个动作有喜剧效果，后人亦多采用。

陈　平　张大人请来相见。
田子春　待我来请教，张大人在哪里？
〔田、陈进门，田站中间，陈挖到“大边”，张过“小边”。
张　苍　拿奸细！拿奸细！
〔张指田，陈阻拦，**【冲头】**三人同时“一翻两翻”。
陈　平　这是为何？
张　苍　试试他的胆量如何？
陈　平　他的胆量是好的，请坐。
〔田坐中间“外场椅”，张坐“小边”跨椅，陈先拿宗卷交给田，再坐“大边”跨椅。
陈　平　宗卷在此。
田子春　宗卷已被吕后焚化，这是哪里来的？
陈　平　只因张大人在癸未年间染病在床，命公子秀玉代守宗卷，是他看到第七部第七篇见襄宫赵娘娘死得好惨，犹恐日后有变，为此抄写一部以防后患。
田子春　只是一桩不应典。
陈　平　哪一桩不应典。
田子春　皇王御玺哪里来的？
张　苍　也是我儿一时聪明，用黄蜡雕成御玺，真的上面原有一颗，假的上面也打上一颗，与他个真假难辨。
田子春　金殿上用火焚化的？
张　苍　乃是假的。
田子春　这呢？
张　苍　这是历代历代的老宗卷。
田子春　哦，老宗卷。
陈　平　老谱头。
田子春　老谱头。
〔三人同笑。**【小锣一击】**
田子春　张大人，令郎多大年纪？
张　苍　我那儿子啊，今年一十七岁了。
田子春　日后定是出将入相之才。
张　苍　嗯，我那个儿子呀，日后一定有他……（指陈）
陈　平　你又来了。
张　苍　取笑了。（台）
田子春　有了宗卷，事不宜迟，下官急转淮河，这有淮南王书信，日后发兵到来，还望二位大人作一内应。
陈　平
张　苍　（白）那个自然。
田子春　告辞了！

---

① 余叔岩后期唱此剧就不划拳了。

陈　平　奉送！

「唢呐奏<尾声前段>，田子春出门，至“下场门”台口，回身一拱手，“下场门”下；陈平、张苍出门送，陈外、张里，与田一拱手，转身进门，陈挖“大边”，张站小边。

张　苍　告辞。

陈　平　慢来，后堂有酒，大家吃个太平饮宴。

张　苍　到此就要叨扰。

陈　平　还要划拳[①]。

张　苍　七巧！

陈　平　八马！（用手比划，同笑）哈……！

「唢呐奏<尾声·合头>张苍在先，陈平在后“下场门”下。

——剧　终

杜　鹏　　　　　　　　整理

法场换子

余派剧目

《法场换子》一剧事见传奇小说《薛家将反唐全传》第十六回，又名《换金斗》。剧写薛丁山三子薛刚元宵节酒醉出府观灯，殴伤张天佑、天佐弟兄并惊吓了太子后逃出京城，武后传旨将薛门一家三百余口斩首。徐勣后人徐策不忍薛氏绝后，乃与妻商定舍子救孤乘法场祭奠之时，以己子金斗暗中调换薛猛之子薛蛟，携归抚养。

此剧只有两场，剧情也不复杂，却有极高的艺术价值，特点就在于徐策唱的两大段（实为三小段）格局的〔反二黄〕。这本是一出传统老戏，当年时慧宝、贾丽川、陈彦衡、贯大元、言菊朋以及富连成社的学生都擅唱此剧，戏路也基本一致。后经余叔岩精心设计，终成为余派的代表剧目之一。

1920年百代公司曾为余叔岩录过13面（6张半）唱片，鼓师是杭子和，琴师为李佩卿，其中有一面就是《法场换子》中的〔二黄三眼〕“恨薛刚小奴才不如禽兽”一段。彼时余叔岩31岁，正搭杨小楼的中兴社，与杨小楼、钱金福联袂唱《定军山》、《阳平关》、《连营寨》、《八大锤》等谭（鑫培）派戏的时期，这面唱片完全是宗谭的。

余叔岩喜欢徐策这个角色，他在嗓败不能登台时曾认真观摩过老谭的演出。1909年夏，“双国孝”（慈禧、光绪双亡）结束，余叔岩在丹桂园、庆乐园、庆升园、中和园等观摩老谭的《法场换子》、《战长沙》、《碰碑》、《空城计》、《朱砂痣》、《卖马》、《捉放曹》、《斩子》、《战太平》……凡是老谭演出余叔岩必到。余叔岩成名后就更想唱这出《法场换子》了，于是他托人找陈彦衡要本子。

陈彦衡是研究谭派声腔的专家，与余叔岩的岳父陈德霖交厚，老夫子曾带余叔岩去陈彦衡家学过《托兆碰碑》、《琼林宴》、《失空斩》这三出戏的唱腔。不想这次陈彦衡却放出话来：学一出戏得一百块大洋。余叔岩觉得很没面子，听说城北有位李吉甫老先生手中有本子，于是便用《焚绵山》的本子换来了《法场换子》的本子，并决心将这出戏搞成精品，留传后世。为强化唱腔，他跟岳父学了唱功极重的青衣戏《祭塔》，并将其中的一些唱腔加以演变，用到了《换子》中，如〔反二黄慢板〕“可怜她撇下十月怀胎”中的“十月怀胎”就是借荐了《祭塔》中“苦修炼自有出头”中“出头”两字的旋律。

为这出《法场换子》余叔岩可谓呕心沥血，直到他自己身旁的人满意为止。但是他的健康每况愈下，气虚力衰，难以驾驭这繁难的唱腔而未能登台演出。

值得庆幸的是余叔岩把这出《法场换子》亲传给了四个人。

第一位是孟小冬。这也是孟小冬跟余叔岩学的最后一出戏，她曾表示要在老师六十大寿时露演此剧，不幸的是余叔岩在53岁便驾鹤西去，故孟小冬终生不唱此剧。

第二位是李适可。李适可学此戏时曾向叔岩承诺“你在时，我不教不唱”。余叔岩去世后，有位屠质甫先生跟李适可学了这出余派戏，后他又传给了夏山楼主（韩慎先），再传给了王世续和杨宝森。王世续传给了杜鹏。

第三位是张伯驹。张氏自31岁始从余叔岩学戏，包括《法场换子》计四十五出之多。

第四位是窦已鸾。窦氏是位票友，其兄窦公颖（时任北平警察局局长）是余叔岩的结义兄弟，窦氏每学完戏回家就又教给其妻兄刘曾复。刘曾复曾将此戏传给了厉慧兰、陈大濩和张文娟，张文娟又传给了王珮瑜。余叔岩的这出《法场换子》之所以受到内外行的青睐，一是唱腔有极高的艺术价值，那段四十多句的“反调”通过节奏的变换、旋律的起伏把徐策对薛氏同情、批评、赞扬、指责的复杂心情淋漓尽致地表达了出来。二是戏的主题是扬忠贬奸，符合中华民族的道德审美观念。

本剧本是杜鹏根据王世续教授亲传戏路整理，他本人曾演出过此剧。

常立胜

人物行当

丫　环	旦	二刽子手	杂
徐夫人	老旦	张　泰	净
四红文堂	杂	二家丁	杂
家　院	生	薛　猛	生
徐　策	老生	马　氏	旦
四校尉	杂		

服装扮相

丫　环　俊扮。梳大头、线尾子、水钻头面，袄子、坎肩、腰巾子，彩裤，彩鞋。

徐夫人　俊扮。黪网子、黪发髻、绿绸条，香色帔内衬褶子、绦子、绿裙子，青彩裤，白布袜、福字履。

四红文堂　俊扮。红大板巾，红龙套服，红彩裤，薄底。

家　院　俊扮。青罗帽、白满、黄绸条，青褶子、黄大带，青彩裤，厚底。

徐　策　俊扮。相貂、黪三、鬓发、黄绸条，宝蓝团花帔、内衬香色褶子、绦子，香色彩裤，厚底。

四校尉　俊扮或揉脸。大板巾、额子，黄素箭衣、青马褂、苫肩、大带，红彩裤，薄底。

二刽子手　揉红脸。大板巾、额子、单翎，黄素箭衣、斜马褂、大带，红彩裤，薄底。

张　泰　勾水白脸。奸纱、黑满或黪满、风帽，黑蟒、玉带、红斗篷，青彩裤，厚底。

二家丁　俊扮。青罗帽，青褶子，青彩裤，薄底。

薛　猛　俊扮。高方巾，青褶子、白罪裙、白绸条，青彩裤，厚底。

马　氏　俊扮。梳大头、线尾子、素水钻头面，青褶子、白腰包（内怀喜神）、蓝边素裙子，素浅色彩裤，彩鞋。

道具

桌子	一张	请帖	一张
椅子	三把	托盘	一个
单刀	两把	火签	一枝
圆笼	一个	惊堂木	一块
白绸条	两根	腰刀	四把
扁担	一条	绳子	一根

喜神	一个	酒具	一份
文房四宝	一份	签筒	一个
红桌围椅披	一份		

第 一 场

〖【撤锣】【小锣原场】丫环抱婴儿从“上场门”上，徐夫人从“上场门”上，至“九龙口”整衣领，右抖袖。【小锣五击】走至前台口。

徐夫人 （念）夫受皇家爵，
妻沾雨露恩。

〖徐策内白：“回府！”众应：“啊！”

〖【冲头】奏唢呐曲牌<六幺令>，四红文堂、家院从“上场门”上，在右台侧站成“一字儿”队形，徐策从“上场门”上，在“右台口”下轿；徐夫人出门迎接。

徐夫人 相爷！（向前上一步，恭迎）

〖【大锣原场】徐策向夫人拱手还礼，徐策进门，徐夫人相随进门。徐策坐在“大边”跨椅上，徐夫人坐“小边”跨椅；四文堂从“上场门”下；家院站立“大边”。

徐　策 （气愤地）可恼！（抖下右袖）【撕边大锣一击】

徐夫人 （右手扶鬓看）啊，相爷，今日下得朝来为何这样烦恼？（右手摊掌）

徐　策 夫人哪里知道，可恨张泰老贼，用计将薛猛夫妻诓进京来。今日早朝，圣上传下旨意，将薛猛夫妻绑赴法场就要问斩（右手做刀砍状）。最可叹小薛蛟这未满三月的婴孩，也要受皇家一刀之苦。你道恼是不恼？（右手摊掌）【撕边大锣一击】

徐夫人 （扶鬓惊看徐策）相爷就该想条妙计，搭救忠良才是。

徐　策 （看夫人）计策倒有，只是此事要应在夫人（双手拱请式）的身上呃！（右手指夫人）

徐夫人 相爷此话从何说起？（双手摊掌）

徐　策 咳！救不了薛猛夫妻，也要保全忠良之后。（右手按掌）事到如今，别无良策（摆右手），我有意（右手抚胸）将金斗孩儿（右手指出），带至法场（右手按掌）掉换薛蛟！【大锣一击】（右手捋髯、左手指出；夫人右手扶鬓惊看徐策）将他抚养成人（右手按掌掸动四下），日后也好为薛家报仇雪恨。（右手握拳）不知夫人意下如何？（右手摊掌）

徐夫人 相爷此言差矣！（摇头摆右手）想你我夫妻，年过半百，只生金斗孩儿。（右手按掌）要替他薛家一死，（右手向外指出）那是万万不能够的！（摇头、摆右手）

徐　策 唉！夫人哪！（双手拱请式）

〔二黄中三眼〕

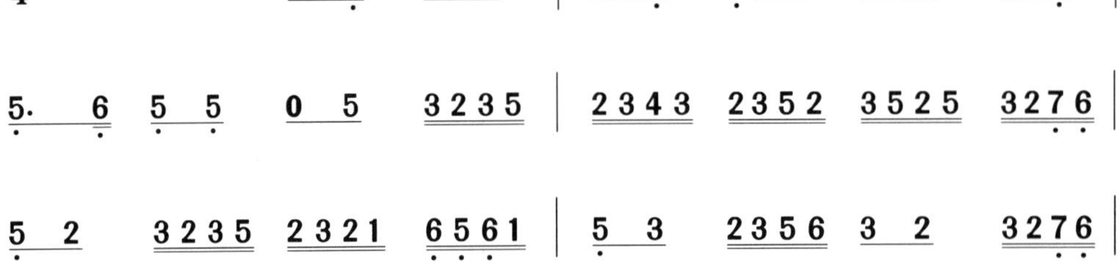

法场换子

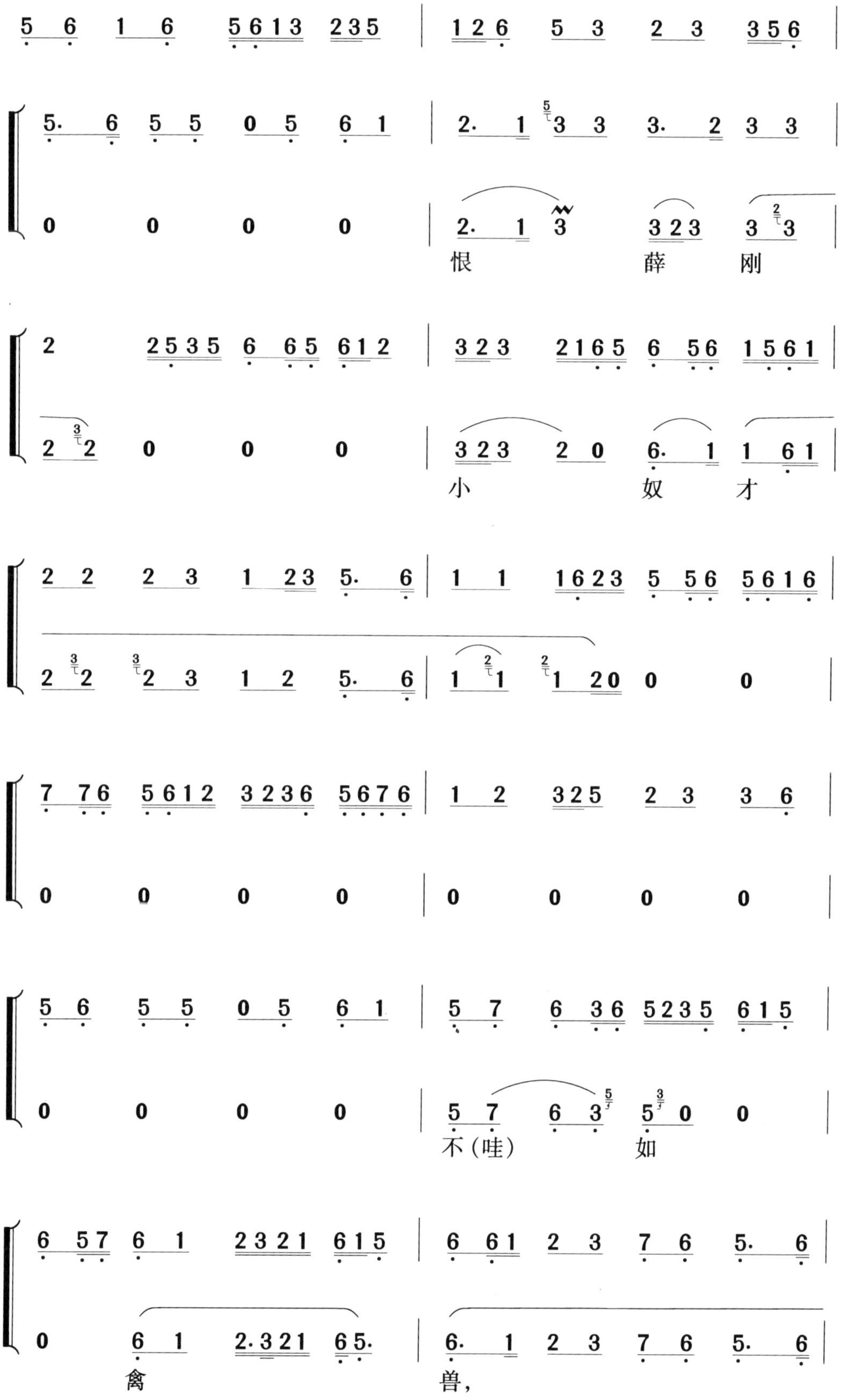

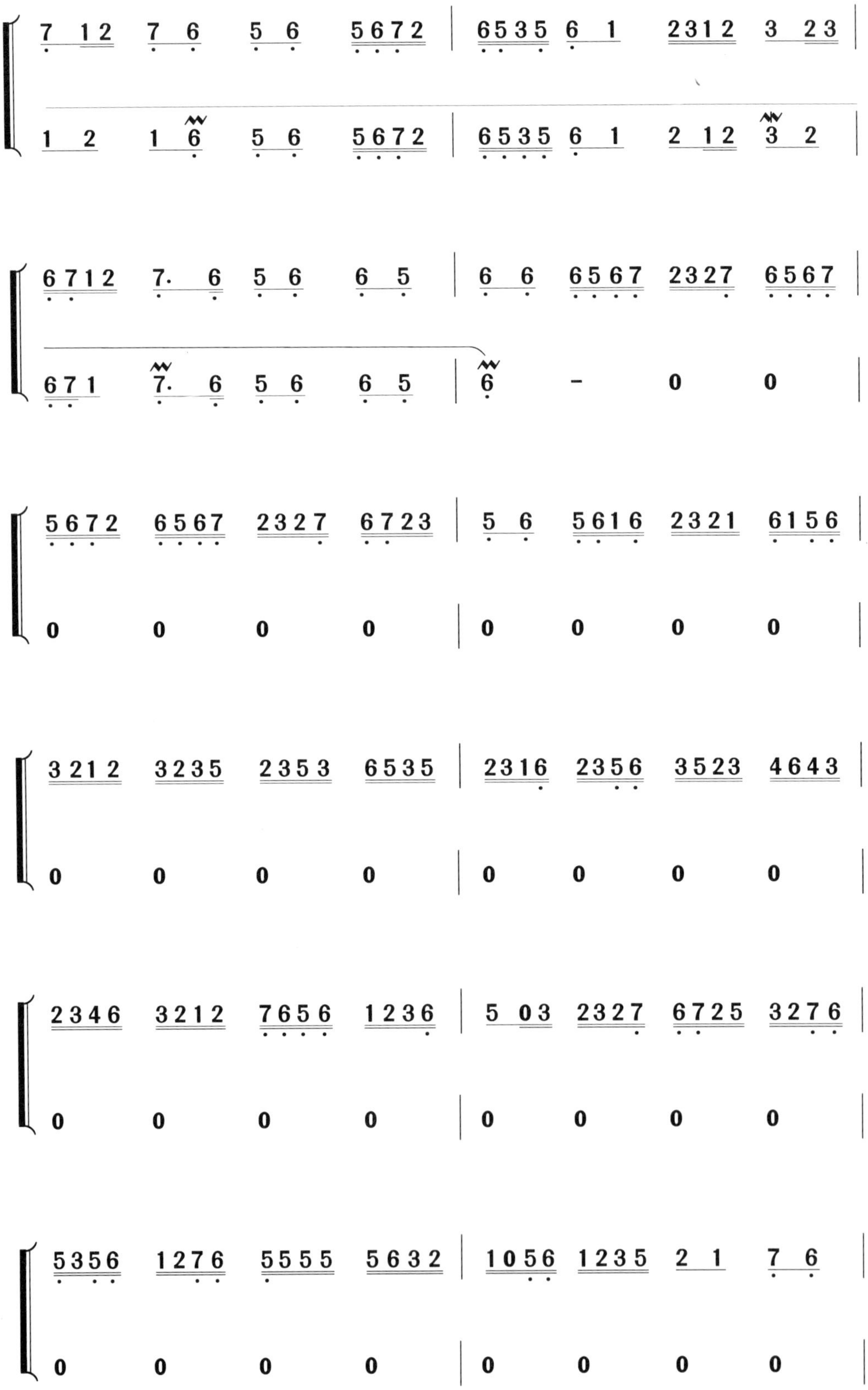

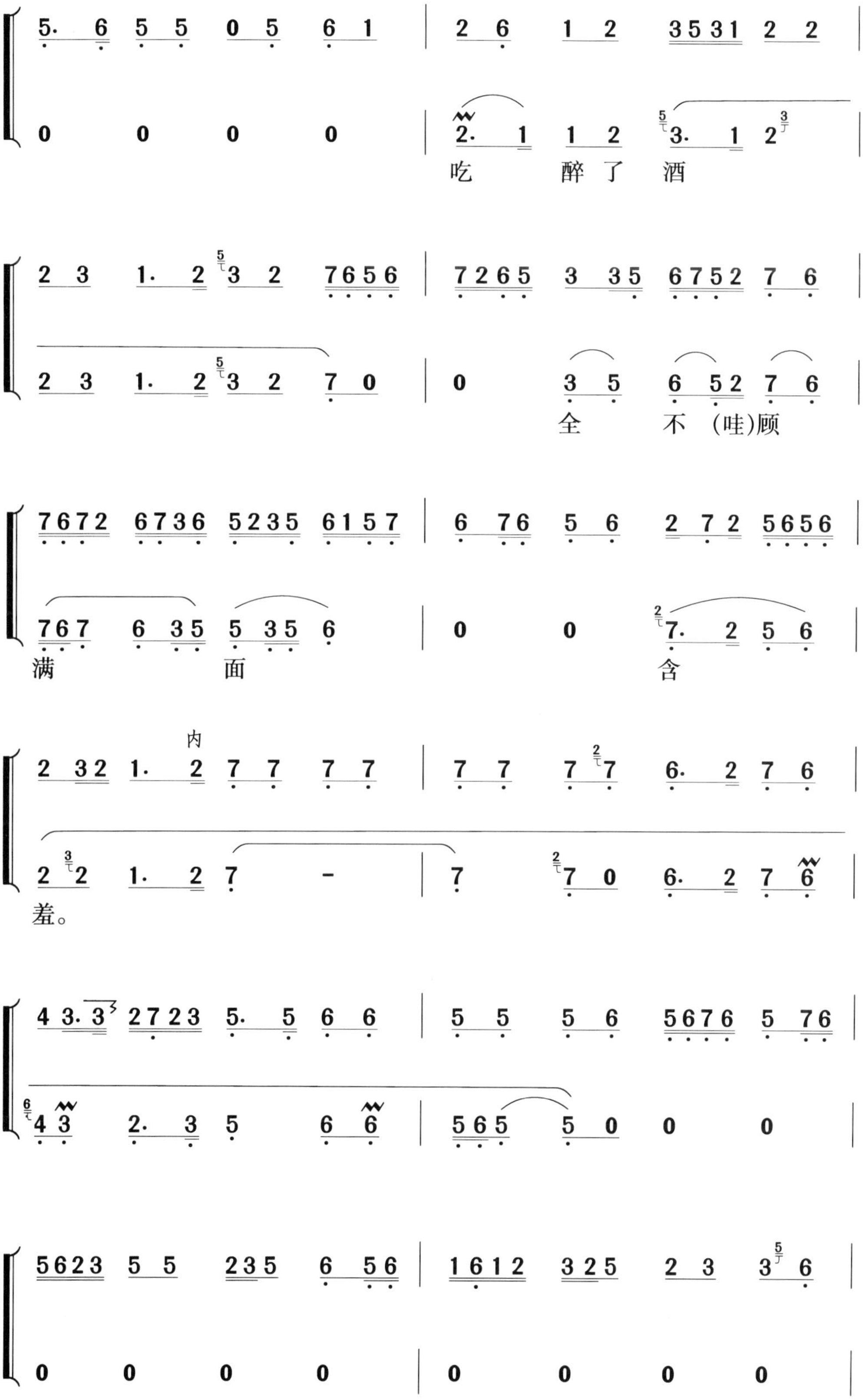
吃 醉了 酒
全 不 (哇)顾
满 面 含
内
羞。

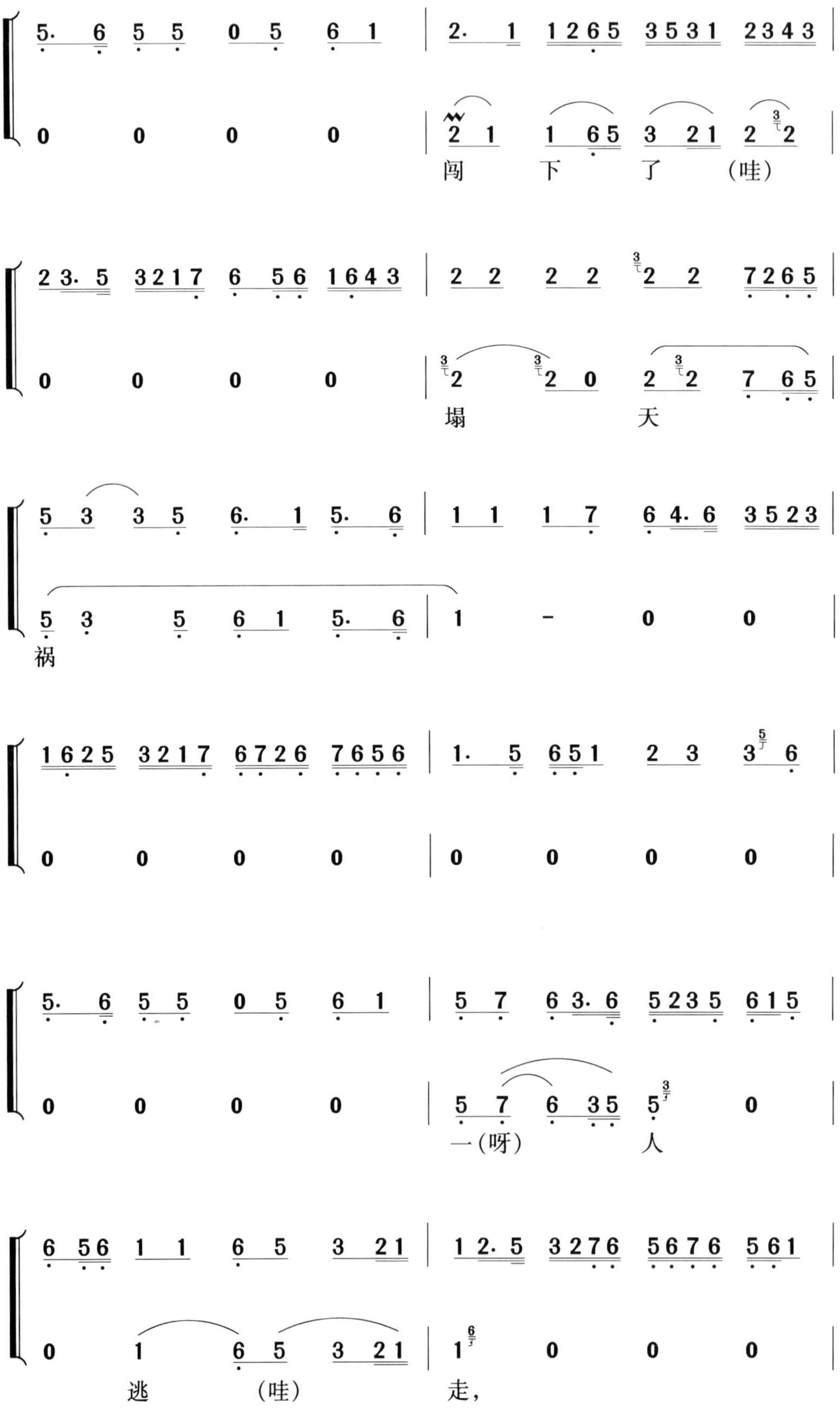
闯 下 了 （哇）
塌 天
祸
一（呀） 人
逃 （哇） 走，

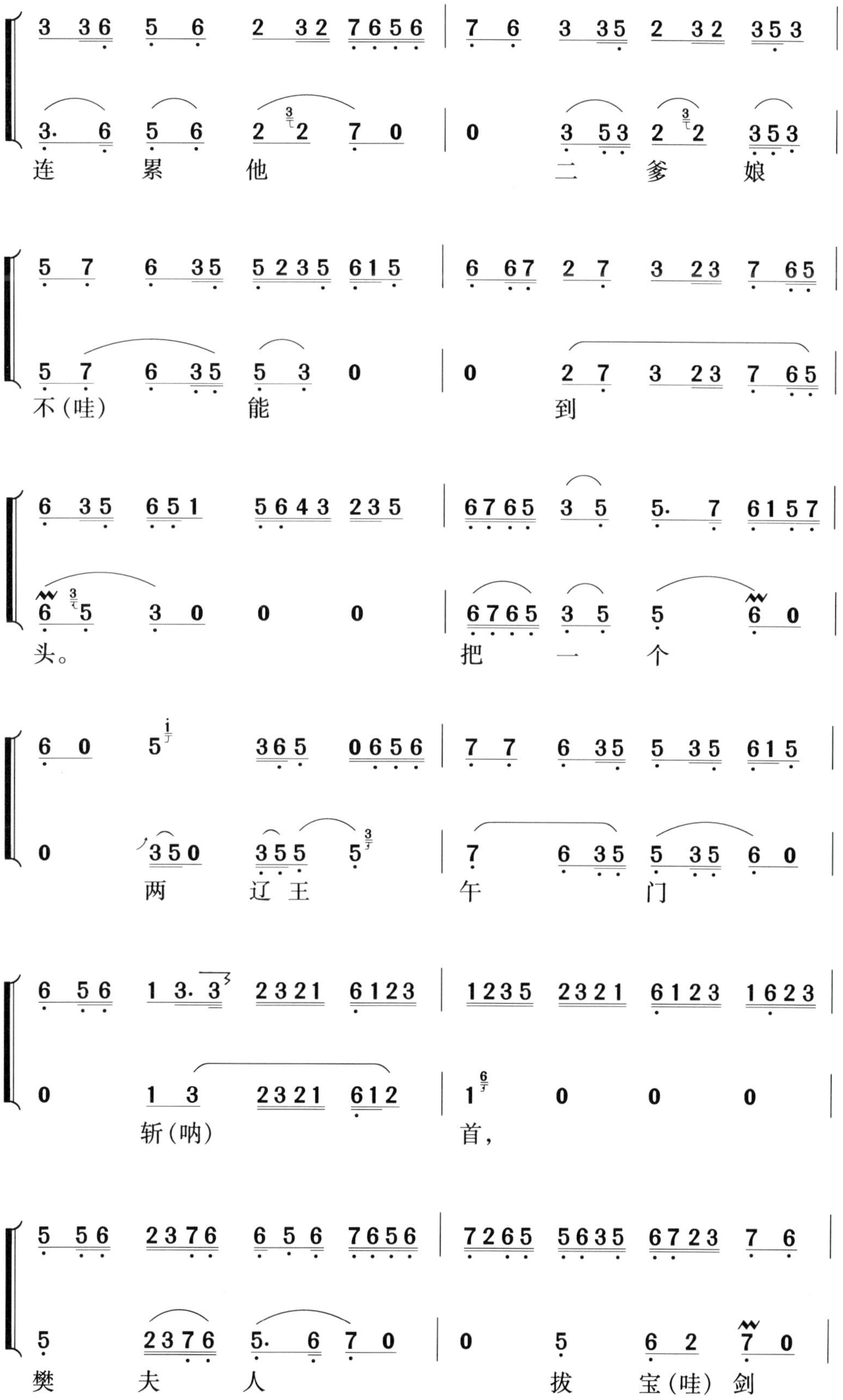
连 累 他 二 爹 娘
不(哇) 能 到
头。 把 一 个
两 辽 王 午 门
斩(呐) 首,
樊 夫 人 拔 宝(哇) 剑

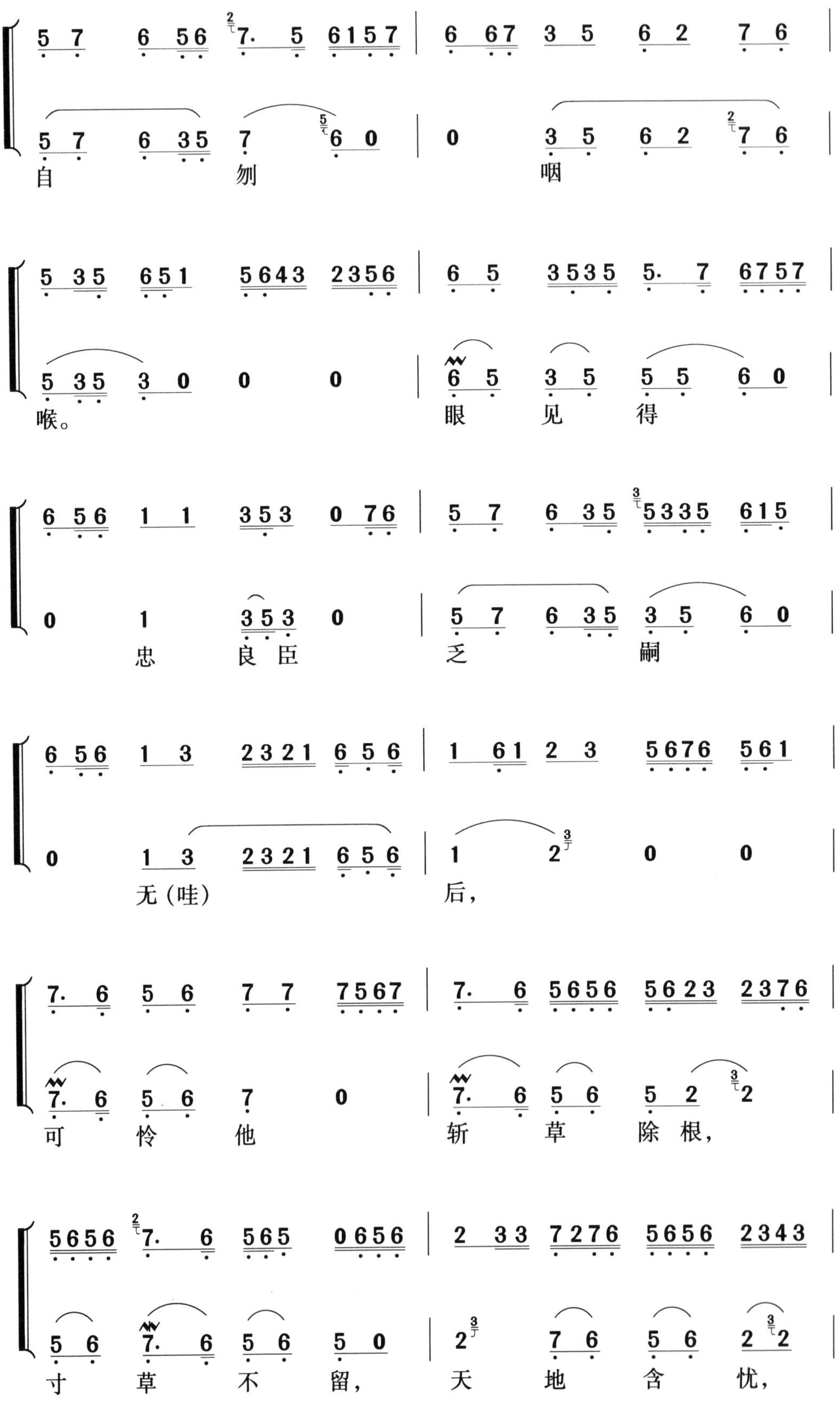
自 刎 咽
喉。 眼 见 得
忠 良 臣 乏 嗣
无（哇） 后，
可 怜 他 斩 草 除 根，
寸 草 不 留， 天 地 含 忧，

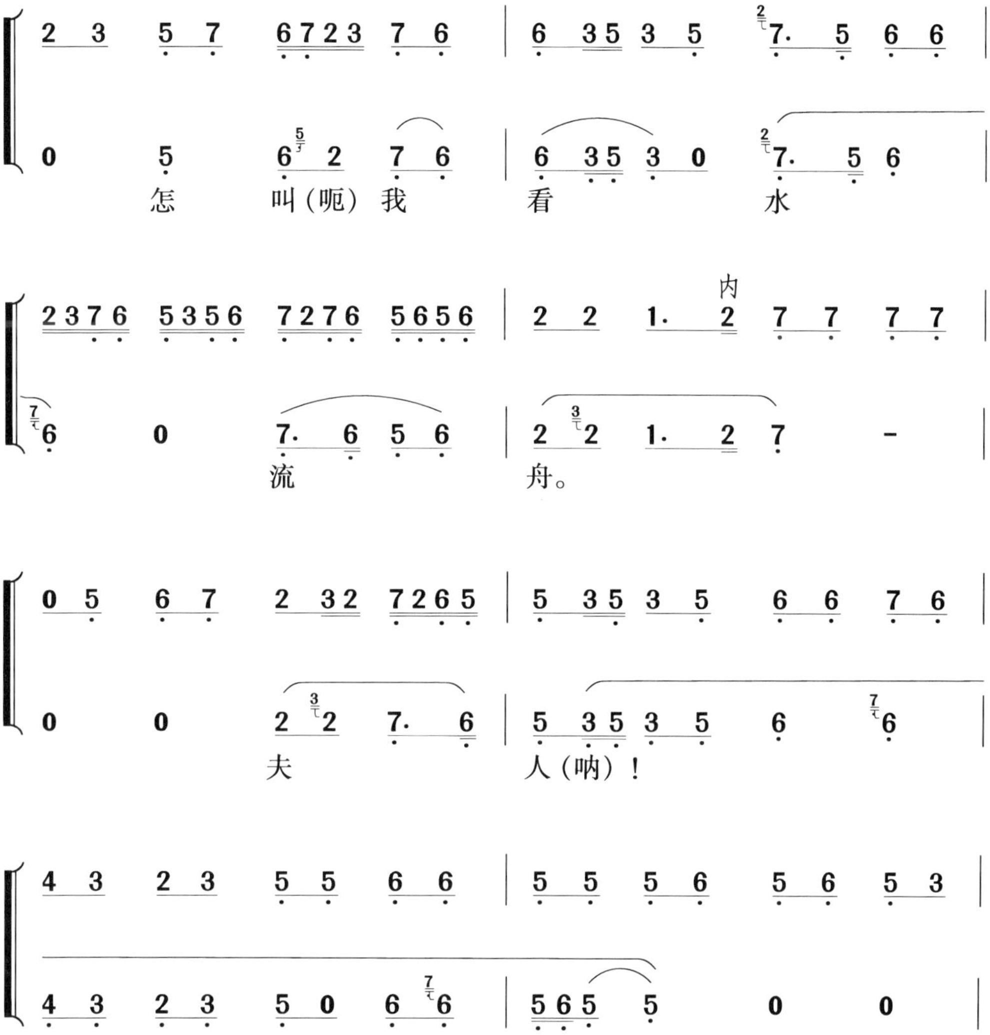

徐夫人　相爷！（拱手）

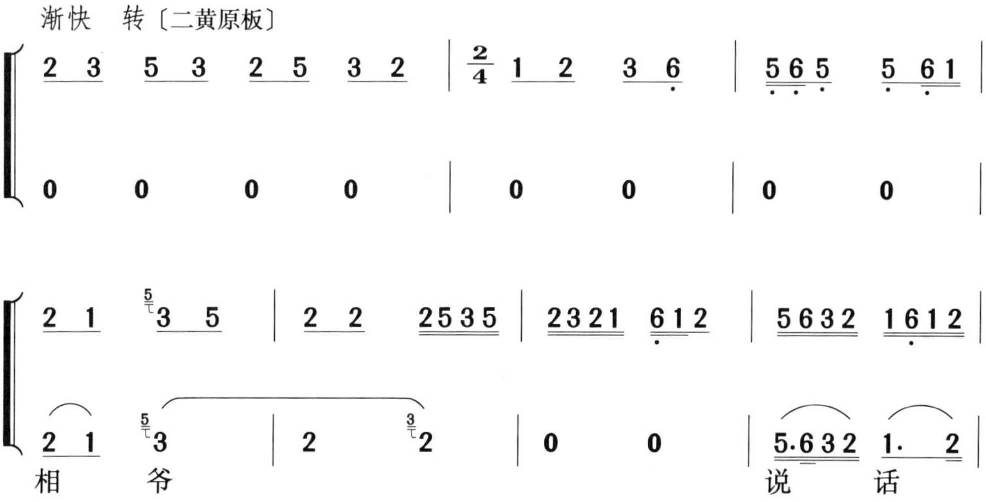

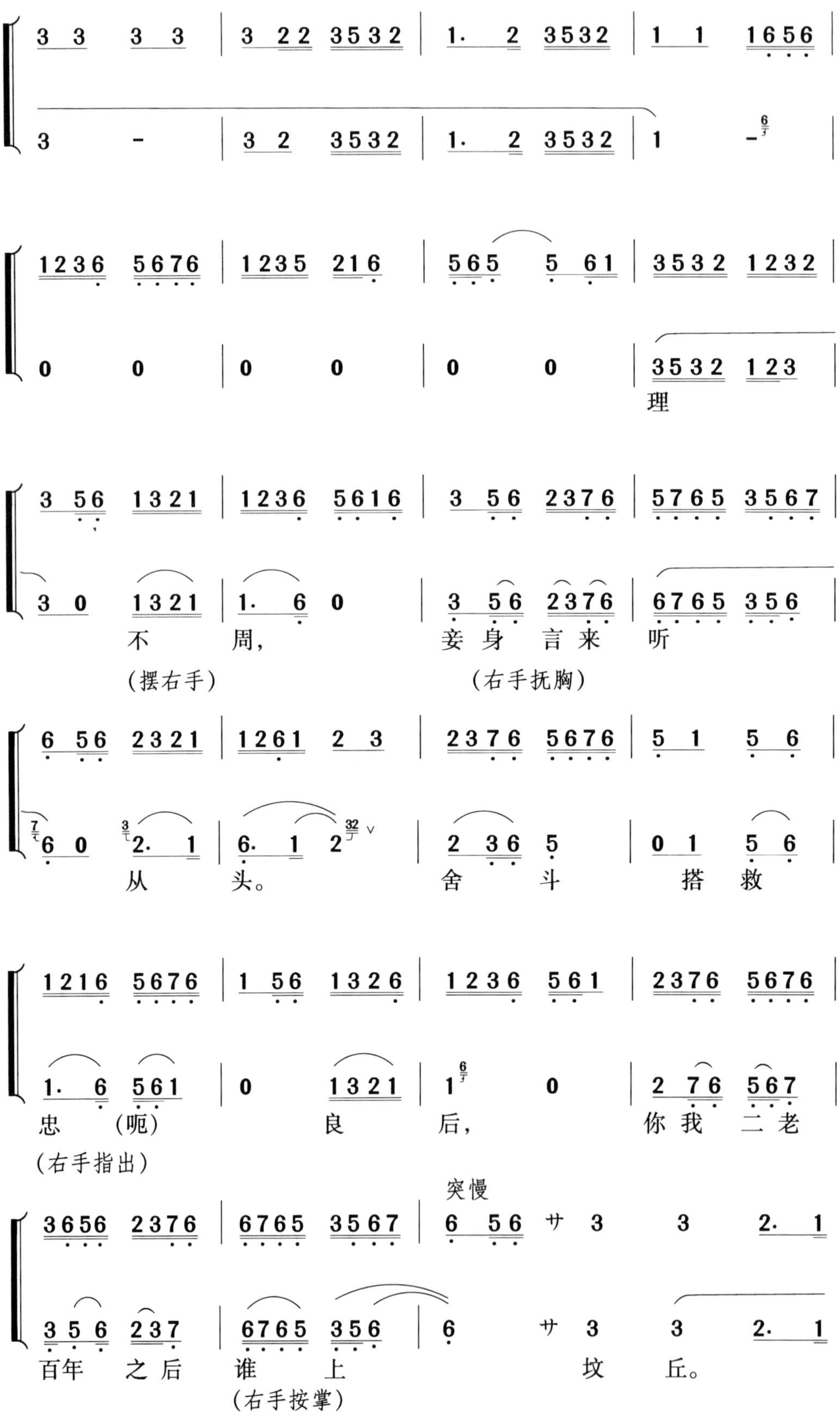
理
不 周，
妾身言来听
(摆右手)
(右手抚胸)
从 头。
舍 斗
搭 救
忠 (呃)
良
后，
你我 二老
(右手指出)
突慢
百年 之后 谁 上
坟 丘。
(右手按掌)

法场换子

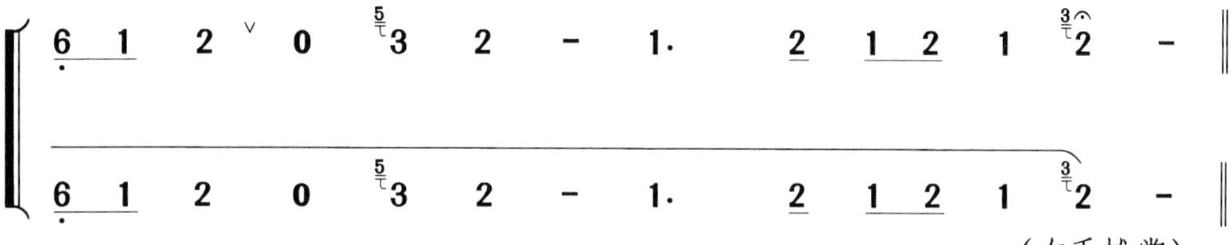

徐　策　唉！(站起看夫人)

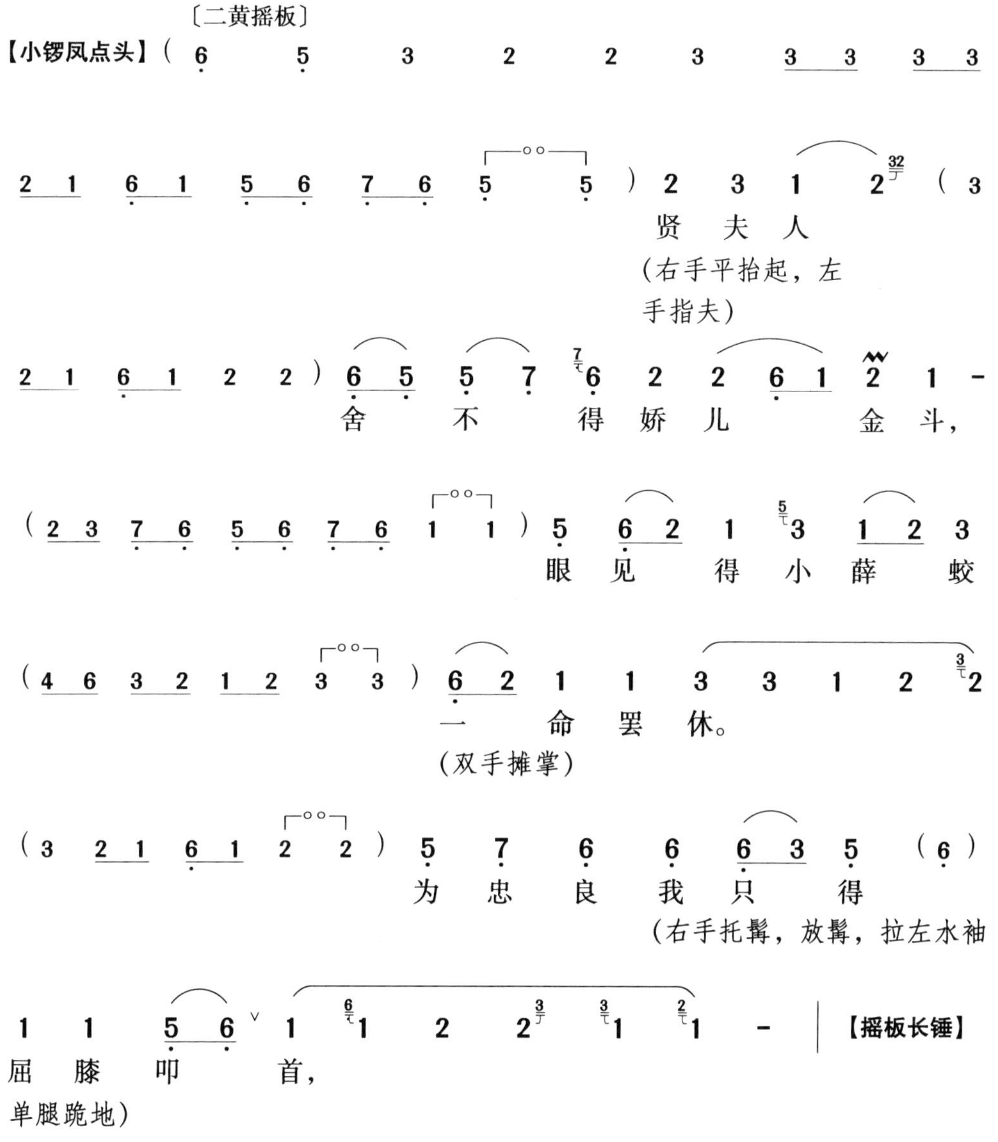

徐夫人　(扶鬓看)

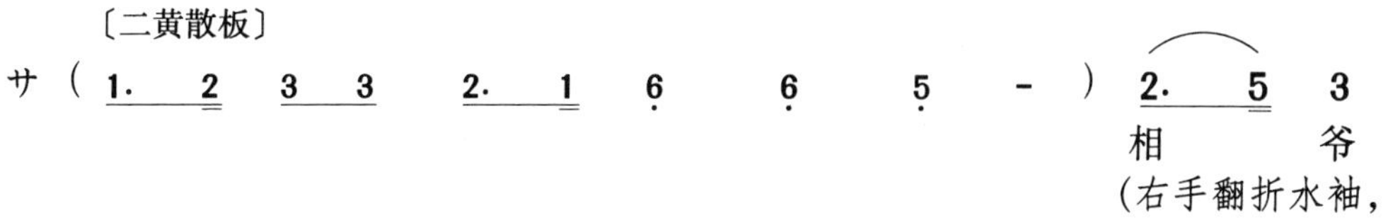

3 1 2 3 - (6 1. 2 3) 2 1 ³2 ³2 - 【大锣住头】‖
请 起 莫 忧 愁。

搀徐策起）相爷不必如此（摆右手），妾身（右手抚胸）应允就是。

徐　策　好个贤德的夫人。（双手拱请式）家院过来。（回身拿名帖）

家　院　有。

徐　策　拿我名帖，去至法场，对张泰言讲，就说老夫前去法场，亲自祭奠。附耳上来。（招右手，家院近前）（匝匝匝……台）（与家院耳语）

家　院　（心领神会）遵命。【小锣一击】（出门，从“下场门”下）

徐夫人　啊相爷，妾身（右手抚胸）也要跟随前去。（右手指出）

徐　策　法场之上，耳目甚众，（右手按掌）夫人不去也罢。（摆右手）

徐夫人　妾身一定要去。

徐　策　（捋髯看夫人）一定要去，此番到了法场，看老夫（右手托髯）眼色行事。夫人请。（拱手恭请）

徐夫人　相爷请。（礼让）

徐　策　正是：【大锣住头】（右手抖袖，二人站一横排）
　　　可叹薛家世人贤，

徐夫人　陷害忠良为哪般？

徐　策　苍天有灵睁开眼，（拱手，眼望青天）

徐夫人　啊相爷——（拱手）仇报仇来冤报冤。

徐　策　（点头）好个仇报仇来冤报冤。夫人（拱手恭请）随我来吧！（招右手）

〔【大锣原场】二人“合扇”从“下场门”下。

第　二　场

〔【冲头】奏唢呐曲牌＜急三枪＞，四校尉、二刽子手从“上场门”上，在右台侧站“一条鞭”，张泰从“上场门”上，张泰下轿。【大锣原场】接奏唢呐曲牌＜小傍妆台＞，四校尉、二刽子手“挖门”，张泰尾随而进，归“大座”；众人站“八字”，曲牌止。【大锣归位】

张　泰　（念）树大遮天盖地，
　　　根深哪怕风狂。【大锣住头】
老夫，（仓）张泰。【大锣住头】今奉圣命（拱手）监斩薛猛夫妇。嗬！刀斧手！

刽子手　有！（仓）

张　泰　将薛猛夫妇押了上来！

刽子手　啊！

〔【大锣长尖】二刽子手从“上场门”下【冲头】复上押薛猛夫妇，走至右台口。马氏看怀中的婴儿。

马　氏　喂呀……

法场换子

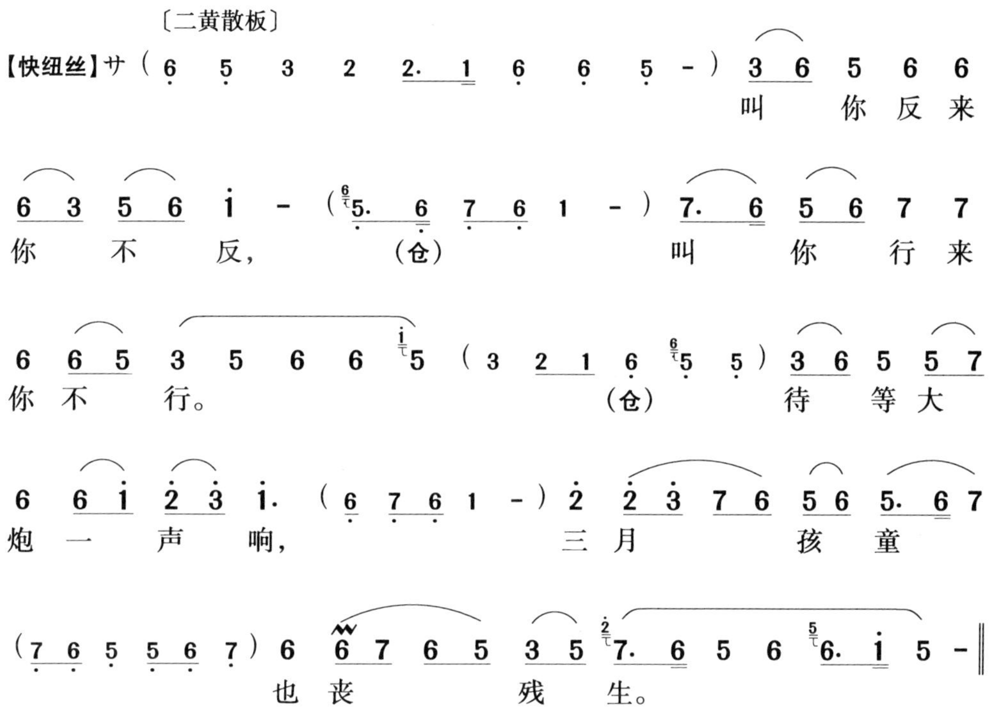

薛　猛　夫人哪！

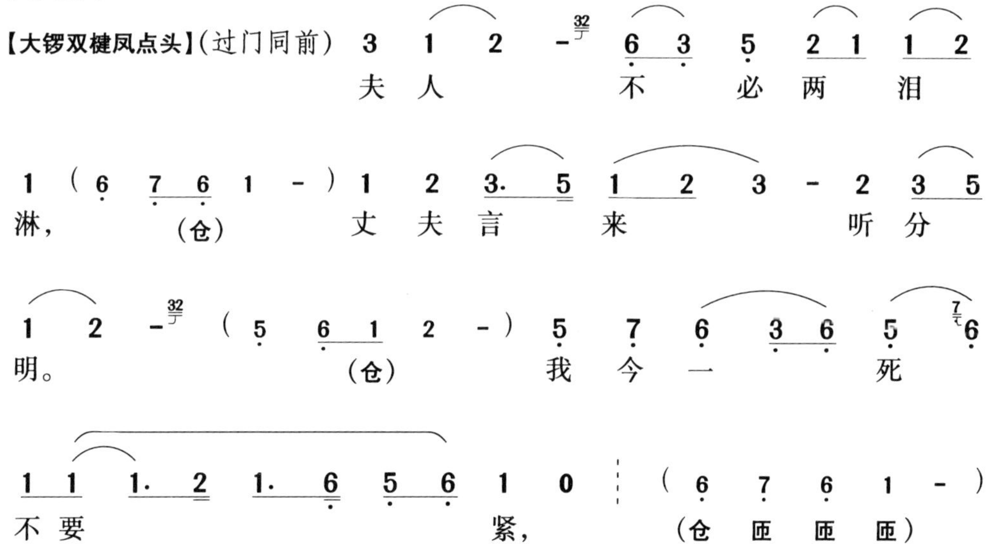

贼呀！（看张泰）贼！（跺右脚）

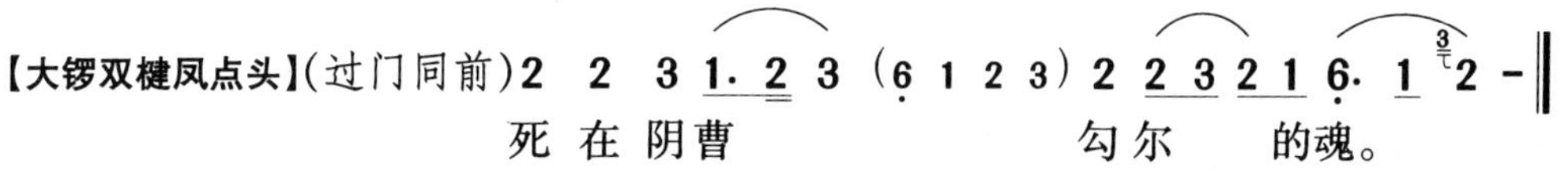

〔【大锣一击】怒视张泰，张泰向薛不屑地看了一眼。

张　泰　绑在法标！（拍惊堂木）

〔【大锣长尖】家院从“上场门”上。走至近前台口；薛猛绑坐“大边”；马氏绑坐“小边”。

家　院　哪位听事？

校尉甲　做什么的？

家　院　徐老爷有帖奉上，前去法场祭奠。（递帖）

校尉甲　（接帖）候着。（向张泰）徐老相爷有帖拜上。（递帖）

张　泰　呈上来！**【大锣住头】**（接帖看）**【大锣一击】**这老儿又来多事，容他一祭，时辰一到速报我知！

〔**【大锣五击】**张泰、三校尉、二刽子手分别从两边下；校尉甲走向家院。

校尉甲　容你一祭。（下）

家　院　（向“上场门”）将祭礼搭了上来！

〔奏胡琴曲牌<二黄哭皇天>四文堂、丫环“上场门”上。二家丁抬食盒从“上场门”上，将食盒放在“大边”。四文堂“合龙口”，家院祭酒，丫环暗将食盒内的金斗与马氏怀中的婴儿相互掉换。丫环右手抱孩子，左手遮袖“下场门”下。二家丁抬食盒从“下场门”下。曲牌止。家院面向前台口拱手。

家　院　有请相爷、夫人。

〔**【撞金钟】**徐策、徐夫人缓步从“上场门”上，至右台口，徐策右抖袖。

〔二黄散板〕

徐　策　サ（6 5 32 23 2. 1 66 65 55）3 1 2 4. 6
我 与 夫

3 25 32 2 - - 23 2 3 4 4 3（6 1 2 3）
人 到 法 场，（仓）
（右手按掌）

徐夫人　2 2 3 3 3 21 1 1 2 - ‖
不 知 忠 良 在 哪 厢？
（右手摊掌）

〔**【冲头】**徐策、徐夫人归台中。**【大锣双叫头】**

徐　策　（右手翻折水袖）薛猛！

徐夫人　马氏！（抬右手招唤）

徐　策
徐夫人　唉！儿呀……（二人拭泪）

〔二黄散板〕

徐　策　**【纽丝】**（过门同前）1 3 3 2 25 3 - 35 3 1. 2 3.（6 2 1 2 3）
他 夫 妻 好（哇）比 一 张 （呃）弓，（仓）
（左手指薛猛）

徐夫人　2 12 3 3 23 55 3 1. 2 3 2 2（5 6 1 2）
万 马 军 中 抖 威 风。（仓）
（右手握拳）

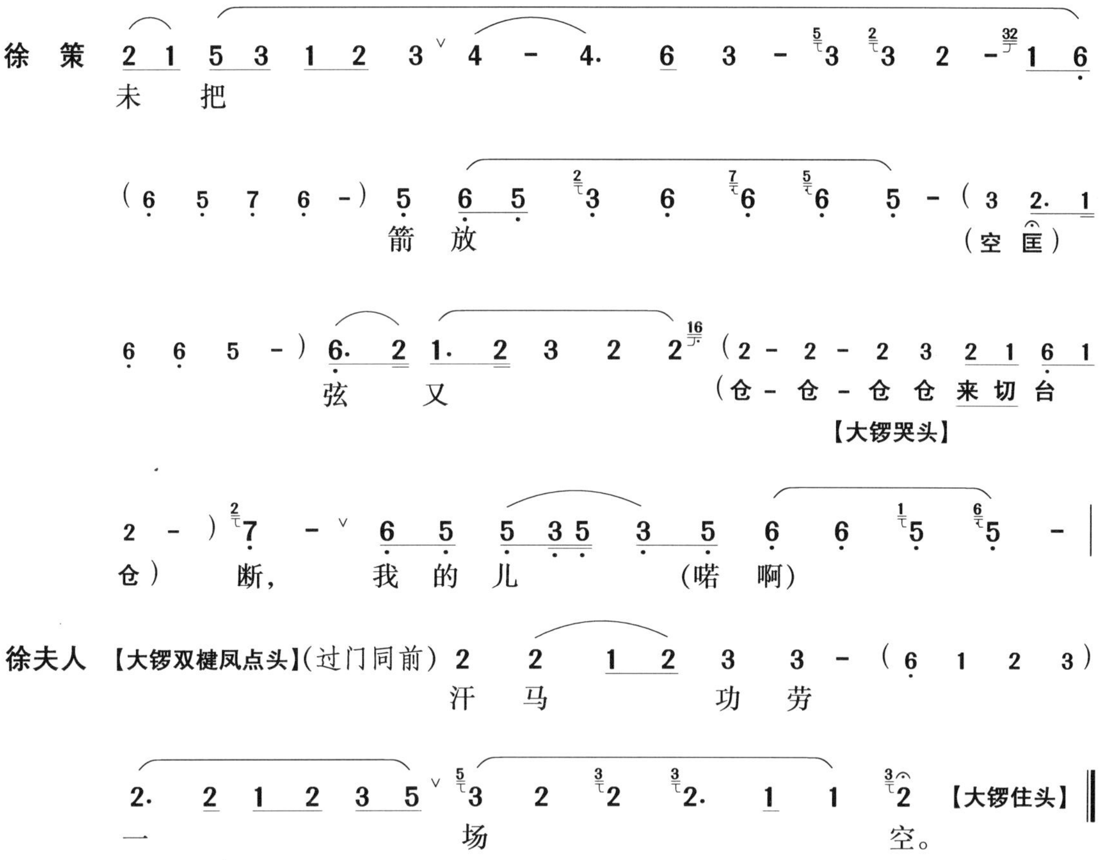

(双手摊掌)

徐　策　啊，夫人法场之上，耳目众多，快快辞别两个孩儿（示意），回府去吧。

徐夫人　（点头）待我（右手抚胸）辞别两个孩儿！

〔**【冲头】**徐夫人向前走两步，徐策站“大边”。**【大锣叫头】**徐夫人向上翻折右水袖。

徐夫人　薛猛！马氏！我那金……（情不自禁欲脱口而出）

徐　策　（八大仓）（向徐夫人摆右手）噤声！**【撕边大锣一击】**（警惕地向左一望）**【撕边大锣一击】**（向右一望）

徐　策　金什么？（向徐夫人示意摇头摆手）

徐夫人　（看徐策，抽泣地）今生今世难得见的儿呀……**【撕边】**（回头）**【一锤锣】**（右手抖袖，左手拭泪）

徐　策　（走至徐夫人前）回府去吧！（挥了挥左手）

〔**【大锣原场】**徐夫人含悲忍泪，缓缓地从“上场门”下。

徐　策　咳！**【大锣归位】**

（念）法场之上冷飕飕，
乌云遮日神鬼愁。**【小锣二击】**
盖世忠良遭诛戮，
汗马功劳一旦休（哇）。

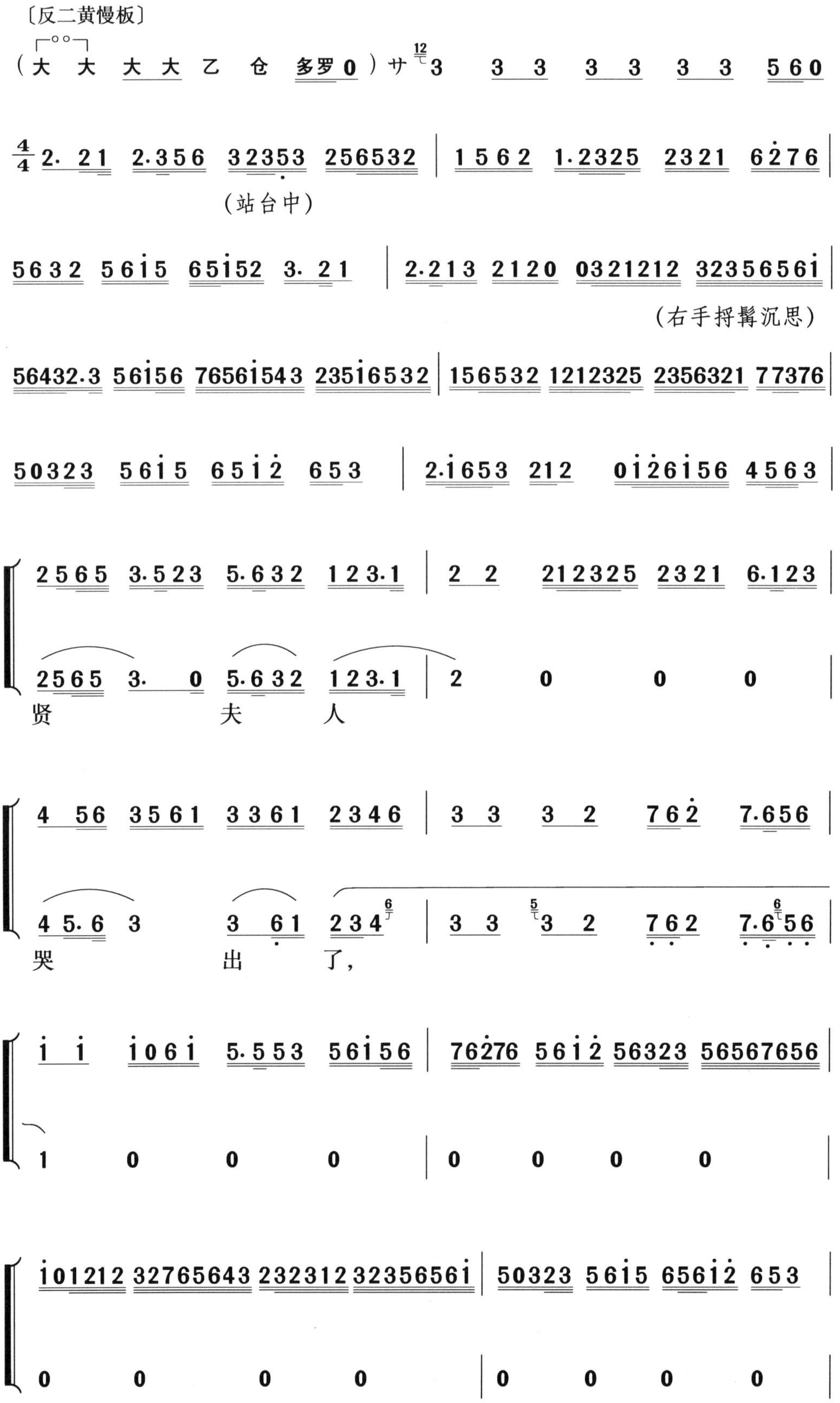
〔反二黄慢板〕
大 大 大 大 乙 仓 多罗
(站台中)
(右手捋髯沉思)
贤 夫 人
哭 出 了,

法场换子

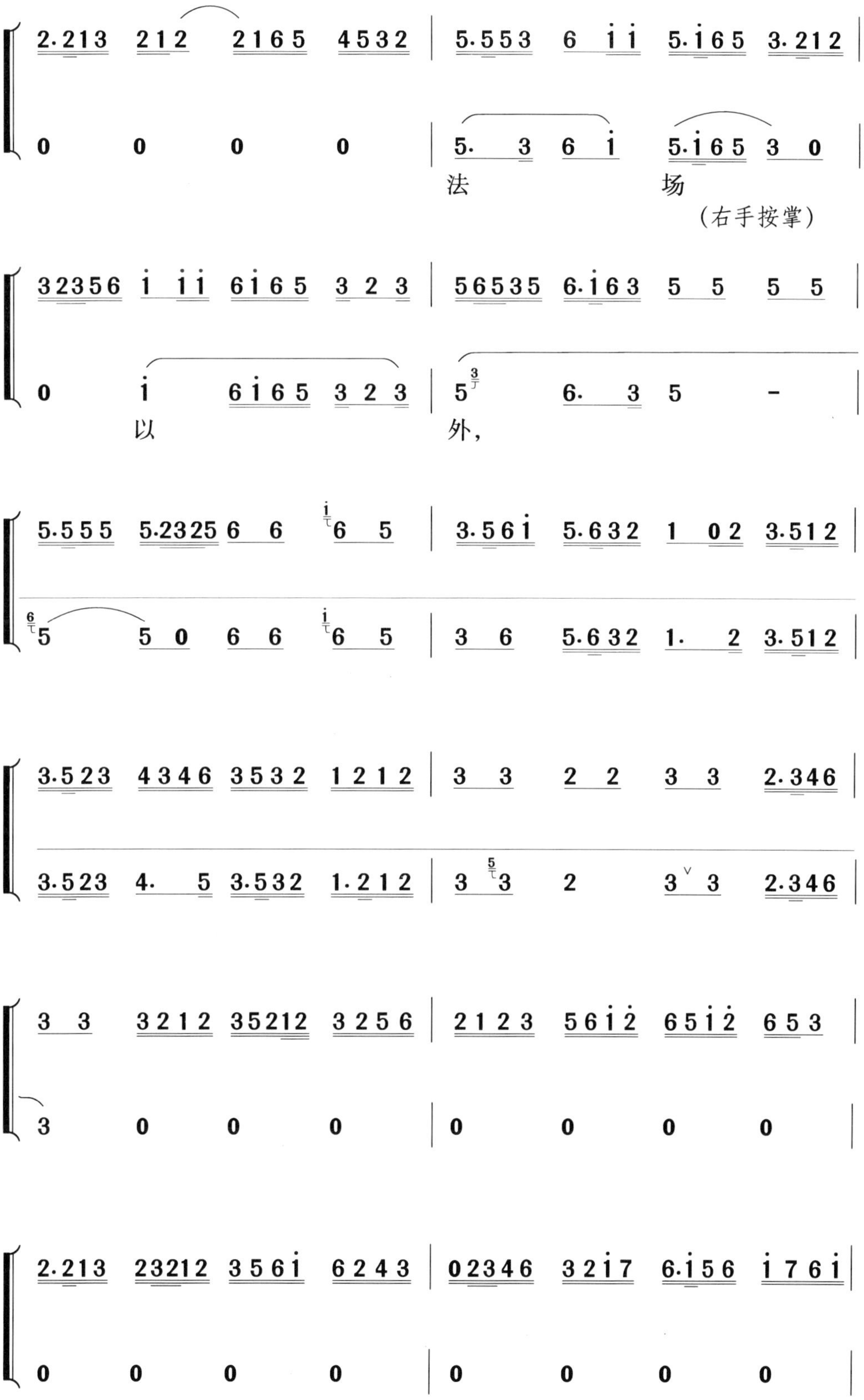

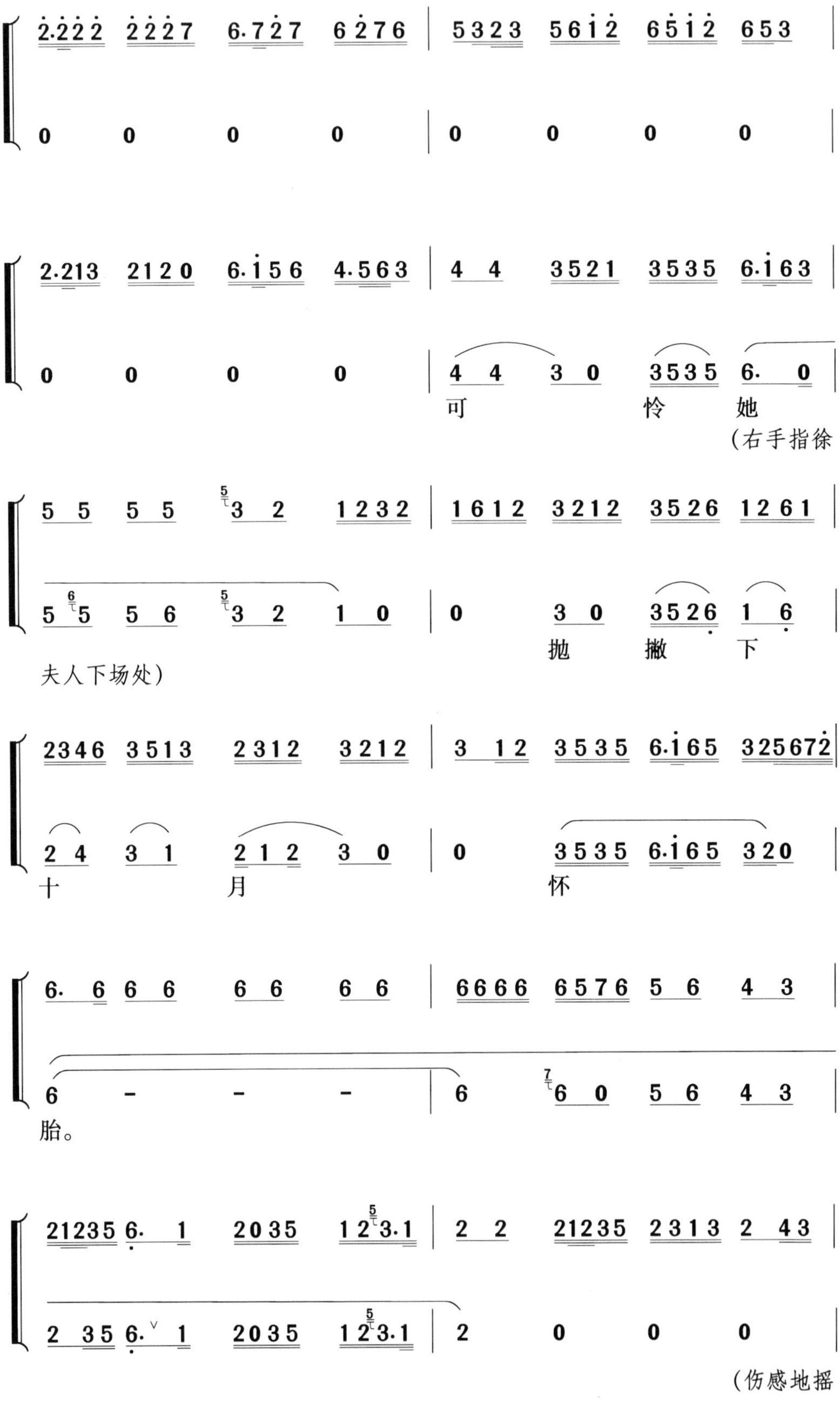
可 怜 她
（右手指徐
夫人下场处）
抛 撇 下
十 月 怀
胎。
（伤感地摇

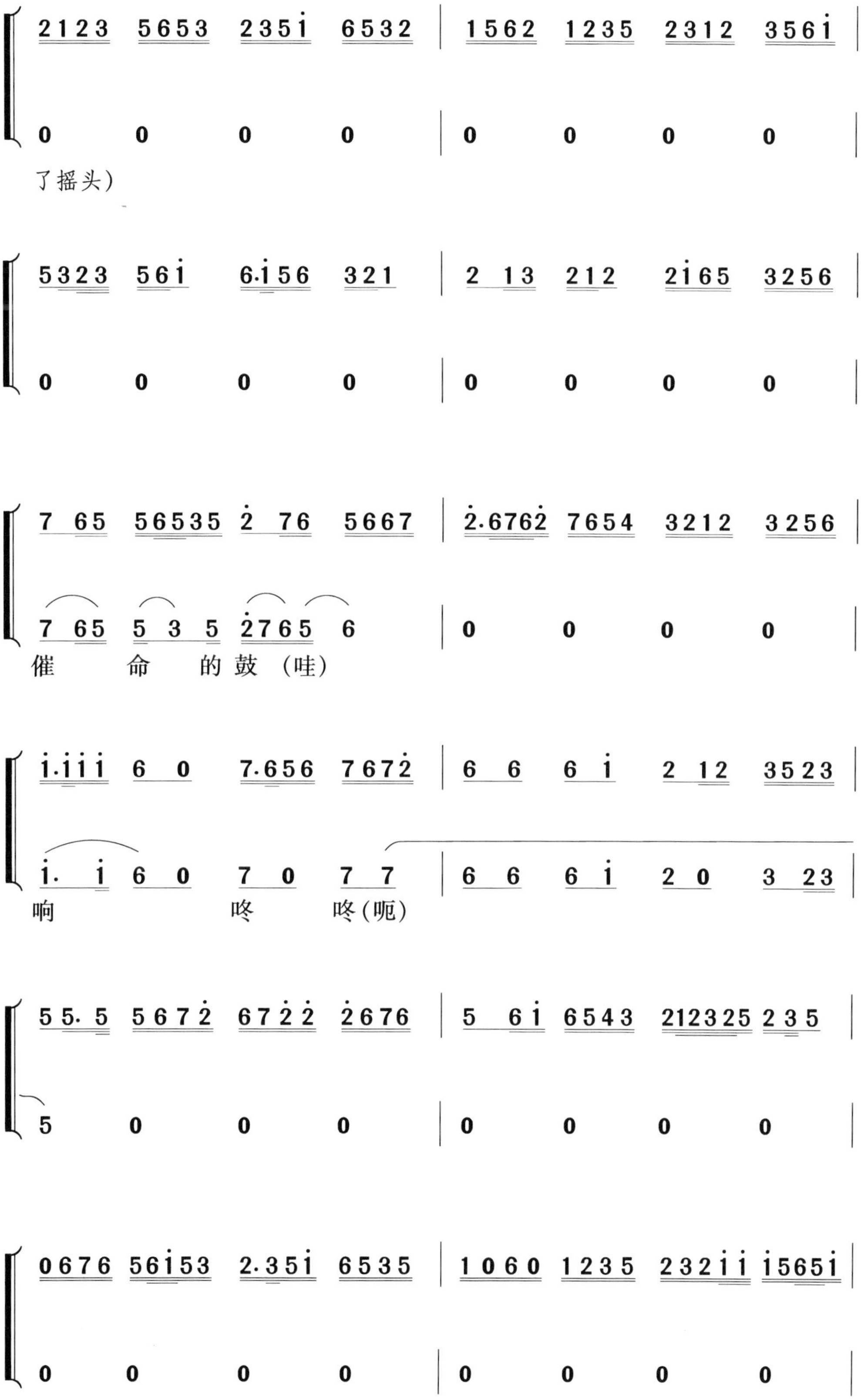
了摇头)
催 命 的鼓（哇）
响 咚 咚(呃)

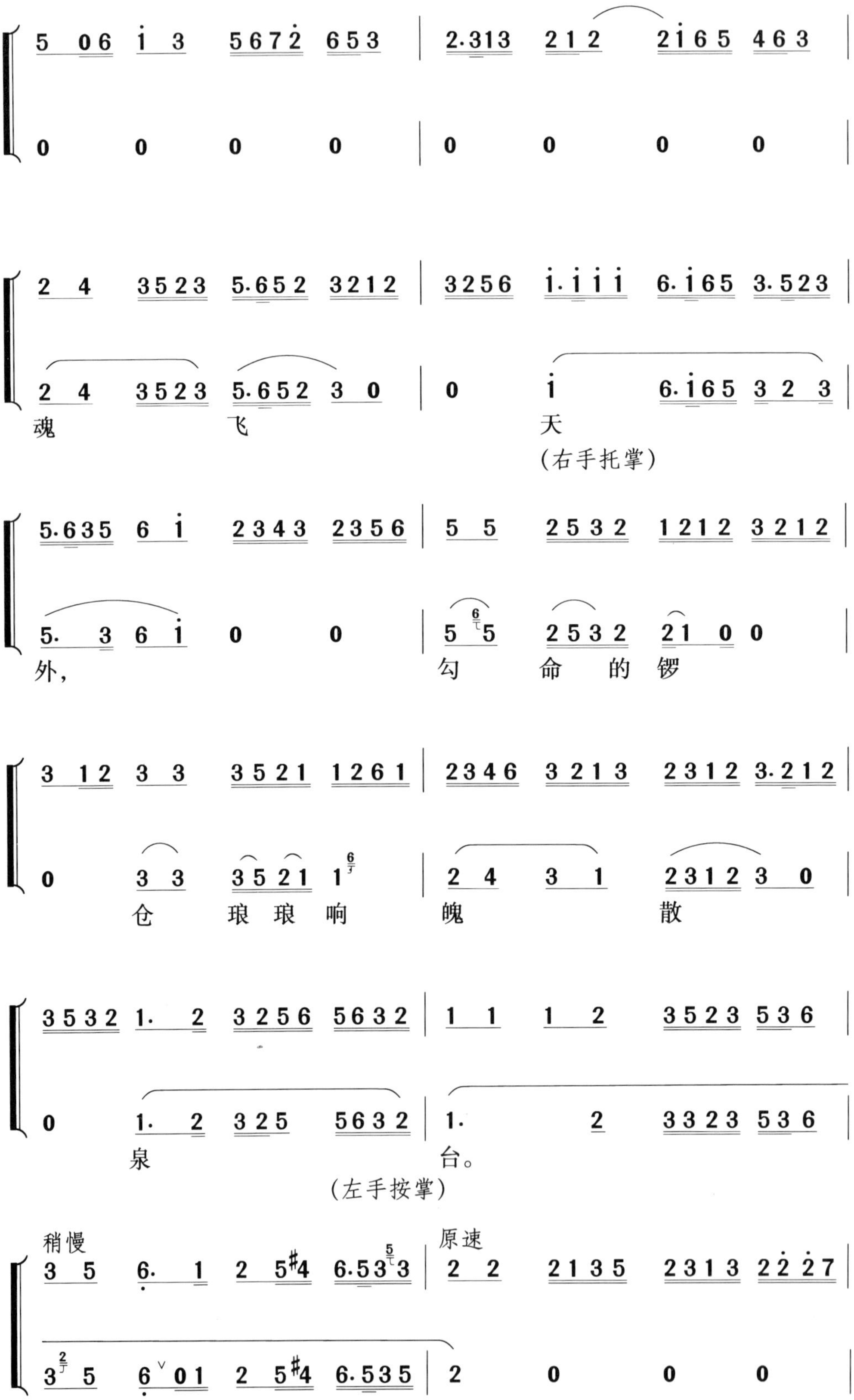
魂 飞 天
(右手托掌)
外，勾 命 的 锣
仓 琅 琅 响 魄 散
泉 台。
(左手按掌)
稍慢
原速

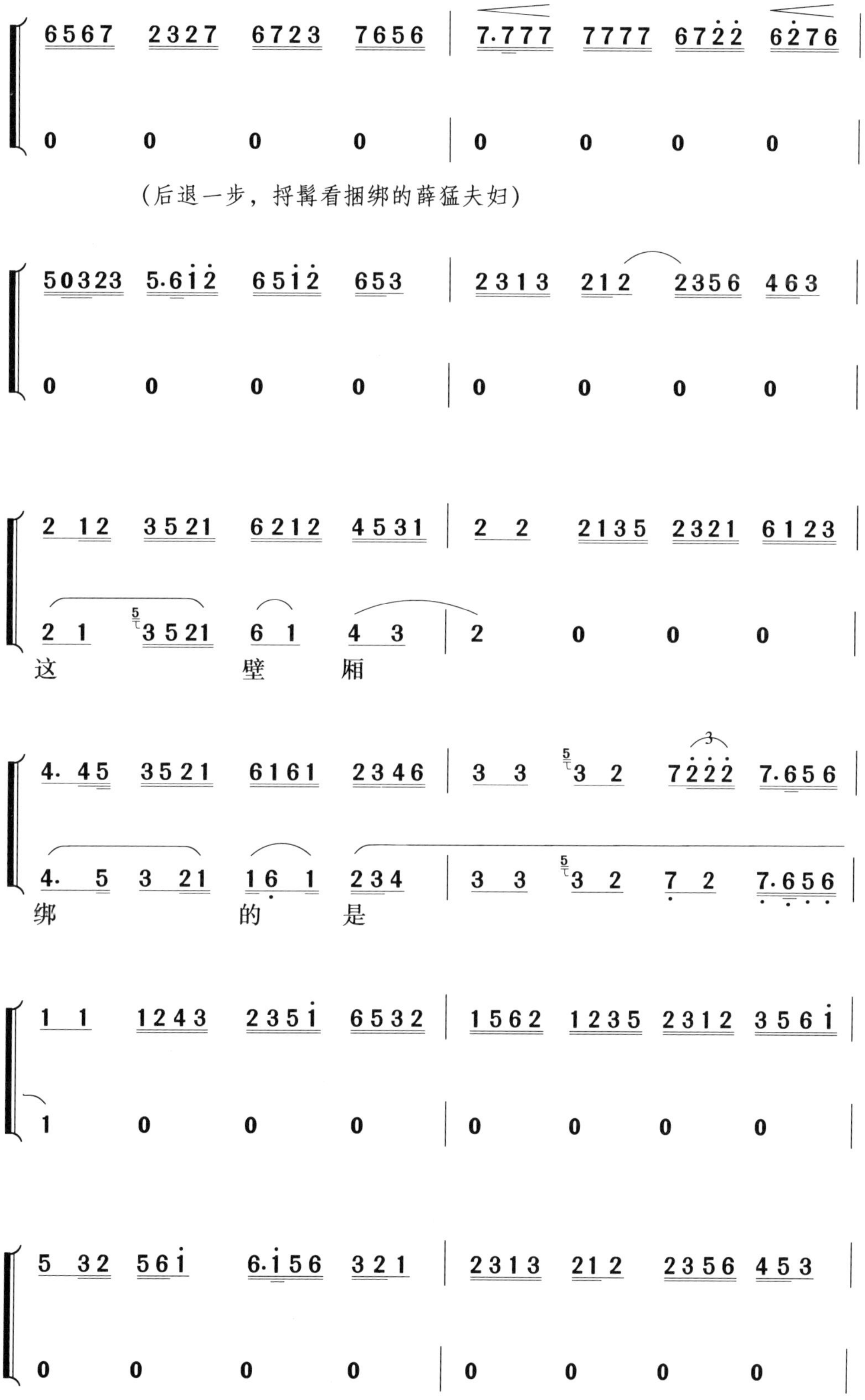
(后退一步，捋髯看捆绑的薛猛夫妇)
这 壁 厢
绑 的 是

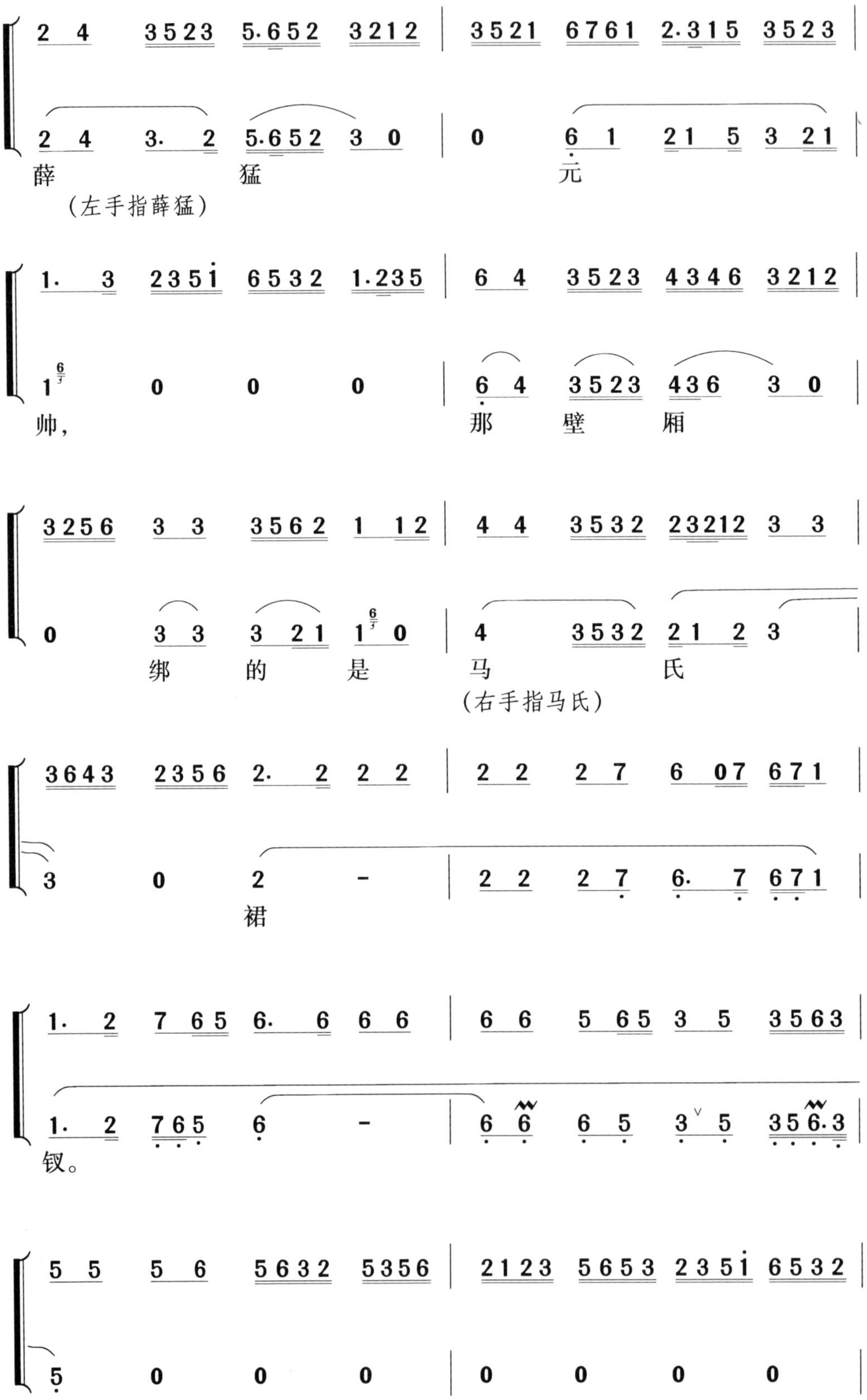
薛 猛 元
（左手指薛猛）
帅， 那 壁 厢
绑 的 是 马 氏
（右手指马氏）
裙
钗。

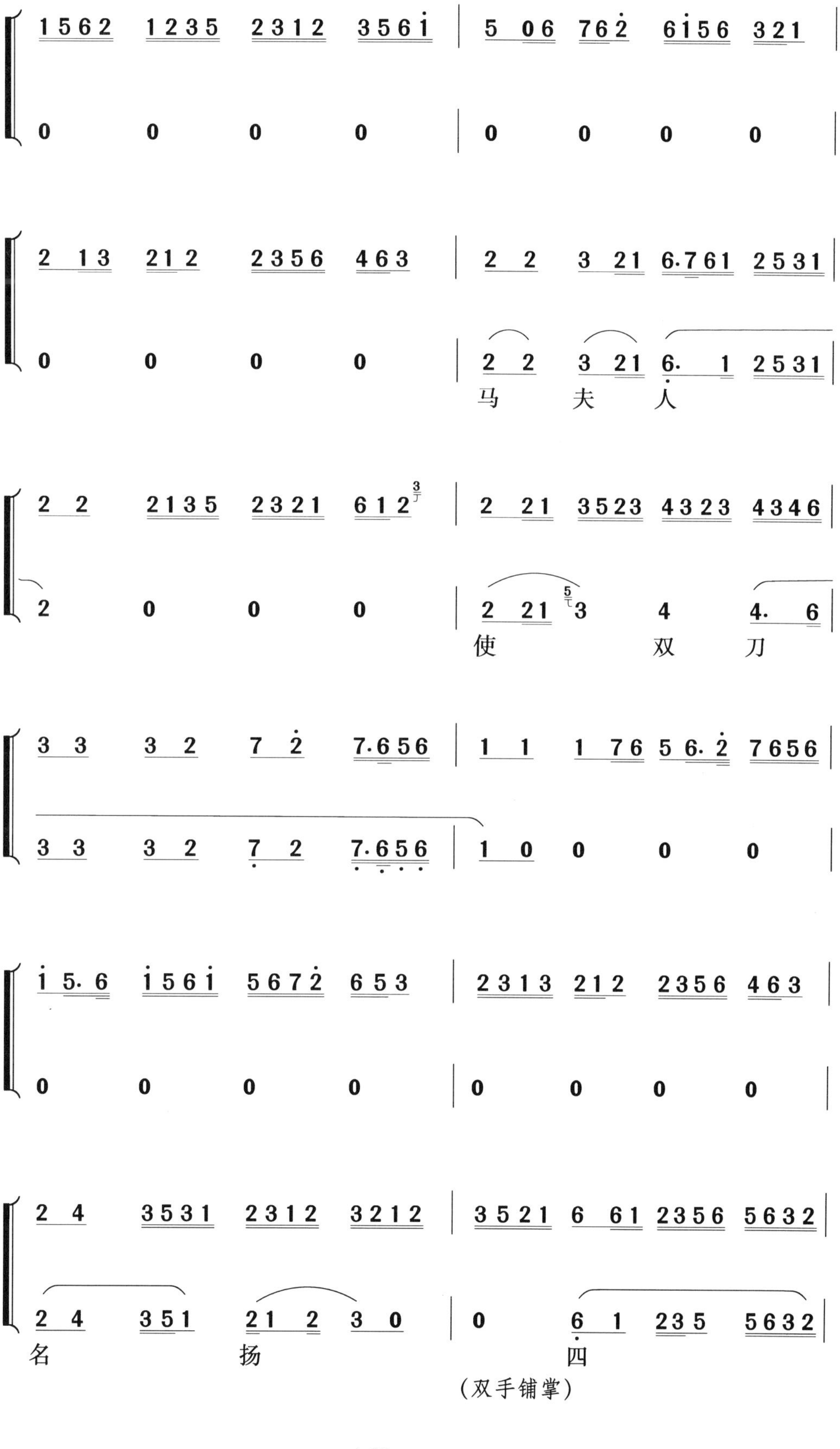

马 夫 人
使 双 刀
名 扬 四
(双手铺掌)

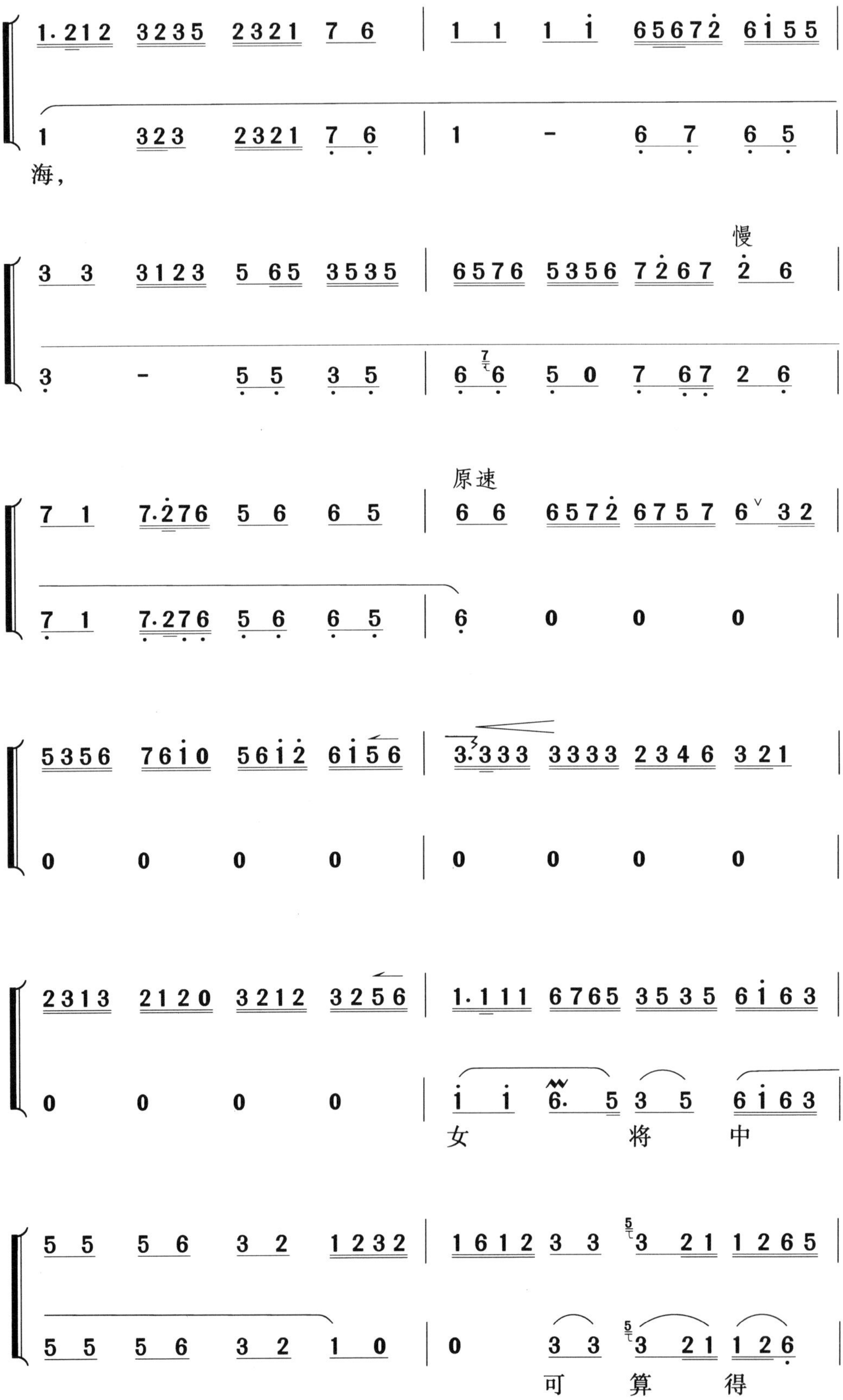
海，
慢
原速
女 将 中
可 算 得

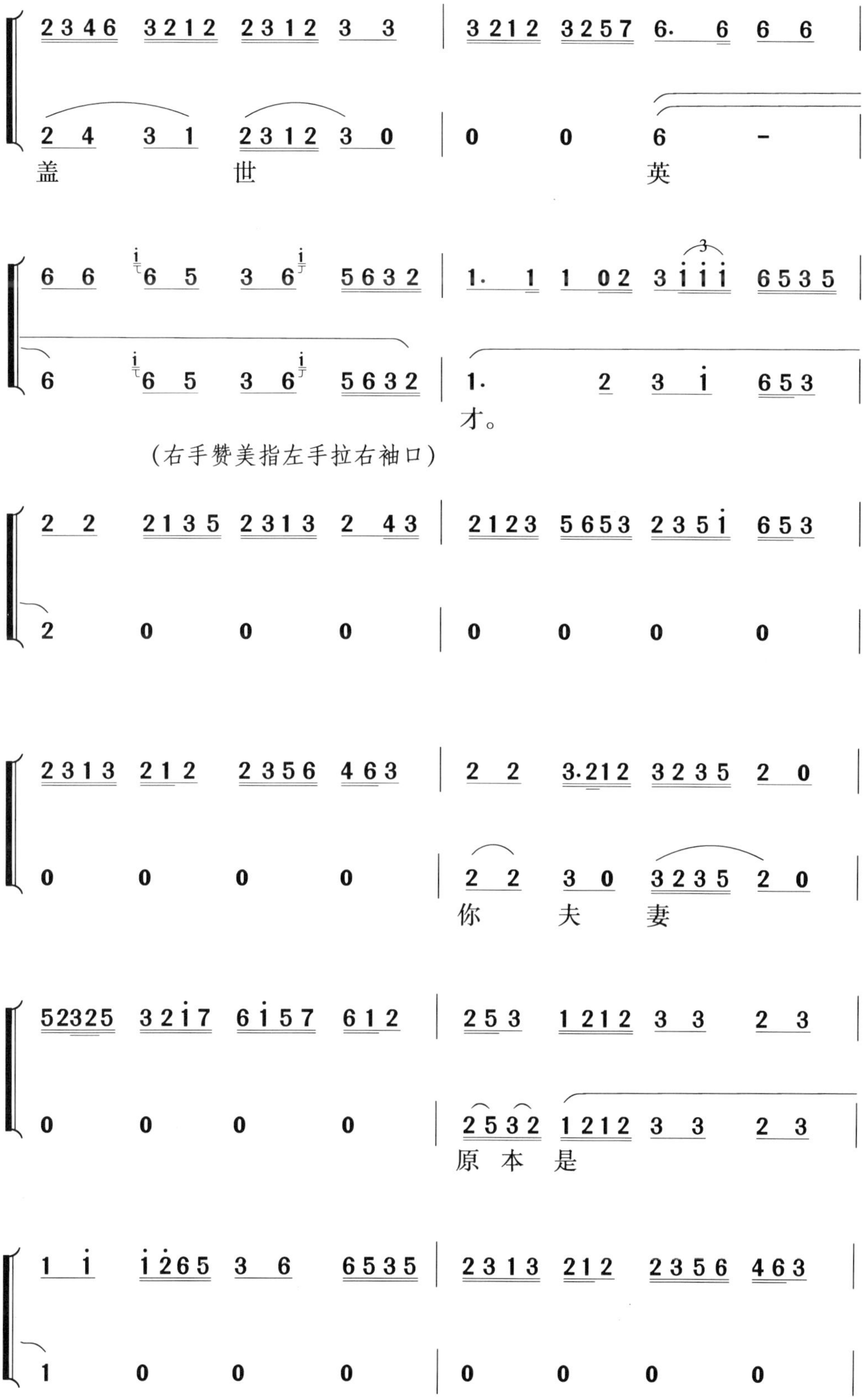

盖 世 英
才。
（右手赞美指左手拉右袖口）
你 夫 妻
原 本 是

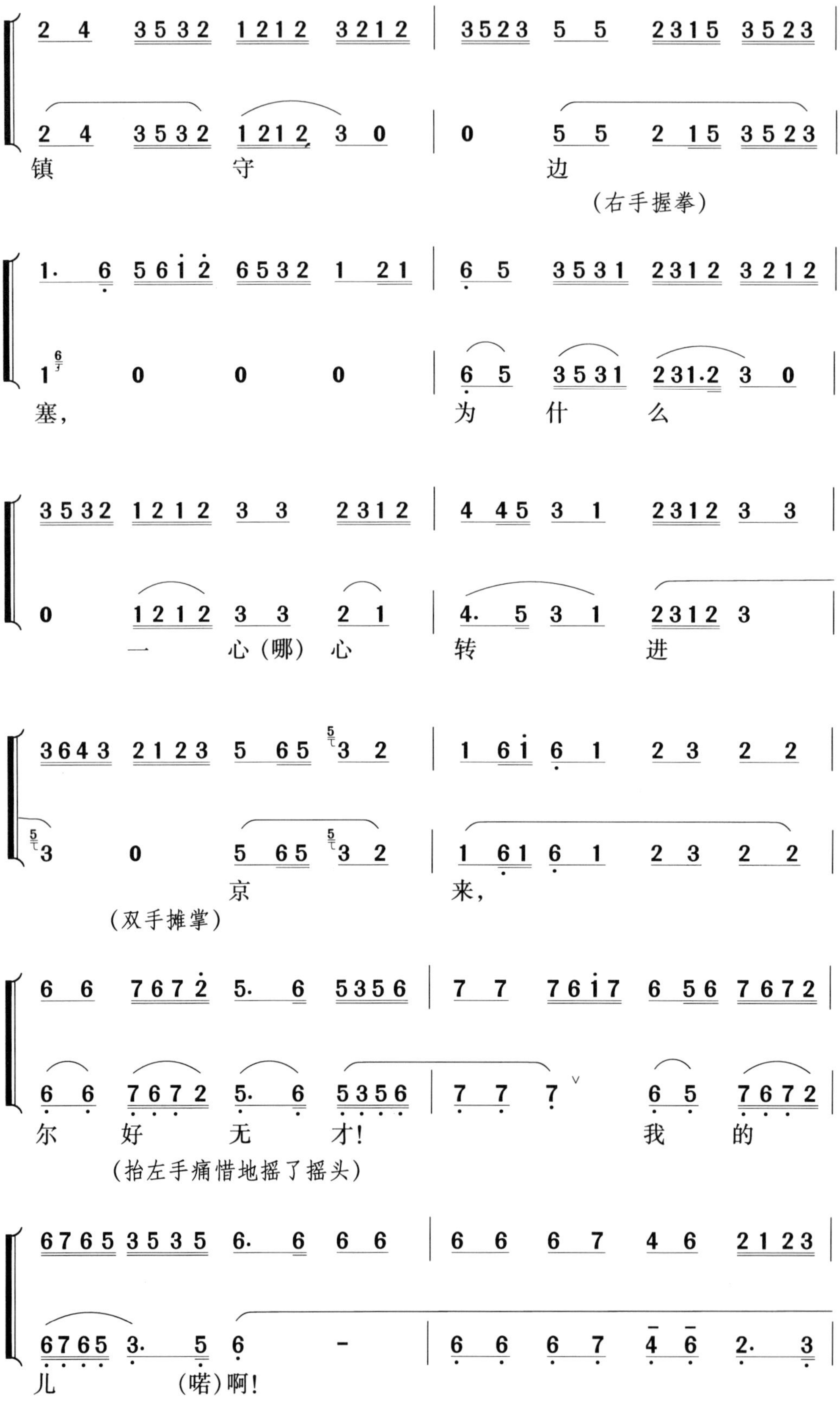
镇 守 边
(右手握拳)
塞，为 什 么
一 心(哪) 心 转 进
京 来，
(双手摊掌)
尔 好 无 才！我 的
(抬左手痛惜地摇了摇头)
儿 (喏)啊！

法场换子

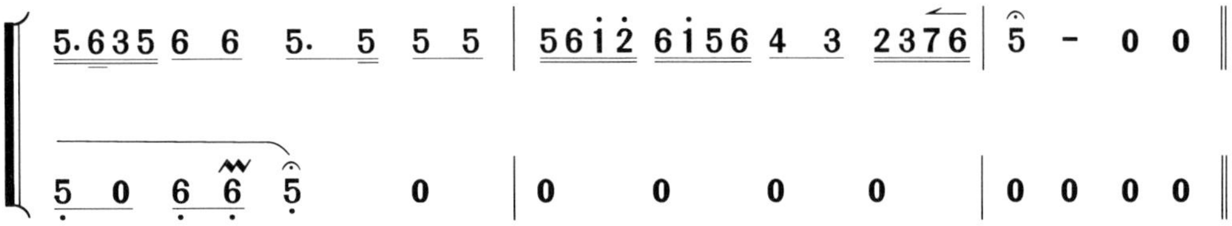

【慢长锤】（徐策向左转身拭泪）【大锣夺头】（向右回身面向前抖右袖）

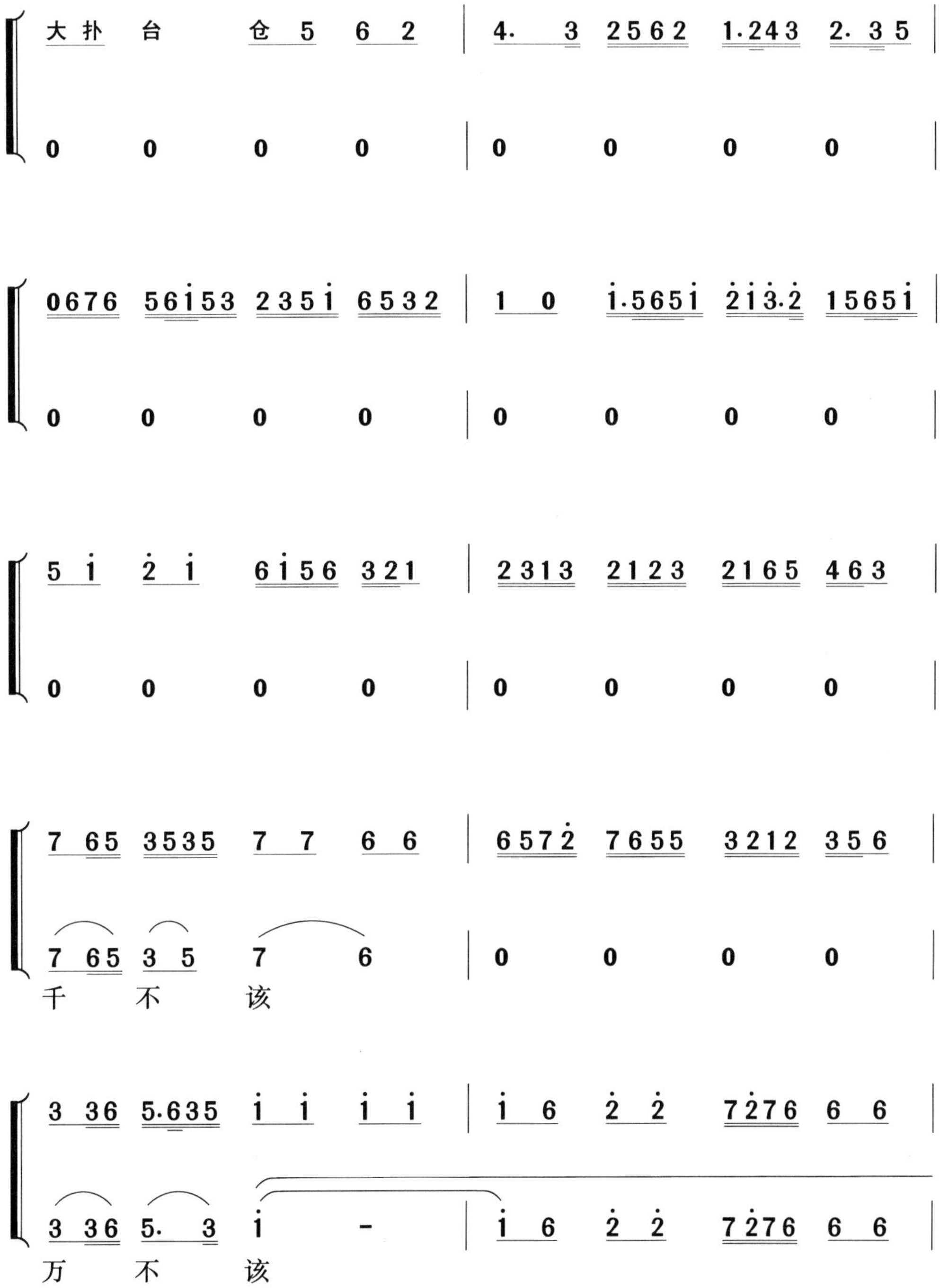

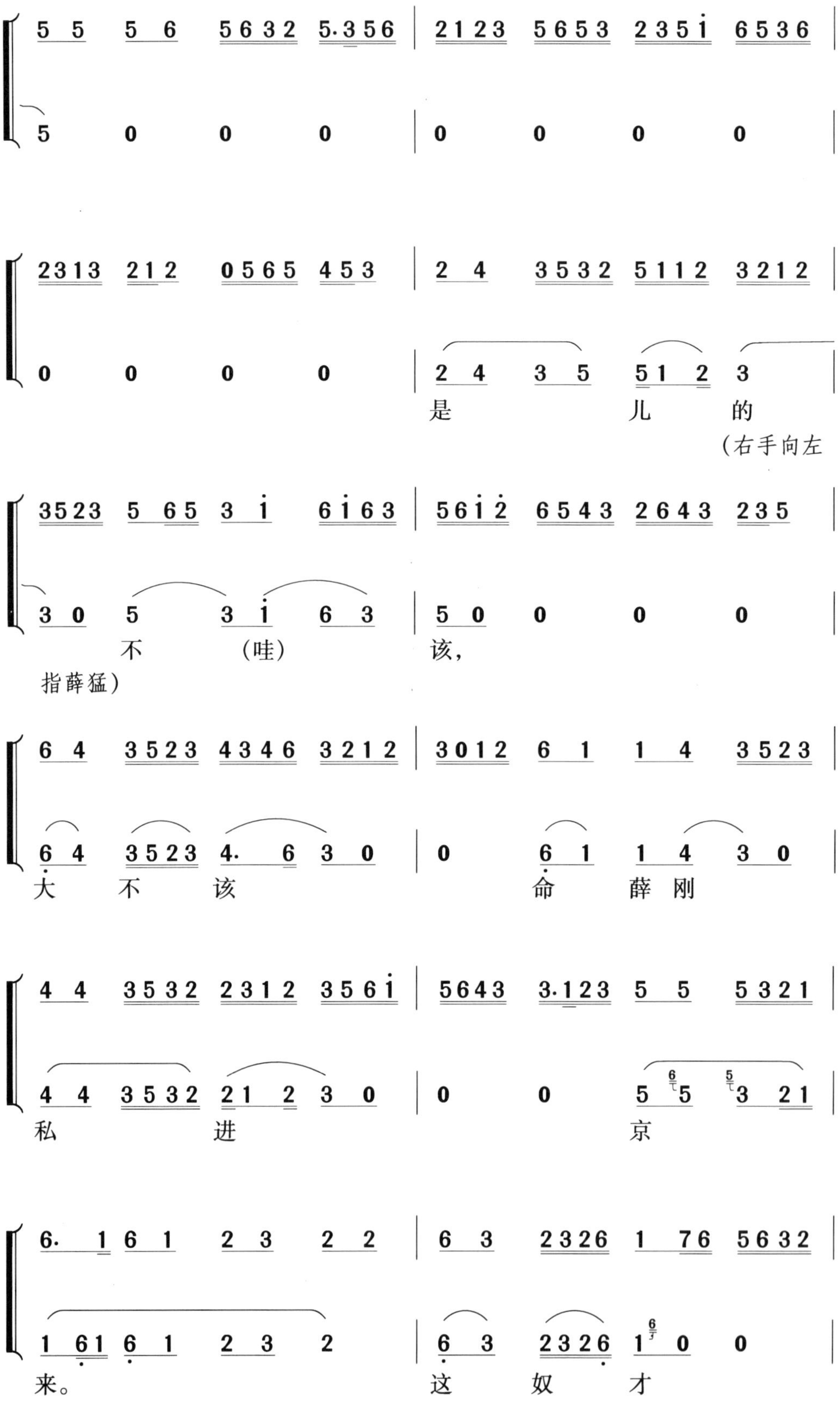
是 儿 的
（右手向左指薛猛）
不 （哇） 该，
大 不 该 命 薛 刚
私 进 京
来。 这 奴 才

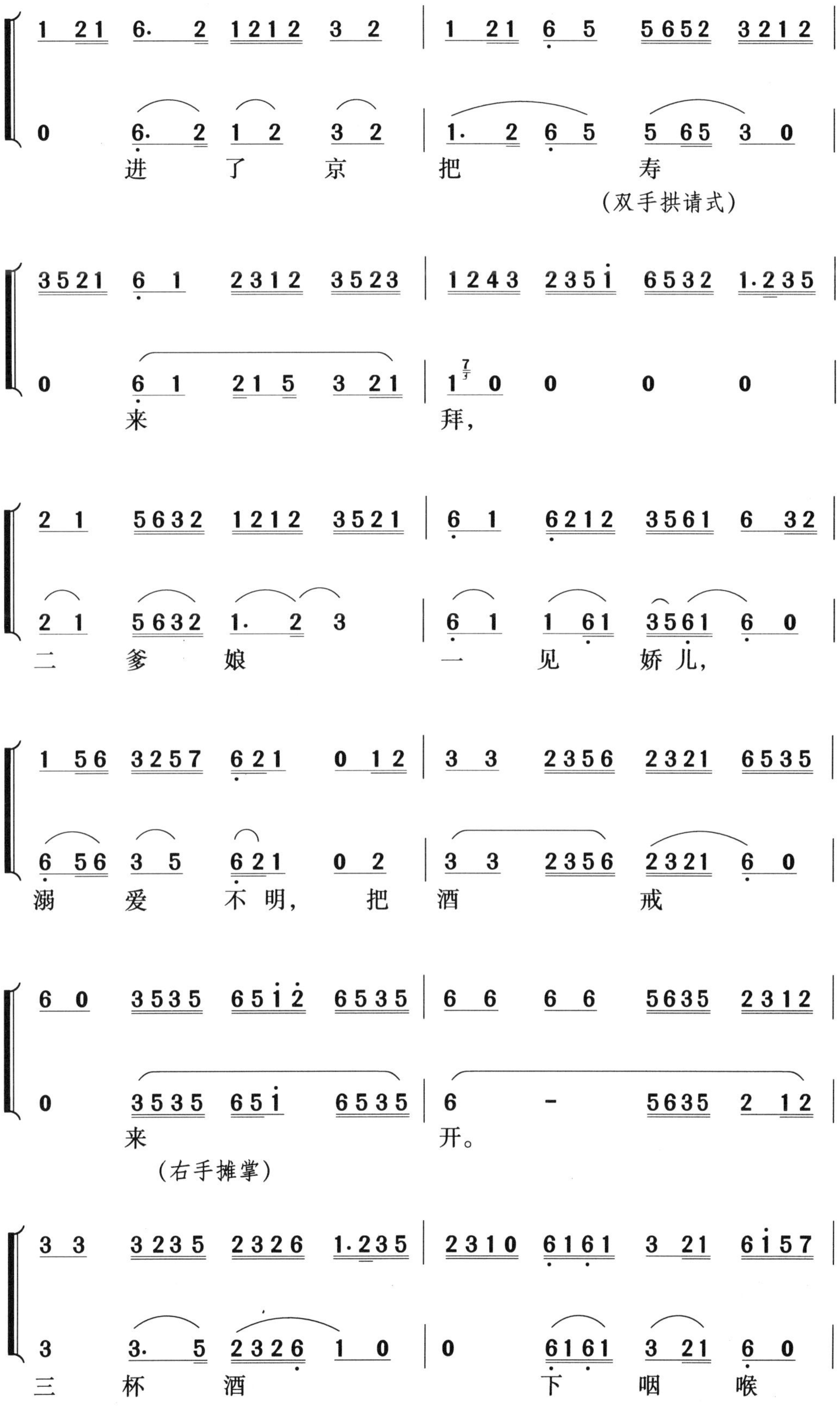
进 了 京 把 寿
（双手拱请式）
来 拜，
二 爹 娘 一 见 娇 儿，
溺 爱 不 明， 把 酒 戒
来 开。
（右手摊掌）
三 杯 酒 下 咽 喉

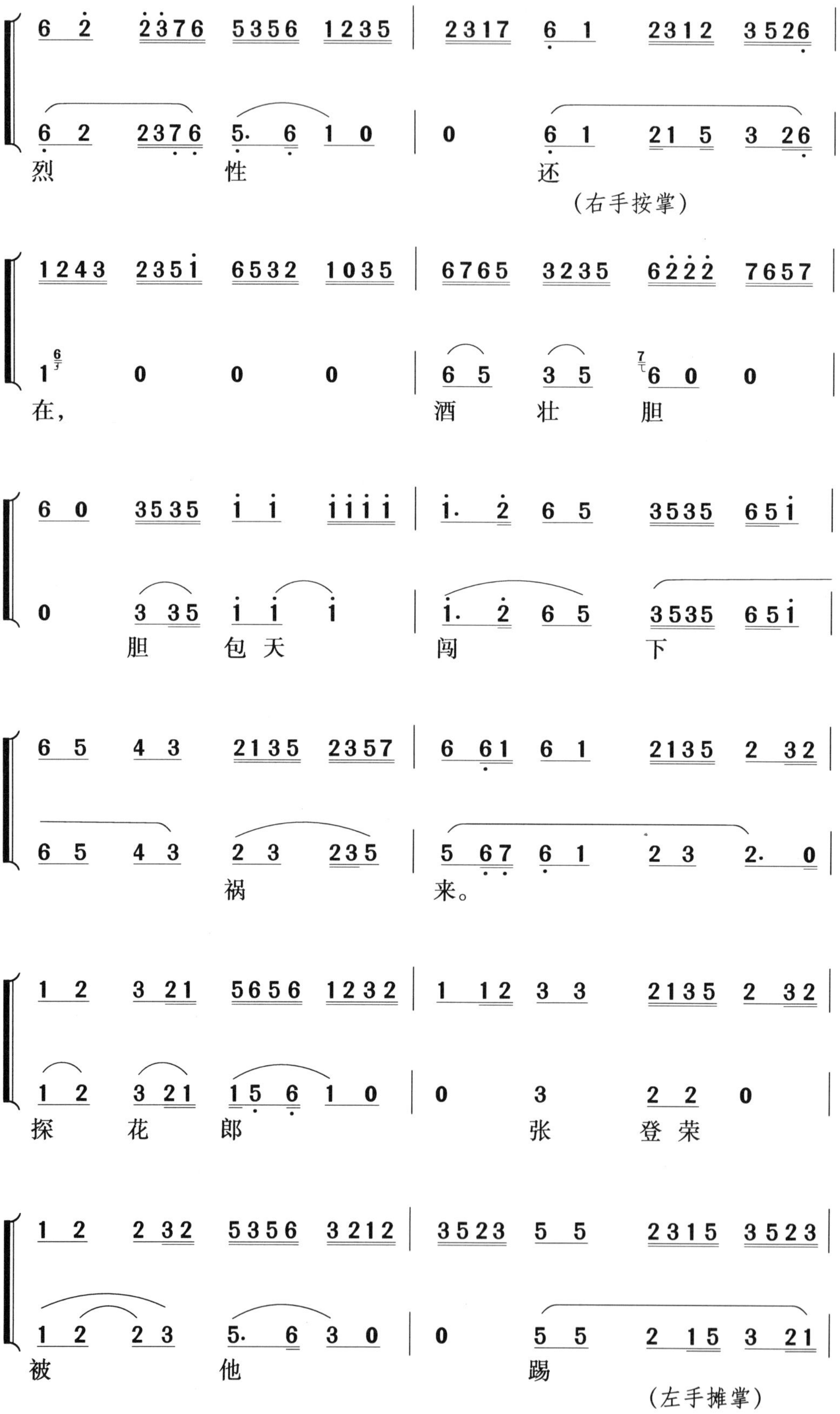
烈 性 还
（右手按掌）
在，
酒 壮 胆
胆 包 天
闯 下
祸
来。
探 花 郎
张 登 荣
被 他
踢
（左手摊掌）

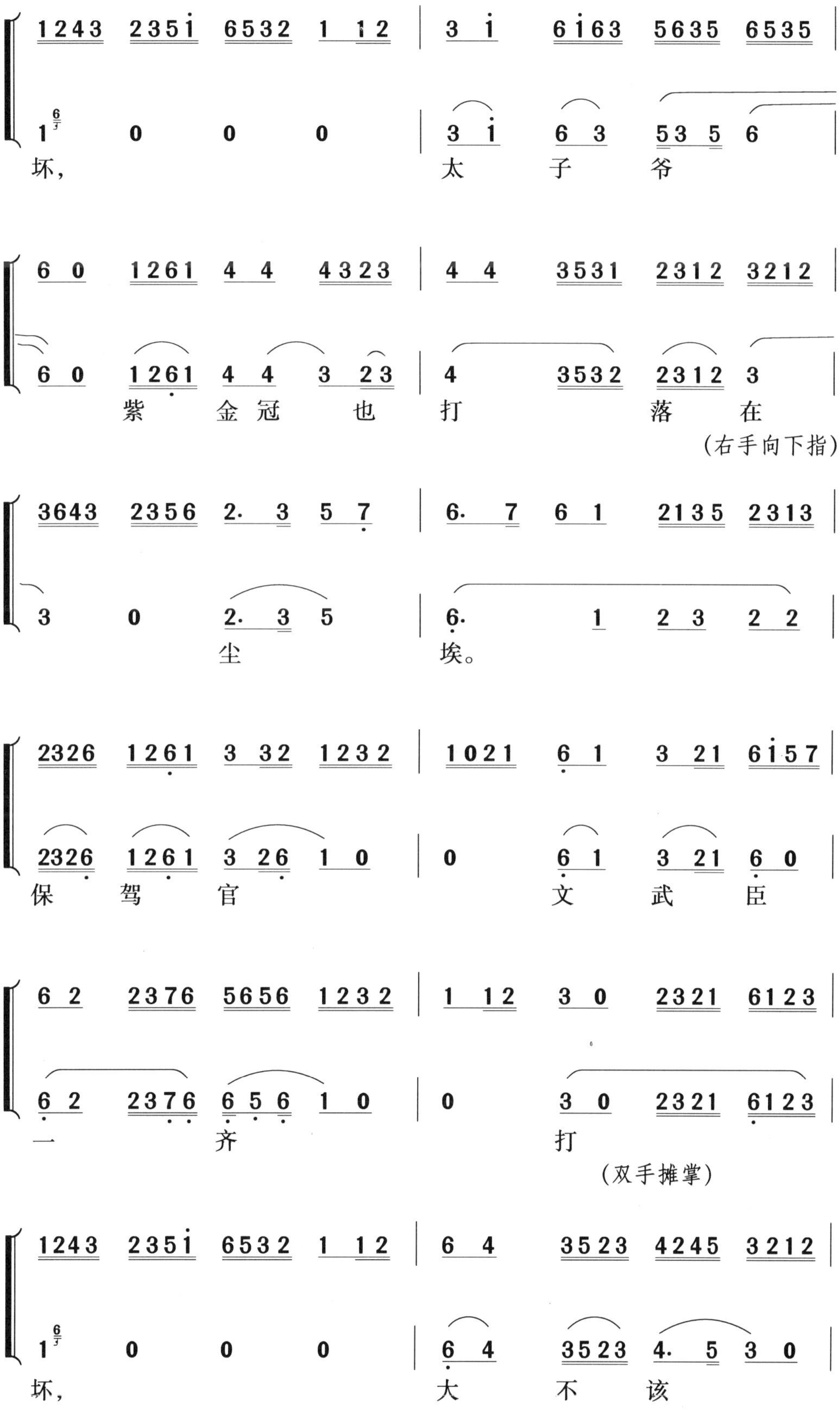
坏，
太子爷
紫金冠也打落在
(右手向下指)
尘埃。
保驾官
文武臣
一齐
打
(双手摊掌)
坏，
大不该

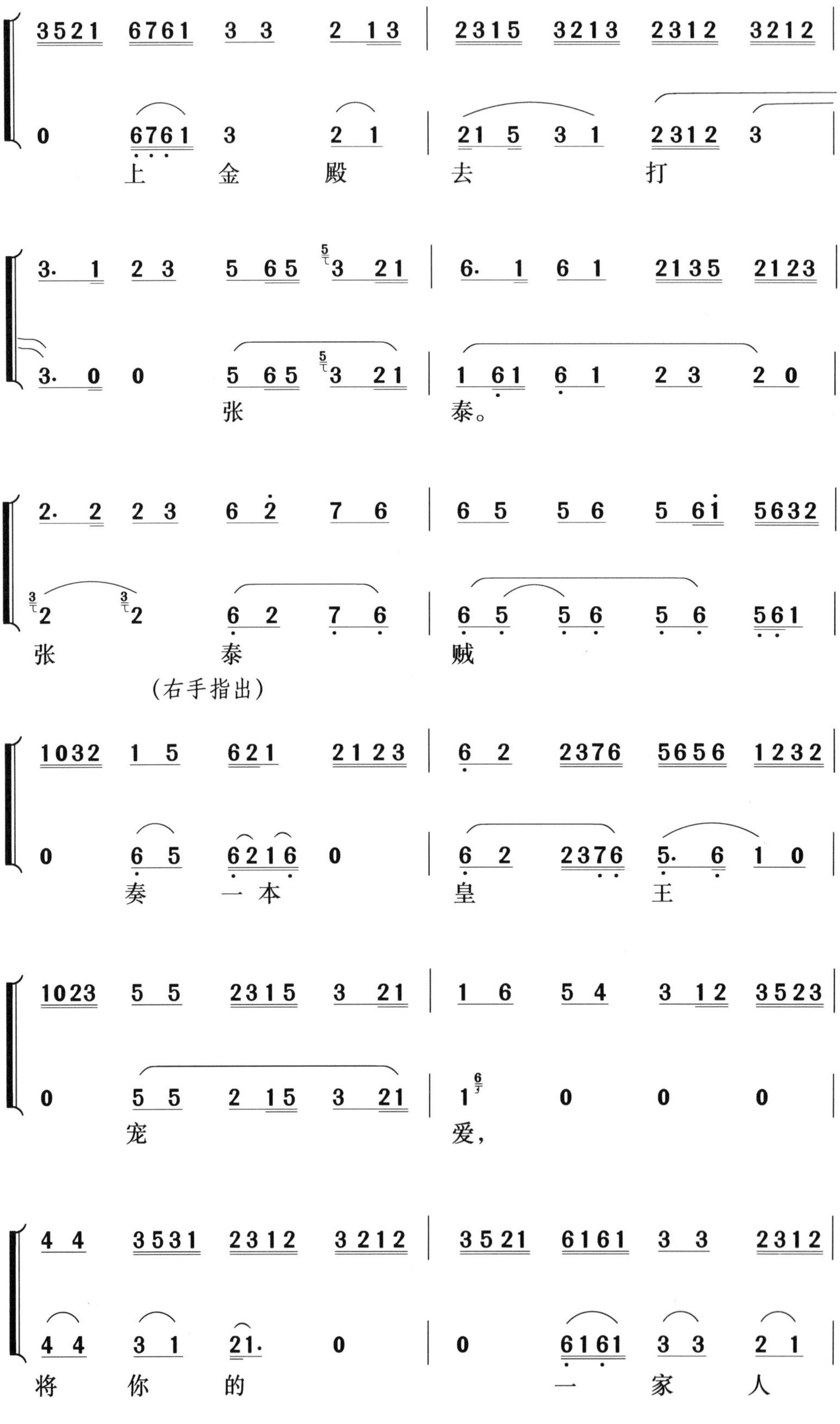
上 金 殿 去 打
张 泰。
张 泰 贼
(右手指出)
奏 一 本 皇 王
宠 爱,
将 你 的 一 家 人

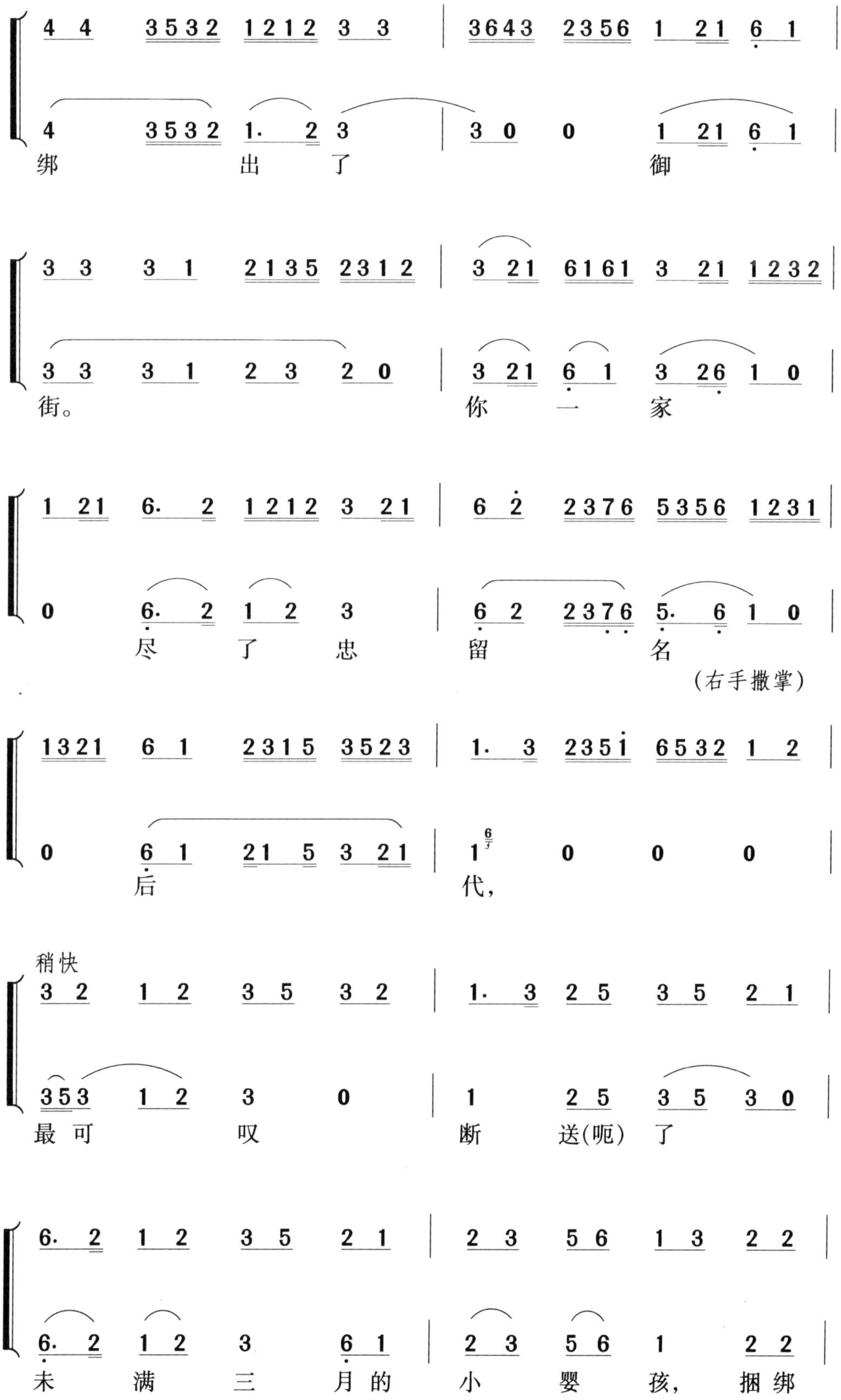
绑 出 了 御
街。你 一 家
尽 了 忠 留 名
（右手撒掌）
后 代，
稍快
最 可 叹 断 送(呃) 了
未 满 三 月 的 小 婴 孩，捆 绑

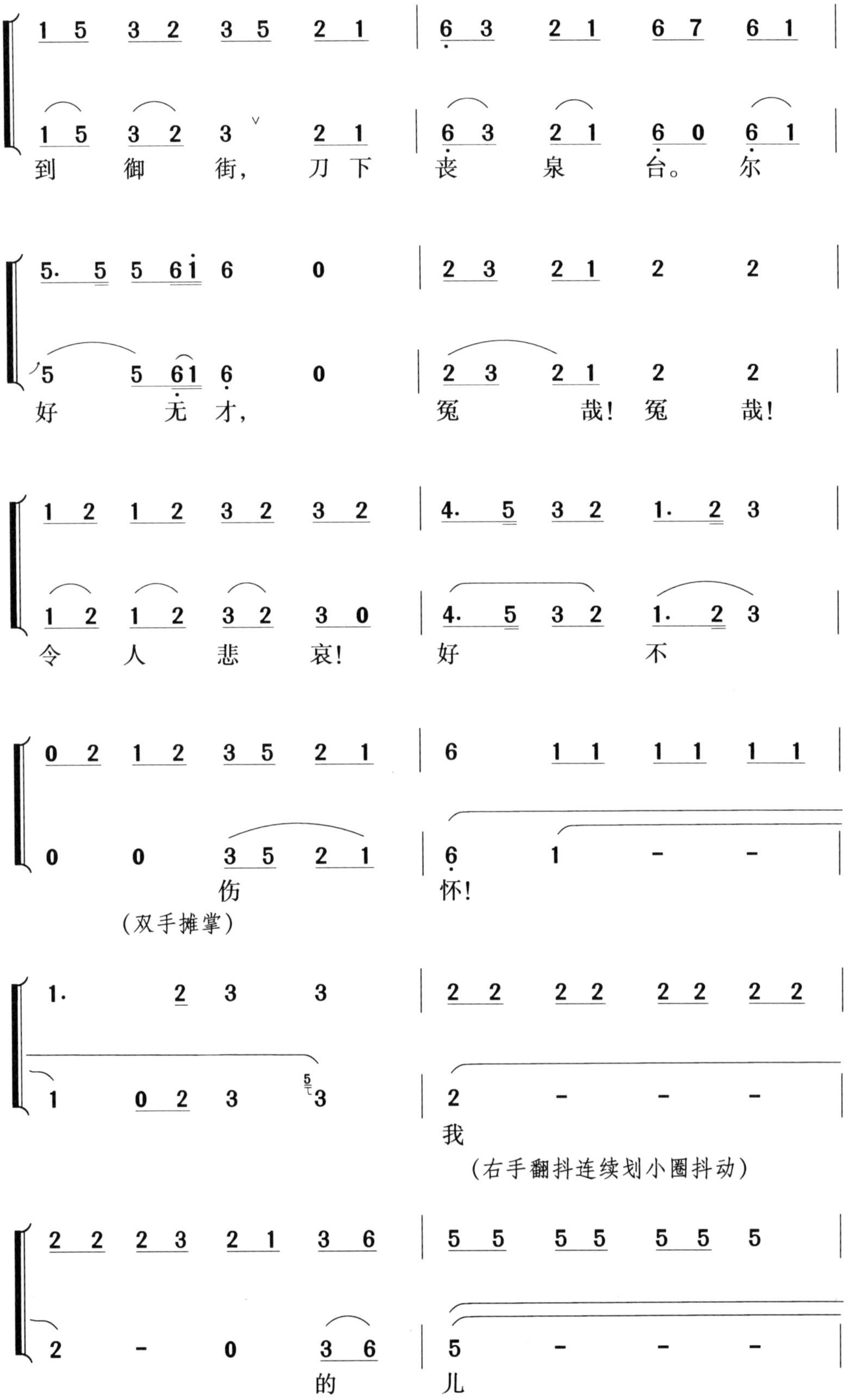
到 御 街， 刀 下 丧 泉 台。 尔
好 无 才， 冤 哉！ 冤 哉！
令 人 悲 哀！ 好 不
伤 怀！
（双手摊掌）
我
（右手翻抖连续划小圈抖动）
的 儿

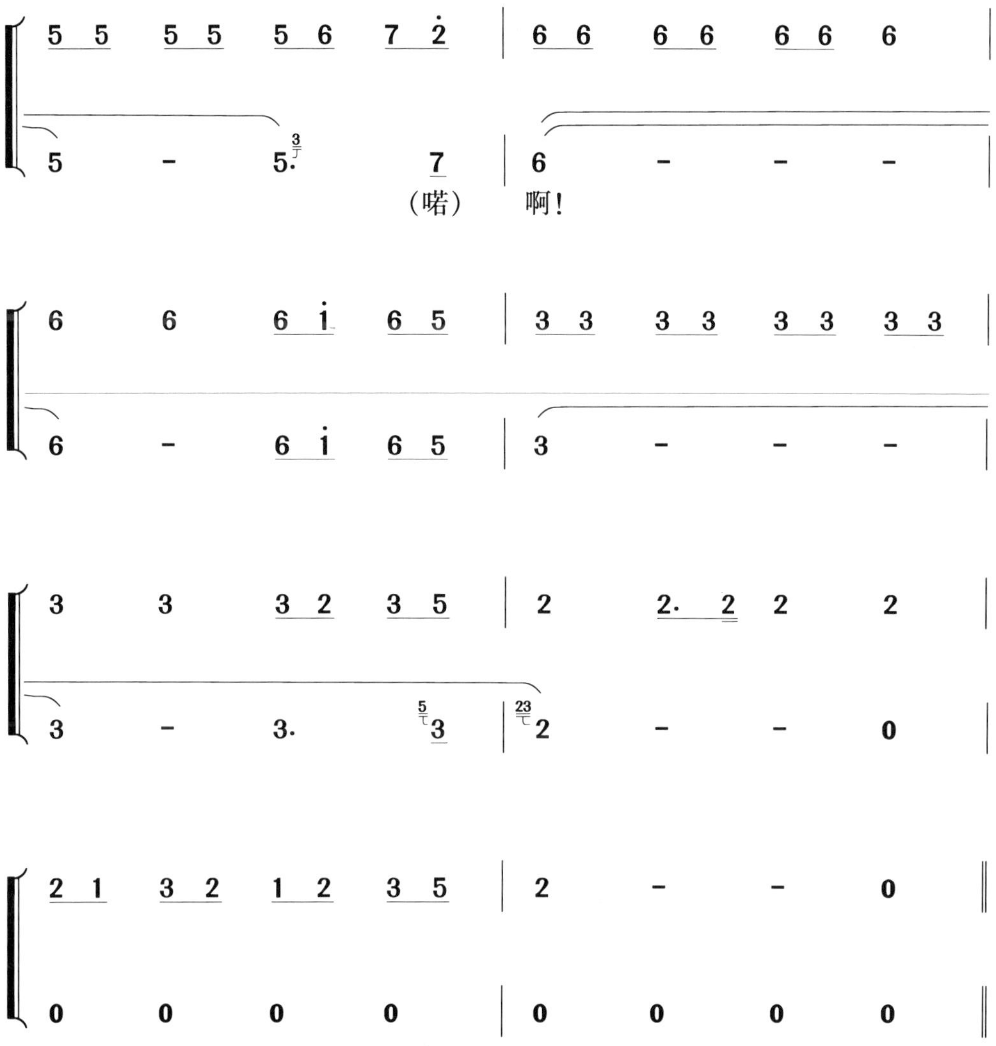

【大锣抽头】（向左转身抖右袖、拭泪，向右回身面向前）【大锣夺头】

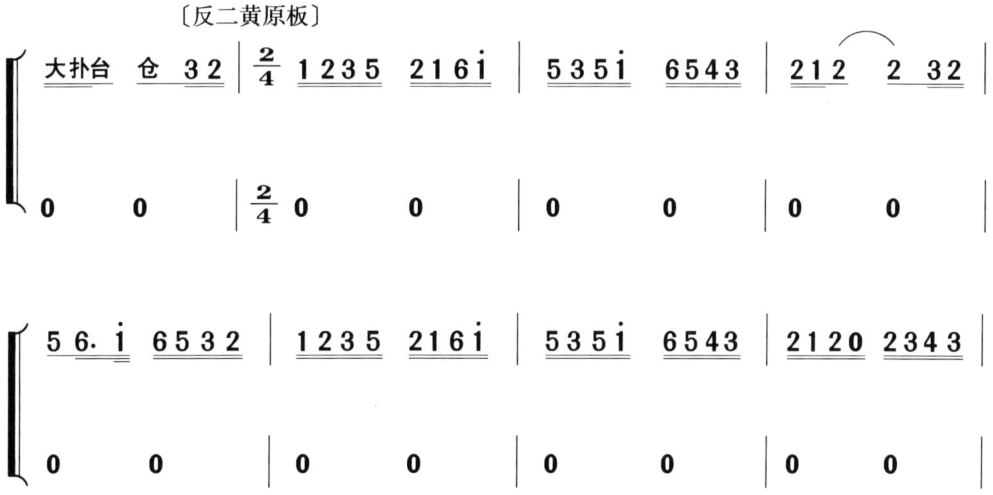

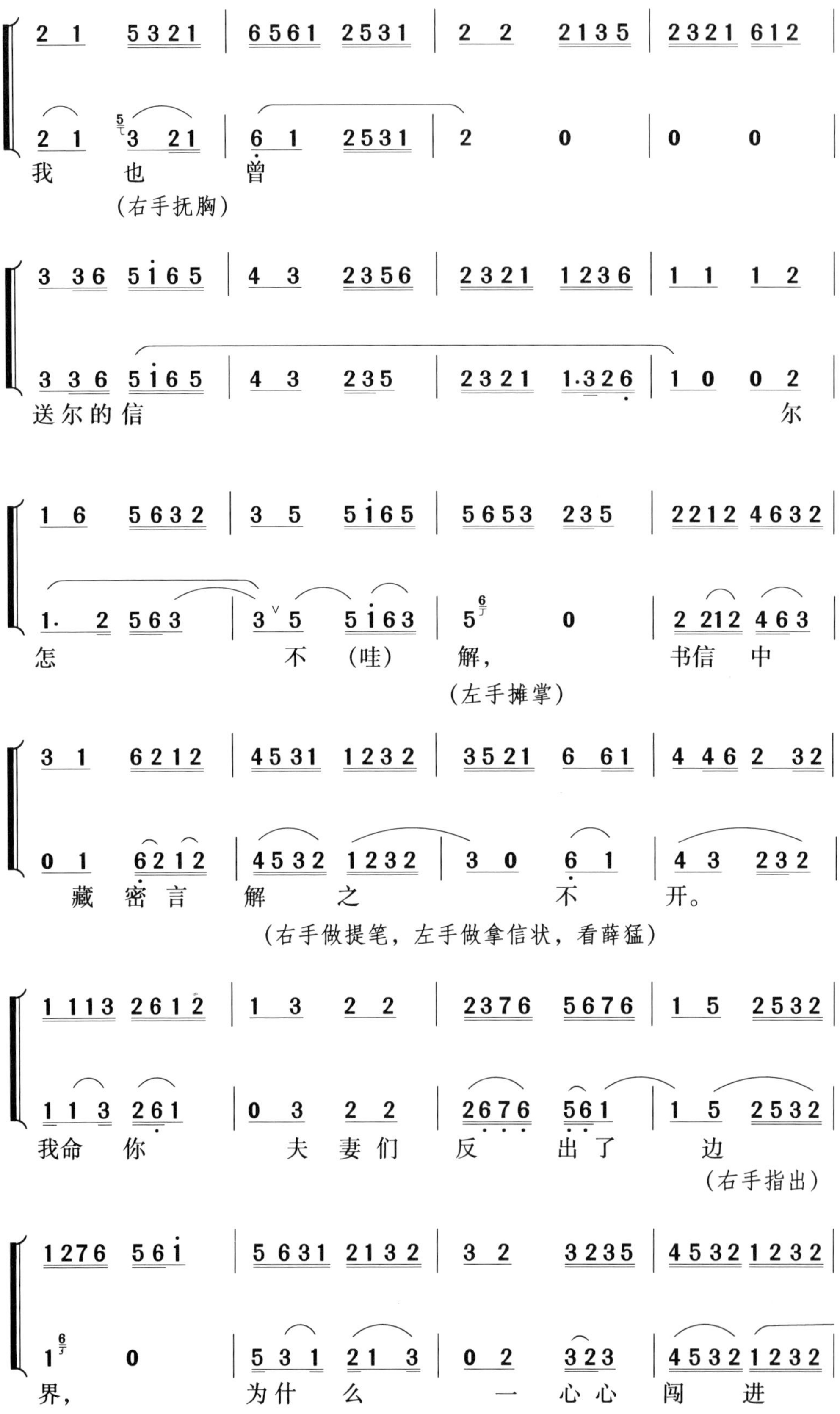
我 也 曾
（右手抚胸）
送尔的信 尔
怎 不 （哇） 解，书信 中
（左手摊掌）
藏 密 言 解 之 不 开。
（右手做提笔，左手做拿信状，看薛猛）
我命 你 夫 妻 们 反 出 了 边
（右手指出）
界，为什 么 一 心心 闯 进

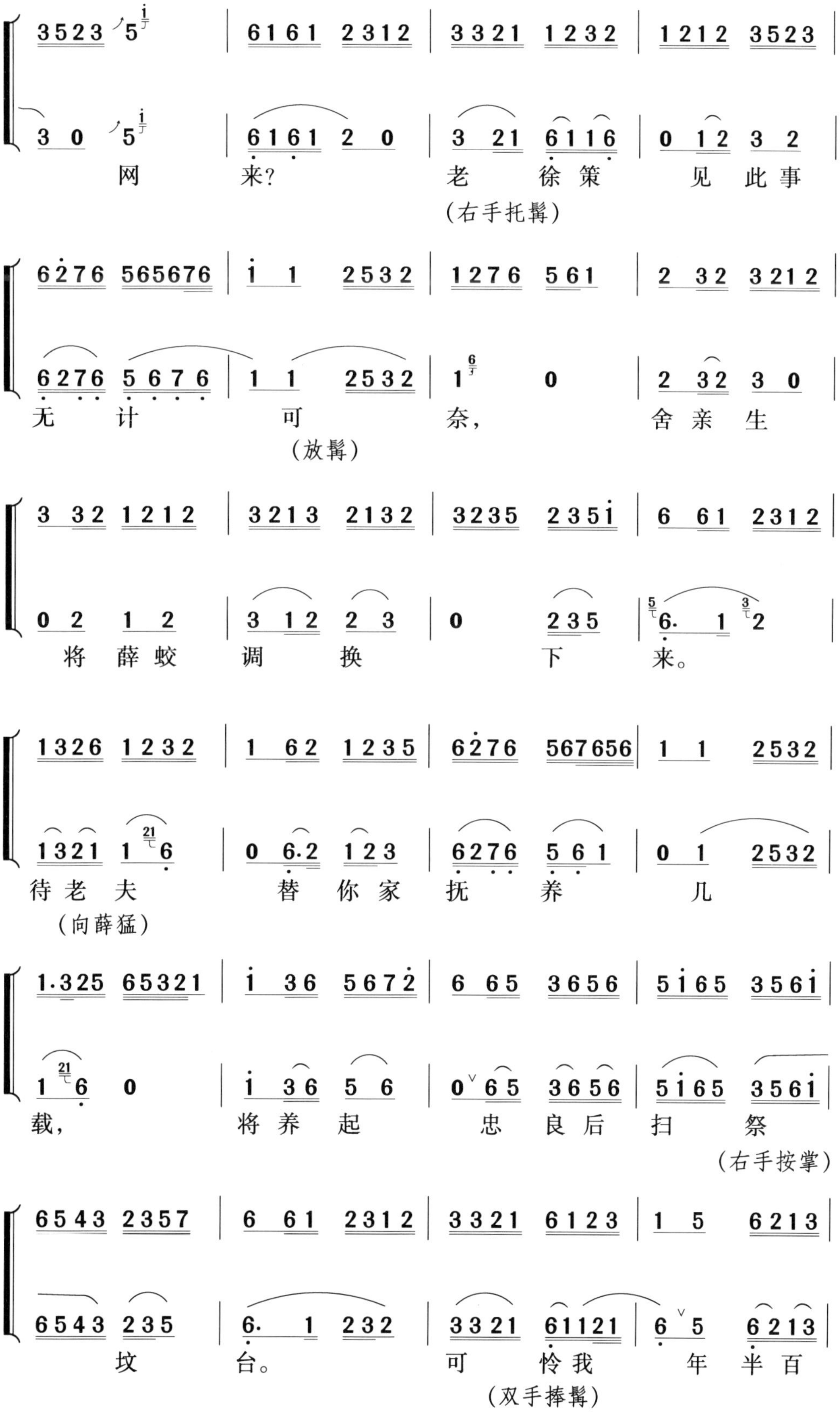
网 来？ 老 徐 策 见 此 事
(右手托髯)
无 计 可 奈， 舍 亲 生
(放髯)
将 薛 蛟 调 换 下 来。
待 老 夫 替 你 家 抚 养 儿
(向薛猛)
载， 将 养 起 忠 良 后 扫 祭
(右手按掌)
坟 台。 可 怜 我 年 半 百
(双手捧髯)

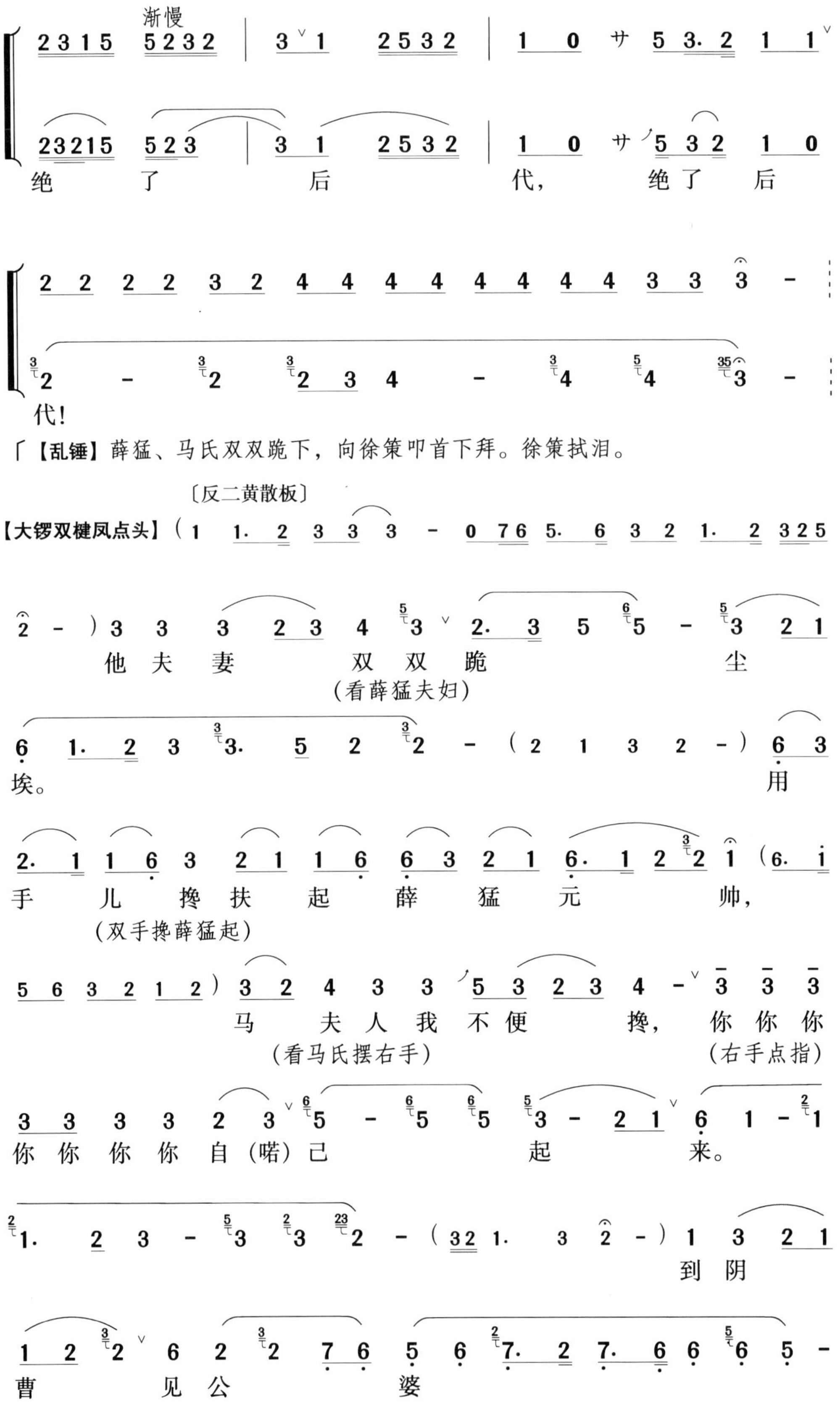
渐慢
绝了后代，绝了后
代！
〔【乱锤】薛猛、马氏双双跪下，向徐策叩首下拜。徐策拭泪。
〔反二黄散板〕
【大锣双楗凤点头】
他夫妻双双跪尘
(看薛猛夫妇)
埃。用
手儿搀扶起薛猛元帅，
(双手搀薛猛起)
马夫人我不便搀，你你你
(看马氏摆右手)
(右手点指)
你你你你自（喏）己起来。
到阴
曹见公婆

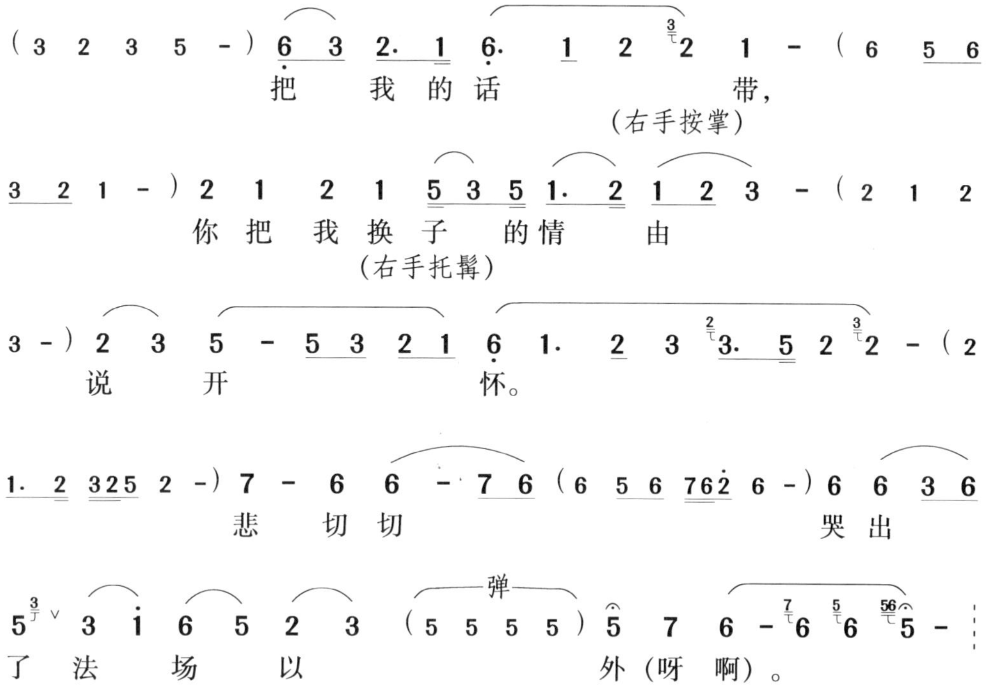

【纽丝】（走出法场，至“左台口”右转身抖袖）

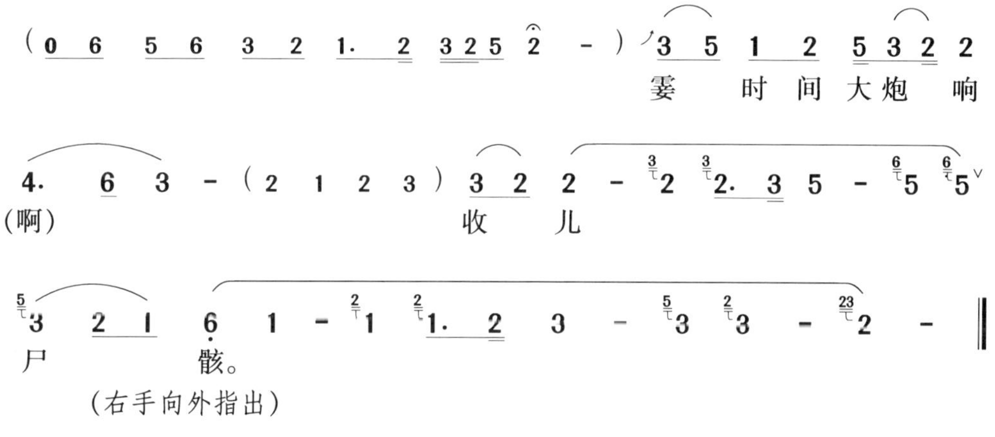

〔【大锣收头】接【冲头】徐策欲走又向右回身走进法场。【大锣叫头】“薛猛！马氏！我那金……”（指马氏怀中的金斗，欲哭强忍）（八大仓）（忽觉失口）【撕边一击】（再观察四周有无人察觉）【撕边一击】（看马氏怀中的金斗）“今生今世难得见的儿呀……”（右手抖指）【撕边·一锤锣】（掩面哭泣拭泪，依依不舍望着金斗，向后退走两步，跺脚下决心）“罢！”（双手摊掌向前送）【冲头】向左转身甩右袖，从“下场门”下。

〔【冲头】四校尉、二刽子手分别从两边上，站“八字儿”。张泰从“下场门”上，归“大座”。

张　泰　刀斧手！

众　有！（仓）

张 泰 时辰可到?

众 时辰已到!

张 泰 将薛猛夫妇速速开刀!(拍惊堂木)

众 啊!走!

〔**(八大仓)**薛猛夫妇怒视张泰。

薛 猛
马 氏 好奸贼!

〔**【撕边】【大锣原场】**二刽子手举刀押薛猛、马氏“下场门”下。**【大锣原场】**切住。起**【斩鼓】【冲头】**二刽子手提刀从“下场门”复上。

刽子手甲 (亮刀)斩首已毕!

刽子手乙 有一婴孩!

张 泰 呈上来!

刽子手乙 啊!**【大锣五击】**(双手将婴儿呈上)

张 泰 (接婴儿看)呜呼呀!**【撕边一击】**看这个娃娃生得面貌出众,待老夫带回府去,作为螟蛉义子。(婴儿哭,猛有所悟)哎呀!**【大锣五击】**斩草不除根,(看婴儿)萌芽依旧生!来!

刽子手 有!

张 泰 将这婴孩腰斩三截,上殿交旨!

〔奏唢呐曲牌<尾声>,刽子手抱婴儿从“下场门”下。张泰出位,上轿。**【大锣原场】**四校尉引张泰从“下场门”下。

——剧 终

范石人　　整理　记谱

沙桥饯别

余派剧目

《沙桥饯别》故事取材于古典小说《西游记》，又名《唐僧取经》。

唐太宗（李世民）尊崇佛教，冀望百姓向佛，为善行好，以图社稷安宁。唯有感于国中寺僧缺少真经卷本，闻知西域印度国内有佛禅大法，遂遣高僧玄奘（唐三藏）西行求取，钦赐牒文、袈裟、金钵等物，以壮其行，并亲率臣僚于沙桥长亭为之饯别。

《沙桥饯别》原是一出以老旦为主（扮玄奘）的戏，前辈艺人龚云甫演得最为出色，后来逐渐就很少有人演唱了。戏中唐太宗（李世民）一角仅由里子老生担任，正工老生是不屑一演的。余叔岩大师生前很喜欢戏中那一段二黄唱腔。他把这段唱（包括唱词和唱腔）再次进行加工润饰，使得唱腔醇厚深沉，更臻完美，后来又灌录成唱片广为流传，因此备受余迷的推崇。这出久已销声敛迹的《沙桥饯别》也因之起死回生，不胫而走。

这出戏，我们得之于北京艺友刘曾复先生，并得到至友陈大濩兄的欣赏。因觉全剧唱腔别具风格，便和大濩在1959年冬再次整理加工。首先，我觉得原剧中唐僧角色是老旦行当，用本嗓唱腔与老生嗓音接近，改为小生扮演便有区别，这样也显得人物年轻。确定后，大濩就先把小生（唐僧）唱词写好，由我去求教姜六爷妙香先生，问他是否有兴趣担任扮演剧中唐三藏（玄奘）角色。姜六爷先让我把唱词给他，他看了之后便欣然允诺，并含笑说："大濩改得很好，他还真有文采！就让我来尝试一下吧。"我问几天能"交卷"，姜先生说："一星期就得。"

当天，我就把这个好消息转告了大濩。他听了也满心欢喜地说："想不到如此顺利。"这时更巧，上海大美电台正好从美国买来一台大的新型录音机。如把文武场乐师找来，立刻就可以录成唱片。大美电台主持节目的是张达夫，我和他有通家之好。大濩又和中国唱片厂谈妥，由这两单位协作，共同进行。真是顺利，不多日由大濩试唱多次后就录成《沙桥饯别》新版本的唱片。此前，大濩在剧本上对于老生的唱，做了较大的改动和编排，删去了原来精彩的〔二黄原板〕，并相应地又不得不改动后面的念白部分，对"饯别"一场的〔西皮导板〕、〔快三眼〕、〔二六〕以及最后的〔摇板〕、〔散板〕等，都做了改动；我又吸收好的一部分，而舍弃了相左的部分，保留了余叔岩先生所唱的那段"提龙笔写牒文……"〔二黄慢板〕，最后就形成了以老生为主角而完全不同于老旦为主角的两种《沙桥饯别》版本。不久，我又把唱腔记成曲谱，与剧本结合在一起，于1960年初在上海出版。记得，陈大濩在上海大城剧场，按此本也曾演出过数场，颇为轰动，一些爱好余派的戏迷，争相仿学，渐而推广。

此本《沙桥饯别》得以重新面世，得力于北京老友吴春礼先生的推荐。多年来我在整理剧本曲谱方面已形成了个人习惯方法，有欲改不能的难言苦衷，承蒙吴兄作了斧削精简而在间隙之中适当地给予保留通融，使此剧本得以付梓。谨此致以由衷的感谢。

范石人

人物行当

李世民	老生	八小太监	龙套
玄奘（唐三藏）	小生	四大铠	武行
徐　勣	老生	四靠将	武行
房玄龄	老生	一车夫	杂
尉迟恭	净	一伞夫	杂
殷开山	净	四小童	杂
二大太监	丑		

服装扮相

李世民　俊扮。王帽、黑三，红蟒（或黄蟒）、玉带，红彩裤，厚底。第一场金殿赐文时用纸牒笔砚。第三场加戴红风帽、披红斗篷。

唐三藏　僧家打扮、俊脸。戴圆形僧帽（前额上绣一“佛”字）、项间挂佛珠，穿浅黄色僧衣，黑彩裤，白长筒布袜、僧鞋。第一场下场时换五佛冠披红袈裟、拿禅杖、托紫金钵。第二、三场改拿马鞭。

徐　勣　俊扮。相貂、白三，白蟒、玉带，彩裤，厚底鞭。第一场拿牙笏。

房玄龄　俊扮。乌纱、黪三，绿蟒、玉带，彩裤，厚底。第一场拿牙笏。

殷开山　粉红三块瓦整脸。白满、荷叶盔，红蟒、玉带，彩裤，厚底。第一场拿牙笏。

尉迟恭　黑整脸。黪整满、大镫，黑蟒、玉带，彩裤，厚底。第一场拿牙笏。

二大太监　丑扮。大太监帽，彩色褶子，红彩裤，朝方或厚底。拿云帚。

八小太监　俊扮、丑扮（分两堂）。太监衣帽、第一场徒手。第三场提提炉或持金瓜、金龙棍、钺斧等仪仗。

四大铠　俊扮。额子、披巾，大铠，彩裤，厚底。拿荷包枪。

四靠将　杂扮。穿软靠（即不用靠旗的靠），戴额子后扇或虎头盔，彩裤，厚底，挂剑。

一车夫　俊扮。太监扮相。

一伞夫　俊扮。太监扮相。

四小童　俊扮。孩发，月白色袄裤，布鞋。堂板一根、经箱一只（堂板作为小童扛箱之用）。（按：这是大剧团在大剧场演出时的人员安排，如小剧团或小剧场演出，除主角和四朝臣而外其他人员，可相应减少。）

道　具

堂桌	一张	玉玺	一颗
椅子	两把	套绳	一根
念珠	一挂	金瓜	两把
云帚	两把	钺斧	两把
牙笏	四只	金钵	一只
朝天镫	两把	荷包枪	两把
红椅披	两份	黄罗伞	一把
红桌围	一份	车辇旗（黄色）	一份
金龙棍	两根	禅杖（环杖）	一根
锦袈裟	一件	马鞭（黄色）	四根
牒文	一份（包括封套）	笔、墨、砚	一份
经箱（红漆箱）	一只		

（如不用以上四种，可适量改用提熏炉）

第 一 场

金殿赐宝

〔场上设龙书案，上面摆放玉玺、文房四宝、牒本；内大座，另备椅一把。

〔【冲头】、【一锤锣】徐勣等四朝臣上场，至正台口站“横一字”。次序：尉迟、房、徐、殷
④ ② ① ③

徐 勣 （念）金鸡唱罢晓光寒，

房玄龄 五凤楼前玉漏残。

殷开山 文武百官齐朝贺，

尉迟恭 正笏垂绅列两班。【半归位】

徐、房、殷、尉迟 （同白）“下官——”【大锣一击】

徐 勣 徐勣。

房玄龄 房玄龄。

殷开山 殷开山。

尉迟恭 尉迟恭。【住头】

徐 勣 列位大人请了！

房玄龄
殷开山 （同）请了。
尉迟恭

徐 勣 万岁登殿，分班伺候。

房玄龄
殷开山 （同）香烟缭绕，圣驾临朝，分班伺候。
尉迟恭

〔徐、殷二人暂从“下场门”下；同时，房、尉迟二人暂从“上场门”外侧下。

〔胡琴奏<二黄小开门>（或<朝天子>），四小太监、二大太监持云帚上，“站门”。

〔李世民端玉带出场亮相，缓步至“九龙口”双抖袖，同时右脚后退半步，拉回左脚并齐，将双袖挑起，正冠，理髯。端玉带走向“中场”近台口处，右手单抖袖，挑起水袖，双手端玉带。曲牌音乐弱奏。

李世民 （念引子）海内归心，庆升平，

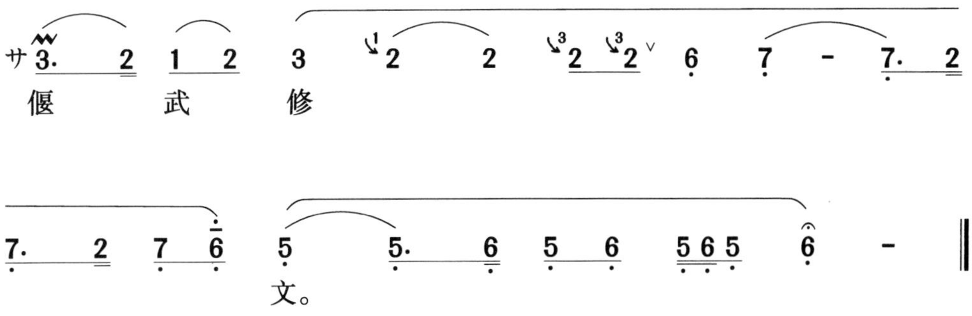

〔曲牌音量复原。李世民右转身走向“内场”入“大座”；四小太监、二大太监随着向里走，分立于两边。

〔徐勣等四朝臣分别由两边上归“中场”，面向里站“横一字”。

徐　勣
房玄龄
殷开山　（同）臣等见驾，吾皇万岁！（四人同时上左步，做参拜状）
尉迟恭

李世民　众卿平身。

徐、房、殷、尉迟　（同）万万岁！

〔四人起立，徐勣与殷开山站“大边”，房玄龄与尉迟恭站“小边”。曲牌收住。

李世民　（念诗）威临万国世澄清，德配尧王愧未能。**【小锣二击】**

为保祥和崇佛教，天涯海角觅真经。**【小锣归位留底锣】**

孤（台）大唐天子，贞观在位。（**多罗.0** | **台　多**）登基以来，国泰民安，万方来朝。孤意欲尊崇佛教使之发扬，以图长治久享，永保祥和；只是天朝缺少经文，何以悟道修真！闻得真经大法，在西域印度，不知是真是假。不免将御弟三藏，宣上殿来细问一番，倘若话不虚传，命他替孤去往西天，请来佛家的宝藏，普渡众生，消灾降福，实乃万民之幸也。内侍！

大太监　奴婢在。

李世民　宣法师玄奘上殿。

大太监　遵旨。（走向“中场”台口）万岁有旨，宣法师玄奘上殿哪！

〔玄奘内应：“领旨！”

〔**【小锣打上】**玄奘出场至“九龙口”整冠，理项间佛珠，整衣襟，至“小边”台口。

玄　奘　（念）金钵日食千家饭，破衲穿来万户衣。（**【小锣二击或四击】**挖门归大边）贫僧玄奘见驾，愿吾皇万岁。（双手合十上前一步躬身施礼）

李世民　御弟平身。

玄　奘　万万岁！

李世民　赐座。

玄　奘　谢坐。**【小锣一击】**（退后一步左转向“大边”斜走二、三小步，“大边”第一名小太监搬椅子与玄奘坐下）万岁将贫僧宣上殿来，有何训谕？

李世民　孤意欲求取真经，以崇佛教，但不知真经确在何处？

玄　奘　启奏万岁，闻得佛祖真经大法，在西域印度梵王宫内。（用左手向外指点）

李世民　想那西域印度，离此万里迢迢，本当命你，替孤一行，只怕你不胜跋涉之苦。

玄　奘　万岁说哪里话来，贫僧久有此心；但此去若无天朝御牒路引，定要被各国番王拦阻，就请万岁，赐下牒文，贫僧何辞辛苦，情愿前往西域，求取那宝藏的真经。（双手合十向外做祈求状）

李世民　偏劳御弟，孤心不安。

玄　奘　万岁呀！

〔二黄原板〕

2/4 0　7656 | 1 ³2　3 ⁷6 | 565　5 61 | 235⁶↗　3276 |

（扎 多　乙 0）

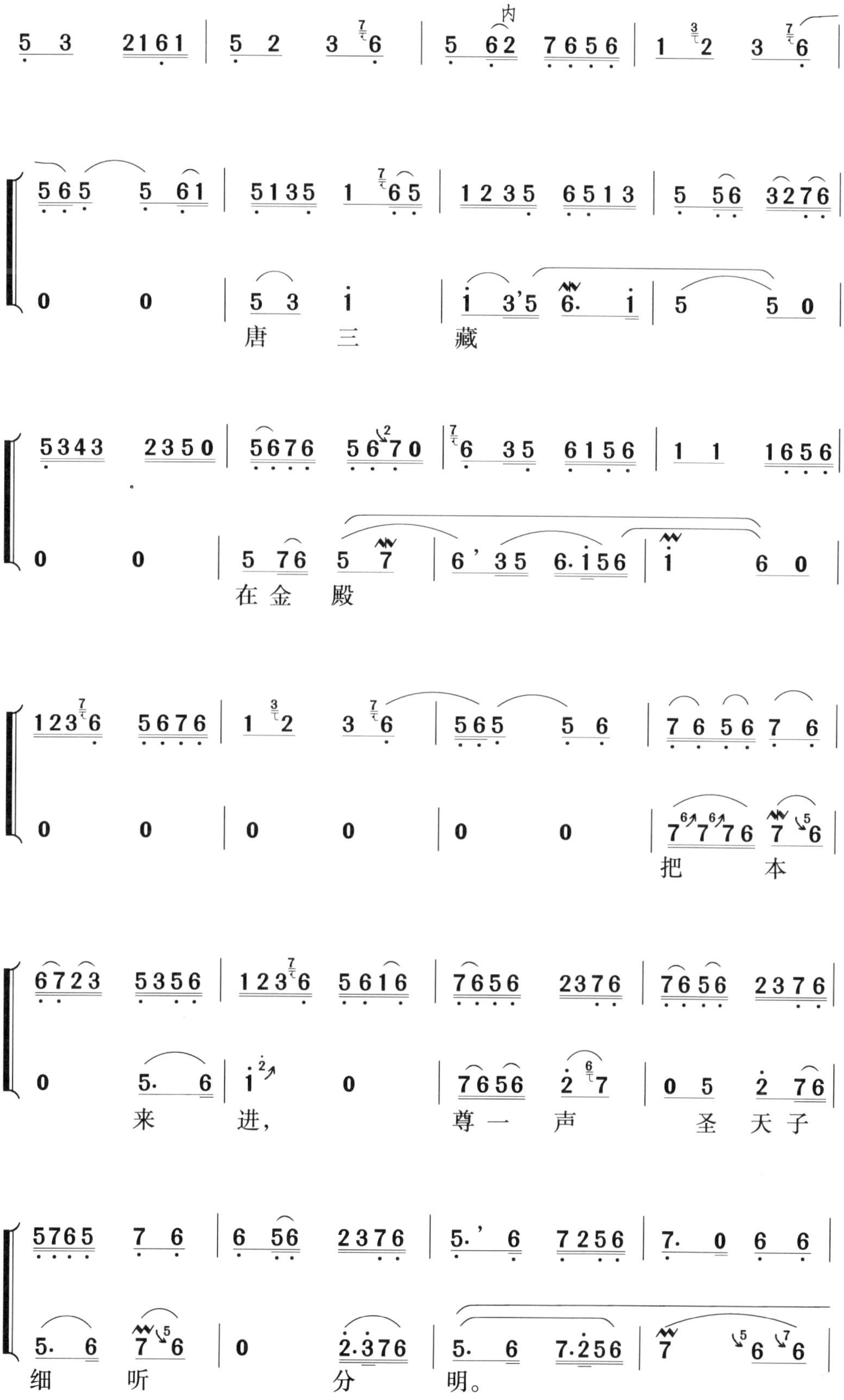
唐三藏
在金殿
把本
来进，
尊一声
圣天子
细听
分明。

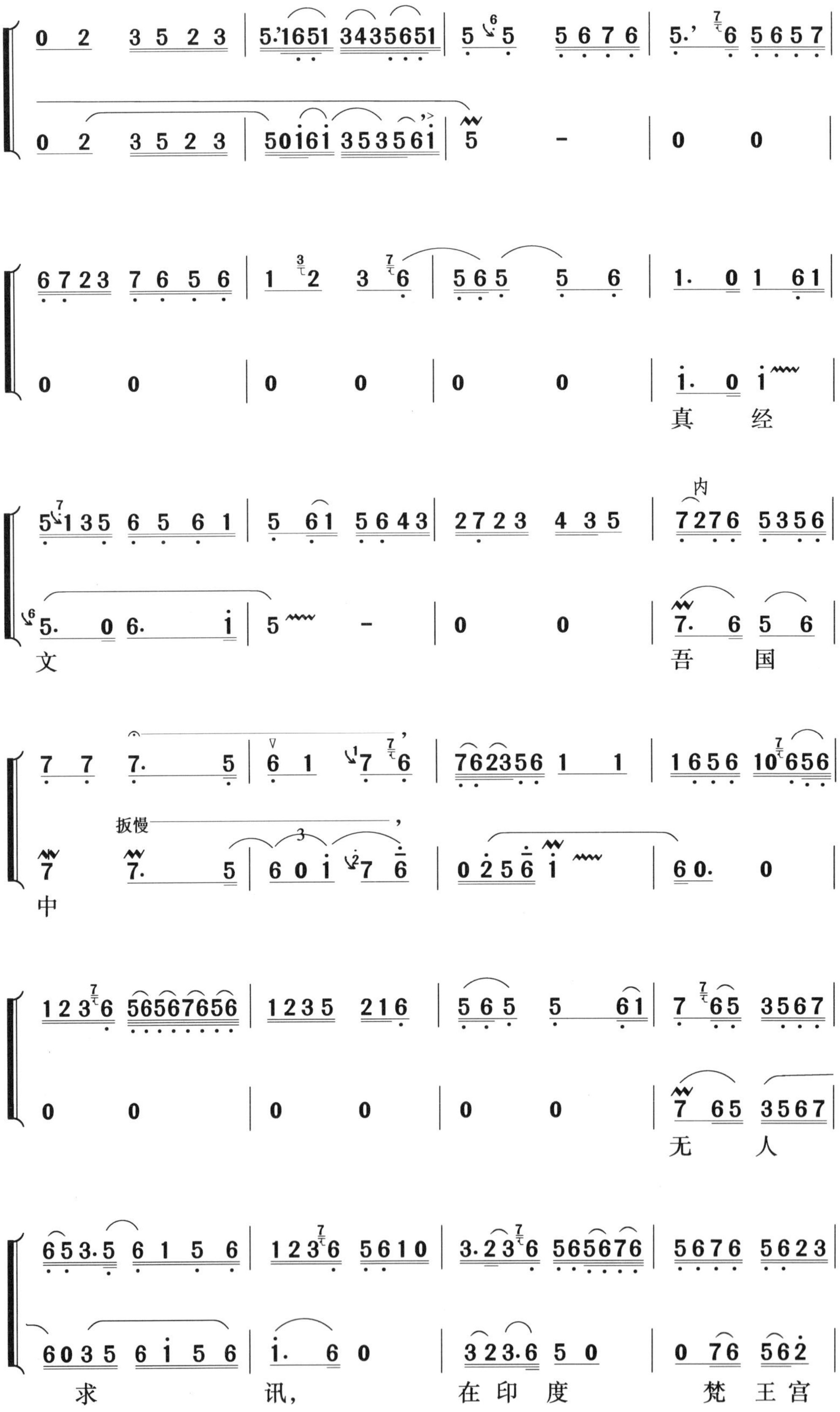
真 经
文
吾 国
扳慢
中
无 人
求 讯，
在印度
梵王宫

才 有 真 文。 但 愿 得
我 主 爷 赐 臣 路 (喔) 引，
哪 怕 那 千 山 万 水 (的) 道 路 难
行。 我 贫 僧 受 皇 恩 当 把
忠 (呃) 尽，
催快

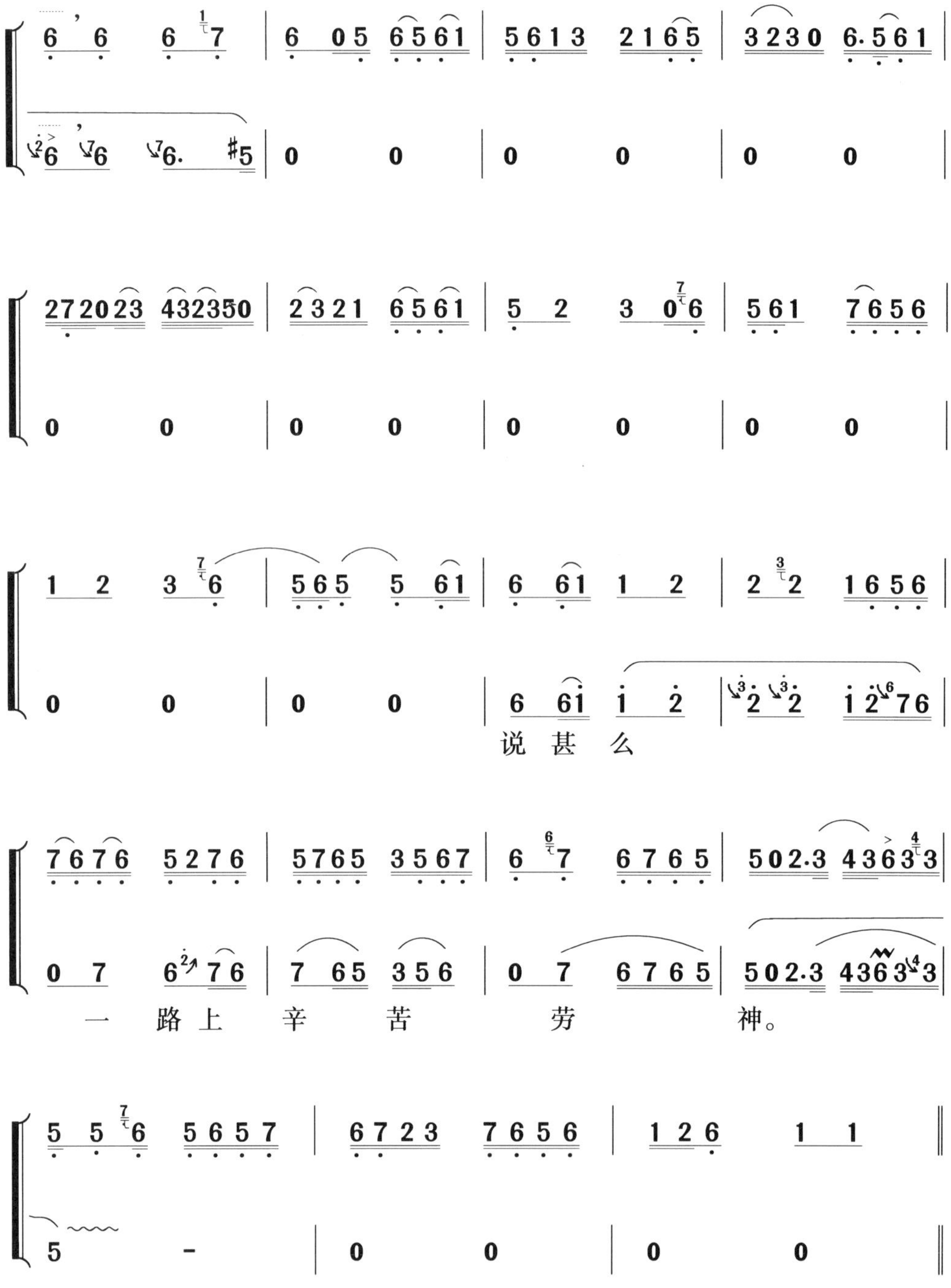

李世民 御弟执意西行，足见向道坚诚；只是西方路上，受不尽风霜之苦，孤王赐你锦绣袈裟一件，禅杖一根，紫金钵一个，僧衣僧帽一袭，小童四人，侍奉鞍马。

玄 奘 圣上恩赐，贫僧踵礼叩谢！（双手做合十俯身施礼）

李世民 御弟，明日黄道吉日，晨钟之后即刻登程。孤王率领满朝文武，齐至沙桥亭前饯别。

玄 奘 贫僧有何德能，敢劳圣驾出城相送？

李世民 此乃是你替孤远行，何须谦辞。内侍！

大太监 在。

李世民 文房伺（喏）候。

大太监 遵旨。

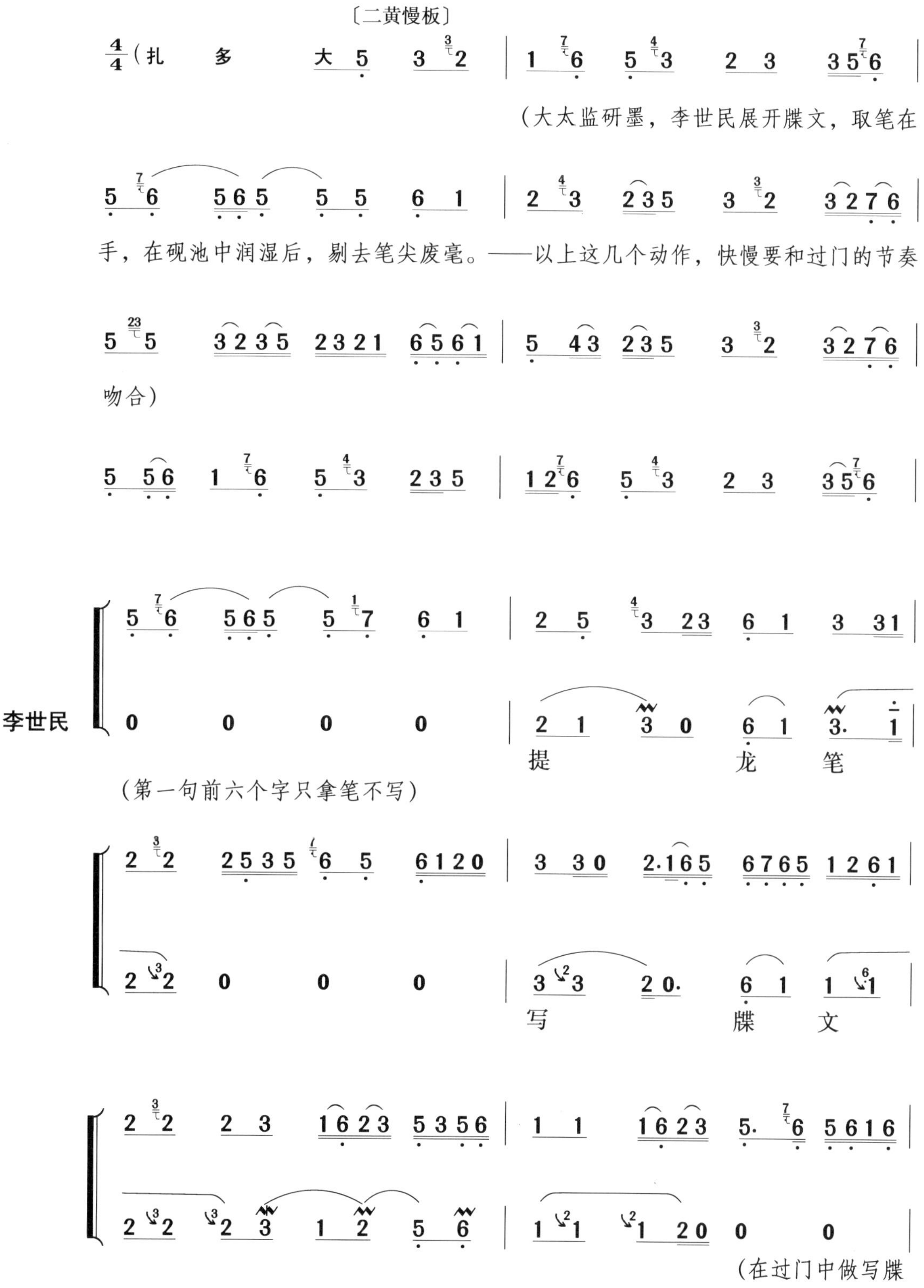

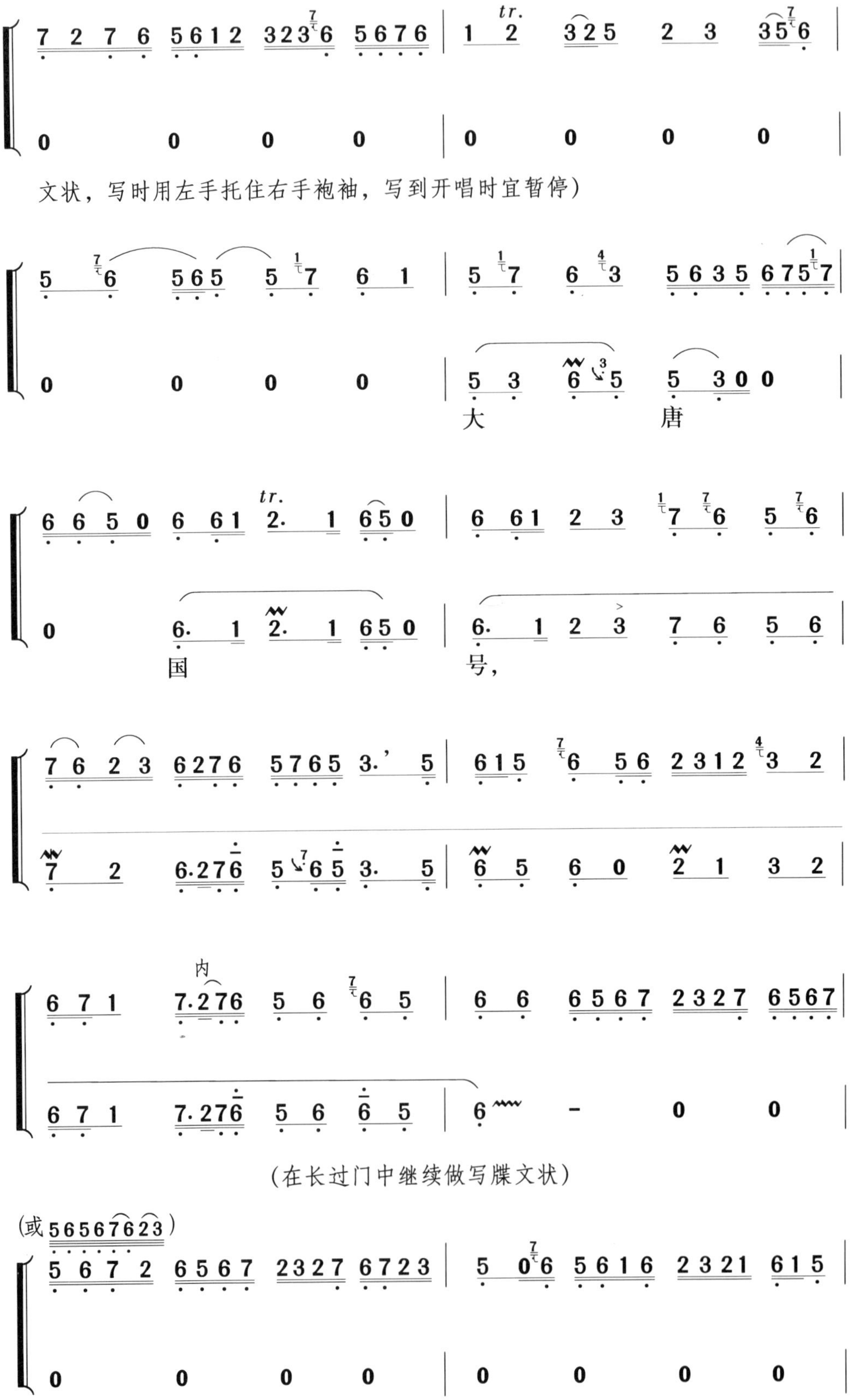
文状，写时用左手托住右手袍袖，写到开唱时宜暂停）
大
唐
国
号，
内
（在长过门中继续做写牒文状）
（或

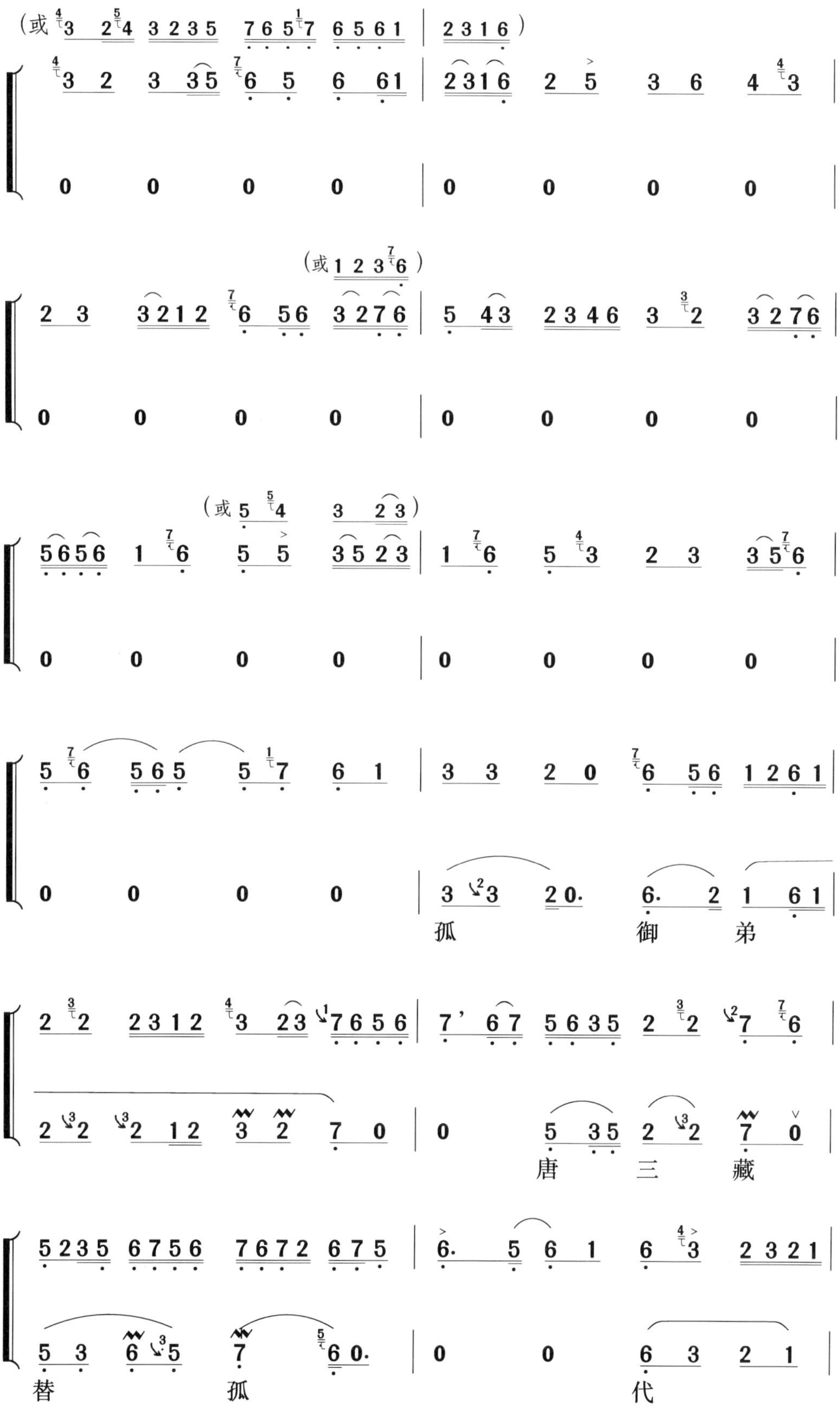
或
或
或
孤 御 弟
唐 三 藏
替 孤 代

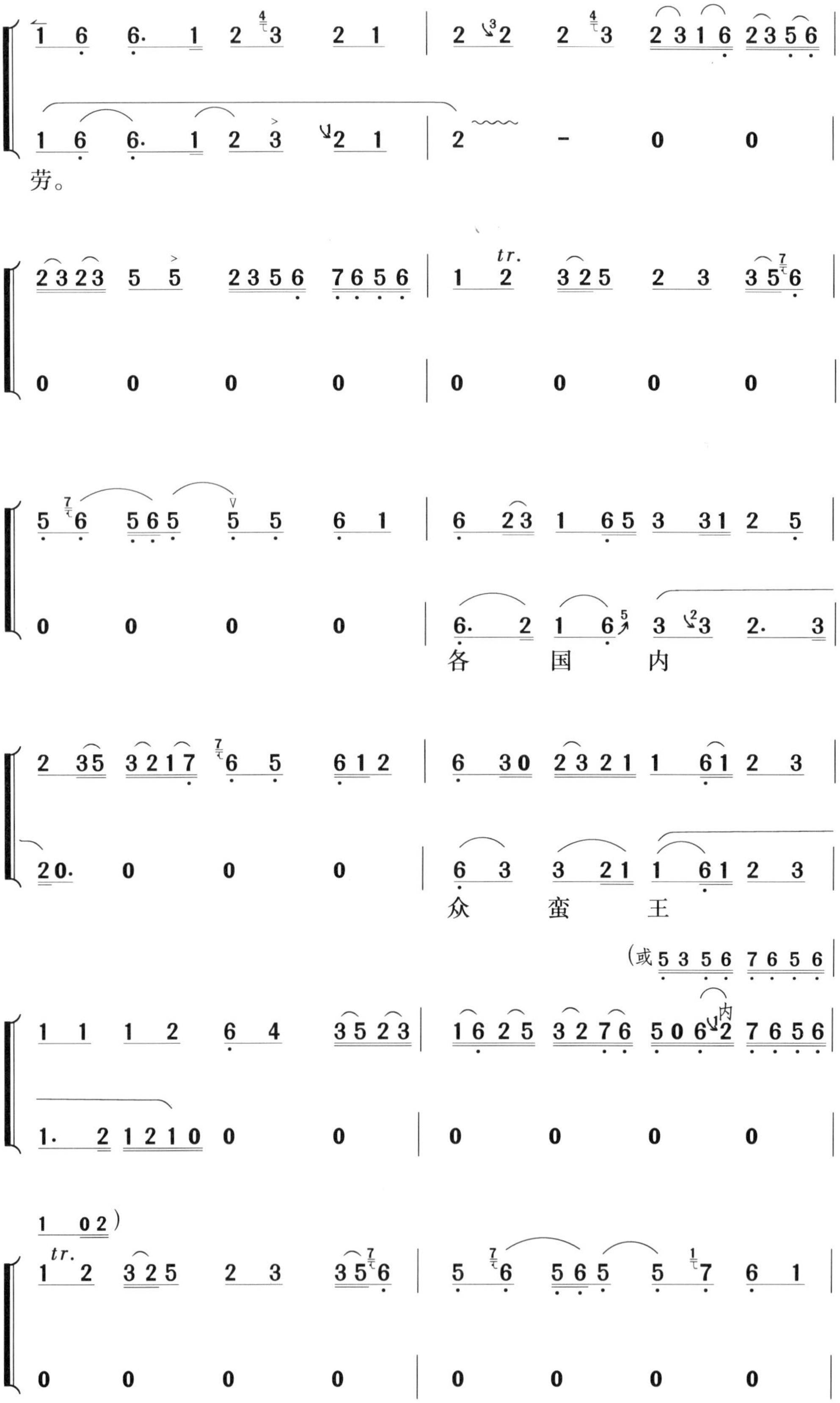
劳。
各 国 内
众 蛮 王
(或
内

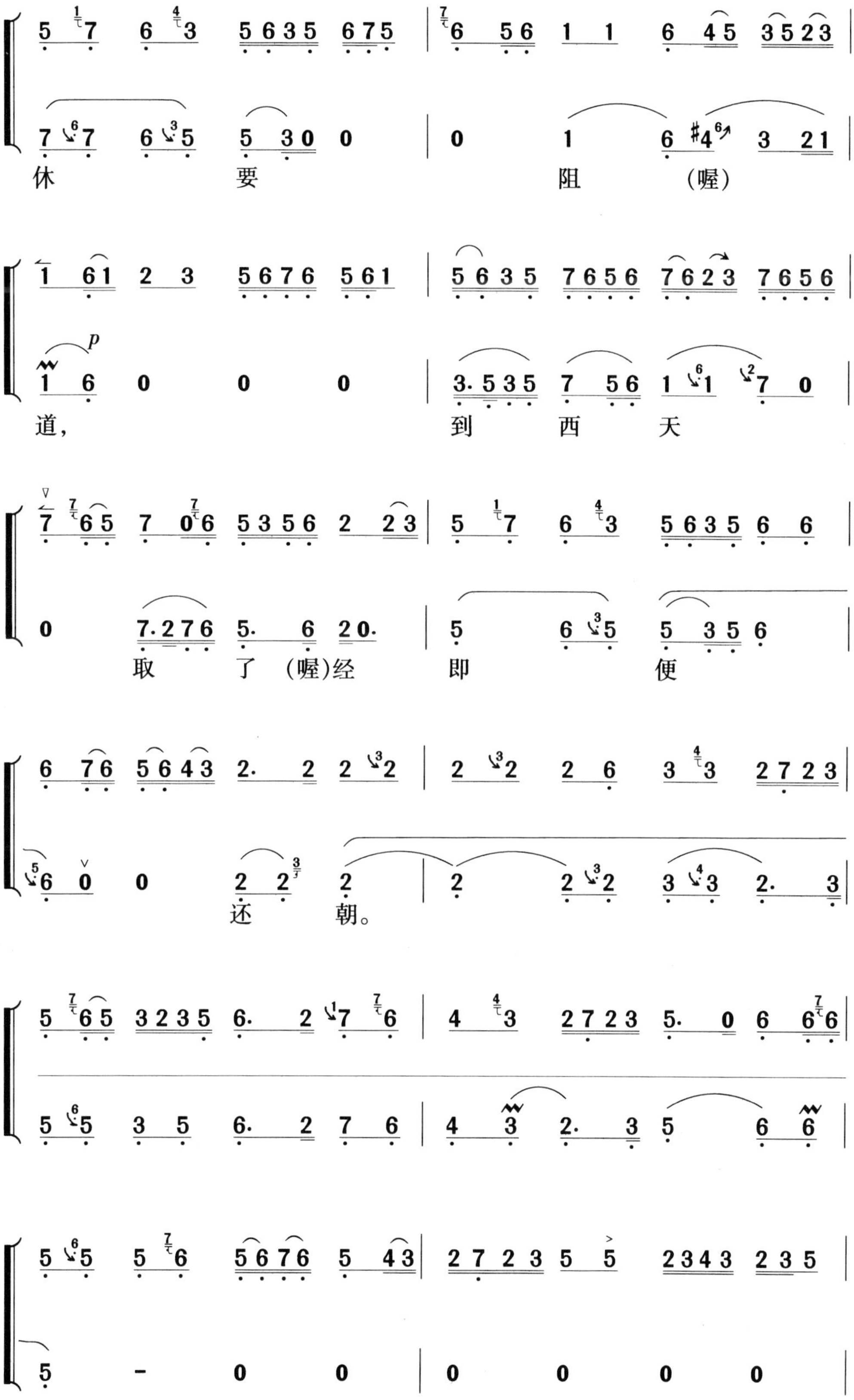

(用玉玺在牒文上盖印，左手取过封套，做写公文状，写毕随把牒文交左边的大

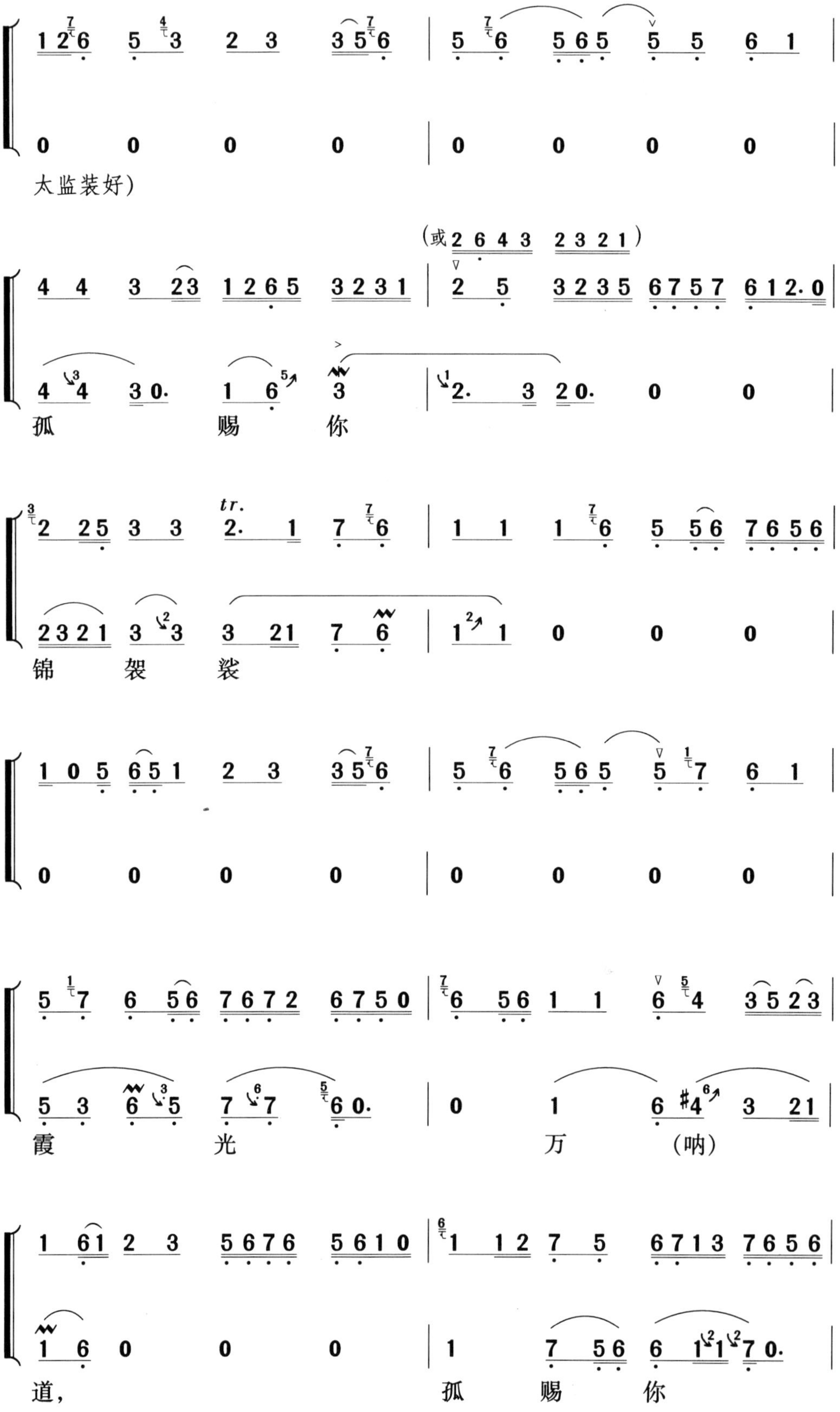
太监装好）
孤 赐 你
锦 袈 裟
霞 光 万 （呐）
道， 孤 赐 你

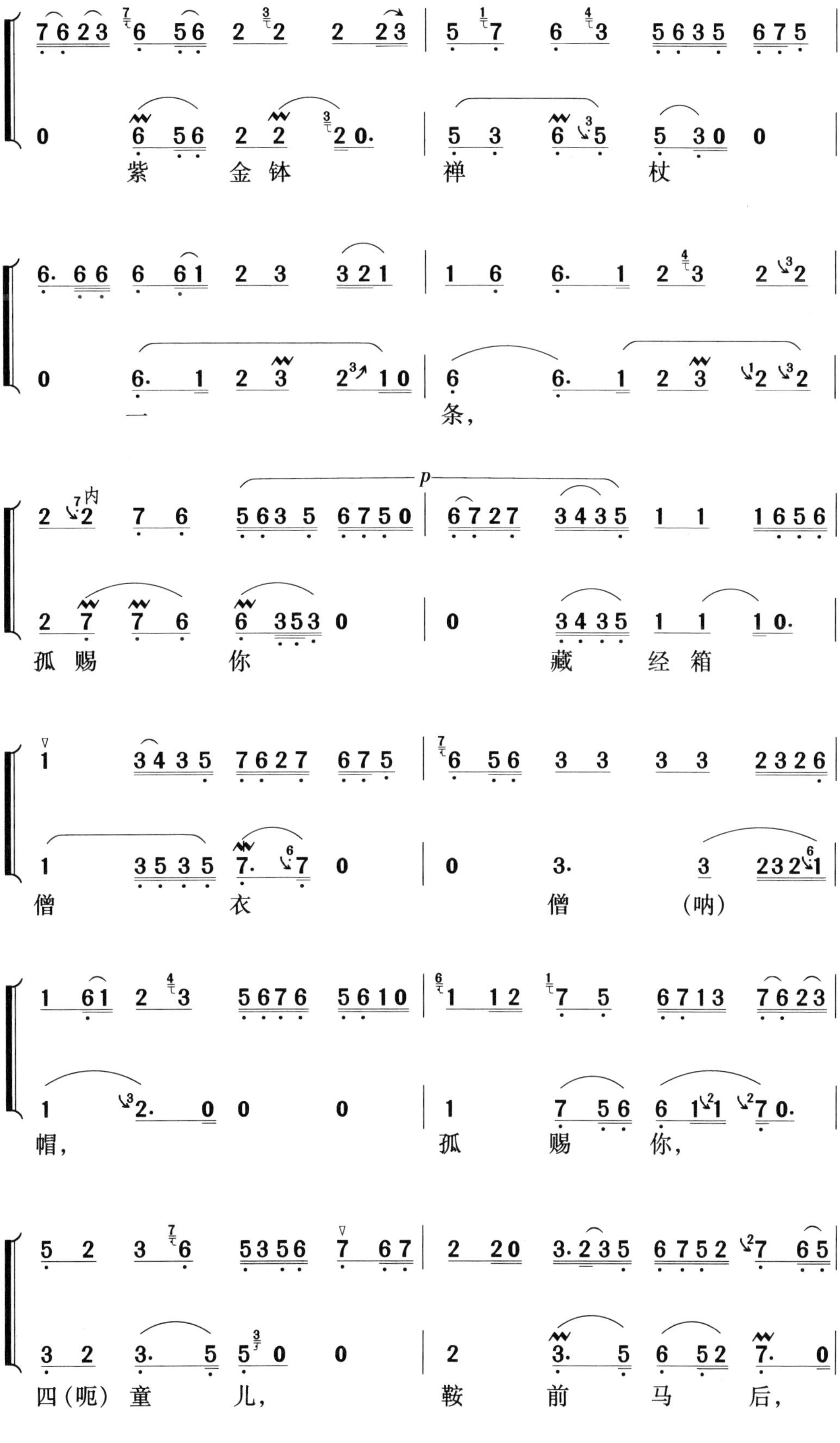
紫 金 钵 禅 杖
一 条，
孤 赐 你 藏 经 箱
僧 衣 僧 (呐)
帽， 孤 赐 你，
四(呃) 童 儿， 鞍 前 马 后，

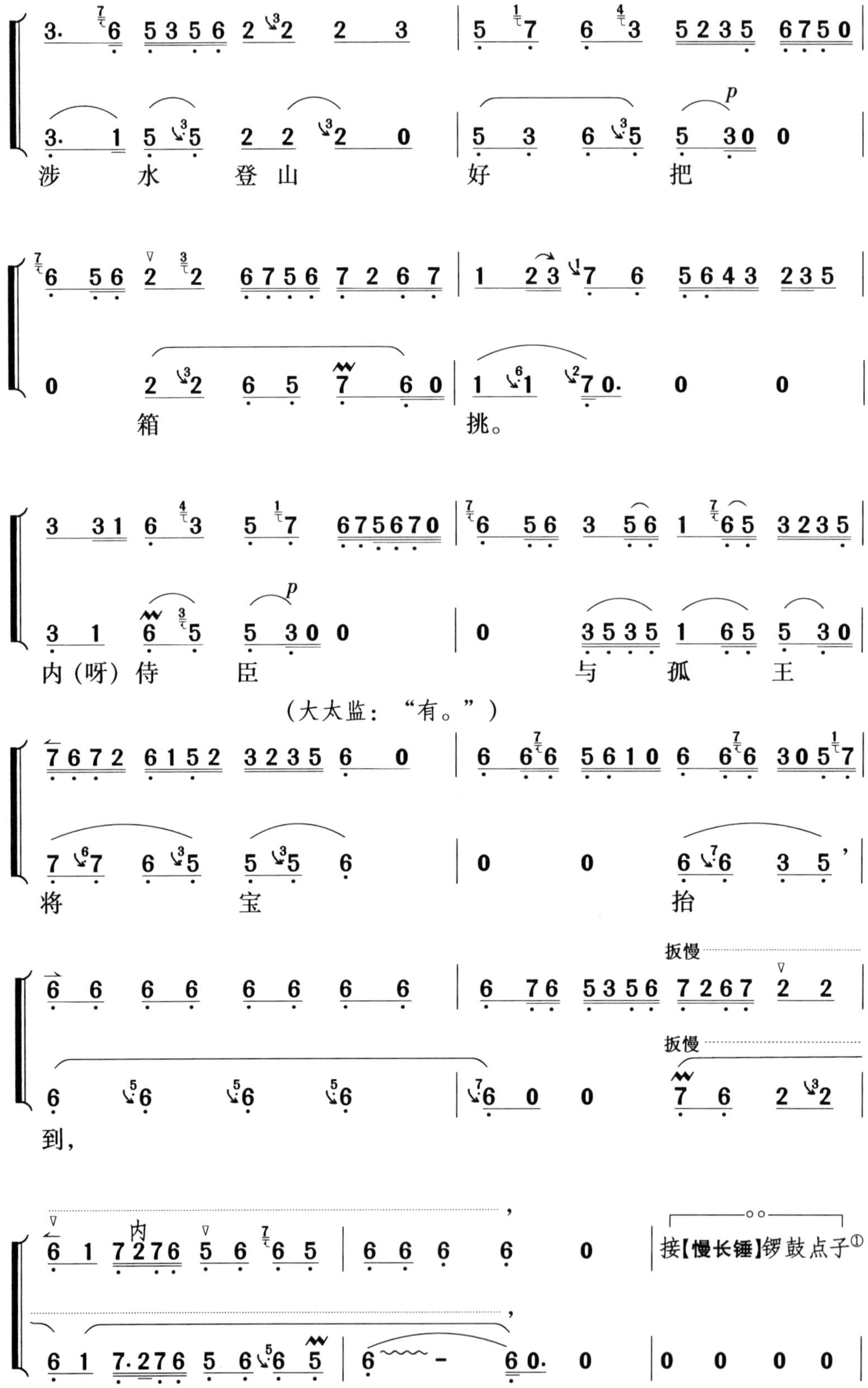

① 锣鼓的速度由此要比胡琴过门快一些。

〔在【长锤】锣鼓中，左边的大太监至台口向“上场门”喊：“将宝抬上啊！”喊毕向左转身，一甩云帚，仍站原处。上四小童，第一人捧一木盘，盘中放袈裟、僧冠，归“大边”，第二人左肩扛禅杖，右手托紫金钵挖归“小边”，三、四两人抬箱子至“中场”将箱放桌前后分两边站立。锣鼓转【夺头】，胡琴入慢板。

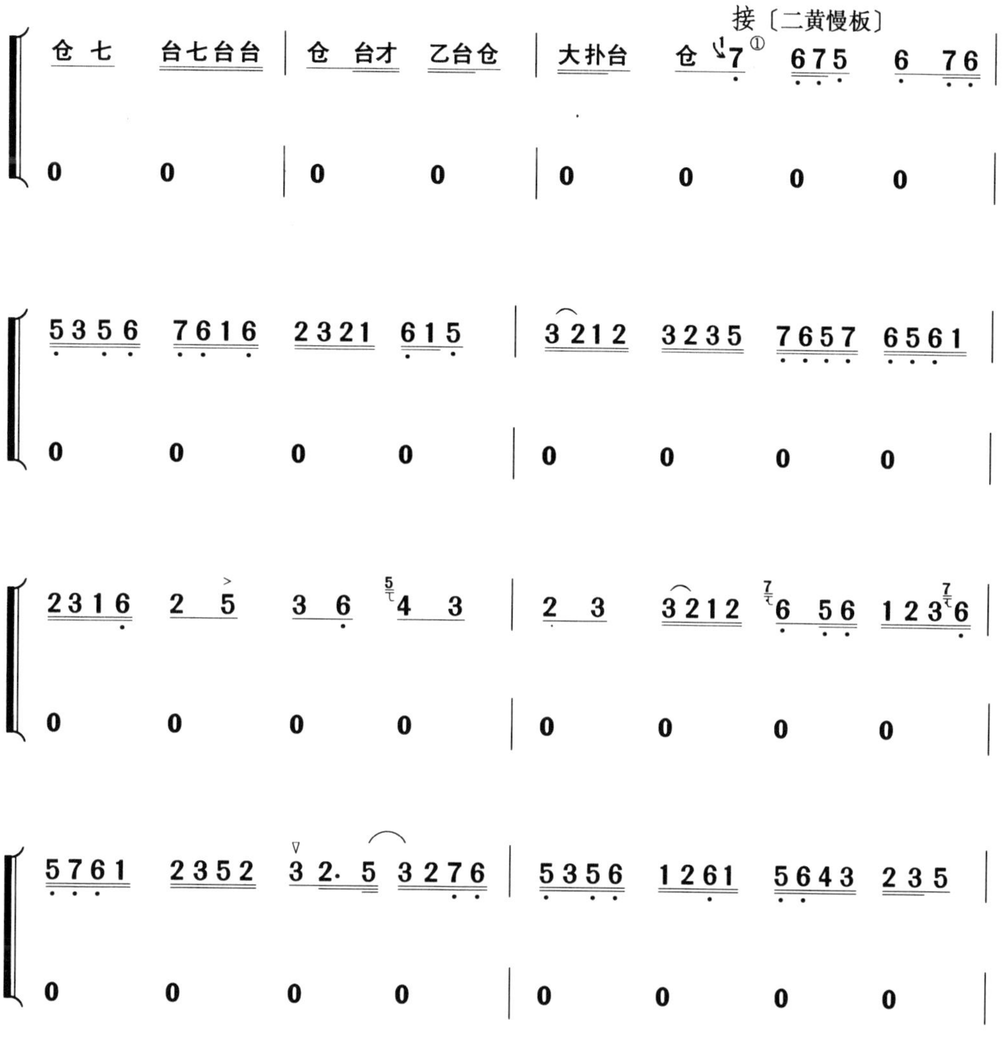

① 这个接6字的长过门另有一种形式的接法，把长锤的末一击锣作为落在末眼上（因长锤的“仓 七 台 七”是可以重复演奏的，故两种接法都可以用得），如下谱所示：

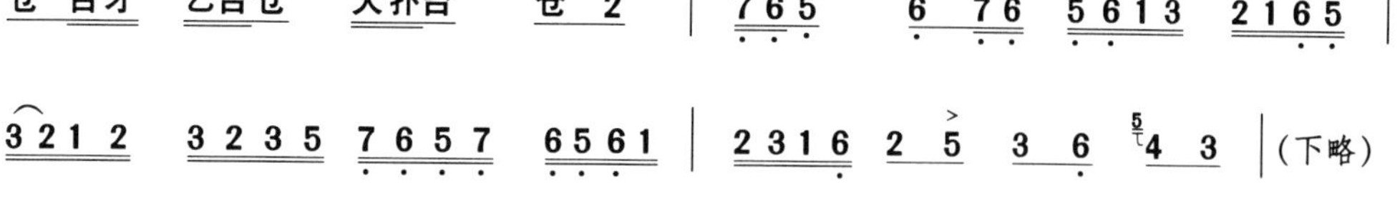

又这一节锣鼓也可以改打抽头，抽头的节拍为$\frac{4}{4}$拍，正好和慢三眼的节拍相合，但末了加上夺头后，最后一击锣一定收在末眼上，那就更非用这第二种形式接拉不可了。

上述锣鼓和胡琴接拉方法都是名琴师赵喇嘛（赵继羹）老师所授，因余大师唱片是清唱，形式和场上演出有别。

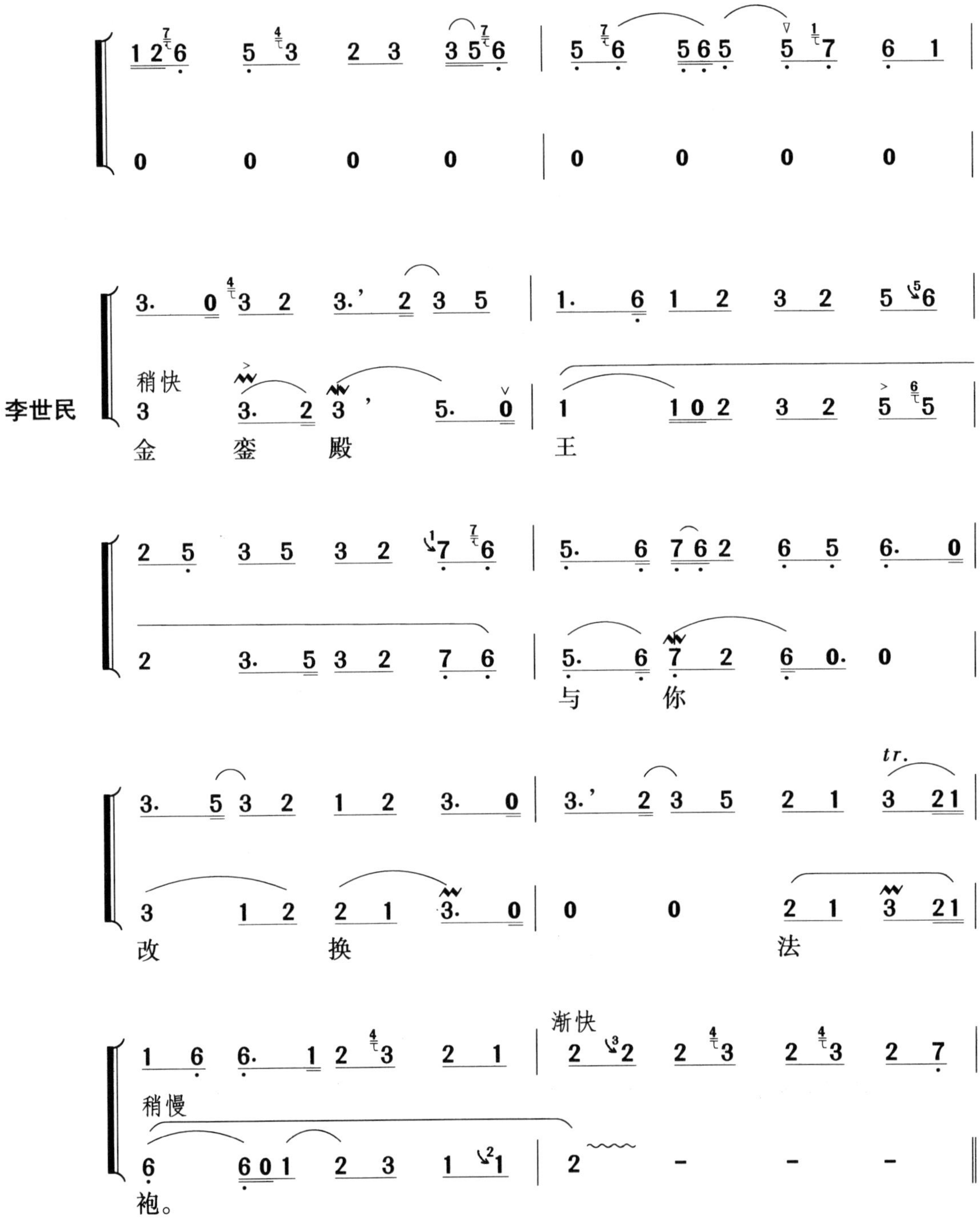

转曲牌<小开门>

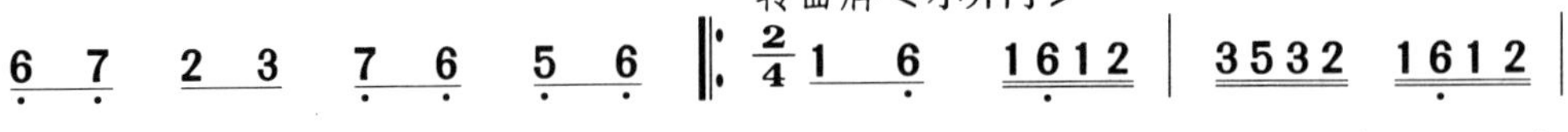

（<小开门>四小童“合龙口”向里“站一字”，大太

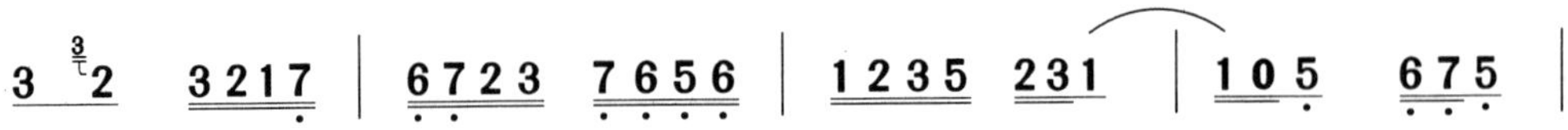

监从小童手中取过衣帽盘，当场为玄奘戴五佛冠、披袈裟。穿好后，四小童仍分开

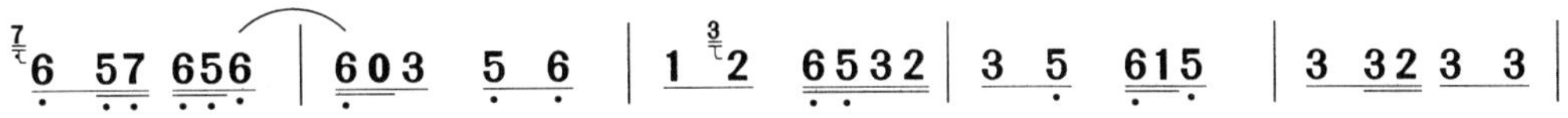

站两边①，大太监同时将牒文交玄奘，他接牒文藏于左袖中，再接过禅杖和紫金钵。

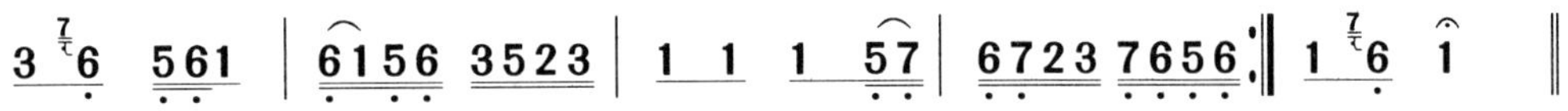

<小开门>到此收住)

玄　奘　谢万（呐）岁！

〔二黄摇板〕紧打慢唱

【单楗凤点头】(

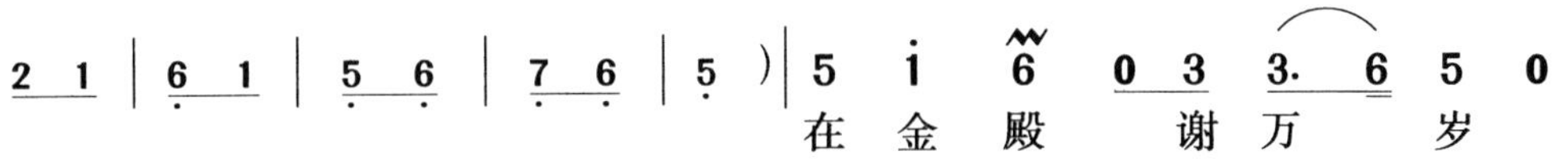

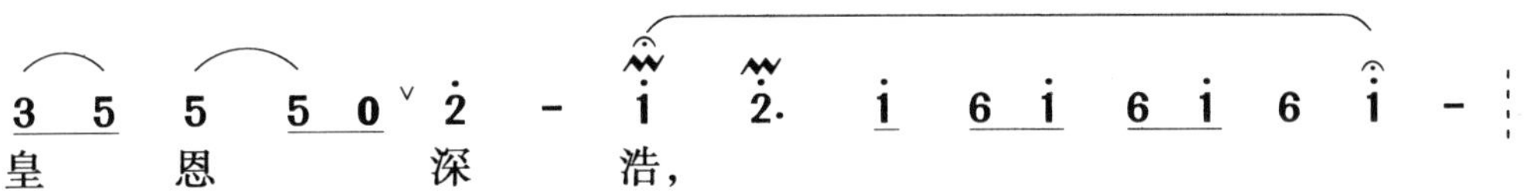

〔【大锣抽头】四小童抬箱子领起下。玄奘向李世民一稽首，左转出门至“大边”右转回身。

玄　奘　(过门同前)

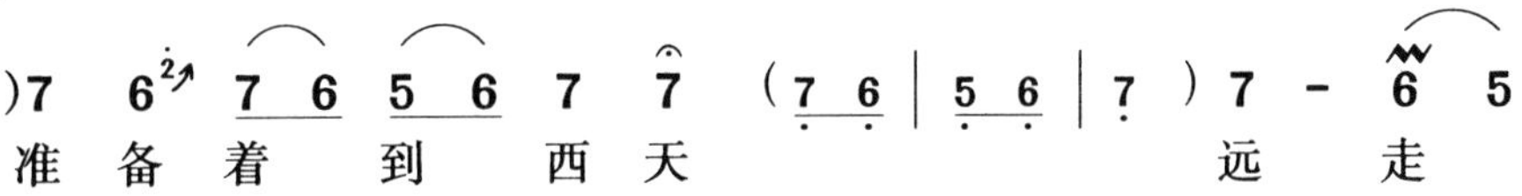

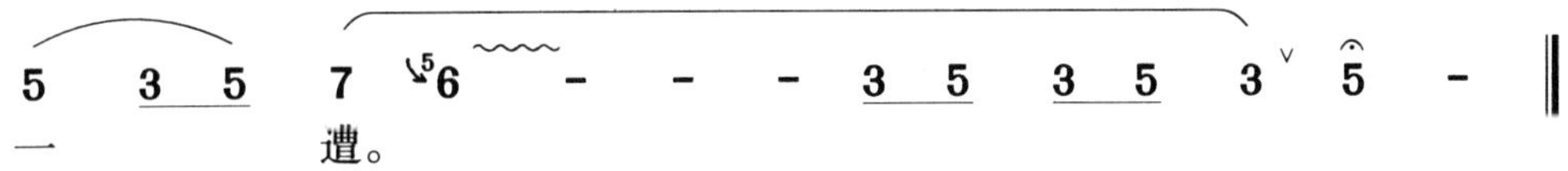

〔【单楗凤点头】②玄奘边唱边后退向左转身下。李世民起身出位至“中场”接唱。尺寸比小生所唱略紧。

李世民　(过门同前)

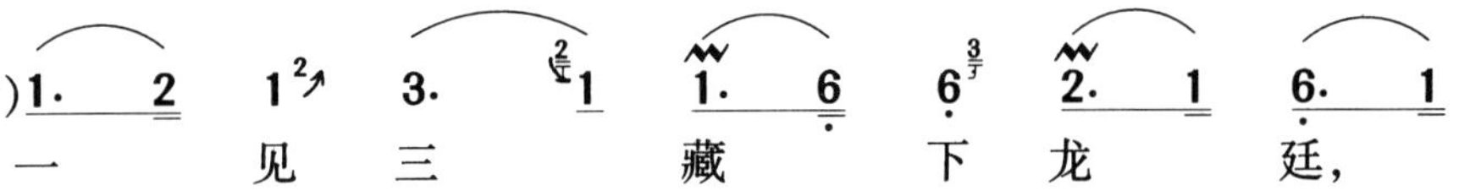

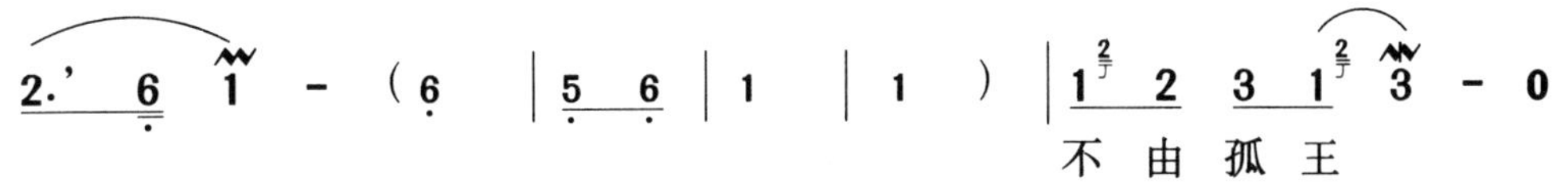

① 也可让唐僧进后台换装，再上接唱。

② 这里的【凤点头】，前面的底鼓应比一般的略为放长些，等玄奘转过身去，然后再出锣音，这样，老生在出位接唱时也可以比较舒服些。

〔【大锣抽头】李世民退后一步，一颠右袖，端住腰带，左手托起蟒袍下襟自内下，四朝官出朝门两边分下。二大太监、四小太监两边下。

第 二 场

玄奘上路

〔接前场**【大锣抽头】**转**【快长锤】**上四小童“站门”，第一、二两人抬箱子归“大边”。第三人扛禅杖，第四人端钵归“小边”。玄奘拿马鞭上，过“九龙口”勒缰。

〔西皮摇板〕

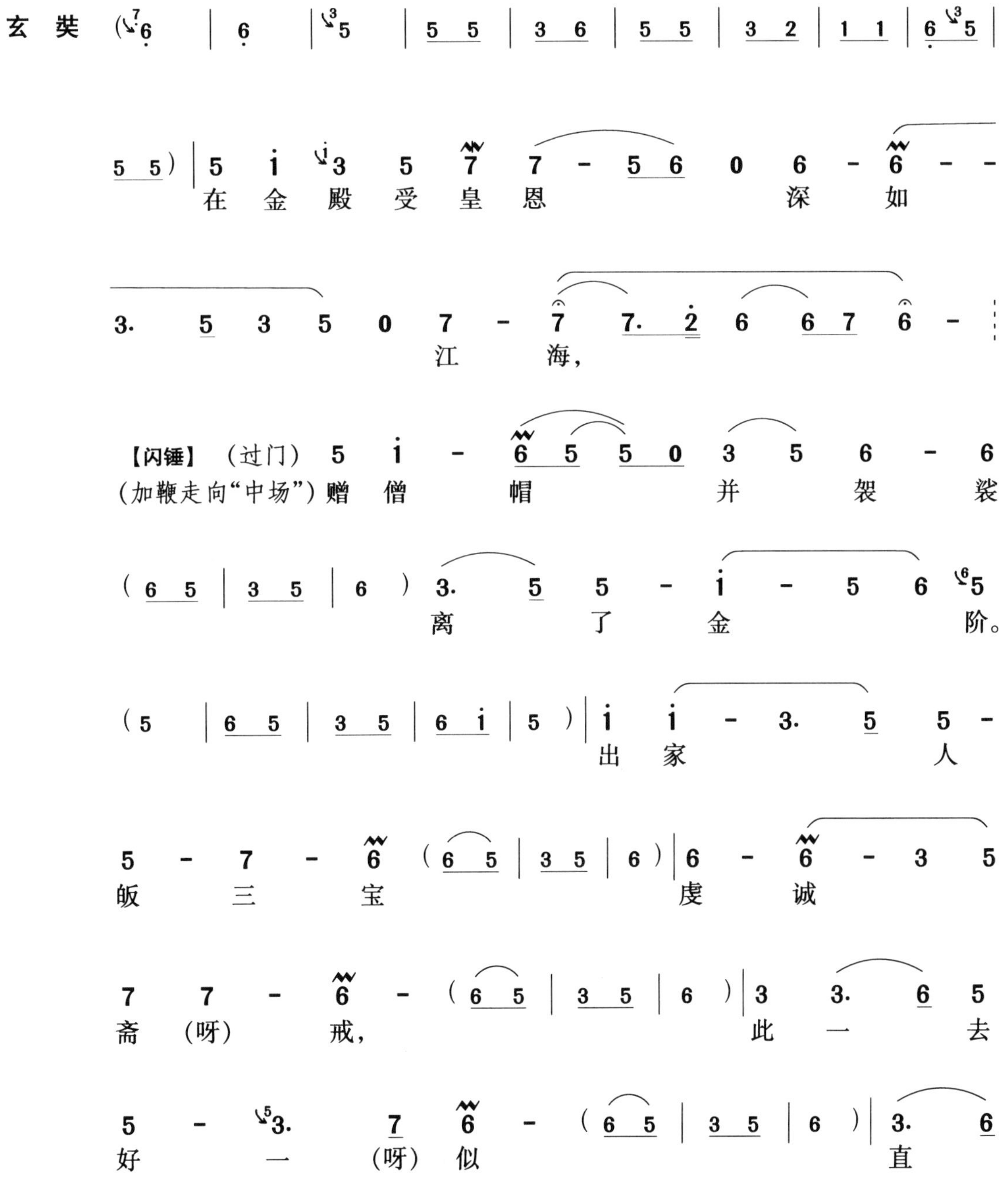

5 - 3. 5 3 5 - 6 - - 6 5 - 0
上　　　　　　天

3 - 3 5 3 5 5 3 ∨ 5 - - - 【住头】‖
台。　　　　　　　　　　　　（垂下马鞭双手合十）

贫僧玄奘。昨日在金殿之上面奉圣谕，代替万岁，去往西域印度，清净世界，梵王宫内，求取宝藏真经。圣上率领，满朝文武，众家国公，一十八家督总管，在沙桥以外，十里长亭，与贫僧饯行。看天色不早，就此前往。（退后一步向左右一望童儿）童儿带路！

〔西皮摇板〕
【大锣凤点头】（过门）5 1̇ - 3 - 3 3. 7 6 -
叫 童 儿 忙 带 路

（6 5 | 3 5）| 6 - 6 - 3 5 3 0
沙 桥

5 - 6 ∨ 7 7. 2̇ 6. 7 6 -
以　　外。

〔【闪锤】玄奘退后一步，四童儿领起下。玄奘上两步向右打马扬鞭走向"大边"，右转回身接唱。

〔摇板〕
（过门）3 3. 6 5 5 3. 1̇ 6 -（6 5 | 3 5 | 6）|
到 长 亭 等 候（喔）了

稍慢
6 6 - 2̇ - 0 4 - 3̇ - 2 - - - 3 - 5 - ‖
圣 驾 到 来。

〔【回头】玄奘向前加一鞭同时退后两步（右脚先退）左转向里扬鞭下。

第 三 场

沙桥饯别

〔场上摆设长亭，后边设沙桥景片。

〔由前场【回头】催紧尺寸，加强音量，切住后接打【导板头】李世民内唱〔西皮导板〕。

〔西皮导板〕

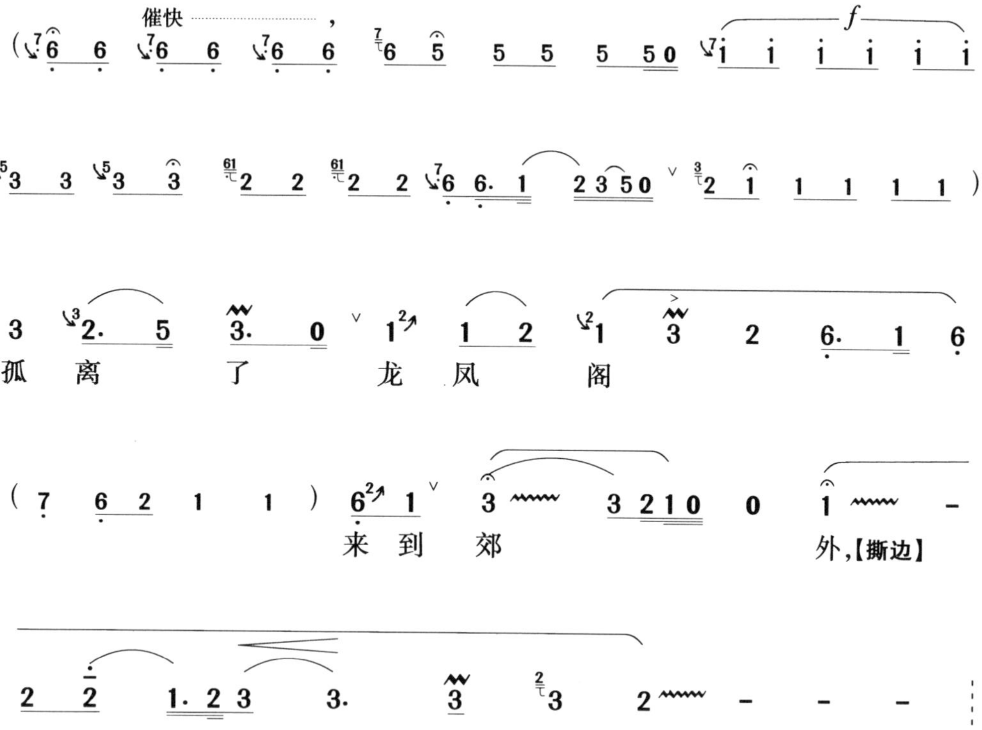

「【慢长锤】四大铠拿荷包枪，八小太监[①]拿朝天镫、钺斧、金瓜锤、金龙棍各一对，四靠将[②]、四朝官等依次成对上，站“斜胡同”。一车夫执车旗推李世民上，二大太监随侍左右，一伞夫张黄罗伞在后。李世民上场至“九龙口”待唱。

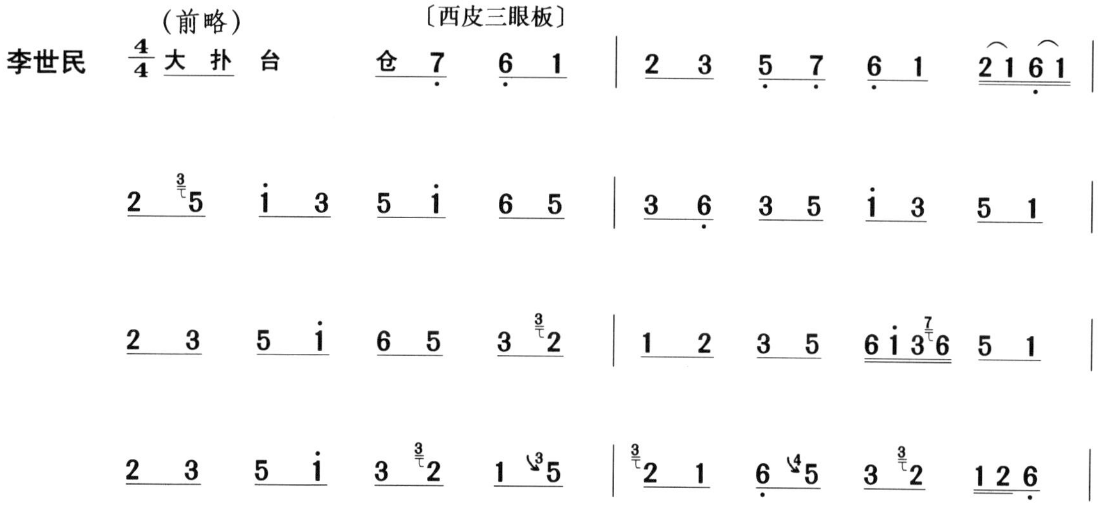

① 也可以上四名小太监，改拿提炉两对。

② 如人数不够时四靠将可以不上。但上就尽可能上齐，因这场戏需要排场大、气势足，以显示李世民对唐三藏远行的隆重敬意。

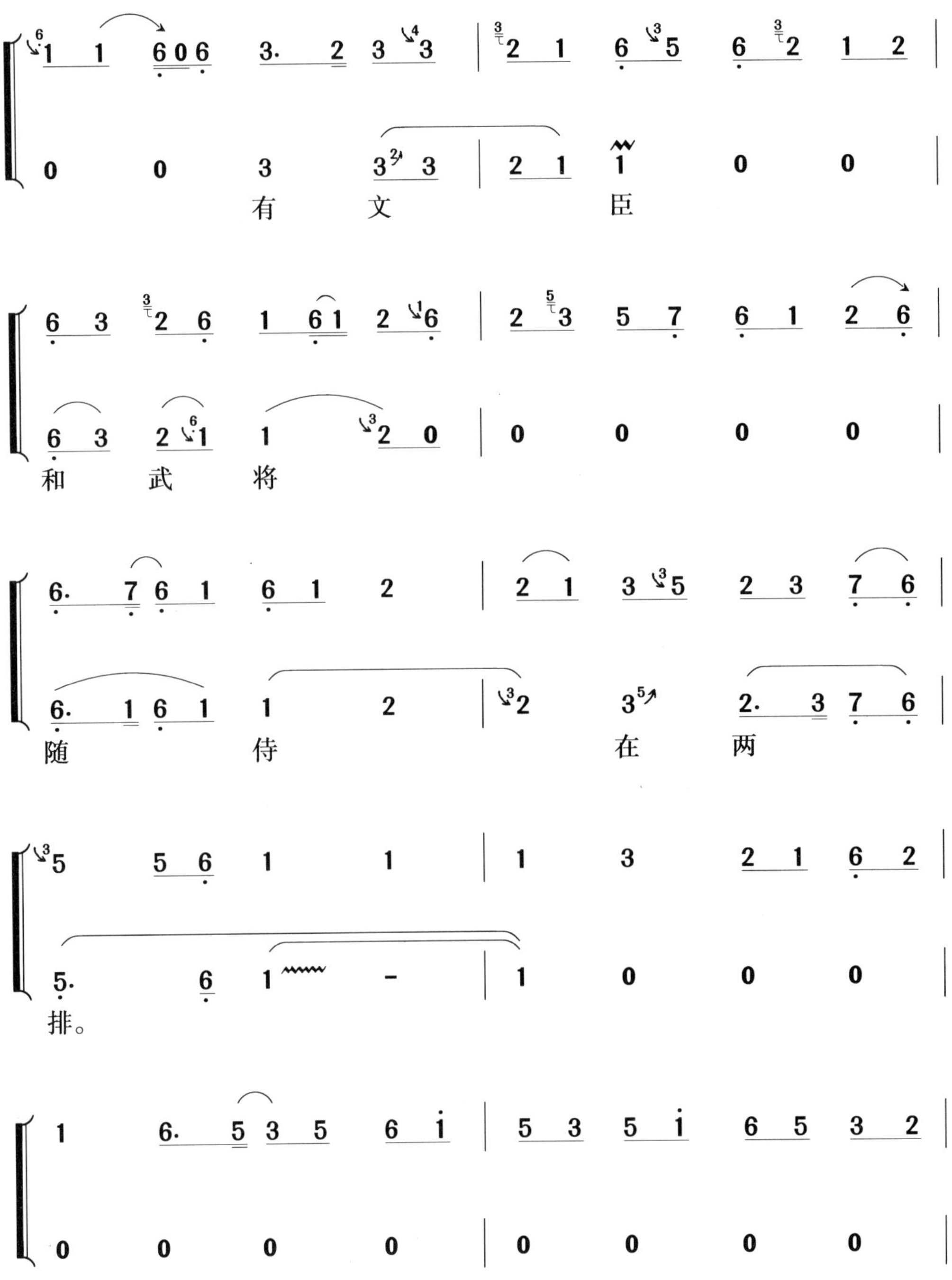

（众人在过门中向两边扯开，李世民走向“中场”）

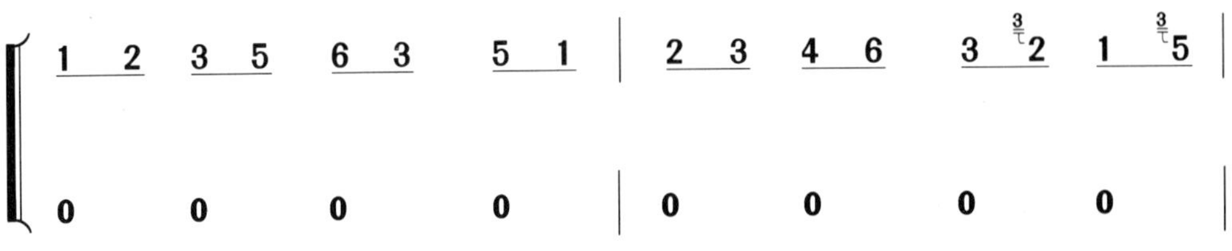

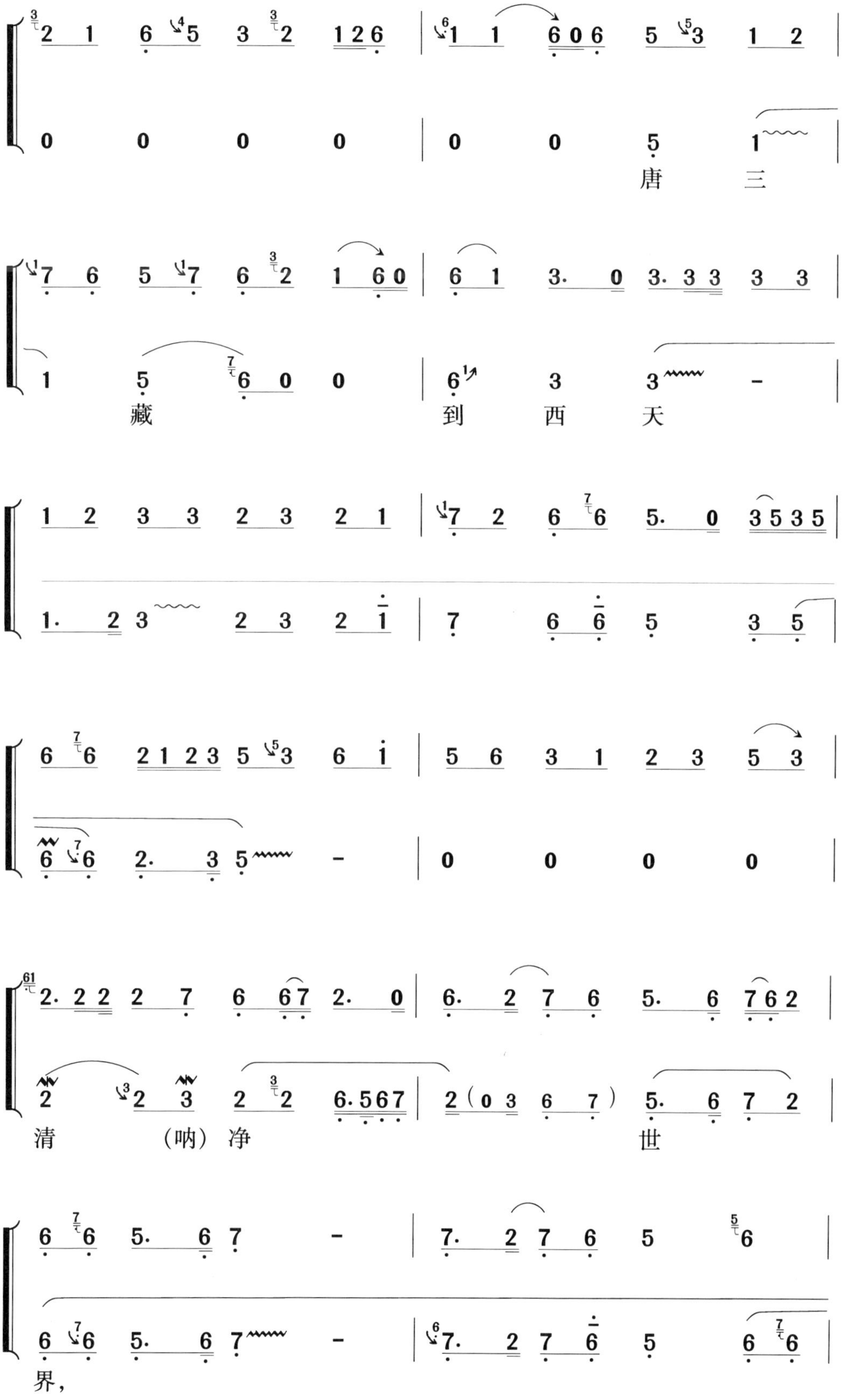
唐 三
藏
到 西 天
清 (呐) 净
世
界,

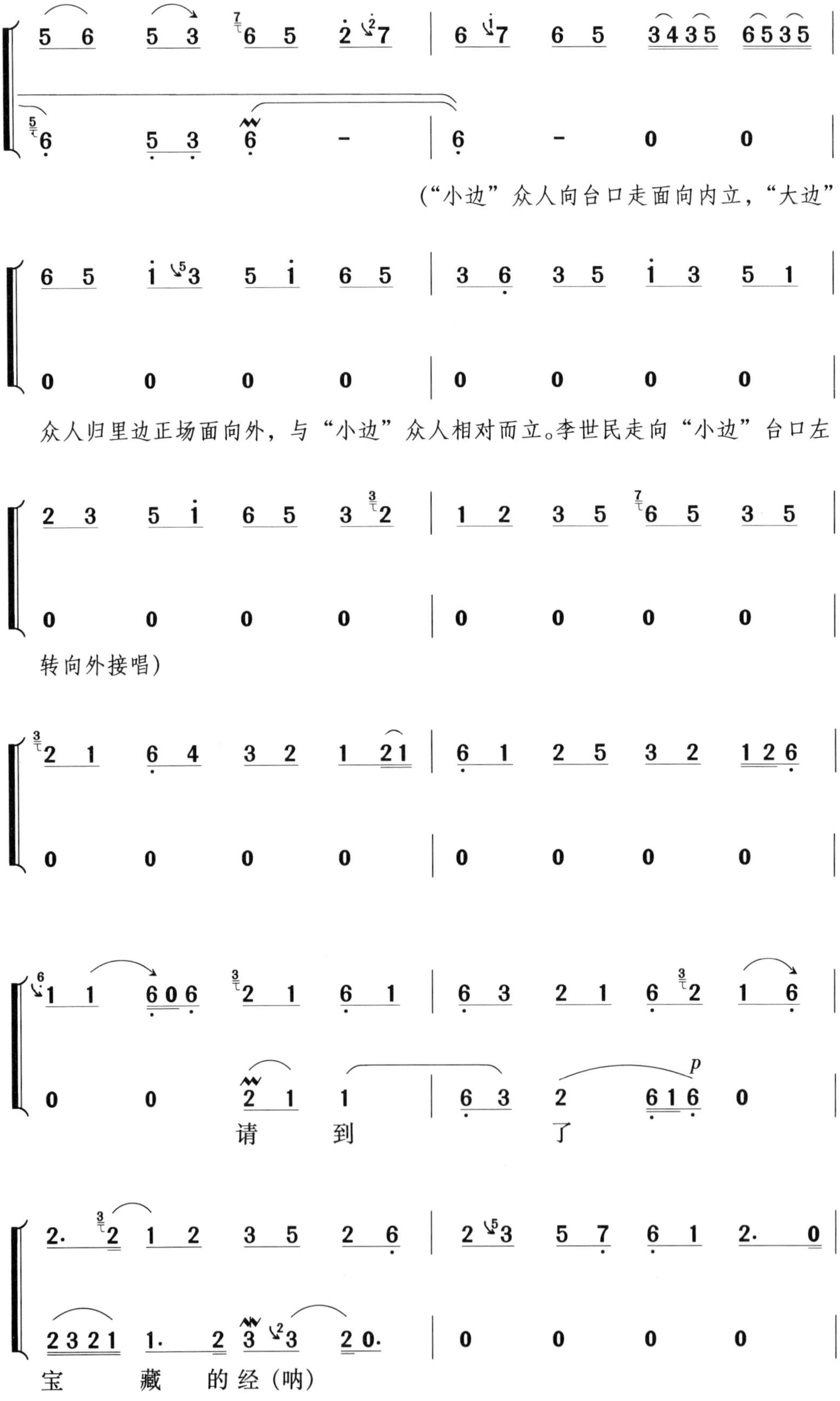
（“小边”众人向台口走面向内立，“大边”
众人归里边正场面向外，与“小边”众人相对而立。李世民走向“小边”台口左
转向外接唱）
请 到 了
宝 藏 的经（呐）

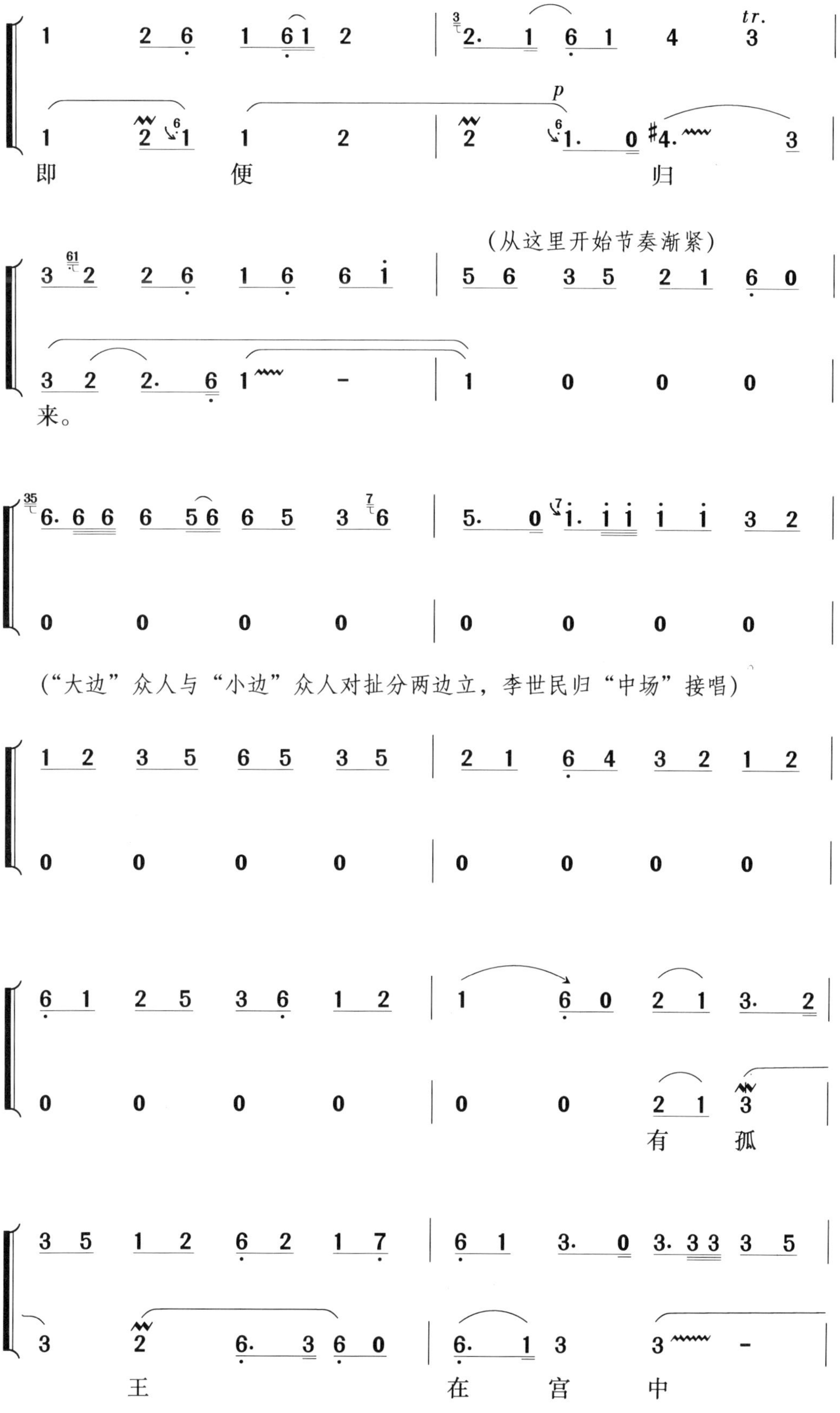

即 便 归
来。
（从这里开始节奏渐紧）
（“大边”众人与“小边”众人对扯分两边立，李世民归“中场”接唱）
有 孤
王 在 宫 中

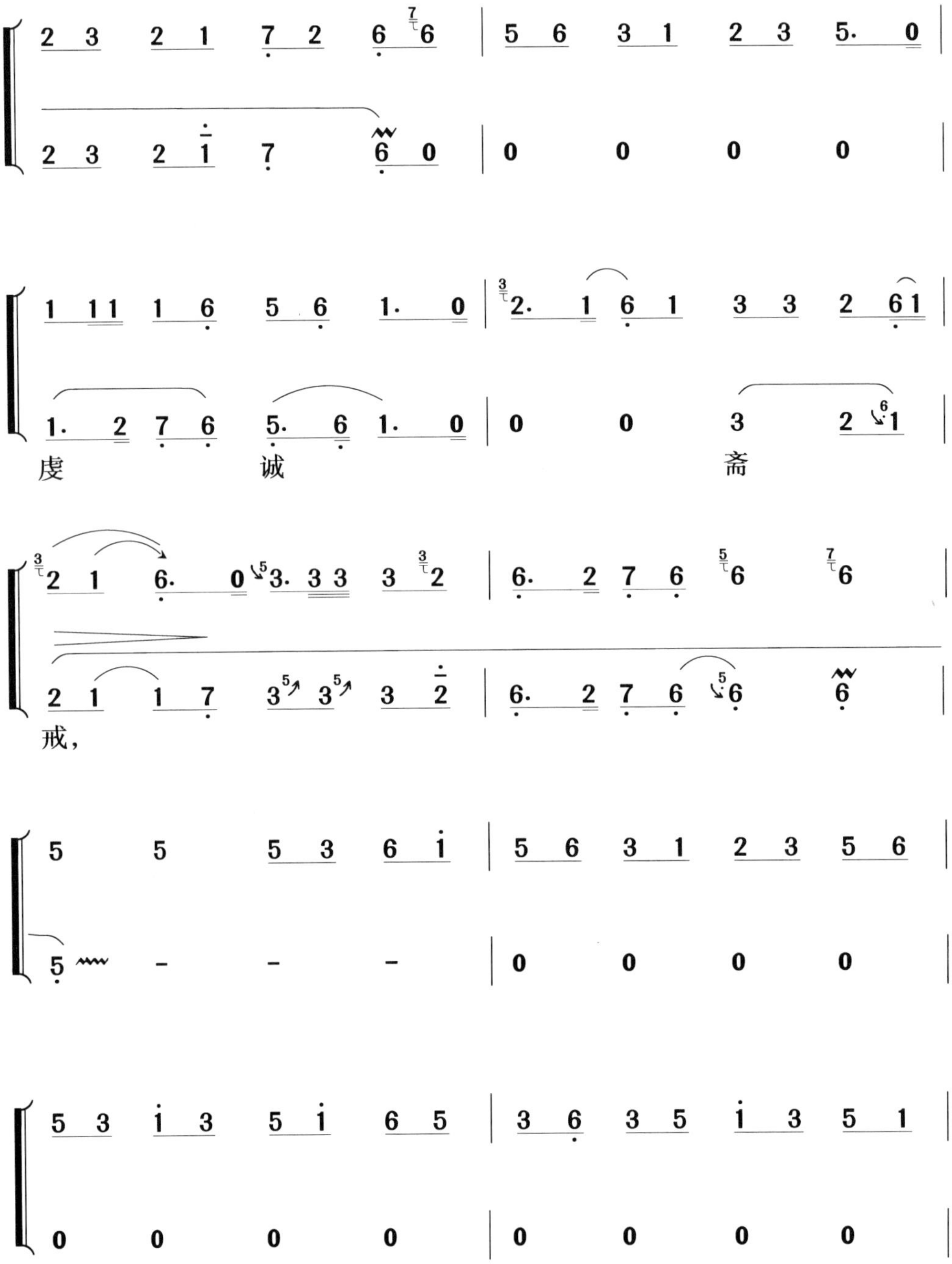

（李世民向“大边”走，众人对拉归“中场”面对面立，位置与第一次相反）

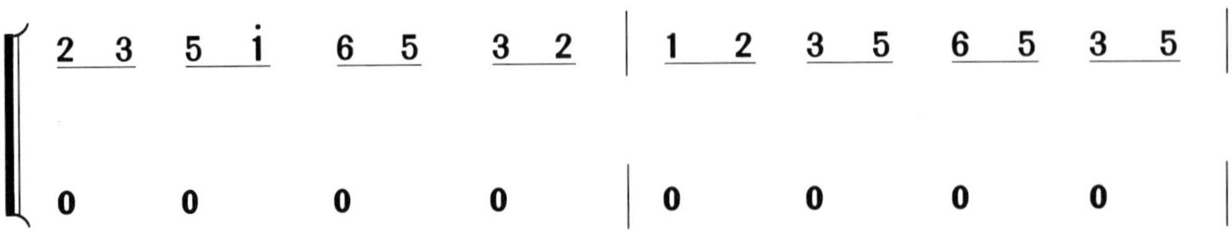

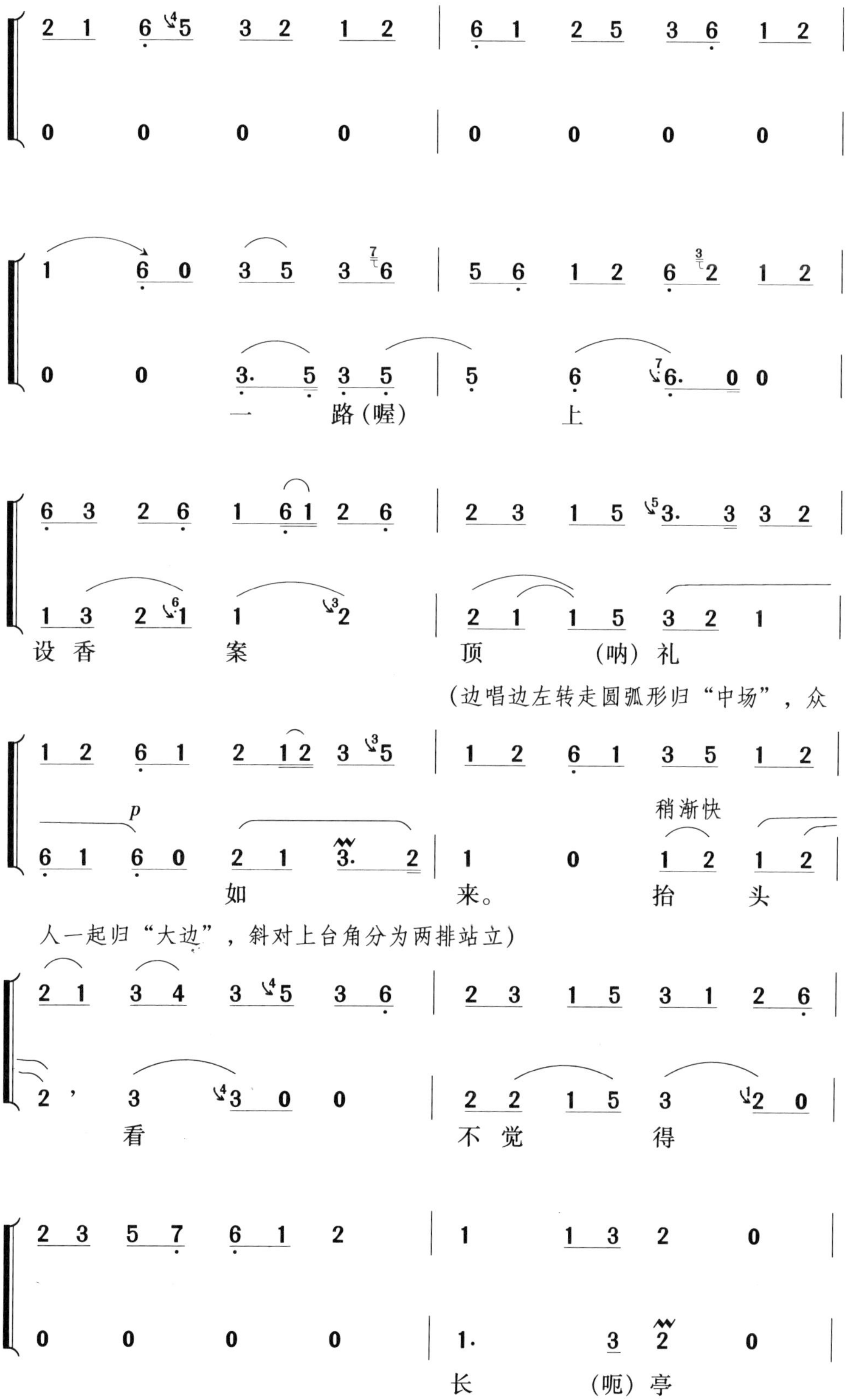
一 路(喔) 上
设 香 案 顶 (呐) 礼
(边唱边左转走圆弧形归“中场”，众
p
稍渐快
如 来。 抬 头
人一起归“大边”，斜对上台角分为两排站立)
看 不 觉 得
长 (呃) 亭

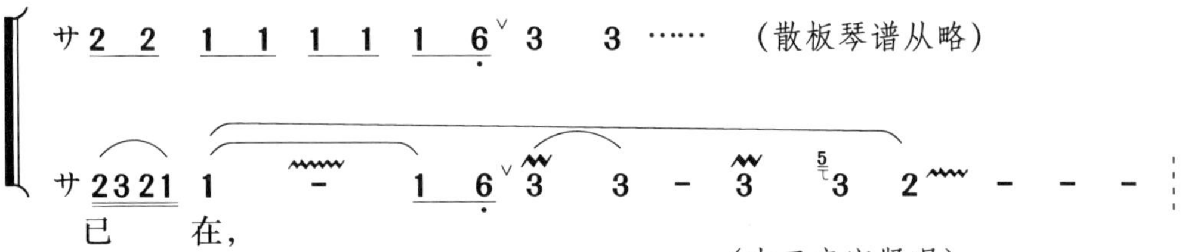

(末三音宜紧唱)

〔【闪锤】李世民下车，车夫持车旗退向“大边”最后面靠里站。大太监搬椅子放在台左外侧斜对台角。伞夫张伞站椅后，大太监侍立椅位左右。伞后站四小太监，两旁站四朝官。后一排中站四大铠，两旁站四靠将，成一半月形围住椅子。李世民走向椅子座。

〔西皮摇板〕

李世民

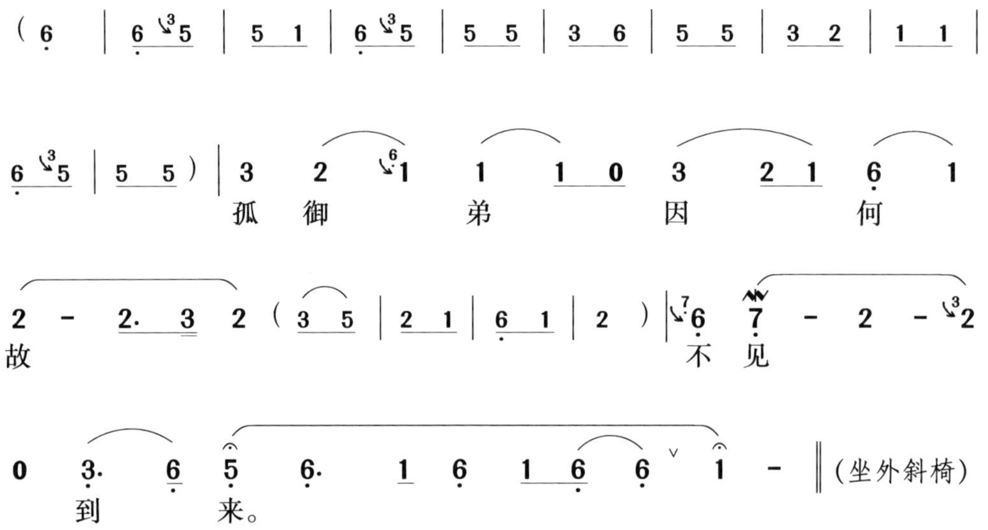

〔玄奘内白：“马来！”

〔【快长锤】四小童上在“小边”站“一条鞭”，玄奘扬鞭上，过“九龙口”勒缰停马。

〔西皮摇板〕

玄 奘

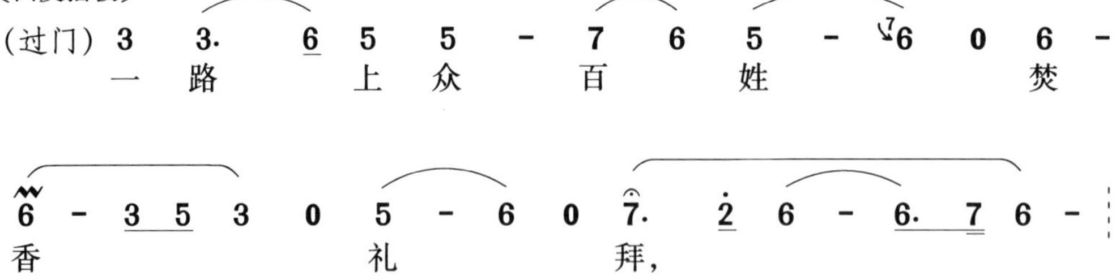

〔流水板〕

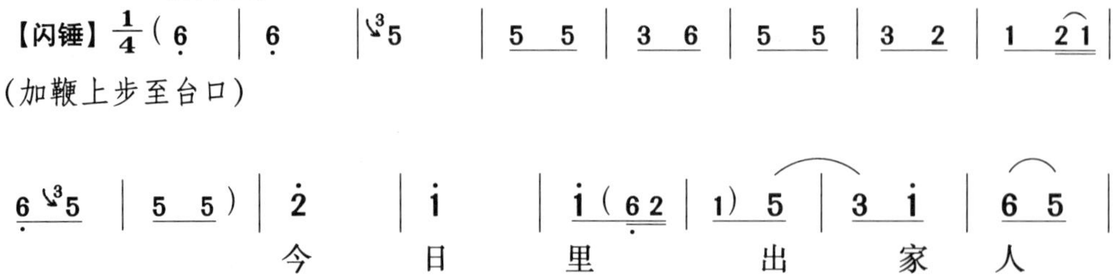

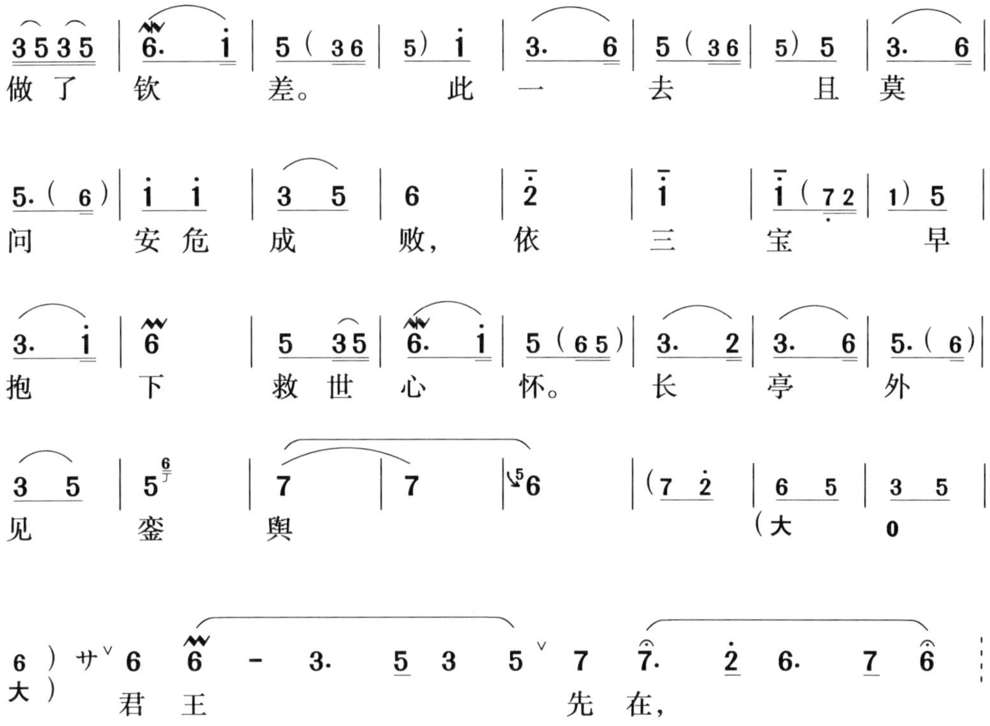

〔【闪锤】玄奘勒缰一望李世民，回身下马，将马鞭交与第一名小童，左转面向李世民。

〔西皮摇板〕

玄 奘

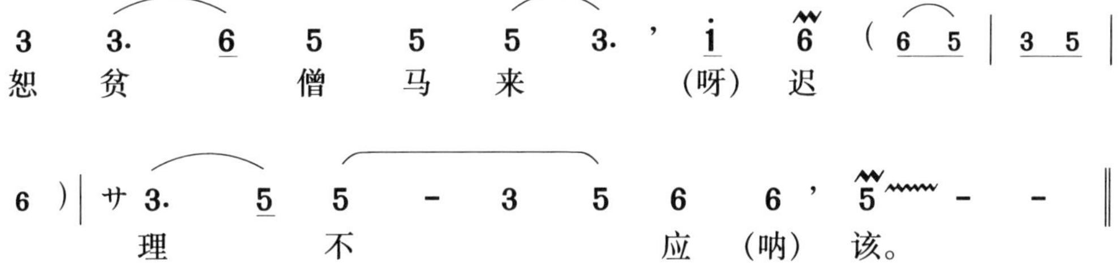

〔【住头】玄奘趋前两步，双手合十向李世民稽首，李同时起立用手一比，表示“免礼”之意。大太监撤去椅位。

玄 奘 贫僧有何德能，怎敢劳动圣驾到此相送。

李世民 此番御弟，求取真经，跋涉万里，为国辛劳。今日长亭相送，略表孤的心意。盼早去早回，完成功行。过桥便是天涯，临别赠言，御弟听（呐）了！

〔【夺头】李世民抖右袖一下站在“中场”靠“大边”唱〔二六〕。

〔二六板〕稍快

李世民

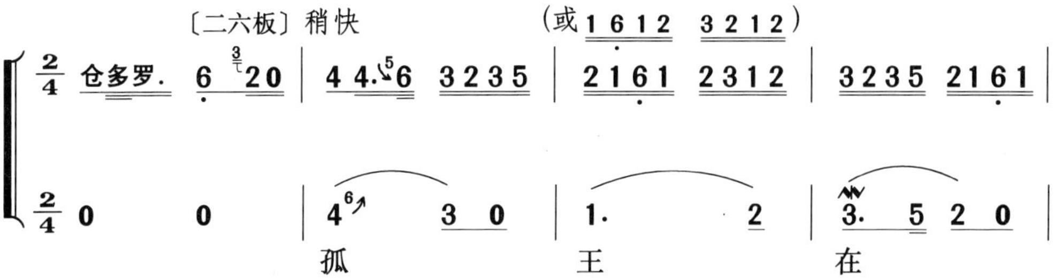

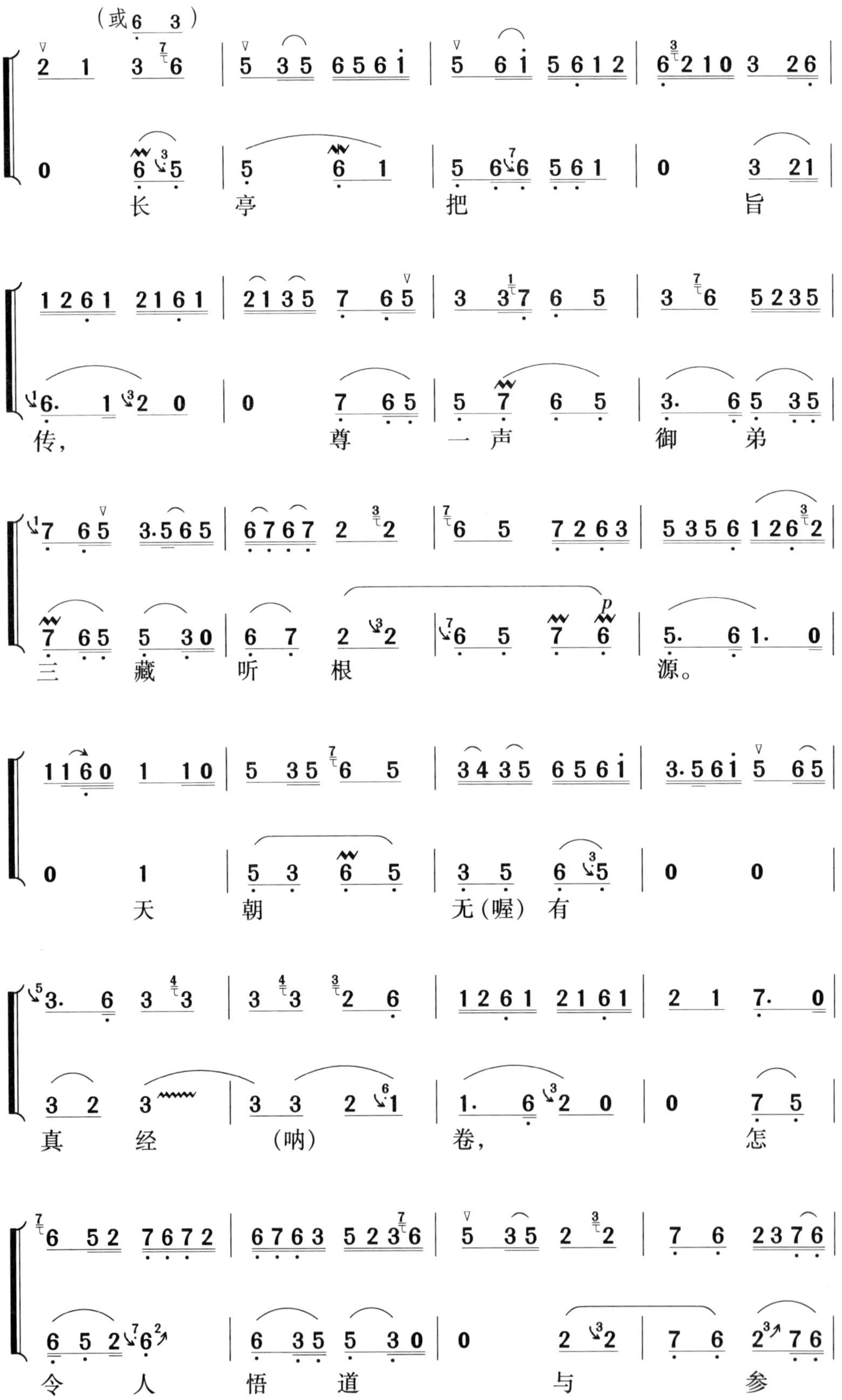
（或6 3）
长亭把旨
传，尊一声御弟
三藏听根源。
天朝无（喔）有
真经（呐）卷，怎
令人悟道与参

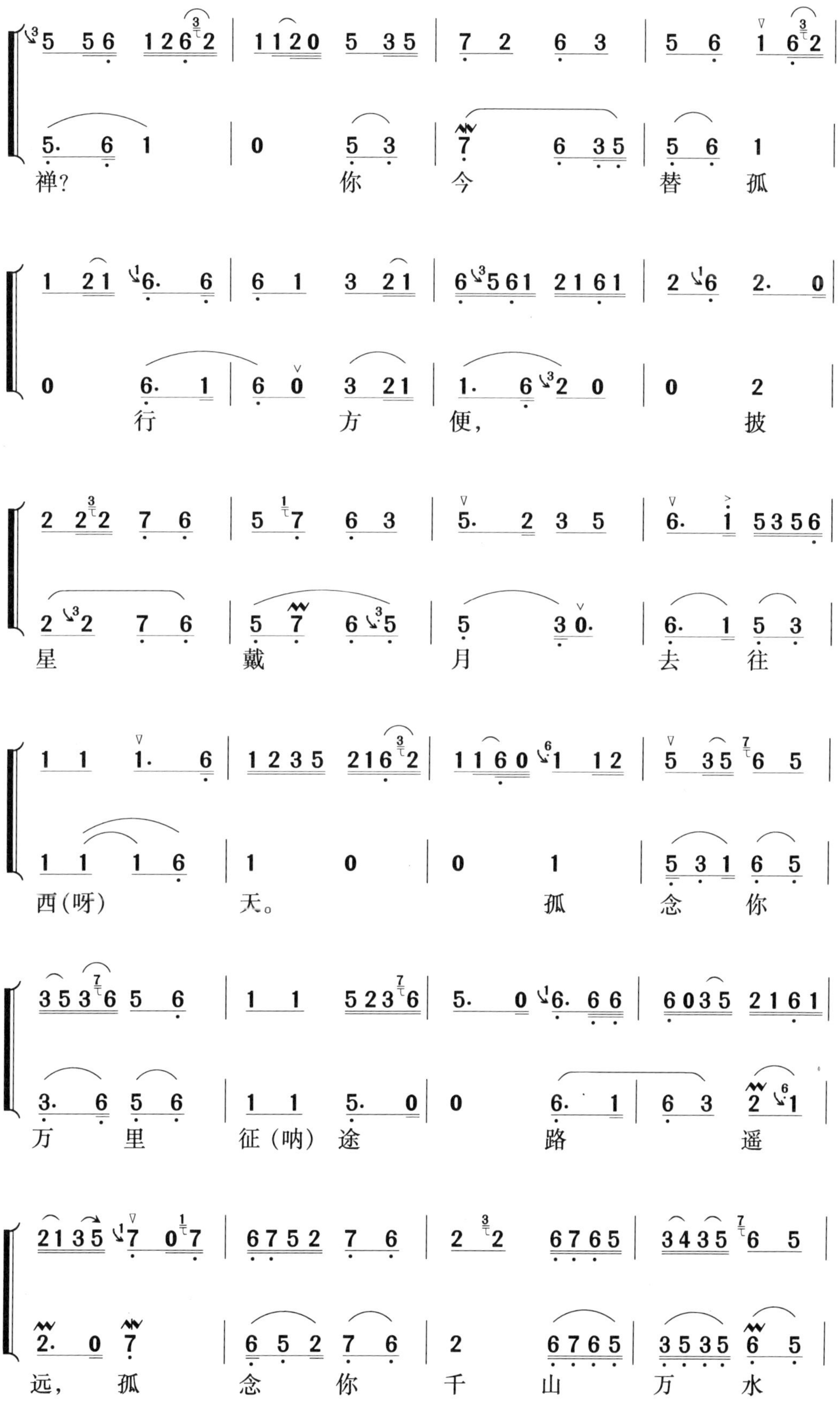

禅? 你 今 替 孤
行 方 便, 披
星 戴 月 去 往
西(呀) 天。 孤 念 你
万 里 征(呐) 途 路 遥
远, 孤 念 你 千 山 万 水

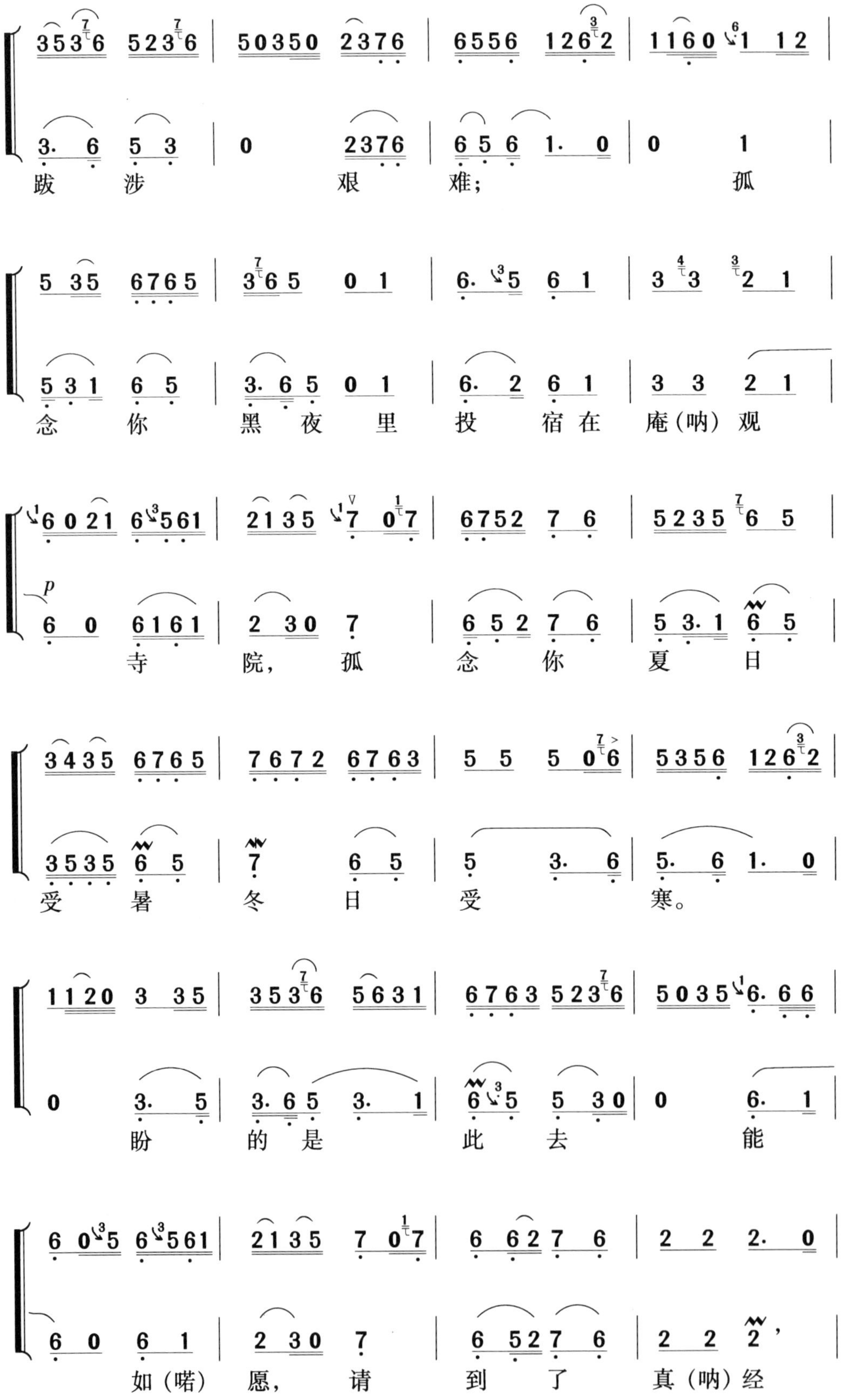
跋涉艰难；孤
念你黑夜里投宿在庵（呐）观
寺院，孤念你夏日
受暑冬日受寒。
盼的是此去能
如（喏）愿，请到了真（呐）经

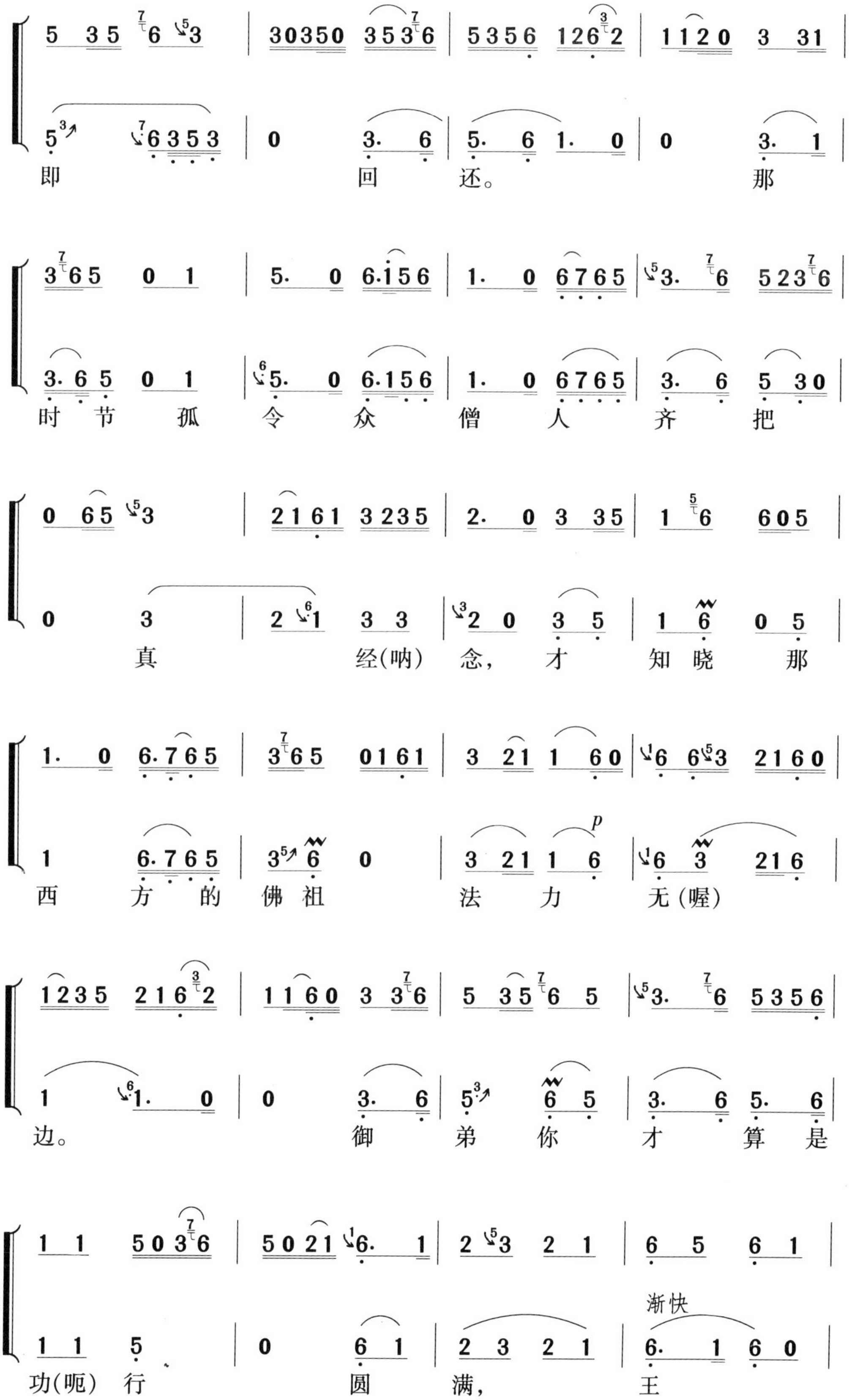
即 回 还。 那
时 节 孤 令 众 僧 人 齐 把
真 经(呐) 念， 才 知 晓 那
西 方 的 佛 祖 法 力 无(喔)
边。 御 弟 你 才 算 是
渐快
功(呃) 行 圆 满， 王

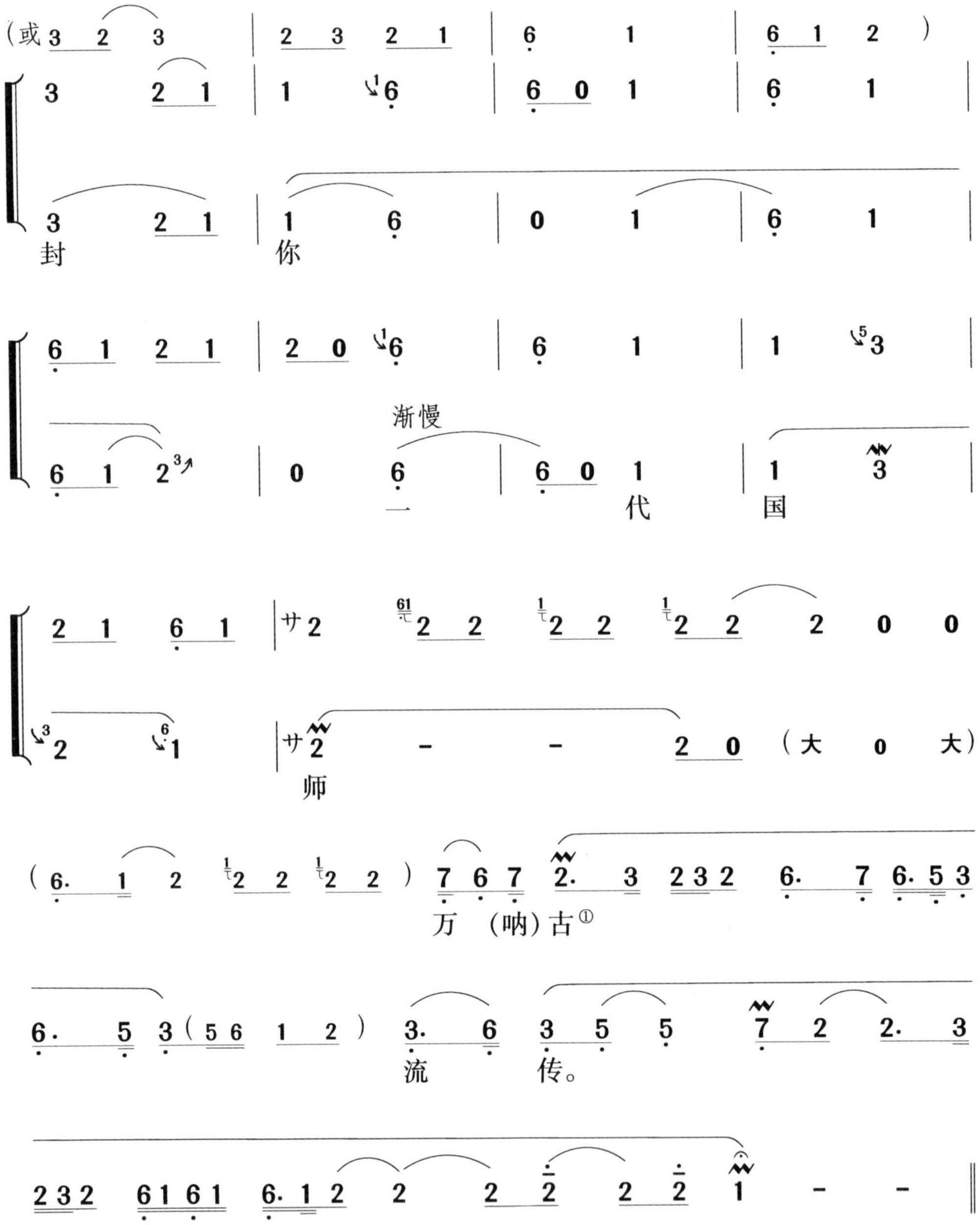

玄 奘 万岁呀！（合十向李世民一揖）

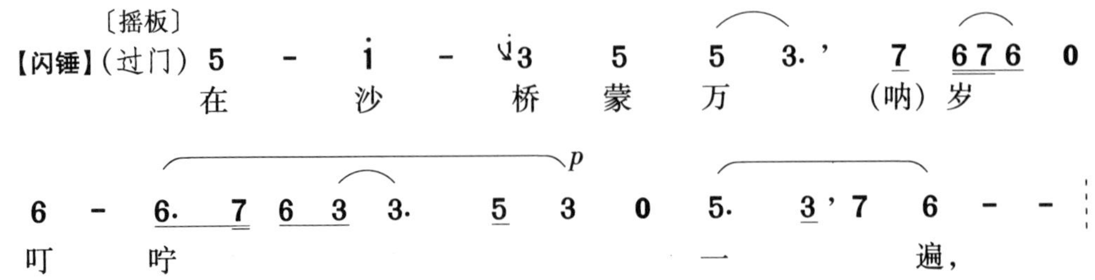

① 这里所记每两拍子相当于 $\frac{2}{4}$ 拍的原板。

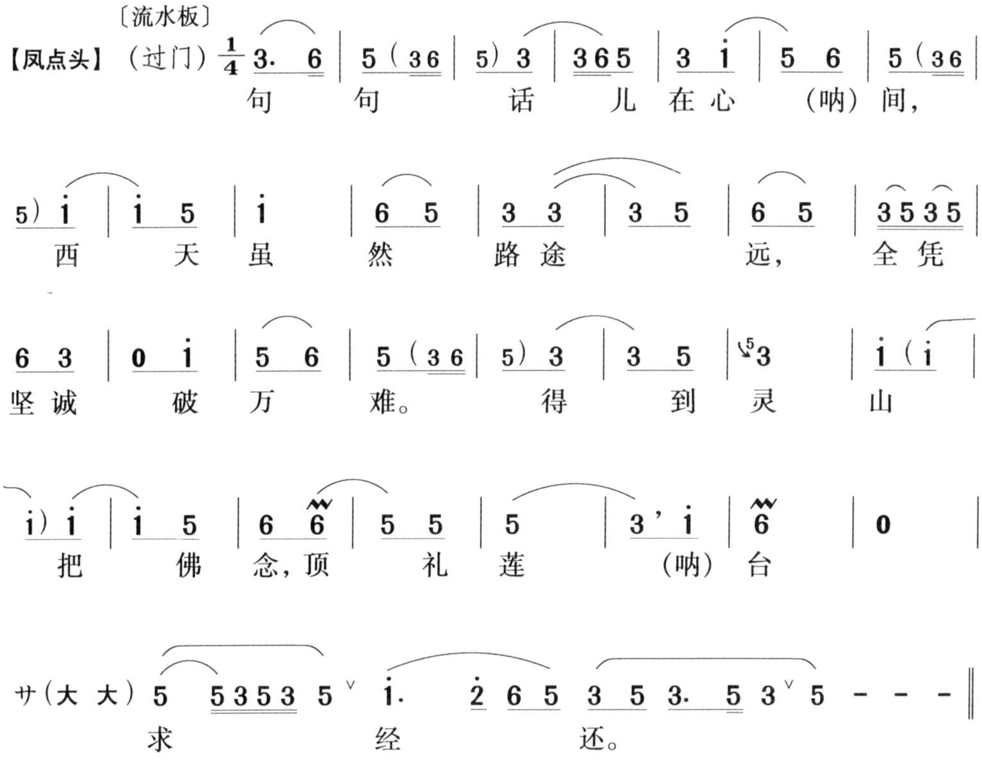

（合十向空做祈求状）

李世民
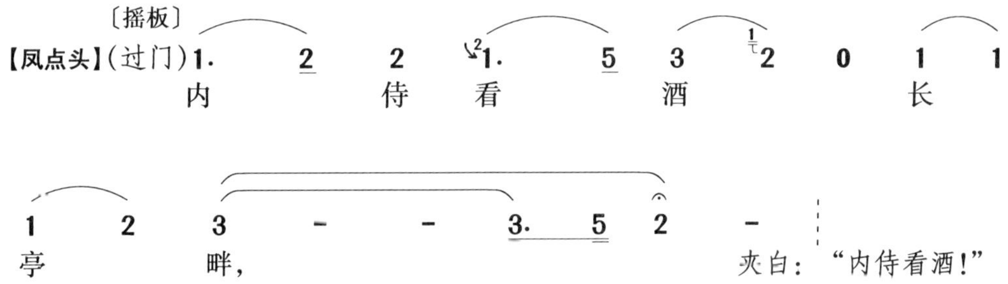

玄　奘　谢万岁！

〔【**快长锤**[1]】大太监斟酒交李，李接过双手交与玄奘，玄奘接杯回身向外望空一谢天地，将酒洒落地下，杯交大太监。锣鼓切住。

李世民　内侍带马！

大太监　啊！

〔【**凤点头**】内侍至“小边”将马带至“大边”。

李世民
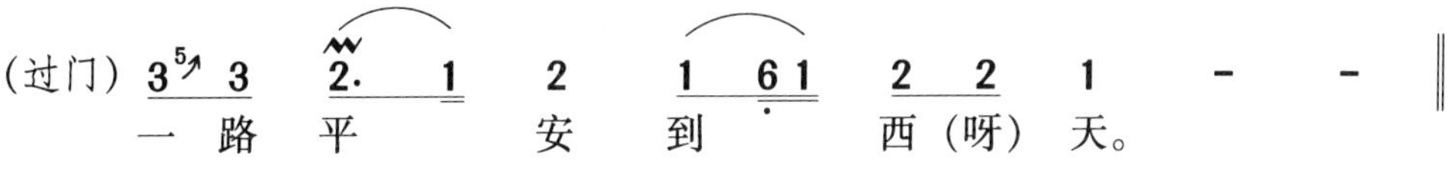

① 这里的【**快长锤**】音量较弱。

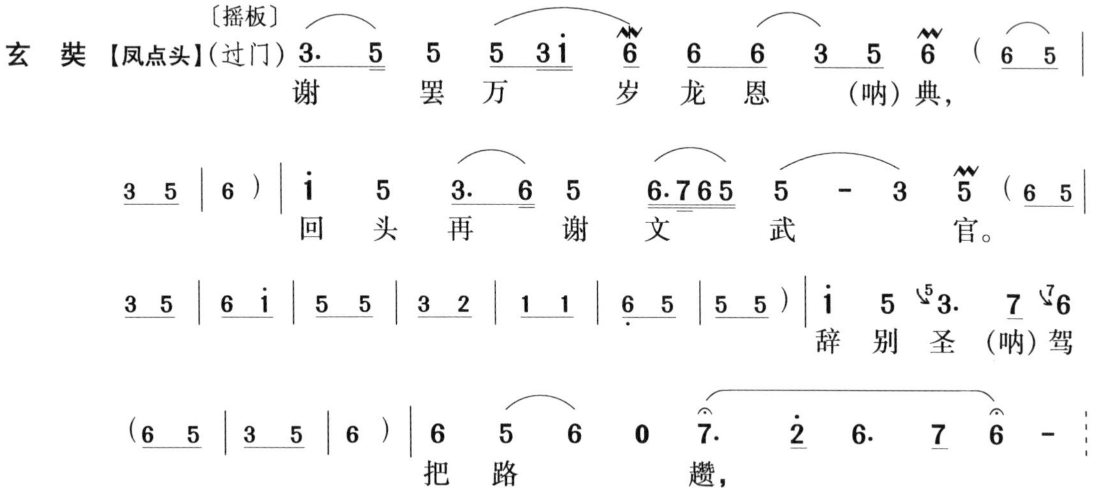

〔【快长锤】玄奘向李双手合十稽首，回身拿马鞭上马，退后两步。四小童领起下。李方原人由"下场门"扯归"中场"向外站一字。李归"小边"，玄奘打马走向"大边"，回身接唱。

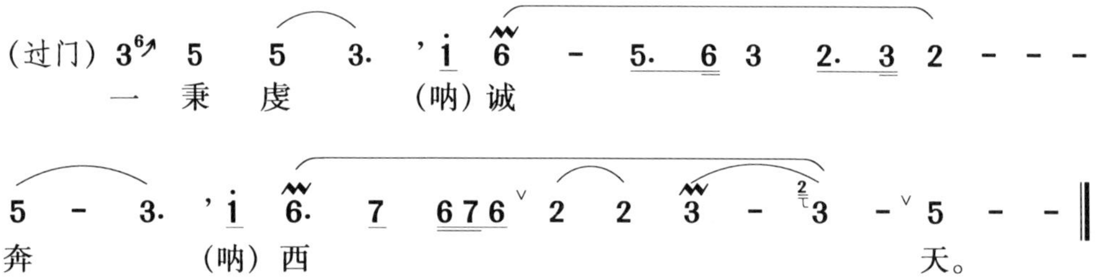

〔【闪锤】玄奘向李一合掌退后一步加鞭转身下。李世民上前数步向"下场门"一望，场面切住胡琴〔亮弦〕。

〔李世民回身面向前台做远望状，微微点头。

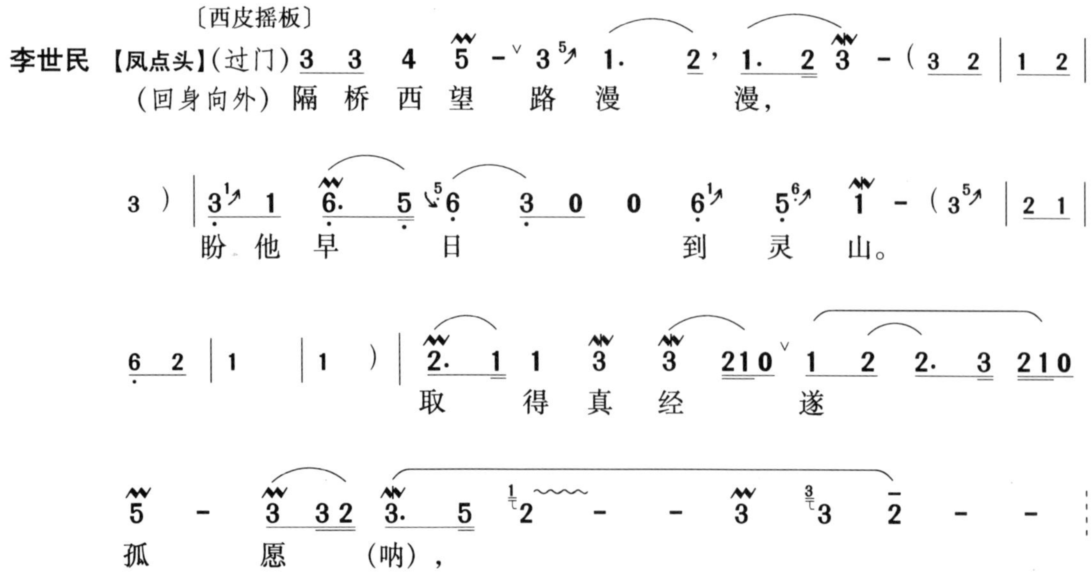

〔【纽丝】车夫从后面出来，李右转向里走两步，抬左脚做登车状，转身向外，双手搭在车旗棍上，在“中场”站立，二大太监侍立车旁，伞夫在后。四大铠、小太监、靠将、朝官等人依次从两边成对走至台口领起从“上场门”下。李世民、车夫最后走“∾”形至“小边”绕回。

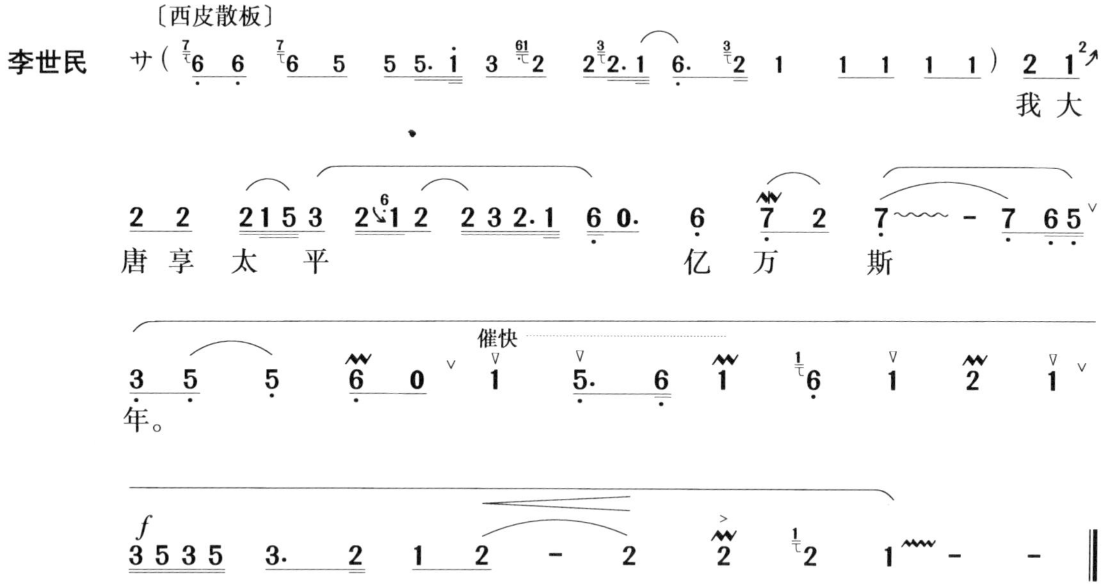

〔唢呐奏曲牌<尾声·合头>李世民、车夫右转身从“上场门”下，【回头】众随下。

——剧终